KB058957

미완의 극 2

일러두기

1. 모본의 발간 당시의 내용을 그대로 살리되 편집상의 오류를 바로잡고 기본 맞춤법은 오늘에 맞게 수정했다.

2. 인명·지명·서명·식물명 등은 원문의 것을 그대로 살리되, 독자의 이해를 위해 현대식으로 표기하거나 현대식 표기를 병기한 경우도 있다.

이병주 장편소설

미완의 극 2

이병주 지음

바이북스
ByBooks

2권 차례

1

화려한 함정

"윤숙경 씨로부터의 전화예요."

하는 소리에 나는 전화기를 집어들었다.

"선생님, 크리스마스 안 할래요?"

윤숙경의 탄력 있는 음성이 울려 왔다.

"크리스마스?"

얼떨떨해서 이렇게 되물었다.

"내일 모레가 크리스마스이브 아녜요?"

"벌써 그렇게 되었나?"

"크리스마스가 가까워 온 것도 몰랐어요?"

"크리스마스를 기다릴 나이도 아니니까."

"어째요. 크리스마스 안 할래요?"

"하지. 술만 마시면 될 것 아냐?"

"장소는 제 집에서 하면 해요."

"나쁘지 않지."

"전 여배우들만 다섯 초청할 테니까 선생님은 친구 다섯 분만 초대하세요."

"좋아."

"헌데 선생님은 제 짝이 되는 거예요. 아시겠죠?"

"짝이라니 춤이라도 출 건가?"

"그럼요."

"30년 전 상해에서 날리던 춤 솜씨를 내야겠군."

"춤도 바람에 바래지 않으면 썩어요."

하고 끼득끼득 웃는 소리로써 전화를 끝냈다.

두말할 것도 없이 그 크리스마스 파티는 내 생애에 있어서 최고의 잔치였다. 윤숙경을 끼워 여섯 사람의 미녀들 사이에서 오로지 황홀할 지경이었다. 음식도 좋았고, 음악도 좋았고, 분위기도 좋았다. 나는 여섯 미녀를 골고루 상대하며 춤을 추며 몇 년 전 비엔나에서 있었던 일을 회상했다.

비엔나 카사노바 극장은 에로틱 쇼를 전문으로 하는 극장이다. 그런데 비엔나의 에로틱 쇼는 다른 도시의 그런 종류와는 달리 예술적으로 세련된 기막힌 쇼이다. 그 쇼를 보고 난 후 안내되는 대로 나는 극장의 이층으로 갔다. 거기엔 바가 있었다. 50평가량의 널찍한 바였는데 춤을 출 수 있는 플로어가 있었고 탱고 밴드가 있었다. 옆에서 시중을 드는 여자는 에로틱 쇼에 출연하는 무희(舞姬)들.

탱고 밴드는 뒤에 안 일지만, 주로 동구(東歐) 출신의 망명자들로서 구성된 단체였는데 그들이 연주하는 하바리아풍(風) 음악은 집시의 애수를 곁들여 다시없는 정감을 돋우었다. 나는 신이 나서 미희(美姫)와 더불어 춤을 추길 새벽 세 시까지 했다…….

그 감미로운 선율을 동반한 회상이 윤숙경 집의 크리스마스 파티에서 되살아난 것이다. 나는 인간이란 본질적으로 '호모루덴스'일밖에 없다고 새삼스럽게 생각했다.

윤숙경이 솔베이지의 노래를 불렀다.

나는 코펜하겐의 노래를 불렀다. '백발을 인 늙은 선장(船長)도 춤과 노래에 신났네……' 하는 그 노래 말이다.

하경선이란 여배우는 소프라노였고 송인숙이란 여배우는 메조소프라노. 이러한 클래식에 이어 오경원은 '봉선화'를 불렀고 추미옥은 '동백 아가씨'를 불렀다. 그런데 나는 그 가운데서도 임미라의 '대전발 0시 50분'에 에로틱한 성색(聲色)을 느꼈다. 나와 동행한 민 군(閔君)은 임미라의 손을 어루만지며 센티멘털한 기분이 되었던 모양으로 '거 나의 슬픔을 아는가' '거 나의 슬픔을 아는가' 하고 외쳐대어 사람들을 웃겼다.

전직이 대사(大使)였던 민 군은 풍부한 견문에 곁들여 날카로운 위트(機智)의 소유자로서 언제이건 좌중을 유쾌하게 만든다.

그가 말하는 '거 나의 슬픔'을 풀이하면 다음과 같이 된다.

'내가 조금 젊었거나 네가 조금 늙었거나 했더라면 우린 서로 로맨스를 꽃피울 수 있었을 텐데, 그렇지 못해 슬프다'는 얘기다.

"사랑은 국경을 넘을 뿐 아니라 나이도 뛰어넘는 거예요."

윤숙경이 장난스럽게 말했다.

"국경쯤은 넘을 수 있어도 나이는 안 돼."

하고 민 대사는 괴테의 〈마리엔바드의 애가(哀歌)〉를 읊었다. 일세(一世)를 풍미한 느낌이 있던, 그리고 수많은 애인을 거느린 위대한 괴테도 80세에 16세의 소녀를 짝사랑해선 사랑을 얻지 못하고 실의 속에 죽은 것이다.

"그때의 괴테는 너무했어. 80세에 16세라면 말이 돼? 그런데 민 대사님은 겨우 60을 넘은 나이 아니세요? 용기를 내세요. 프렛 프렛 민 대사!"

윤숙경이 기분 좋게 취한 모양이었다.

내가 임미라에게 물었다.

"마드므와젤 임, 어때. 민 대사가 저처럼 보채는데, 그 마음 이해해 줄 수 있어?"

"전 민 대사님 존경해요."

임미라의 수줍은 대답이었다.

"존경 필요 없어. 내게 필요한 건 로맨스야."

하고 민 군이 껄껄 웃었다.

"저놈 말하는 것 좀 봐. 확실히 대사는 대사야. 그 뱀이란 뜻으로서의 대사(大蛇)."

신문사의 간부로 있는 김 군의 익살이었다.

"넌 뭐구. 능구렁인가? 점잖은 척하구 영계백숙만 자신다, 이건가?"

민 군의 역습도 맹렬했다.

"어른들 말씀이 왜 자꾸만 점잖아지시죠?"

메조소프라노 송인숙이 한 마디 끼었다.

"모두들 불량 노년(不良老年)이 돼서 저 꼴 아닌가?"

하고 내가 말했더니,

"넌 선량 노인(善良老人)인가?"

하고 신문사의 김이 내게 화살을 쏘았다.

"비난 공격, 중상 모략 중지. 춤이나 춥시다."

윤숙경이 전축 스위치를 넣었다. '카르멘 실버'의 선율이 흘러 나왔다. 내가 가장 좋아하는 스케이터즈 왈츠이다.

나는 추미옥을 파트너로 해서 신나게 한바탕 춤추었다. 음악이 끝나자 '카르멘 실버'를 다시 반복해 놓고 윤숙경이 내게로 왔다.

"저하고 춰요."

내가 숙경을 안자 숙경의 푸념이 있었다.

"오늘 밤은 제 짝이 되어 주십사 하구 못을 박았는데두 그러하기예요?"

"미안 미안."

파티는 열두 시를 넘어서야 끝났다.

"명색이 크리스마스니까 이날을 있게 한 예수 그리스도에게 경의를 표해야 할 것이 아닌가?"

하는 민 군의 제의로 우리들은 주기도문을 외었다.

"하늘에 계신 아버지시여, 이름을 거룩하게 하옵시고……."

그런데 그 크리스마스가 윤숙경과 같이 즐길 수 있는 마지막의 크리스마스가 될 줄이야 누가 알았을까.

그러나 이렇게 시작하면 앞지른 얘기가 된다.

크리스마스를 사흘쯤 지나 윤숙경이 나를 찾아왔다. 전신에 생기가 돌고 있는 듯한 표정이었고 몸매였다.

"겨울철에 장미꽃을 본 기분이로구나."

했더니 윤숙경이 받았다.

"요즘 겨울엔 장미꽃이 귀한 것도 아녜요."

"어째서?"

"온실에 가보세요."

"아아, 온실."

하고 나는 온실이 우리 생활을 잡쳐 놓았다고 투덜거렸다.

"온실이 우리 생활을 잡치다뇨?"

윤숙경이 눈을 둥그렇게 떴다.

"봄의 꽃은 봄에, 여름 꽃은 여름에, 가을 꽃은 가을에 보아야 하는 건데 그놈의 온실이 있어 계절의 감각을 망쳐 놓지 않았어? 계절의 감각이 그 꼴로 되면 생활은 잡쳐지는 거야."

"완고한 노인처럼 말씀하시네요."

"생각해보라구. 봄철에라야만 먹을 수 있는 죽순을 겨울에 먹을 수가 있고, 여름에나 맛볼 수 있는 수박을 겨울에 먹을 수가 있으니, 뒤죽박죽 아닌가?"

"그게 진보 아녜요? 문화 아녜요? 선생님은 문화 부정론자(文化 否定論者)예요?"

"문화를 부정하는 건 아냐. 자연의 질서를 뒤죽박죽 만드는 데 반발할 따름이야."

"괜한 말씀 마세요, 선생님. 겨울에 먹는 딸기 얼마나 맛있어요? 겨울에 먹는 멜론이 얼마나 맛있구요."

하며 윤숙경이 나를 째려보았다.

"문제는 그렇게 단순한 게 아냐."

하고 나는 언제부터인가 갖게 된 불평을 털어놓았다.

"어머니가 엄동설한에 죽순 나물을 먹고 싶어하기에 아들이 신령께 빌었더니 눈앞에 죽순이 솟아올랐다는 얘기가 있지. 그 때문에 그잔 효자가 된 게 아닌가. 쭈욱 불효자 노릇을 했다가도 겨울철에 잉어나 죽순을 얻어 어머니께 드리면 효자가 되는 건데, 요즘은 아무 데서나 죽순을 구할 수 있고 잉어를 구할 수 있으니 그로써 효자가 되긴 틀렸단 말야. 그런 까닭에 나는 평생 효자 한 번 못 되어 보고 말게 생겼으니 온실을 저주할밖에."

윤숙경이 자지러지게 웃곤

"대소설가의 지각이 그 정도라면 우리나라의 형편이 참으로 한

심하네요."

하고 서투르게 한숨을 쉬는 흉내를 냈다. 그리고 덧붙인 말이 ──

"효자이기 때문에 신령님이 죽순을 솟게 하고 잉어를 뛰어오르게 한 거예요. 옛이야기에선 선생님처럼 불효한 사람에겐 어림도 없는 얘기예요. 그러니 온실이 있어서 선생님 같은 분에겐 유리한 거예요. 어머니가 잡숫고 싶은 것을 수월하게 구할 수 있으니까요. 덕택으로 불효 정도로 끝낼 수 있는 것 아녜요? 온실이 없었더라면 불효 막심(不孝莫甚)으로 될 것인데 막심만은 피할 수 있겠으니 얼마나 다행이어요."

"두 손 바짝 들었어."

하고 나는 견식이 모자란 소설가임을 자처했다.

"그런데 저 홍콩으로 가게 됐어요."

윤숙경이 매무새를 고쳐 앉으며 말했다.

"홍콩? 홍콩은 또 왜?"

"그런 일이 있어서요."

"요즘 무슨 홍콩 바람이 드세게 부는 모양이군. 들으니까 온갖 잡새가 홍콩으로 날아갔다는데, 이젠 공작(孔雀)까지 홍콩엘 날아갈 참인가?"

"그런 건 아니구요."

하고 윤숙경은 차근차근 홍콩엘 가게 된 이유를 설명하기 시작했다.

홍콩에 있는 어느 영화사에서 한국과의 합작 영화를 기획하고 있는데 그 주연으로 초빙되었다는 것이다.

"출연하길 승낙했수?"

"아니에요. 가보고 결정할 참예요."

"윤숙경 씨를 필요로 한다면 그쪽에서 이리로 올 일이지, 대스타를 오라고 해?"

"대스타는 아니지만 저도 그걸 생각했어요. 그런데 저편에서 이리로 오게 되면 줄잡아 4, 5명이 와야 한다는 거예요. 나 때문에 4, 5명을 거동시키는 것보다 저 혼자 거동하는 것이 편리하다고 생각한 거죠."

"편리하다고 해서 경솔하게 행동한다는 것은……."

"저도 충분히 생각해 봤어요. 제가 그곳으로 갈 작정을 한 것은 영화도 영화지만 바깥 공기를 좀 쐬고 올까 해섭니다. 갑갑해서요."

"그렇다면 모르지만 난 홍콩과의 합작 영화는 마음에 안 들어."

"왜요?"

"대강 무술 영화 아냐? 공중을 날아다니기도 하고 권법(拳法)을 쓰기도 하는, 직접 보진 안 했지만 영화관의 간판 같은 데서 흔히 볼 수 있는 건 간판으로도 저속함을 알 수 있겠던데."

"저도 그런 건 싫어요. 그런데 이번 영화는 무술 영화가 아녜요. 한국의 독립 운동자를 주인공으로 한 건데 제가 출연하게 된다면 그 독립 운동자의 딸이 되는 거예요."

"원작을 보았나?"

"대강의 줄거리를 보내 왔어요. 하 씨(夏氏)라고 하는, 홍콩에선 꽤 이름이 나 있는 작가가 쓴 것이라 해요."

"나는 윤숙경 씨가 좀 더 신중했으면 싶어."

윤숙경이 나의 말을 기다리는 것 같아서 말을 보탰다.

"이것이야말로 좋은 작품이 될 수 있다는 자신이 있는 영화에만 출연했으면 해."

"선생님의 뜻은 알겠어요. 그러나 전, 뒤숭숭한 일에 말려들어 최근 2년 동안 통 영화에 출연하질 못했거든요. 이대로 나가다간 영화배우를 폐업해야 하지 않나 하는 걱정이 되구요. 그리고 이런 기회가 아니면 영화배우로서의 길이 막힐 것만 같아요. 구용택의 회사 영화엔 나가지 않기로 했고, 다른 영화사는 구용택의 눈치 때문에 저더러 나와 달라는 소릴 못 하구요."

"그처럼 영화에 출연하고 싶어?"

"남의 말 마세요. 만일 선생님께 소설 써 달라는 주문이 없을 경우를 생각해 보세요."

"아, 그렇군."

하고 나는 간단히 항복했다.

"그럼 오늘 밤은 같이 식사라도 할까?"

"안 돼요. 출발 준비도 있고 해서 바빠요."

"바쁘다고 식사할 시간도 없어?"

"자질구레한 일들을 처리해 놓고 가야 하니까 만날 사람이 많거든요."

"그거야 그럴 테지만."

하고 나는 꼭 다져 둘 것이 있는데, 그것이 무엇인지 잡히질 않아 물었다.

"이번 숙경 씨를 초대한 영화 회사와 구 사장의 회사와 무슨 관련이 있는 거는 아닌가?"

"제가 알기론 전연 없어요."

"그럼 권수자 씨가 사이에서 움직인 것은 아닌가?"

"그것도 아녜요."

"뭐라더라 구 사장 회사의 홍콩 지점장으로 갔다는……."

"정당천 말인가요?"

"그래, 그 정당천인가 하는 사람하고도 관련이 없는가?"

"전연 관련이 없어요."

"홍콩엘 가면 그 사람들을 만날 셈인가?"

"자연 만나게 되겠죠. 그러나 저 자신이 애써 만날 생각은 없어요."

"홍콩은 위험한 곳이니까 조심해야 할 거야."

"초청하는 측에서 오죽할려구요. 절대로 단독 행동은 않을 테니까 걱정 마세요."

외국 여행을 한두 번 한 윤숙경이 아닌데도 나는 왠지 불안한 생각이 들어

"호텔은 최고급에 들어야 해."

했더니, 미라마 호텔에 벌써 예약이 되어 있다고 했다.

"유한일 군은 알고 있나? 숙경 씨가 홍콩엘 가는 걸."

"명년 3월에 만나자는 편지만 있고, 소식이 끊어진 채 있어요."

"그것 이상하지 않나?"

"이상할 것 없어요. 그분은 세계 각처를 뛰어다니는 사람이니까 요."

윤숙경이 일어섰다.

"그럼 갔다오겠어요."

"대강 언제쯤이나 돌아올 요량인가?"

"출연을 결정하면 곧 크랭크인한다고 했으니까 한 달이면 될 거 예요. 그러니까 1월 말경 돌아오겠죠."

"너무 오래 걸리는군."

"어쩌면 한 달 반이 될지 몰라요. 그러나저러나 2월 15일 안으론 어떻건 돌아와야 해요."

"왜 하필이면 2월 15일인가?"

"그날 집을 판 잔금을 받는 날이거든요. 그 돈 받으면 한턱 낼게 요."

"집을 판 돈을 먹어치워?"

"뭐든 먹어치울 거예요."

윤숙경은 화려하게 웃었다.

나는 대문 앞까지 그녀를 바래다주었다. 대기하고 있던 자동차 안에서 젊은 여자가 나오면서 나에게 인사를 했다.

윤숙경이 젊은 여자를 소개했다.

"임영희라고 해요. 저완 이종사촌이에요. 제가 없을 때 연락할 일이라도 있으면 이 아이에게 시키면 돼요."

하고 윤숙경은 자동차를 탔다. 그리곤 차 창문을 열더니

"저 기막힌 선물 사가지고 올게요."

하는 말을 남겼다.

나는 그 자리에 선 채 윤숙경이 탄 자동차가 골목 어귀를 돌아 사라질 때까지 지켜보았다.

왠지 꺼림칙한 기분이 찌꺼기처럼 가슴 밑바닥에 남았다.

지금도 그때 멀어져 가던 자동차의 뒷모양과 선물을 사오겠다며 생긋 웃던 그녀의 얼굴이 겹친 채 나의 망막에 남아 있는 것이다.

윤숙경이 지금쯤 홍콩으로 떠났을 무렵이라고 생각하고 있을 때 윤숙경으로부터 전화가 왔다.

"출발을 1월 15일까지 연기했어요."

하는 내용이었다.

"그것 잘 됐군."

했지만 이유를 물어보지 않을 수 없었다.

"연말연시엔 일을 시작하기가 불편하다는 거였어요."

"그럴 테지. 그런데 왜 그런 사실을 이제사 알았을까?"

"그래도 강행하려고 했는데 스태프 가운데 한 사람에게 급한 일이 생겼다나요?"

"아무튼 잘 됐어. 언젠가 시간을 잡아 한잔하자구."

"좋아요."

"언제쯤?"

"세배하러 갈 테니까. 그때 정하죠."

"좋아."

설이 내일 모레로 닥쳐오고 있었다.

그러나 윤숙경이 세배하러 오지 않았다. 나 자신 정월 초사흘 부산엘 갈 일이 있었다. 부산에 간 김에 고향을 거쳐 전라도의 진도, 완도를 돌았다. 남쪽 다도해(多島海)를 돌아보는 것이 내 연래의 숙망(宿望)이었던 것이다.

그리고 돌아온 지가 10일. 밀린 원고가 있어 윤숙경의 일은 잊고 며칠을 지났는데 임영희로부터 전화가 왔다. 임영희란 윤숙경의 이종사촌이다.

"언니는 오늘 오후 떠났어요."

그리고 보니 그날이 1월 15일이었다.

"나도 깜빡 잊었지만 한 번쯤 전화를 걸 만도 한데."

하는 푸념이 나왔다.

"요 며칠 전화를 안 했달 뿐이지 언니가 얼마나 많이 선생님께 전화를 했다구요."

임영희도 이런 푸념을 했다.

"난 남쪽 섬을 몇 개 돌아보느라고 서울에 없었지."

"그건 언니도 알고 있었어요. 그래 떠날 때도 선생님이 안 계시려니 하구 전화하지 않은 거예요. 그리구 약간 바쁜 일도 있었구요."

"무슨 바쁜 일이었을까?"

"언니가 땅을 팔았거든요."

"땅을?"

"과천에 사놓은 땅을 팔았어요."

과천에 사놓은 땅이면 유한일의 돈으로 산 것을 말한다.

'그것을 왜 갑자기 팔았을까? 유한일로부터 무슨 말이 있었던가? 그런 일이 없고서야 어떻게……'

하는 생각이어서 임영희에게 까닭을 물었으나 그녀는 모른다고 하고, 그러나

"잔금은 2월 15일 받게 되었다는 것만 알고 있어요."

하는 말을 덧붙였다.

2월 15일이면 집값의 잔금을 받을 날이기도 하다. 뭔가 석연치 않았다.

"헌데 숙경 씨는 언제 돌아온다고 합디까?"

"2월 15일에 잔금을 받게 되었으니까 그 안으로 돌아온다고 했어요. 일이 미진하면 그때 일시 귀국이라도 하겠다는 거였어요."

"숙경 씨로부터 무슨 연락이 있으면 꼭 내게 알려요."

하는 말을 마지막으로 전화를 끊었다.

석연치 않은 마음이 의연히 꼬리를 남겼다.

나는 놓았던 송수화기를 다시 들고 다이얼을 돌렸다. 정금호에게 전화를 할 참이었다.

정금호 씨의 말은 다음과 같았다.

"연초의 일이었습니다. 윤숙경 씨로부터 전화가 왔어요. 과천이 앞으로 공업 단지로 되는데 그곳의 땅을 팔라고 하는 제의가 어느 업체로부터 들어왔다는 겁니다. 땅 값은 산 값의 배가 되는 액수라고 하면서요. 또 이런 말도 있었습니다. 앞으로 그곳이 공장 지대가 되면 예술 학원의 적지가 될 수 없다구요. 잘못하면 그 땅이 토지 수용령에 걸릴 염려도 있다는 거였습니다. 그래 유한일 사장의 동의를 얻어야 하겠는데 어떻게 하면 좋을까 하는 말씀이어서 제가 유한일 사장에게 연락을 했더니 윤숙경 씨 하시고 싶은 대로 하라는 분부가 유한일 사장으로부터 있었습니다."

"유한일 사장은 우간다로 갔다는데 연락이 됩니까?"

"되지요. 뉴욕의 사무소에 전화를 해놓으면 거기완 매일 연락이 되는 모양으로 늦어도 24시간 안에 콜 백이 되도록 되어 있습니다."

"유한일 군이 윤숙경 여사가 홍콩 가는 일을 알고 있습디까?"

"그 얘긴 벌써 제가 전했죠."

"그 일에 관한 유 군의 생각은 어떻던가요?"

"아, 그러냐는 말씀이 있었을 뿐 그 이외의 별 말씀은 없었습니다."

"얼마에 팔았다고 합디까?"

"아마 30억 원쯤 되나 부죠?"

그렇다면 팔아 버릴 만하다고 나는 생각했다. 공장 지대가 예술 학원의 적지일 수 없다는 마음에 곁들여서다.

정금호와의 전화를 끊고 나는 잠시 생각에 잠겼다. 홍콩 측에서 윤숙경에게 연기 신청을 해 온 그 기간 안에 그처럼 큰 거래가 이루 어졌다는 것이 어쩐지 공교롭게 느껴지기도 했기 때문이다.

그러나 그것뿐으로 생각이 더 이상 발전할 수가 없었는데 며칠 후, 어떤 자리에서 홍영상사의 박 회장을 만나 묘한 얘기를 들었다.

"자네 영화배우 윤숙경 씨와 친하게 지낸다며?"

하는 말이 단서가 되어, 오가는 말 가운데 박 회장이 이런 말을 했다.

"자네 덕택으로 그 땅을 조금 헐케 사려고 했는데 아무리 찾아 도 있어야지."

"내가 있었다면 땅 값이 올라갔으면 갔지 헐케는 안 됐을 것이다."

하곤 물었다.

"어떻게 그 땅을 사게 되었는가?"

"우리가 공장부지 구하고 있다는 말을 들었던 모양이지? 윤숙경 씨의 남편이라며 구용택이란 사람이 찾아왔더만. 나는 장삿속으로 별반 관심이 없는 척 꾸몄는데 그 사람 찐득지게 눌러붙더만. 그래 며칠을 질질 끌어, 기초 조사를 마친 뒤 30억 원이면 사되 그 이상이면 안 사겠다고 배짱을 부렸지."

"결국 헐하게 산 셈 아닌가?"

"비싸게 산 건 아니지. 그러나 그 사람에게도 손해갈 건 없을 걸. 당장 무슨 건축을 시작할 형편이 아니던데 땅을 놀리고 있으면 유한지세(遊閑地稅)라는 게 있어, 이게 만만찮거든. 이를테면 누이 좋고 매부 좋고 한 거지."

박 회장의 이 말을 듣고 나는 다시 이상한 심정으로 빠져들었다. 딱히 무어라고 꼬집어 낼 순 없으나 무슨 복선 같은 것이 있는 게 아닐까 하는 막연한 의혹, 막연한 호기심이 뭉게구름을 닮아 있었다.

그런 심정이었으니 윤숙경은 굳게 내 마음의 한구석을 차지해 버렸고, 따라서 그녀가 있는 홍콩에 관심이 쏠려 있지 않을 수 없었다.

나의 홍콩 경험은 세 차례에 걸쳐 있었는데, 그때의 일들이 전후의 맥락도 없이 문득문득 회상되기도 했다.

처음 홍콩에 갔을 때의 일이다. 한국인이 경영하는 코리아 하우스를 찾아갔다. 프랑스로부터 마드리드, 로마, 뉴델리, 싱가포르, 방콕을 거쳐 온 여로의 끝에 비록 술집의 여성일망정 동족의 여성을 만날 수 있었다는 것은 여간 반가운 일이 아니었다. 자연 얼마간의 정이 통해 낮에 내가 묵고 있는 호텔로 놀러 오는 여자가 있었다. 그 여자의 얘기 가운데 이런 것이 있었다.

"얼마 전 코리아 하우스에서 같이 일하고 있던 친구가 죽었어요. 위장병이 위중해서 위 수술을 받게 되었는데 위를 쪼개 보니 위장 안이 온통 잉크물 빛깔이더래요. 그 얘기를 듣고 전 더욱 더욱 울었어요. 죽은 것도 불쌍한데 위장이 잉크빛으로 되다니⋯⋯."

하고 그녀는 울먹거리기까지 했다.

"무슨 병인데 위장이 잉크빛으로 되었을까?"

내가 의아해서 물었더니 그녀의 대답은 ──

"저희들 가게에선 정해 놓은 월급은 얼마 되지 않고 매상(賣上)의 1할을 얻어먹게 돼 있어요. 게다가 손님으로부터 얻어 마시는 술의 술값의 반을 우리가 차지해요. 손님이 사주는 술은 슬로진이라고 하는 건데 말만이 슬로진이고 사실은 알코올을 희석한 물에 물감을 섞은 거예요. 그 물감이 잉크빛과 비슷해요. 죽은 그 아이는 매상을 올리려고 기를 쓰고 슬로진을 매일 밤 마셔댄 거예요. 그러니까 위장 안이 잉크 빛깔로 된 거예요."

그 얘기를 들었을 때의 허전하고 메스껍던 기분은 지금도 외고 있을 정도다. 나는 하도 어이가 없어 그렇게 해서 돈을 얼마나 벌었느냐고 물었다.

"3천 달러쯤 벌었어요."

"홍콩 달러루?"

"예."

"몇 해 동안에."

"1년 동안이에요."

물과 알코올과 잉크를 섞은 액체를 1년 동안 마시고 홍콩 달러로

3천 달러라면 당시의 우리 돈으로 쳐서 32만 원 안팎의 액수다. 물론 입고 싶은 옷 사 입고, 갖고 싶은 물건 사고, 남은 돈이 그 정도라고 하는 말이겠지만 너무나 영세했다. 나는

"같이 돌아가자."

고 했다. 서울 변두리 술집에서 술을 따라 주어도 1년에 그쯤의 돈은 저축할 수 있을 거라는 설명을 보태서.

도시란 예외 없이 화려한 외관을 지닌 비참한 내용으로 되는 것이지만 그 아가씨들의 경우는 너무나 비참했다.

'지금 그 아가씨들은 어디서 무엇을 하고 있을까?'

살큼 센티멘털하게 물든 나의 심정에 그 아가씨가 그때 내게 부탁하던 말이 생생하게 되살아났다.

"미화(美貨)로 바꾸면 7백 달러, 이것저것 팔아 장만하면 천 달러쯤 될지 몰라요. 그걸 선생님이 맡아 가 주세요. 우리가 가지고 들어가면 공정 환율(公定換率)로 바꿔야 하니 손해를 봐요. 선생님이 가지고 가셨다가 한국에서 절 주시면 그걸 야미로 바꿀 수 있거든요……"

우리의 슬픈 딸들의 이야기가 아닌가. 우리의 슬픈 딸은 어느 두메에서 울고만 있는 것이 아니고, 어느 공장의 공순이로만 있는 것도 아니고, 어느 뒷골목의 술집·매음굴(賣淫窟)에만 있는 것이 아니라 일본 동경 대판에, 로스앤젤레스에, 뉴욕에 상파울루에도 있었다. 그러니 홍콩에 있는 그 우리 딸들만이 문제인 것은 아니다. 그런데도 위장(胃腸) 안을 온통 잉크 빛깔로 하고 홍콩에서 죽은 그 아가씨 애

기는 잊을 수가 없는 것이다.

홍콩은 그 아가씨 때문만이 아니라, 내겐 슬픈 곳이기도 했다. 홍콩의 거리를 화려하게 누비는 사람들은 국적별로 하면 일본인이 최고이다. 그 수(數)로써도, 쇼핑의 내용으로써도 단연 일본인이 제1위다. 어느 상점엘 가건 일본말 못 하는 점원이 없다. 그런 가게에 가서 나는 한국인이라고 하면, 내 마음의 탓인지 그들의 얼굴에 묘한 표정이 나붙는다. 그것은

'별볼일없는 놈이로군.' 하는 감정의 표백처럼 보인다.

아닌 게 아니라 상인에겐 본능적인 반응이란 게 있다. 어찌 우리가 일본인들처럼 사파이어나 루비, 에메랄드, 제이드, 오팔, 비취 같은 것을 껌 한 통, 담배 한 갑 사는 것처럼 살 수 있겠는가 말이다.

보다도 나를 슬프게 한 것은 동족(同族)들이 파놓은 무수한 함정이 홍콩에 있다는 사실을 내가 확인한 때문이다. 두 번째 홍콩엘 갔을 때였다. 구룡(九龍)의 거리를 걷고 있다가 어느 영화관에 들어갔다. 그 영화관의 간판에 '태행산상건천국'(太行山上建天國)이란 문자가 씌어 있어 그 제목에 호기심을 느낀 때문이었다.

꽤 큰 극장이었는데 장내는 불과 몇 사람이 이곳저곳에 앉아 있을 뿐으로 한산하기 짝이 없었다. 곧 불이 꺼졌다. 그리곤 영사가 시작되었는데, 스크린 가득히 요란한 광망(光芒)으로 장식된 모택동(毛澤東)이 클로즈업 되어 나타났다. 장내 이곳저곳에서 박수 소리가 있었다. 이어 영화가 시작되었다.

영화의 내용은 웅대하고 복잡한 태행산맥(太行山脈), 그 지역의 면적은 아마 우리 대한민국의 반쯤은 될 것인데 그 태행산맥의 골짜기를 막아 거대한 댐을 만들어선, 원래의 불모지였던 서역 지방을 옥토화했다는 것이었다.

천인절벽에 밧줄로 몸을 매단 노동자가 반동을 이용해서 구멍을 파곤 다이너마이트를 터뜨리는 광경, 남녀노소 할 것 없이 등에 바위를 지고이고, 개미떼처럼 산허리를 기어오르고 있는 광경, 불도저도 페이로더도 없이 땅을 파고, 돌을 쪼개고, 운반하여 거창한 댐을 만들고 있는 상황을 장장 두 시간 동안에 걸쳐 보여준 실사 영화(實寫映畵)였는데, 사람의 힘이란 위대하다는 느낌을 얻기 이전에 진나라 진시황(秦始皇)도 저런 식으로 백성을 노역하여 만리장성을 만들었을 것이란 연상과 곁들여 공포를 느꼈다.

그들은 모택동의 위대한 지도력을 과시하기 위해 그런 역사(役事)를 하고 그런 영화를 만들었을 것이지만, 20세기의 현재에 앉아 그 숱한 문명(文明)의 이기(利器)엔 외면하고 인간의 순전한 노동력만을 강제했다는 것은, 바로 그 점을 내레이터는 강조하여 자랑하고 있었지만, 나는 공산 정치의 폭력을 눈앞에 실감하고 현기증을 느꼈다.

영화가 끝나고 불이 켜졌을 때 관객들은 곧 일어서지 않고 백면(白面)으로 변해 버린 스크린을 향해 한동안 박수를 치고 있었다.

나는 그들의 그런 태도엔 아랑곳없이 일어서서 바깥으로 나와 버렸다. 극장에서 나와 몇 걸음 걸었을 때였다. 누군가가 내 어깨에 손을 얹는 바람에 나는 멈칫했다. 서른 살 안팎으로 보이는, 괴팍한 인상의 사나이가 내게 물었다.

"모 주석(毛主席)을 존경할 줄 모르는가?"

하는 뜻의 중국말이었다. 선뜻 그자에게 일행이 있다는 것을 알아차렸다. 아까 극장에서 나의 동태를 지켜본 놈들일 것이라고 짐작했다.

"나는 중국인이 아니다."

하고 한국말로 말하고 얼른 그들과 멀어지려고 하는데 뜻밖에도 한국말이 돌아왔다.

"우리 조용한 데 가서 토론합시다."

그 말을 들었을 때의 섬뜩한 느낌! 이방(異邦)의 거리에서 우리말을 들었으면 반가워야 할 텐데 섬뜩하게 느꼈다는 그 사실! 그러나 그땐 이런 생각을 해볼 여유 같은 것이 있었을 까닭이 없다.

"나는 바쁘오."

하면서 주변을 두리번거렸다. 폭행이라도 있으면 고함을 지를 양으로 거리의 상황을 살폈던 것이다.

"잠깐 차나 한 잔 같이 하자는 건데 왜 기리오."

한 놈이 이렇게 말하자 다른 두 놈이 내 앞과 뒤를 막아서는 자세가 되었다. 그때 옆을 지나가는 사람을 향해 중국말로 외쳤다.

"이 사람들이 날 납치하려고 하오. 나를 클로브 호텔까지 데려다 주시오."

둘이서 걸어가던 젊은 중국 사람들이 발을 멈추고 이쪽을 보았다. 나를 에워싸고 있던 놈들 가운데의 하나가

"우린 조선 사람으로 같은 동포요. 이 사람에게 물어 볼 말이 있어서 붙들었더니 그런 엉뚱한 소릴 하는 거요. 남의 일에 간섭 말고 당신들은 갈 길이나 가시오."

하고 선언하듯 했다.

"아니다. 이 사람들은 북한 사람이고 나는 남한 사람이다. 나는 이 사람들에게 섞여 있고 싶지 않다."

고 그들을 밀어젖히고 중국인 옆으로 다가섰다. 뒤에서 한 놈이 나를 붙들려고 하자, 중국인 가운데의 하나가 영어로 그 친구에게

"내 경찰을 불러오지."

하며 뛰어가려고 했다. 그러자 놈들 가운데의 하나가

"경찰 필요 없어. 싫다는 놈을 데리고 갈 우리가 아니다."

하고 일행과 더불어 바쁜 걸음으로 그 자리를 떠나 버렸다.

나는 그들에게 고맙다는 인사를 하고 마침 빈 택시가 지나가기에 불러 세워 호텔로 돌아왔다.

무사히 호텔로 돌아오긴 했지만 불쾌하고 쓸쓸하고 슬픈 감정은 오래도록 끓었다.

그때부터 나에겐 홍콩이 거대한 함정(陷穽)으로 보였다. 빅토리아 봉우리에서 홍콩의, 그 진주(眞珠)를 깔아 놓은 것 같은 야경(夜景)

을 보면서도 나는 홍콩이 화려한 함정이란 감상을 지워 버리지 못했다. 어떤 의미로건 홍콩은 화려한 함정인 것이다. 나는 윤숙경이 무사하길 비는 마음으로 되었다.

화려한 함정이기 때문에 더욱 홍콩은 매력적인 도시인지 모른다. 물론 홍콩만이 아니라 어떠한 도시라도 나름대로 매력은 갖추고 있다. 문제는 이편의 취향과 능력에 있다. 능력 가운덴 돈이 필수적으로 포함되고, 어학력(語學力), 심미안(審美眼), 모험심(冒險心), 정력(精力) 등이 갖추어져 있어야 한다. 그러나 이 모두가 다 갖추어져 있어도, 그 능력을 1백 퍼센트 발휘할 수 없는 곳이 있다.

예컨대 아일랜드의 더블린 같은 도시. 그런데 스스로가 지닌 능력을 1백% 운이 좋으면 2백% 이상으로 발휘할 수 있는 곳이 바로 홍콩이다.

향락의 종류가 다양하고 그런데다 최고와 최저의 진폭(振幅)이 클수록 그 도시를 화려하다고 하는 것이라면 홍콩은 파리·뉴욕 런던과 맞먹는 화려한 도시이다. 뿐만 아니라 홍콩엔 파리나 뉴욕·런던이 가지고 있지 않는 스릴[戰慄感]이란 것이 있다.

당장이라도 폭발해 버릴 것 같은 불안감, 그런 일은 절대로 없을 것이란 일종의 믿음, 이것이 서로 모순하면서도 공존하고 있는 것 같은 도시, 전부가 선량한 상인처럼 보이다가도 전부가 스파이처럼 보이기도 하는, 말하자면 심리(心理)의 굴절이 홍콩처럼 색채감(色彩感)을 띠고 현전(現前)하는 곳은 아마 없을 것이다. 옛날엔 또 한 군데 그런 곳이 있긴 했다. 일러 알렉산드리아!

이러한 홍콩에서 다소곳한 인정을 느껴 보는 경험을 가졌다면 나는 행운이었다고 할 수 있을까?

겁을 모르고 홍콩의 밤거리를 혼자서 쏘다녔으니까 영화관 사건이 있기 전의 일이다. 원래 야행성(夜行性)이 있는 나는 특히 여행지에선 밤에 호텔에 처박혀 있지는 못한다.

4월의 어느 밤이었다. 낯선 거리를 헤매다가 어떤 바에 들어간 것이 열두 시 가까운 시각. 그 바는 대중적인 모양으로 퍽이나 붐벼 있었다. 모르는 사람끼리 같은 테이블에서 술을 마셔야 했을 정도였다. 나는 스탠드 가까이에 있는 탁자에서 중국어 · 영어 · 한국어 · 일본어 · 프랑스어 등을 하나 같이 변변치 못한 말들을 마구 섞어 농담을 하며 즐겁게 술을 마셨다. 주변의 손님들도 호의적이었다. 내가 한 잔 사면, 그들이 한 잔 사는 그런 식으로 분위기가 무르익었다. 얼마를 마셨는지 몰랐는데 정신은 말짱했다.

같은 탁자의 손님들이 하나 둘 일어서기 시작했다. 드디어 나도 일어서야 할 때가 되었다. 그때 마지막 술잔 값을 내고 바깥으로 나오자, 아까 내 테이블을 맡아 심부름을 하고 있던 아가씨가 따라나와 바래다주겠다면서 호텔 이름을 말하라고 했다. 나는 그 여자가 나를 봉으로 알고 하룻밤 거래를 하자는 거라고 짐작하고, 그래도 좋다는 기분으로 같이 택시를 탔다.

호텔에 도착하자, 그 아가씨는 편히 쉬라는 말을 남기고 돌아섰

다. 나는 같이 호텔로 들어가자고 했다. 그런데 아가씨는

"이 시간에 우린 호텔에 못 들어가요."

하며 나더러 빨리 들어가라는 것이 아닌가.

"그렇다면 무엇 때문에 여게까지 왔는가?"

당연히 나는 이렇게 물었다.

"이쯤 시간, 그 근처는 외국인에게 위험한 곳이에요. 그래서 바래 다드리러 온 거예요."

아가씨는 상냥하게 웃고 기다리게 해놓은 택시에 탔다. 인정만 남겨 놓고 아가씨는 사라진 것이다. 그런데 나는 그 아가씨가 있던 술집도 거리도 알아 낼 수가 없었다.

홍콩은 멀어져 갔다. 나의 나날은 나의 일로 해서 아침이 오고 저녁이 오고 했다. 윤숙경을 생각할 겨를도 없어졌다.

그러한 어느 날이라기보다 2월에 접어든 첫 토요일, 윤숙경이 보낸 그림엽서가 날아들었다. 그림은 홍콩 대학의 전경이었다. 하필이면 홍콩 대학의 그림엽서는 웬 말일까, 하는 심정으로 잠깐 들여다보고 있다가 뒷면을 돌렸다.

'되는 일도 안 되는 일도 아닌 일을 두고, 차일피일 시간만 끌고 있습니다. 그러나 이왕 여기까지 온 바에야, 하고 2주일쯤 기다려 볼 작정입니다. 그런데 여권과 돈이 든 지갑을 잃어버렸지 뭡니까? 아마 소매치기에 걸린 것 같아요. 영사관에서 간단한 서류를 얻어 놓고 있습니다만, 여권이라도 돌려 달라고 광고를 영자지(英字紙)에도,

중국지(中國紙)에도 냈습니다. 홍콩! 어쩌면 화려한 함정일지도 모르죠, 안녕.'

나는 여권을 소매치기당했다는 문면과 '화려한 함정'이란 대목을 다시 한 번 읽었다.

'이상한데……' 하는 상념이 스쳤다. 그러나 무엇이 이상하다는 건진 꼬집어 말할 수가 없다.

'아무튼 이상하다.'

여권을 잃어버렸다는 사실 자체가 단순한 우연으론 생각될 수 없었다. 무슨 복선(伏線) 같이만 느껴졌다. 게다가

'화려한 함정이란?'

윤숙경 자신도 뭔가를 예감하고 있는 것이 분명했다. 그렇지 않고서야 어떻게 밑도끝도없이 화려한 함정이란 발상이 뇌리를 스쳤겠는가 말이다.

나는 전화기를 들어 윤숙경의 집 다이얼을 돌렸다.

여자의 목소리가 있었다.

"임영희 씰 바꿔 주시오."

"저 임영희예요. 앗 선생님."

하는 소리가 울려 나왔다.

"홍콩으로 전화할 수 있지."

"그럼요. 어젯밤 언니한테서 전화가 왔어요."

"그래 뭐라던가?"

"2월 10일까진 돌아오겠다고 했어요."

"그 밖의 얘기는 없구."

"어머니 안부를 물었어요."

"나 지금 숙경 씨로부터 그림엽서를 받았어."

"그랬어요?"

"그런데 패스포트와 돈이 든 지갑을 소매치기 당했다는구나."

"어마나, 그럼 어떡허죠?"

"영사관에서 증명서 같은 것을 받았다니까 그건 걱정이 없을 테고, 초청한 사람들이 있으니까 돈 걱정도 없을 테지만 왠지 기분이 좋지 않아."

"저도 그런데요."

"그러니까 오늘 밤에라도 전화를 해서 2월 10일까지 기다릴 필요 없이 당장 돌아오라고 해요."

"언니가 제 말을 들을지……."

"내가 말하더라고 하구서 빨리 돌아오라고 해요."

"예, 그렇게 하겠어요."

"호텔은 어디라고 했지?"

"미라마 호텔이라고 했어요."

미라마 호텔이면 일류에 속하는 호텔이다.

"내가 한 말 잊지 말아요."

"알겠습니다."

이런 전화를 걸어 놓고 보니 더욱 마음이 불안하게 물들었다.

그리고 사흘 후. 임영희로부터 전화가 왔다.

"2월 10일이래도 앞으로 일주일이니 그때까지 있겠다고 했어요. 선생님, 너무 걱정하시지 말래요."

나는 '알았다'고 하고 전화를 끊었으나 별로 좋은 기분은 아니었다. 누가 웃을는지 모르지만 나는 나의 예감을 믿는 버릇을 가지고 있다.

일이 손에 잡히지 않아 정금호 씨에게 전화를 걸어

"요즘 유한일 군으로부터 소식이 있었소?"

하고 물었더니

"며칠 전, 앞으로 2월 20일까지 매일 밤 열한 시부터 열두 시 사이에 전화를 받을 수 있도록 대기하고 있으란 전화가 있었을 뿐입니다."

하는 대답이 있었다.

"어디서 한 전화인데?"

"일본 동경 같은 느낌이던데요."

"동경?"

"챙겨 보지 않아서 잘은 모르겠습니다만, 교환이 영어와 일본말을 섞어서 하는 것 같았어요."

"동경까지 와 있을 바에야 잠깐 한국엘 들렀다가 가도 될 텐데."

"글쎄 말입니다."

"윤숙경 씨가 홍콩에 있는 건 알지?"

"물론 알고 있을 겁니다."

"미라마 호텔에 있다는 얘기도 했소?"

"그것도 알고 있을 겁니다."

"요 다음 전화가 오거든 윤숙경 씨가 홍콩에서 여권을 잃어버렸다는 말을 전해 주시오."

"여권을 잃었다니요?"

하고 정금호는 깜짝 놀라는 소리를 했다.

"소매치길 당했다는 거요."

"흐음."

하고 있더니 정금호가

"뭔가 이상하네요."

했다.

"이상하죠?"

"그렇습니다."

"허기야 장소가 홍콩이니까 소매치기가 없으란 법이 있겠소."

"그러나……."

하고 정금호는 자기의 생각을 요령 있게 정돈하지 못하는 모양으로 우물우물하더니 말투를 바꿔 말했다.

"이상하다고 하면 유한일 사장의 태도도 이상해요."

"뭣이 이상하단 말요?"

"종전엔 언제라도 자기가 있는 곳을 알렸거든요. 그런데 이번 떠나가신 후론 절대로 알리질 않아요. 이편에서 물어도 가르쳐 주질 않거든요. 나한테까지 비밀로 할 필요가 있다고 생각하니 이상하지 않습니까?"

"무슨 곡절이 있는 것이로구먼."

"그 곡절을 모르니 이상하다는 겁니다."

"헌데 요즘 사업은 전혀 안 합니까?"

"다른 나라에서 진행되고 있는 사업은 있는 모양입니다만, 한국 내에선 사업을 정지했습니다. 차관도 개인의 사업 범위를 넘어서 버렸으니 할 일이 없는 거죠."

"그럼 정 사장이 할 일이 없는 것 아뇨?"

"전 유 사장의 국내에 있는 재산을 관리하고 그 밖에 필요한 심부름이나 하고 있는 거죠 뭐."

"배 군과 강 군은 잘 있소?"

"참, 그들에겐 비상이 걸려 있습니다."

"비상?"

"유 사장의 명령만 있으면 어디에건 출동할 수 있도록 비상이 걸려 있단 말씀입니다."

정금호의 말을 들으면 유한일이 무슨 일을 꾸미고 있는 것이 확실했지만, 그것이 무슨 일인지 알 수 있을 까닭도 없었고, 내가 관심을 쓸 바도 아니었다. 그러나 일말의 궁금증은 남았다.

그럭저럭 며칠이 지났다.

정금호로부터 전화가 왔다.

"임수형 씨와 강달혁 씨에게 무슨 지령이 내린 것 같습니다."
하는 내용이었다.

지령이라면 물론 유한일로부터의 지령인 것이다.

"무슨 지령인데?"
하고 물었다.

"알 수가 없군요. 임수형 씬 잠깐 외국에 갔다온다면서 어제 떠
났습니다."

"어디로 간답디까?"

"그저 외국이라고만 하고 말을 하지 않았습니다."

"강달혁 씬?"

"그 사람도 지령을 받은 것 같은데 역시 함구무언입니다."

"정금호 씨에게조차도 비밀이라면 참으로 이상하군."

"별루 좋은 기분은 아니지만 그게 유 사장이 하는 식이니까 어
쩔 수 없죠 뭐."

"요컨대 비밀주의가 엄격하다, 이거니까 과히 기분 나쁘게 생각
하진 마슈."

"걱정 마십시오. 그 일에 필요 없는 사람에겐 어떤 얘기도 하지
않는 것이 유한일 사장의 주의란 건 제가 벌써 알고 있는 일입니다."

이런 전화를 하고 난 뒤 나는 그날이 2월 10일이란 것을 깨달았

다. 2월 10일이면 윤숙경이 돌아올 날이었다.

이런저런 일로 바쁘게 지내고 밤이 되었을 때, 지금쯤 윤숙경이 돌아와 있을까 하는 생각을 했지만 전화를 걸진 않았다. 여행 끝에 피로했을 텐데 쓸데없는 전화는 삼가는 것이 좋겠다는 마음에서였다.

그 이튿날은 내게 있어서 무척 바쁜 날이었다. 윤숙경이고 뭐고 생각할 겨를이 없었다. 그랬는데 밤 열 시쯤 임영희로부터 온 전화는

"어제 온다는 언니가 오질 않아서 방금 홍콩으로 전화를 했더니, 호텔 측의 말이 어제 호텔에서 체크아웃했다는 거예요. 그런데 오늘도 오지 않았거든요. 이상하지 않아요?"

"그렇다면 전화라도 있었을 건데요."

그렇구나 싶었지만 임영희를 불안하게 만들 필요가 없었다.

"지금에라도 전화가 올지 모르니 기다려 봐요."

하고 나는 전화를 끊었다.

그 이튿날 새벽 전화벨이 울렸다.

임영희였다.

"어젯밤 전화가 왔어요."

"어디서?"

"언니가 직접 건 게 아니구요. 일본 사람이 한국말 하는 식으로 말하는 사람이었는데요."

"여자? 남자?"

"여자였어요."

"그래 뭐라고 하던가요?"

"언니는 마카오엘 갔대요. 아마 거게가 촬영 현장인가 보죠? 2월 20일까진 일을 끝내고 귀국할 것이란 말이었어요."

"그럼 왜 본인이 직접 전화를 안 했지?"

"글쎄 말예요. 그걸 물으려는데 전화가 끊어졌어요."

일이 지지부진하고 있다가 돌아올 무렵 갑자기 일이 시작되어 촬영을 서두르게 되었구나, 하는 짐작을 할밖에 없었다.

그러나 2월 15일에 대금(大金) 20억 원을 받기로 되어 있는 것이 아닌가. 과천의 토지를 판 잔금을 말이다. 그런데 2월 20일에 돌아오겠다니 웬 말인가. 하기야 기일을 앞당겨 돈을 받아낼 수야 없겠지만, 돈 받는 날을 4, 5일 늦췄대서 대단한 일은 아닐 것이었다.

그런데 2월 14일 밤 윤숙경으로부터 전화가 있었다고 임영희가 전해 왔다. 전화 내용을 묻는 나에게 임영희는 다음과 같이 대답했다.

"2월 20일엔 틀림없이 돌아갈 것이니 걱정 마라. 귀국이 늦어진다는 말을 누구에게도 하지 말라고만 하구요. 호텔 이름을 대라니까 대답도 없이 전화가 끊어졌어요."

호텔 이름을 대지 않았다는 사실이 이상했지만, 바쁜 일정을 보내고 있으면 피로에 지쳐 필요한 말도 겨우 하게 되는 경우도 있을 것이었다.

"2월 20일에 돌아온다니까 걱정할 것 없잖아."

임영희에겐 이렇게 말했지만 왠지 불안했다. 정금호에게 전화를 걸었다.

"윤숙경 씨의 귀국이 2월 20일로 연기되었답니다."

하자 정금호의 말이 있었다.

"저도 그렇게 들었습니다만."

"누구에게서 들었소?"

"제가 궁금해서 임영희 씨에게 전화를 걸었지요."

"헌데 뭔가 석연하지 않은 데가 있잖소?"

"그렇게 생각하시니까 자꾸만 그런 기분으로 되는 겁니다. 별일 있을라구요."

"별일이 있어서야 쓰겠소. 다만 묵고 있는 호텔을 알리지 않는 게 아무래도 이상한 것 아뇨?"

"훗흐."

하고 정금호가 이상하게 웃었다.

"그 웃음이 이상한데요."

하고 내가 따졌다.

"스타쯤 되면 가족에게도 숨기고 싶은 일이 있지 않겠습니까?"

나는 정금호가 무슨 생각을 하고 있는가를 짐작할 수가 있어 따라 웃었다. 그러나 다음과 같이 말해 놓지 않을 수 없었다.

"윤숙경 씨를 두고 지나친 상상은 안 하시는 게 좋을 겁니다. 지각없는 여자는 아니니까요."

"별 말씀을 다하십니다. 전 윤숙경 씰 존경해요. 젊은 나이에 그만큼 인간이 되어 있는 분도 드물다고 생각하고 있습니다. 다만 가족에게 호텔을 알리지 않았다는 정도의 사실로써 심히 걱정하지 마시란 뜻으로 드린 말씀입니다."

"그건 그렇고 혹시 유한일 군과 연락이 되거든 윤숙경 씨의 귀국 일자가 늦어졌다는 사실은 꼭 알리시오."

"벌써 알려 드렸습니다."

"언제 연락이 있었수?"

"어젯밤 있었습니다. 그런데 강달혁 씨에게 새로 지령을 내린 것 같습니다. 오늘 내일 외국으로 떠날 준비를 하고 있는 것 같애요."

"외국 가는 게 무슨 유행처럼 되었군. 정 사장, 우리도 한번 해외로 나가봅시다 그려. 제주도도 해외가 아뇨?"

이런 전화로 두 사람은 실컷 웃었다.

2월 20일.

그날에도 윤숙경은 돌아오지 않았다.

그 이튿날에도. 또 그 이튿날에도 윤숙경은 돌아오지 않았다. 일주일이 지났다. 윤숙경은 돌아오지 않았다. 뿐만 아니라 아무런 연락도 없었다.

임영희가 윤숙경의 동생이 된다는 청년을 데리고 나를 찾아온 것은 3월 1일이었다.

"경찰에 신고를 해야 하지 않을까요?"

윤 군의 말이었다.

"신고를 해야죠."

했지만 내 말엔 힘이 없었다.

"누님은 다소 기분파적인 데가 있거든요. 그래서 경찰에 신고를 한다, 어쩐다 해놓으면 혹시 뒷일이……."

윤 군은 말끝을 흐렸다. 바로 그것이 경찰에 신고해야 한다고 나로서도 단호히 주장하지 못한 이유이기도 했다.

"토지 대금 잔금은 아직 받지 못한 채 있겠군."

혼잣말처럼 내가 중얼거리자

"그건 자형이 벌써 받았답니다."

하는 윤 군의 대답이어서 내가 놀랐다.

"그렇다면 구용택 씨가 그 돈을 받았단 말인가?"

"예."

"어떻게 그럴 수가?"

"뒤에 알아본즉 누님으로부터 토지를 산 사람에게 전화가 왔다고 했어요. 그 돈을 자형에게 주라구."

"언제쯤의 전환데?"

"2월 14일의 전화였다고 합니다."

"그럴 리가 없지."

"그러나 결과가 그렇게 되었는 걸요."

"그래, 그랬다는 전말을 구용택 씨가 윤 군에게 알려 왔던가?"

"자형으로부턴 듣지 못했어요."

나는 가슴이 쿵 소리를 내는 것을 들은 느낌이 되었다.

"그럼 지금이라도 늦지 않았으니 구용택 씨에게 전화를 해보렴."

"자형은 2월 19일 홍콩으로 떠났다고 합니다."

"홍콩으로?"

나는 숨이 막힐 지경이었다.

"그걸 윤 군은 사전에 몰랐나?"

"어떻게 알 수 있었겠습니까?"

"그렇다면 돈이 어떻게 되었는지도 모르겠군."

"그렇습니다. 뿐만 아니라 그 토지 문제 자체를 전 잘 모릅니다. 2월 15일에 돈 받을 일이 있으니 그때까진 돌아오겠다는 얘기만을 누님으로부터 듣고 있었을 정도였습니다."

그 토지를 자기 것이라고는 생각하지 있지 않았던 윤숙경이 가족에게 세밀한 이야기를 하지 않았을 것이란 짐작은 곧 할 수가 있었다.

"안 되겠어. 빨리 경찰에 신고하도록 해요."

나는 불길한 예감을 되씹으며 단호하게 말했다.

임영희는 울상이 되었고 윤 군은 창백한 얼굴빛이 되며 긴장했다.

나는 윤숙경이 없어진 이유가 토지 대금 20억 원에 있다고 판단했다. 그 돈을 가로채기 위해 치밀하게 계획된 사건이란 앞지른 생각까질 하게 되었다.

'아아, 이윽고 내 예감이 적중하게 되었구나.'

하는 마음과 아울러 아무쪼록 이 예감이 적중되지 않기를 비는 간절한 기원(祈願)이 가슴 속에 메아리쳤다. 그러는 가운데서도 강달혁이 외국으로 떠난 날이 2월 19일이란 사실을 상기하고 있었다.

임영희 군과 윤 군의 얼어붙은 듯한 표정을 보며 나는 침착해야겠다고 속으로 다지고 정금호에게 전화를 걸었다.

"구용택 씨가 과천 땅 값을 받아 갔다는 사실을 압니까?"

"모릅니다."

"구용택 씨가 홍콩으로 갔다는 사실을 압니까?"

"모릅니다."

"구용택이 홍콩으로 떠난 날이 2월 19일이라고 하는데 강달혁 씨가 떠난 날도 2월 19일이었죠?"

"그렇습니다."

"헌데 땅 값을 구용택 씨가 대신 받을 수 있는 겁니까?"

"윤숙경 씨가 위임장을 구용택 씨에게 주었거나 인감을 맡겼거나 했으면 가능하죠. 법률적으론 부부였으니까요."

"윤숙경 씨가 그런 위임장을 구용택 씨에게 주었을 까닭이 없지 않소?"

"글쎄 말씀입니다."

"나는 윤숙경 씨가 없어진 사실과 그 돈과 무슨 관계가 있는 것이 아닐까 싶은데 정 사장의 생각은 어떻소?"

"저도 지금 얼떨떨한 판이라 뭐라고 말씀 드릴 수가 없습니다."

"하여간 만납시다. 만나서 얘기 좀 합시다."

"오후에 제가 댁으로 가겠습니다."

하는 말을 듣고 나는 114를 돌려 홍영상사의 전화번호를 찾아달라고 부탁했다. 홍영상사란 윤숙경으로부터 과천의 땅을 사들인 회사다.

홍영상사의 전화번호는 713-8503이었다. 박 회장을 찾았다. 다행히도 박 회장과 통화를 할 수가 있었다.

"토지 대금의 잔금을 치르셨다지요."

"치렀습니다. 정확하게 2월 15일 오전 11시에."

"누구에게 치렀습니까?"

"윤숙경 씨의 남편 되시는 분이었소."

"아무리 부부지만 그렇게 할 수 있는 겁니까?"

"이 선생 왜 이러십니까? 저에게 따지는 겁니까?"

물론 농담이었지만 상대방이 그렇게 반문할 수 있게끔 내 질문이 거칠었던 모양이다. 나는

"숙경 씨의 소식이 묘연한 지 2주일이나 되는 바람에 제가 다소 흥분한 것 같습니다."

하는 사과를 하고 대강의 사정 설명을 보탰다.

"그렇습니까?"

하고 박 회장도 다소 놀란 말투로 다음과 같이 말했다.

"2월 13일 홍콩에서 장거리 전화가 있었다고 했어요. 그땐 내가 사무실에 없었죠. 그랬더니 2월 14일 오전 11시부터 12시 사이에 다시 전화를 하겠다고 하기에, 그게 또 다름 아닌 대스타의 전화라고 하기에 기다렸죠. 2월 14일 정각 11시에 윤숙경 씨로부터 전화가 왔어요. 자기는 영화 촬영 관계로 못 가겠으니 내일 오전 11시 자기 남편을 보내겠다는 부탁이었습니다. 동시에 계약 당시 사용한 인감으로 된 영수증을 가지고 가도록 할 터이니 남편에게 돈을 주라는 말이었어요. 원래 그 토지를 사게 된 것은 윤숙경 씨 남편의 주선 때문이었고, 모처럼 국제전화까지 있고 해서 계약대로 이행한 것인데 제게 무슨 잘못이라도 있었을까요?"

"아닙니다, 아닙니다."

하고 나는 전화를 끊었다.

2월 14일에 윤숙경이 홍영상사의 박 회장에게 전화를 걸었다는 사실이 커다란 의혹의 씨앗이었다.

'박 회장에겐 직접 전화를 했으면서 어떻게 임영희한텐 한 마디도 그런 말을 비치지 않았을까?' 하는 문제도 있었거니와 '그처럼 싫어하고 헤어지길 작정하고 있는 구용택에게 20억 원의 돈을 건네주라는 전화를 하다니, 그게 어떻게 된 일일까?' 하는 것도 문제였던 것이다.

그런데 어디 그뿐인가. 이것저것을 생각할수록 의혹은 점점 짙어지기만 했다.

그러던 차 3월에 들어선 어느 날의 조간이 나를 크게 놀라게 했다.

'여배우 윤숙경 홍콩에서 실종'이란 굵직한 타이틀을 단 기사가 사회면의 톱을 차지하고 있는 것이 아닌가.

나는 손이 떨려 신문을 들고 있을 수가 없어 탁자 위에 놓았다. 읽으려고 했으나 활자가 이리저리로 엇갈려 문맥을 잡을 수가 없었다.

찬물을 한 잔 들이켜고 호흡을 조절했다. 무엇보다도 격심한 충격은 나의 그 불길했던 예감이 너무나 속절없이 들어맞았다는 사실에 기인한 것이었다. 왜 그때 좀 더 강하게 만류하지 않았던가 싶으니 땅을 치고 싶은 후회가 솟았지만 만사는 이미 어긋난 것이다.

나는 찬찬히 기사를 더듬었다.

윤숙경이 미라마 호텔을 체크아웃한 것은 2월 10일 오전 한 시. 호텔 비용을 청산한 사람은 검은 수달피 목도리를 한, 검은 외투의 여인이었는데 나이는 30세 안팎으로 보였다는 것이고, 윤숙경이 탄 차는 검은 빛깔의 포드 자동차였다. 호텔 측의 말은 그뿐이었다.

그런데 그날도, 그 이후로도 윤숙경이 비행기를 탄 흔적은 없다. 그렇다고 해서 행선지를 아는 사람도 없다. 한국의 영사관이 의뢰한 대로 홍콩 경찰은 마카오의 주변을 살펴보았지만, 명색이 호텔이란 간판을 붙여 놓고 있는 곳에선 그런 사람이 투숙한 적이 없다고 했다.

윤숙경을 초대했다는 홍콩의 영화 회사 HM 전영사(電影社)에 문의한 결과, 그 회사에선 윤숙경을 초청한 일이 없다는 답이 돌아왔다. 혹시나 하고 그 밖의 영화사와도 접촉해 보았으나 미리 짐작한 대로 윤숙경과는 아무런 관련이 없다고 했다. 윤숙경이 홍콩에서 머무르고 있었을 동안 내왕한 사람들을 알아보려고 했으나 전연 단서가 잡히지 않았고 구용택의 영화 회사의 홍콩 출장소를 찾아보았으나 출장소장 이하 직원은 한 사람도 없었다.

홍콩 경찰은 출장소 직원으로 알려진 정당천, 권수자, 설상동의 행방도 동시에 추궁하고 있으나 아직은 오리무중(五里霧中)의 상황이다.

나는 신문을 팽개치고 나서 생각에 잠겼다.

'그렇다면 윤숙경이 행방불명이 된 지 20여 일을 경과한 셈이 아닌가?'

'구용택은 어디로 갔단 말인가?'

넋을 잃다시피 하고 생각에 잠겨 있는데 전화벨이 울렸다.

"선생님 신문 보셨죠?"

하는 말이 겨우였고 임영희는 엉엉 울기 시작했다.

난들 무슨 말을 할 도리가 없었다.

"좀 더 기다려 보자. 아직 절망할 건 아냐. 언제 어디서 나타날지 모르잖니?"

나는 건성으로 지껄이고 있었다.

그날부터 신문은 윤숙경의 실종 사건으로 붐비기 시작했다.

과연 큰 사건이니 신문이 그만큼 흥분하는 것도 당연한 일이기도 하지만, 한편 쓸쓸한 생각도 없잖았다.

신문기자들은 단 한순간이라도 당사자의 입장을 생각해 본 적이 있을까. 당한 놈이니까 실컷 당해 보라고나 하는 듯이 신문마다 그 센세이셔널리즘을 경쟁하듯 설쳐 대는 덴 정말 아연할밖에 없었다. 윤숙경의 스캔들이란 스캔들은 죄다 쏟아져 나왔다. 당자가 서울에 있었으면, 그런 기사는 쓰지 못할 것이라 싶은 기사도 있고 전연 사실이 아닌 것을 추측만으로 꾸며 놓은 것도 있었다. 더욱이 유한일과 관계되는 부분은 너무나 터무니가 없었다. 물론 유한일의 이름은 Y라고 묻어 두긴 했지만 Y의 돈에 눈이 어두워 은인이나 다를 바 없는 구용택을 배신했다는 구절엔 남의 일이라도 흥분하지 않을 수 없었다.

어느 신문은 윤숙경의 실종은 그 방종한 성격이 자초한 비극이란 뜻을 비추었고 어느 신문은 절정에 이른 인기가 시들어 가자, 혹시 인기 전술(人氣戰術)을 꾸민 것이 아닌가 하는 함축으로 기사를 쓰고 있었다.

그런가 하면 어느 신문은 윤숙경이야말로 깨끗이 몸을 지니고 스스로의 예능에 진지하게 정진한 드물게 보는 배우라면서, 그녀가 무사하길 빈다는 기사를 싣고 있었다. 나는 그 신문을 한국뿐만이 아니라 세계에서 제일가는 신문일 것이라고 깊이 가슴 속에 새겨두기로 했다.

한국 경찰도 몇인가 현지로 떠났다고 하는데 수사 과정엔 이렇다 할 것이 없는데도 신문은 매일 사회면의 톱으로 속보(續報)를 싣고 있었다. 그러자니 기자들도 얼마나 힘겨웠겠는가. 드디어 나에게까지 일간지와 주간지의 기자들이 찾아오게 되었다.

"선생님과 퍽 친하게 지내셨다죠?"

"그렇소."

"이번 사건에 감상이 어떻습니까?"

"그저 무사하길 빌 뿐이오."

"이번 사건에 혹시 짚이는 게 없습니까?"

"짚이다뇨?"

"그런 일이 있었으니까 이런 일이 있었다는, 말하자면 짐작 같은 것이 없습니까?"

"없소."

"지금 대강 어떤 상황에 놓여 있다고 상상하십니까?"

"그런 상상을 내가 어떻게 해요."

이런 정도로 진행된 인터뷰까진 좋았는데 먼젓번에 면식이 있던 주간지 기자가 대뜸 물었다.

"항간엔 윤숙경 씨와 구용택 씨가 별거를 하게 된 동기에 선생님이 큰 작용을 했다는 말이 있는데 사실입니까?"

나는 나이 먹은 사람답지 않게 흥분했다.

"그것 무슨 소린가?"

그러나 젊은 기자는 침착했다.

"윤숙경 씨와 구용택 씨의 사이가 결정적으로 악화된 원인은 선생님이 수억 원의 돈을 보태 주어 윤숙경 씨가 과천의 부동산을 산 때문이 아닙니까?"

나는 아연할밖에 없었는데 기자의 말은 차가웠다.

"벌써 그런 기사를 쓰려다가 선생님 체면을 생각해서 보류한 겁니다."

이런 말까지 튀어나오게 되었으니 그 인터뷰는 이만저만하게 불쾌한 것이 아니었다.

당신들은 시체에 덤벼드는 똥파리와 다를 바 없다고 쏘아주고 싶은 충동을 가까스로 참고,

"이해를 할 생각은 조금도 없고 호기심만 왕성한 것이 기자들의 근성인 것 같군."

하고 나의 불만을 표시했다.

"실은 호기심이 왕성한 것도 아닙니다."

어느 기자의 말이었다.

"사건이 생겼다, 그 경위를 살펴야겠다, 이왕 경위를 살피려면 철저하게 해야겠다, 그리고 데스크로부터 잔소리를 듣지 않게 해야겠다, 우리의 노력 범위란 건 결국 이 정도입니다."

"되도록이면 센세이셔널한 기사를 써야 되겠다는 마음은 없구요?"

나는 약간 빈정거리는 투로 물었다.

"센세이션은 사건의 내용이 만드는 거지 기자가 만드는 겁니까?"
하는 대답이 있었다.

"내용도 내용 나름이 아닌가? 윤숙경 씨의 실종이 문제가 되었으면 그 경위를 밝혀지는 대로 보도하면 될 일 아닌가? 그런데 왜 스캔들을 찾아내려고 야단이지?"

"경위를 소상하게 살피려니까 스캔들에까지 촉수(觸手)가 미치게 되는 게 아닙니까? 보다도 비극적 사건의 동기나 원인엔 대강 스캔들이 있는 법이니까요. 스캔들을 쫓고 있으면 사건의 진상에 육박할 수도 있다 이겁니다."

"그래 나한테까지 스캔들을 찾으려 했다 이거군."

"선생님뿐만이 아닙니다. 주변의 인물을 샅샅이 씻어 보자는 겁니다."

"그래 그 결과는?"

"어쩌다 실종 사건의 단서를 잡을 수 있을 거구, 잡지 못하더라도 이 기회에 인기 배우 윤숙경의 생활 상태의 윤곽을 그려볼 순 있겠죠."

이런 문답이 오가는 동안 분위기가 누그러들었다. 나는 이런 말을 했다.

"텔레비나 라디오 등 속보성(速報性) 미디어가 발달하고 있는 지금에 있어선 신문의 뉴스는 심층 보도(深層報道)의 성격을 갖추어야 할 것 아닐까? 이를테면 센세이셔널한 보도 태도는 지양해야죠. 프랑스의 《르 몽드》 같은 신문엔 그런 노력이 현저합니다. 가령 자살 사건이 있었다고 치면 어디까지나 그 가족들의 신경을 건드리지 않게 노력할 뿐 아니라, 당자의 명예를 손상하지 않도록 배려하구요. 물론 가족들이 슬픔에 잠겨 있는데 죽은 사람의 사진을 찾아내려고 수단을 부리지도 않구요.”

“《르 몽드》란 신문엔 사진을 전연 안 싣게 되어 있는데 사진을 찾아서 무엇하겠습니까?”

하는 말이 일각에서 나와 웃음소리가 터졌다. 나는 그 웃음소리가 시들기를 기다려 다음과 같이 말했다.

“《르 몽드》지가 사진을 게재하지 않는다는 사실, 이게 중요한 겁니다. 사진에 관해서 어떻게 신문이 텔레비에 대항할 수 있겠소? 그럴 바에야 하고 활자 매체(活字媒體)의 위신을 철저하게 지켜 보자로 된 것이고 사진을 없앰으로써 센세이셔널리즘의 요인은 없애자로 된 것이오. 신문에 있어서 가장 경계해야 할 것은 센세이셔널리즘이오.”

나는 어느덧 다시 흥분하고 있었다.

한 사람에게 있어서의 비극(悲劇)이 다른 사람에게 있어선 호기심 또는 흥미의 대상일 수밖에 없다는 것은, 인간 사회가 얼마나 비정(非情)한 것인가를 알려주는 증거가 되는 것이 아닐까. 그 비정의 측면을 대표하는 것이 신문을 비롯한 매스미디어라고 할밖에 없을 때, 그 속에 종사하는 사람들의 가슴이 메말라 있다고 해도 어쩔 수가 없는 것이다.

화제가 여기까지 미쳤을 때 기자의 하나가 실토를 했다.

"사실 그렇습니다. 자동차 사고가 발생했다고 들으면, 아뿔싸 또 불행이 있었구나 하는 마음으로 되지 않고, 몇 사람이나 죽었을까 하다가 열 명 이상이 죽었다면 이건 5단짜리다, 다섯 명이 죽었다면 이런 3단짜리다, 하나가 죽었으면 1단짜리다, 이런 식으로 생각하게 된단 말예요."

그러자 또 하나의 말이 있었다.

"아침부터 저녁까지 사건을 쫓다가 보면 웬만한 일엔 놀라지 않게 돼요. 우선 몸이 피곤하니까 마음이 생동성(生動性)을 잃게도 되는 것이지만, 어느덧 내 눈이 사람의 눈이 아니라 카메라의 렌즈처럼 느껴질 때가 있어요. 익사한 아들의 시체 옆에서 땅을 치고 울고 있는 여자를 보면, 영국이나 프랑스의 어머니들은 아무리 슬퍼도 저런 추태로써 슬픔을 나타내진 않던데 하는 엉뚱한 비교 의식 같은 것이 작용한다, 이 말입니다. 즉, 그때 내 눈은 인간의 눈이 아니라 카메라의 렌즈가 되어 있는 거죠. 이 장면을 찍어도 신문에 실을 순 없을 거라는……."

뭐니뭐니 해도 서로 글 쓰는 직업을 가지고 있는 사이인 것이다. 이처럼 피차의 고민이 화제가 되기도 하다가 다시 윤숙경의 문제로 돌아갔다.

"정말 어떻게 되었을까요?"

하고 기자 한 사람이 말했을 때의 그 말은 이미 기자의 말이 아니고, 진심으로 한 사람의 운명을 걱정하는 마음의 빛깔을 띠고 있었다.

"아무래도 납치된 거라고 보는데."

하는 의견이 나왔다.

"십중팔구 납치라고 봐야지."

"자발적으로 자취를 감출 이유가 전연 없는 게 아냐?"

"납치를 했으면 누가, 무슨 목적으로 하는 것이 문제로 되는데 그 누가 누구이며, 목적이 또한 뭣이겠느냐 말이다."

자리는 기자들의 방담회(放談會)를 방불케 하는 분위기로 바뀌었다.

"홍콩 경찰은 꽤나 기동성이 있고 수사력도 대단하다고 들었는데, 아직도 아무런 단서를 잡지 못했다고 하니 사건의 해결은 쉽지 않을 거야."

"그러나저러나 살아만 있으면 좋을 텐데. 최악의 경우로 되었으면 비통한 일이야."

"누가 뭐라고 해도 윤숙경 씨는 우리나라의 대표적 영화배운데 말야."

"큰 꿈을 가지고 있기도 했던 모양인데……."

"셜록 홈즈의 등장이 절실하게 요청되는 바이지만, 여기 앉아 벼르기만 한다고 될 일도 아니구."

"누가 들으면 자넬 셜록 홈즈로 알겠구나."

이런 얘기, 저런 얘기로써 결국 나와의 인터뷰는 끝났다. 돌아가는 그들과 일일이 악수를 나눴다. 결국은 좋은 청년들인 것이다.

그리고도 일주일이 지났다.

난데없는 보도가 날아들었다.

'윤숙경 평양으로 납치?'

도하의 신문이 일제히 이런 타이틀을 사회면의 톱에 올렸다.

그런데 그 기사를 가만히 읽어 보니 북괴가 윤숙경을 납치한 것 같다고 발설한 사람은 윤숙경의 남편인 구용택이었다.

기사의 일부를 발췌하면,

'……부인 윤숙경 씨의 실종 사건을 듣고 당지에 온 그녀의 남편 구용택 씨는 10여 일 동안에 찾아 헤맨 끝에 홍콩 경찰에 출두하여, 아무래도 그의 부인이 북괴에 의해 납치된 것 같다고 말하고 홍콩 경찰이 최선을 다해 줄 것을 호소했다. 어떻게 그런 추측을 할 수 있느냐는 경찰의 질문에 대해서 구용택 씨는, 북괴와 내통이 있는 것으로 알려진 이 모 여인과 같이 마카오로 가는 것을 보았다는 사람을 만났다고 하며, 그 후 이 모 여인의 집을 방문한 결과 이 모 여인은 한 달 전, 즉 윤숙경 씨가 실종한 그 날짜쯤에 집을 나가선 아직 돌아오지 않은 사실을 확인하고 보니 그렇게밖엔 추측할 도리가 없다고 말했다.

홍콩 경찰은 즉시 이 모 여인의 집을 찾아 구용택 씨의 진술이 사실임을 확인하고, 이어 구용택 씨가 만났다는 사람을 찾았으나 그 거처를 알아낼 순 없었다. 홍콩 경찰은 총동원하여 윤숙경 씨의 행방을 추궁했으나 무위로 끝난 사실을 감안하여 구용택 씨의 말에 신빙성이 있다고 판단하고 수사의 방향을 바꾸어 납치의 가능성과 납치의 경로를 조사하기로 한 모양이다. 한편 북경(北京)을 통해 평양측의 반응을 타진하고 있긴 하지만 기대해 볼 만한 것은 못 된다. 이날 경찰에 출두한 구용택 씨는 십 수 일 동안 부인을 찾아 헤매느라고 기진맥진한 몰골이었으며 경찰에서 나간 즉시 구룡(九龍)의 모 병원에 입원한 것으로 알려졌다.

'거짓말이다.'

구용택이 기진맥진한 몰골이 될 정도로 윤숙경을 찾아 헤맸다는 사실에 나는 맹렬한 혐오감을 느꼈다. 뿐만 아니라 뭔가 꾸민 제스처 같은 것을 느꼈다. 윤숙경이 실종한 사건의 중심에 구용택이 있다는 것은 의심할 나위가 없었다. 그러나 섣불리 발설해선 안 될 일이었다.

그 이튿날의 석간신문엔 현지로 날아간 특파원들과 구용택과의 사이에 있었던 일문일답을 싣고 있었다.

문 : 윤숙경 씨의 실종을 안 것은 정확하게 언제입니까?

답 : 2월 25일께였습니다.

문 : 구 사장이 홍콩으로 온 것은?

답 : 2월 22일이었소.

문 : 한국을 떠난 것은?

답 : 2월 18일.

문 : 그 동안은 어디에 있었소?"

답 : 일본 동경에 있었죠.

문 : 홍콩에 온 이유는?

답 : 여기서 우리 부부가 만나 화해를 할 작정이었습니다.

문 : 윤숙경 씨도 그럴 작정으로 있었던가요?

답 : 사전에 전화로 대강 합의를 보았죠.

문 : 듣는 바에 의하면 윤숙경 씨는 2월 20일에 귀국 예정이라고
     했는데, 2월 22일에 구 사장이 홍콩으로 왔다는 것은 이상하
     지 않습니까?

기사엔 그런 언급이 없었지만 구용택이 당황하는 얼굴이 보이는
듯했다. 윤숙경과 화해할 목적으로 홍콩엘 왔다면서 그녀의 귀국 예
정 일자보다 이틀 늦게 나타났다는 건 누가 보아도 의아할 것이었다.

"내가 홍콩에 올 때까지 기다리기로 되어 있었습니다."

하고 구용택이 얼버무렸는데 일문일답은 다음과 같이 계속되었다.

문 : 그렇다면 국제전화를 하신 겁니까?

답 : 그렇습니다.

문 : 서울서 하셨나요?

답 : 그렇습니다.

문 : 언제쯤 하셨습니까?

답 : 2월 18일? 아니 2월 17일이었던가?

문 : 확실하게 말씀하셔야죠.

답 : 2월 17일.

문 : 그 전화는 구 선생이 건 겁니까? 윤숙경 씨가 건 겁니까?

답 : 그게 무슨 문제가 됩니까? 전화로써 합의가 되었다면 그만
    아닙니까?

문 : 아닙니다. 윤숙경 씨의 당시 동정을 알기 위해선 지극히 중
    요하니까요.

답 : 윤숙경 편에서 걸어 왔습니다.

문 : 그때 어디에 있다는 말은 하지 않던가요?

답 : 그런 말 없었소.

문 : 묻지도 안 했습니까?

답 : 묻지 않았습니다.

문 : 그럼 홍콩 어디에서 만날 작정을 한 겁니까?

답 : 미라마 호텔에 가면 만날 줄 알았지요.

문 : 윤숙경 씨가 미라마 호텔을 떠난 것이 2월 10일인데 2월 17
    일의 전화에 자기의 소재를 밝히지 않은 것이 이상하다고 생
    각하지 않습니까?

답 : 홍콩엘 오기만 하면 자연 연락이 될 것으로 알았겠죠.

문 : 2월 22일 홍콩에 도착하자마자 윤숙경 씨를 찾았겠죠?

답 : 물론입니다.

문 : 구 사장 회사의 출장소가 있다고 들었는데 먼저 그 사람을 만났겠죠?

답 : 만났습니다.

문 : 그 사람들이 윤숙경 씨의 소재를 알고 있습디까?

답 : 모르고 있었습니다.

문 : 그래서 어떻게 했어요?

답 : 윤숙경과 친교가 있었던 사람들을 찾아다녔죠.

문 : 대강 누구 누구입니까?

답 : S란 사람도 있고 B라는 사람도 있습니다.

문 : 그 사람들 가운데 하나가 이 모 여인과 윤숙경 씨가 마카오로 가더란 얘기를 하던가요?

답 : 그 사람들은 아닙니다.

문 : 그럼 누구입니까?

답 : 소동팔(蘇東八)이란 중국 사람입니다.

문 : 그 사람 무엇하는 사람입니까?

답 : 무역하는 사람입니다.

문 : 경찰이 그 사람을 찾고 있는데도 아직 못 찾았다고 하는데요.

답 : 글쎄요. 그 까닭을 내가 어떻게 알겠습니까?

문 : 출장소 직원들은 어디로 갔습니까?

답 : 모릅니다.

문 : 사장이 와 있고, 사장 부인이 행방불명인데 출장소 직원들이

소재를 알리지도 않고 없어졌다는 게 이상하지 않습니까?

답 : 아마 그들도 내 아내를 찾느라고 이리 뛰고 저리 뛰고 하고
있을 겁니다.

문 : 윤숙경 씨가 북괴에 납치되었을 것이라고 한 것은 당신 아
닙니까?

답 : 그렇습니다.

문 : 당신이 그렇게 판단했는데 출장소 직원이 이리 뛰고 저리 뛰
고 있을 것이란 말엔 모순이 있지 않습니까?

답 : 혹시 그렇지 않을 경우도 있을 것이다 싶어서겠지요.

문 : 구 사장께선 윤숙경 씨가 북괴에 납치되었을 것이라고 꼭 믿
고 있습니까?

답 : 그렇게밖엔 추측할 수가 없습니다.

문 : 그런 추측을 한 근거는…….

답 : 윤숙경과 같이 마카오로 갔다는 이 여인이 북괴에서 파견되
어 온 여자니까요.

문 : 그 사실을 언제부터 알았습니까?

답 : 2, 3년 전부터 알았습니다.

문 : 그러고도 그 여자와 접촉이 있었나요?

답 : 그 사실을 알고는 끊었지요.

문 : 구 사장은 이 여인이 그런 여자라는 것을 영사관에나 본국의
기관에 보고한 적이 있습니까?

답 : 없습니다.

문 : 그렇다면 대한민국 국민으로서 태만이 아닙니까?

답 : 내가 보고를 안 해도 이미 알고 있을 것이라고 믿었기 때문입니다.

문 : 우리 기자들이 조사한 바에 의하면, 아니 우리가 접촉한 동포들은 이 여인이 북괴에서 파견되어 온 사실을 아무도 모르던데요. 영사관 직원들도 모르고 있었구요.

답 : 그럴 리가 없습니다. 영사관 직원들은 알고 있을 겁니다.

문 : 천만에 말씀입니다. 그러나 그 문제는 보류해 두기로 하고 윤숙경 씨는 이 여인이 그런 사람이란 사실을 알고 있었나요?

답 : 물론 알고 있었을 겁니다.

문 : 어떻게 그처럼 단정합니까?

답 : 내가 말한 적이 있으니까요. 그런 여자완 접촉하지 말라구.

문 : 그랬는데도 그런 여자와 접촉했다면 윤숙경 씨가 북괴 쪽으로 갈 작정을 한 것이라고 추측할 수 있다, 이 말 아닙니까?

답 : 설마 자진해서야 갔겠습니까?

문 : 그 여자의 성분을 알고서 마카오까지 자진 동행했다면, 강제로 끌려갔을 리는 없으니까요. 그런 사태를 예상하고 간 것이라고 추측할밖에 없지 않습니까?

답 : 난 거기까지 단정할 수 없습니다.

문 : 그럼 어디까지 단정할 수가 있습니까?

답 : 제반 사정을 봐서 납치되지 않았나 하고 짐작했을 뿐입니다.

문 : 구 사장의 앞으로의 계획은 어떻습니까?

답 : 얼떨떨해서 갈피를 잡을 수 없는 심정입니다.

문 : 어떻게 해서라도 찾아야겠다는 생각은 없습니까?

답 : 말해 뭣합니까? 찾아야죠. 그러나 방도가 없지 않습니까?

문 : 적십자를 통해서 호소라도 하실 작정은 없습니까?

답 : 그리라도 해야겠죠.

문 : 지금의 심정은 어때요.

답 : 아까 말하지 않았습니까? 나를 이 이상 괴롭히지 말아요.

(구용택 씨는 발작적인 신경질을 내더니 퇴장해 버렸다.)

신문 기자들의 질문은 날카로웠고 구용택의 대답은 알쏭달쏭했다. 아니나 다를까 기자들은 그 인터뷰의 후기에

'구용택 씨의 대답은 시종 아리송했다. 뿐만 아니라 구용택 씨가 윤숙경 씨와 국제전화를 했다고 한 2월 17일, 2월 18일에 걸쳐 한국과 홍콩 사이의 국제전화 횟수를 조사했던 바, 도합 1백 13 통화가 있었는데 일일이 송수화자를 밝힌 결과 윤숙경 씨와 구용택 씨 사이의 전화는 없었다는 것이 증명되었다. 마카오 서(署)의 조사도 역시 같은 결과였다.'

나는 이 기사를 읽고 탄식했다. 만일 윤숙경이 받아야 할 20억 원을 구용택이 받았다는 사실을 기자들이 알기라도 했더라면, 인터뷰는 더욱 흥미있게 되었을 것이고 따라서 구용택이 헤어나올 수 없는

궁지에 빠졌을 것이었기 때문이다.

그러나저러나 누가 보아도 윤숙경의 실종은 구용택과 관련이 있다는 짐작을 안 할 수 없을 것이었다. 그렇다고 해서 그것이 위안이 될 까닭이 없다. 문제는 윤숙경의 안위(安危)에 있는 것이다.

나는 윤숙경을 북괴가 납치했을 것이라곤 믿지 않았다. 내 자신 홍콩의 노상에서 북괴의 동조자로 보인 정체불명의 사람들에 의해 일시 곤욕을 치른 적이 있지만, 약간의 조심성이 있는 사람으로선 그렇게 쉽게 납치를 당할 홍콩이 아니다. 그건 그렇고 구용택이 무슨 근거로 윤숙경이 북괴에 납치되었다는 설을 퍼뜨렸을까.

번개처럼 뇌리를 스치는 것이 있었다.

홍콩 정청(政廳)은 국제간의 정치 사건에 말려들길 극도로 싫어한다. 일반의 범죄사건 같으면 홍콩의 치안 상황을 과시하기 위해서도 철저한 수사를 펴는데 일단 정치적인 문제가 개재되었다고 판단하면 단번에 수사 의욕을 잃고 만다. 섣불리 하다간 이쪽저쪽, 어느쪽엔간 편을 들지 않을 수 없는 곤란한 처지에 서게 되는 것인데 그렇게 되는 경우를 미리 경계한다고나 할까.

나는 이 얘기를 홍콩에서 만난 영국인 기자에게서 들은 것이다.

구용택은 이런 사실을 알고 있었던 모양 아닌가. 북괴에 납치되었다고 하면 홍콩 정청은 정치 문제로 쳐 버린다. 한편에선 납치라고 하더라도 그들은 자진해서 간 것이라고 주장할 수도 있다. 그러니 치안이 덜 된 탓이란 비난을 막을 수가 있다. 홍콩 정청은 그곳에 들어온 사람들이 어느 곳으로 가건 간여할 바 아니란 태도를 취한다. 중공에서 홍콩으로 도피할 경우 중공이 발포하는 경우가 있어도, 홍콩으로부터 중공 쪽으로 가는 사람에겐 발포하지 않는다. 홍콩 정청은 구용택의 진술에 편승해서 윤숙경을 중공 쪽으로 월경한 사람으로 쳐 버리면 그로써 일건 종료(一件終了)로 되어 버린다. 과연 홍콩 경찰은 구용택의 진술이 무슨 신호라도 되는 것처럼 윤숙경의 행방을 찾는 것을 중단해 버리지 않았는가. 구용택은 이만저만 영리한 사람이 아니다.

그런데 그 이튿날의 신문은 구용택의 행방불명을 알렸다. 돈 문제를 본사로부터 연락 받고 기자들이 그를 찾아갔을 땐 구용택이 어디로인지 행방을 감춘 후였다.

그렇게 되니 윤숙경 사건을 두고 물고 늘어질 근거가 하나도 없게 된 셈이다. 구용택이 없고 출장소 직원들도 없고, 홍콩 정청이 사건은 끝났다는 태도를 취하게 되었으니 말이다. 투덜투덜하며 돌아오는 기자들의 모습이 눈에 보이는 것만 같았다.

2
브리슬 방식

극히 일부의 전문가들에게만 알려진 말 가운데의 하나가 브리슬 방식이다.

브리슬 방식이란 무엇이냐. 다음에 그 힌트를 적는다. 브리티시 + 이스라엘 = 브리스라엘. 이것을 줄여서 브리슬. 로마자로 표기하면 BRISL.

이 요령은 한때 우리들이 히틀러와 무솔리니의 결합된 세력을 '히솔리니' 또는 '무틀러'라고 불렀던 사실을 회상하면 자연 터득될 것이다.

각설하고 ——

윤숙경의 이름이 신문에서 사라졌다.

사람들의 잡담에만 남았다.

"참말로 평양으로 갔을까?"

"평양으로 갔으면 강제로라도 대남 방송에 이용할 텐데."

"윤숙경은 깡치가 있는 여자야. 호락호락 이용당하진 않을걸?"

"놈들이 납치한 이유가 뭘까?"

"대스타가 월북했다는 것만으로도 그들에겐 굉장한 선전 자료가 될 테지."

"김일성이 호색가(好色家)라니까, 과잉 충성 하는 놈이 예물로써 바친 것 아닐까?"

"그런 꼴이 되었으면 윤숙경이 혀를 물고라도 죽었을 거야."

"윤숙경이 납치된 것도 벌써 한 달이 넘지 않았는가? 그게 사실일 것 같으면 북괴 방송이 야단법석을 떨 건데 아무런 소식이 없는 걸 보면."

"납치되었다는 건 공연한 소리가 아닐까?"

"그렇다면 어떻게 됐지?"

"아마 죽었을지도 몰라."

"그런 불길한 소리 하지 말게."

"북괴에 납치되었다는 건 불길한 소식이 아니던가 뭐?"

"대한민국의 스타로서의 위신과 충성을 과시할 수 있진 않겠나? 납치당했을 경우 말야."

"바늘만 한 것도 홍두깨처럼 말하고 없는 것도 꾸며서 말하는데 윤숙경 같은 대스타가 거게 가 있다고 해 봐. 북괴놈들이 가만있겠어? 아무래도 납치설은 조작인 것 같애."

"그렇다면 구용택의 조작이란 말 아닌가?"

"아무래도 그자가 수상해."

"그자의 소식은 도대체 어떻게 된 거야?"

"글쎄 말이다."

"최근엔 윤숙경과 별거하고 있었다지 않아?"

"게다가 나이 어린 여배우와 붙어 아이까지 낳았다던데."

"아무튼 이상한 사건이야."

"도저히 납득할 수가 없어."

"윤숙경이 없어졌다고 생각하니 한구석이 빈 것 같잖아?"

"그런 기분도 들어."

"만일 윤숙경을 죽인 놈이 있다고 하면 그놈을 붙들어다 광화문 네거리에서 능지처참을 해야 할 거야."

"괜히 흥분하지 말게."

이런 얘기들이 한동안 술집에나 다방에서 유포되기도 했는데 신문사나 방송국의 자제(自制)였든지 구용택이 윤숙경의 돈을 가로챘다는 사실은 유포되질 않았다.

만일 그 사실이 유포되기라도 했더라면, 구용택은 일반 대중의 저주의 대상이 되었을 것이 뻔하다.

그러나저러나 윤숙경은 어떻게 되었으며 구용택, 정당천, 설상동, 권수자 등은 어디로 행방을 감추었단 말인가.

그런 가운데서도 이상한 건 유한일이었다. 윤숙경의 실종 사건이 그에게도 충격이 아닐 수 없을 것인데 이렇다 할 반응을 보이지 않을 뿐 아니라, 어디에 있는지조차 알리지 않으니 이상한 것이다.

혹시 아프리카 등지에 돈벌이판을 벌이고 있는 것일까도 싶고, 이스라엘의 첩보 활동에 말려들고 있는 것이 아닐까도 싶었다. 아무튼 한가하게 놀고 있을 것만은 아닐 것이었다. 강달혁과 임수형을 외국에까지 불러냈다면 무언가 만만찮은 일을 하고 있을 것이 분명하다.

그러나저러나 유한일은 윤숙경의 실종 사건을 어떻게 생각하고 있을까 궁금했다. 그렇다고 해서 어떻게 될 일도 아닌 것이다.

어느덧 4월도 중순쯤 되었다. 생각이 날 때마다 가슴이 저미는 것이지만 생각이 나는 빈도(頻度)가 차츰 줄어들었다. 4월은 또한 음침한 생각에 골몰하기엔 너무나 화려한 달이기도 하다.

그러한 어느 날 창을 활짝 열어젖히고 원고를 쓰고 있는데 정금호로부터 전화가 왔다. 오래간만이라서 반가웠다.

"무슨 좋은 소문이라도 있습니까?"

대뜸 물었다.

"좋은 소문인지 아닌지 모르겠습니다만."

하고 망설이더니 이상한 일이라며 다음과 같이 말했다.

"어제 은행으로부터 연락이 왔는데, 21억 원이 유한일 사장의 구좌로 불입되었다는 겁니다. 그런 일이 있으려면 유 사장으로부터 연락이 있을 텐데 전연 그런 일이 없었어요. 유 사장이 그런 큰 거래를 했다면 사전에 제가 모를 까닭이 없구요."

"은행에 한번 알아보시지."

"알아 봤습니다."

"누가 불입했던가요?"

"외환은행의 보증수표로 불입되었다는 것 이외는 모르겠다는 얘기였습니다."

"외환은행이면 외국에서 송금된 것을 원화로 고쳐 불입한 게 아닐까요? 유한일 사장의 송금으로."

"외환은행에도 물어봤죠. 혹시 유한일 사장 자신이 송금한 게 아닌가 하구요. 그런 일은 없다는 겁니다. 특히 외환은행엔 유한일 사장의 코드가 있고, 계원은 절 알거든요. 만일 그런 일이 있으면 당장 알게 되어 있습니다."

"외환은행의 수표를 유한일 군의 구좌로 옮겨 넣은 사람은 누군데요?"

"글쎄, 그걸 모르겠다는 겁니다."

"송금인의 의뢰를 받고 은행에서 직접 다른 은행으로 보낼 수도 있는 거죠?"

"물론입니다."

"그럼 외환은행에 다시 한번 물어보시구려. 어디에 있는 누구가 송금했는지."

"그건 외부인에겐 잘 알리지 않습니다. 업무상의 비밀이 있을지도 모르니까요."

"대리인인 정 선생에게두요?"

"그렇습니다."

"아무튼 유한일 군이 송금한 것만은 아니다?"

"예, 그렇습니다."

"그렇다면 오늘 밤에라도 유 군으로부터 전화가 올지 모르니 기다렸다가 물어보시구려."

"이 열흘 동안 전혀 전화가 없습니다."

"그러나 걱정하지 마십시오. 빠져 나간 돈이면 걱정이겠지만 들어온 돈인데 무슨 걱정입니까?"

"그건 그렇습니다. 궁금할 뿐입니다."

전화를 끊고 생각에 잠겼다.

그 까닭은 21억 원이란 액수가 마음에 걸렸던 터이다. 윤숙경이 과천 땅을 판 값의 잔금이 20억 원, 명륜동 집을 판 값의 잔금이 1억 원, 도합 21억 원이다.

구용택이 가로챈 꼭 그 액수의 돈이, 유한일의 통장으로 들어왔다면 우연이라고 치더라도 너무한 공교로움이 아닌가.

그러나 아무리 생각해도 구용택이 가로챈 돈과 유한일의 통장으로 들어온 그 돈을 연결지을 순 없는 노릇이었다. 결국 우연의 일치라고 괄호를 닫아 버릴 수밖에 없었다.

그런데 그 이튿날 정금호로부터 걸려온 전화가 나를 자극했다.

"그 돈을 보내 온 사람을 알았습니다."

"누구였소?"

"R. C. 챈들러라는 사람이었습니다."

"R. C. 챈들러란 사람을 정 선생은 아십니까?"

"모르는 사람입니다."

"어디서 보냈던가요?"

"홍콩은행에서 보낸 것이었습니다."

"홍콩은행에서?"

"그렇습니다."

홍콩이란 데 내 마음이 끌렸다.

"헌데 유 군은 지금 어디에 있답니까?"

"그걸 알 수 없군요."

"혹시 홍콩에 있는 것 아닙니까?"

"글쎄올시다."

"정 선생, 혹시 정 선생 말고 유한일 군에 관해 알고 있는 사람이 서울엔 없습니까?"

"왜 없겠습니까?"

"그 사람들이 누군지 좀 알려 주시오."

"있을 거란 사실만 알지 누구 누군진 전 모릅니다."

"유 군과 정 선생은 오래 된 사이 아닙니까? 그런데두?"

"유 사장은 철저한 비밀주의가 돼서요. 지금은 모르겠습니다만 얼마 전까지만 해도 유 사장 밑에 상당히 많은 사람이 움직이고 있었습니다. 그러나 그룹별로 구분하여 그 그룹 간의 연락은 전연 없었습니다. 이를테면 지금 제가 쓰고 있는 이 사무실엔 강달혁 씨와 임수형 씨, 윤숙경 씨와 선생님, 그 밖엔 아무도 출입시키지 안 했으니까요. 물론 손님들은 차한에 부재였지만…… 그처럼 비밀주의가 엄했습니다."

"하여간 정 선생, 유 군이 홍콩에 있는가 없는가만 확인해 주십시오. 그 방법은 있겠죠?"

"있습니다. 거래하는 상사가 있으니까 그리로 문의해 보면 알 겁니다."

"부탁합니다."

정금호와의 전화가 끝나고 얼마 되지 않아 또다시 전화벨이 울렸다.

"누구십니까?"

할 것도 없이

"선생님!"

하는 임영희의 울먹이는 소리가 수화기를 울렸다.

"오늘 홍콩에서 돈이 1억 원이나 부쳐 왔어요."

"누구에게서?"

"R. C. 챈들러라는 사람 명의로 부친 돈이라고 해요."

하고 잠시 숨을 돌렸다.

이런저런 위로의 말을 주고받고 전화를 끊었다.

"R. C. 챈들러! 그가 누굴까. 혹시 유한일의 서양식 이름이 아닐까?"

그러나 유한일이 그런 복잡스런 짓을 할 사람은 아닌 것이다.

내가 홍콩엘 가기로 결심한 것은 정금호를 통해 유한일이 홍콩에 묵고 있다는 사실을 확인했기 때문이었다.

"어느 호텔에 들어 있는질 아시오?"

하는 질문엔 정금호는 대답하지 못했다.

거래하고 있는 상사에서도 모른다고 하더란 것이다. 나는 그 상사의 이름과 주소만을 수첩에 적어 넣었다.

무엇 때문에 나는 홍콩으로 가려 하는 것일까. 괜한 탐정 취미가 생긴 탓만은 아니다. 나는 홍콩엘 가기만 하면 윤숙경에 관한 무언가 냄새라도 맡을 수 있으리란 어림짐작이 생겼다. 유한일이 홍콩에 체류 중이라면 결코 무위로 나날을 보내고 있을 것은 아니었다. 윤숙경의 홍콩에서의 실종을 그는 결코 보아 넘기고만 있지 않을 것이었다. 그의 철저한 성격은 무언가를 캐내었든지 캐내고 있든지 할 것이다. 요컨대 나는 그 탐정의 현장에 있고 싶었다.

마음은 바빴는데도 출발이 늦은 덴 두 가지 문제가 있었다. 하나는 얼마간의 양의 원고를 써 두고 가야 하는 직업 소설가의 슬픈 문제였고, 또 하나는 가난한 사람이 여행을 하려면 으레 느끼는, 이것 역시 돈이라고 하는 슬픈 문제였다.

출판사마다에 전화를 걸어 1만 달러 상당의 돈을 긁어모으기에 일주일이 걸렸다. 그 동안 한 달쯤 내가 없어도 될 만큼한 원고의 양을 만들었다.

1만 달러, 우리 돈으로 5백만 원. 그걸 만들기에 일주일이나 걸렸다는 것은 귓전으로 수십 억 원의 돈이 왔다갔다하는 상황에선 실로 초라하기 짝이 없는 노릇이다. 그런데도 1만 달러를 기분에 겨워 한 달 동안에 쓰고 나면 앞으로의 1년은 그야말로 허리띠를 졸라매야만 한다.

내가 김포 비행장을 떠난 것은 4월 29일. 전날 유한일이 홍콩에 아직 머무르고 있다는 사실을 확인하고 나서의 최후 결정이었다. 검은빛 안경을 준비한 것은 서투른 탐정 취미의 사나이가 얼핏 해보는 일종의 제스처이다.

비행기 안에서 금발 미녀와 동석하게 된 것은 뜻밖의 행운이었다. 우리는 동해의 상공에 있을 땐 제법 친한 사이가 돼 있었다. 그렇게 된 동기는 물론 그녀와 내가 서로의 체온을 느낄까 말까 한 자리에 앉게 되었다는 바로 그 사실이 첫째이고, 그 다음은 그녀의 손에 애거서 크리스티의 추리소설이 있었다는 데 있었다. 그것은 내가 수월하게 그녀와의 언로(言路)를 통할 수 있게 해주었다.

"담배 피워도 좋습니까?"

금연 사인이 꺼지길 기다려 서양 실사를 모방한 어색한 매너를 부려 놓고, '좋다'는 승낙을 받기가 바쁘게

"숙녀께선 크리스티를 좋아하십니까?"

하고 물었다.

"여행 중에 읽긴 이런 게 제일입니다."

하는 숙녀의 대답이어서

"나는 여행 중엔 지독하게 어려운 책을 읽습니다. 예컨대……."

하고 하이데거의 저서를 꺼내 보였다.

"여행 중에 그런 게 머리에 들어가나요?"

"두 가지 목적이죠. 하나는 이런 책을 읽기 시작하면 곧 잠이 오지 않아요? 그래 수면제로써 좋고, 또 하나는 읽자니 이 책밖엔 가진 게 없으니까 아무튼 읽게 된다. 그겁니다."

"아아, 퍽 재미있는 말씀이군요. 나도 앞으로 그런 식으로 해야겠어요. 읽는다, 읽는다, 하면서 어려운 책은 자연 멀리하게 되니까요. 그 한 권만 가지고 있으면, 그렇겠네요. 읽게 되겠네요."

"특히 크리스티를 좋아하십니까?"

하고 묻는 나의 질문에

"제 남편이 좋아해요. 그러니까 자연."

하며 여자는 활달하게 웃곤 나에게 물었다.

"당신은 크리스티를 좋아하지 않으세요?"

"좋아하지도 않지만 싫어하지도 않습니다. 두어 작품 읽었을 뿐이니까요."

"두어 작품 읽은 감상은?"

"너무 틀에 박힌 추리소설 같더군요."

"틀에 박혀선 안 되나요?"

"틀에 박혔다는 건 이것은 추리소설이다, 하는 인상만 줄 뿐 인생(人生)이 없다, 하는 느낌을 말하는 겁니다."

"추리소설이 추리소설인 것이 뭐 나쁘나요?"

여자는 장난스럽게 물었다.

"내 생각으론 추리소설은 인생이 그려져 있어야 한다는 겁니다. 주인공들이 일상생활을 하고 있어야죠. 이 생각 저 생각 하며, 또는 이런 일 저런 일을 하고 있는데 그 생활의 과정에서 문제나 사건이 생기는 겁니다. 그런데 그 사건이 어느 사람에겐 생활 전부를 차지하는 것으로 되고 어느 사람에겐 생활의 극히 일부분일 뿐입니다. 그런 사람이 등장해서 하나의 소설을 이루는 것, 뭐라고 할까요? 홍콩에 사건이 났는데 그 사건을 조사하러 서울에서 홍콩으로 간다고 칩시다. 크리스티의 소설은 등장인물이 바로 홍콩으로 가 버립니다. 중간의 얘기가 없지요. 그런데 내가 만일 추리소설을 쓴다면 그런 식으론 안 하겠다, 이겁니다. 소설의 줄거리와 전연 관계가 없더라도 우연히 한자리에 앉게 된 미녀의 인상, 그 미녀와 주고받는 말, 이런 것을 주워 담는 겁니다."

"그렇게 되면 무한정 소설이 길어지지 않을까요? 그리고 긴박감을 상실하게 되는 것 아닐까요?"

"그렇게 하면서도 적당한 길이를 유지하는 것이, 그리고 긴박감을 잃지 않게 조작하는 것이 소설 쓰는 기술 아니겠습니까, 말하자면 추리소설이면서 문학이려면 그렇게밖엔 할 수 없지 않으냐 이겁니다."

"당신의 말씀을 들으니 전문가의 의견을 듣는 것 같은 느낌입니다. 실례이지만 직업이 무엇인지요?"

"한번 알아맞춰 보세요."

"상사원은 아닐 테구, 신문기자?"

"옛날 신문사의 주필을 한 적이 있죠."

"지금은 아니구요?"

"그렇습니다."

"그럼 대학 교수?"

"그것도 옛날 해 본 일입니다."

"그럼 국회의원?"

"그건 영 빗나갔습니다."

"그럼 뭘까?"

"사람들은 날 소설가라고 하지요."

"소설가이시군요."

여자는 눈을 둥그렇게 뜨곤

"소설가와 같은 자리에 앉게 되다니 영광입니다."

"삼류 소설가가 뭐 대단할 것 있습니까?"

"겸손이시겠죠."

"겸손 아닙니다. 되레 오만입니다."

"오만?"

"그렇지 않습니까? 도스토옙스키나 톨스토이가 일류 소설가, 사르트르나 뭐 카뮈가 이류 소설가라면 삼류 소설가를 자처하는 것도 꽤나 오만한 것 아닙니까?"

내가 소설가라고 들었기 때문인지 여자는 갑자기 흥미를 느낀 모양으로 이것저것 묻기 시작했다. 예컨대

"소설가의 생활 방식은 보통과 다르죠?"

"누구나 만나면 일단 소설의 재료로써 생각하게 되는 것 아녜요?"

하는 등등의 질문이다.

이런 질문을 받고 명확한 대답을 할 수 있는 소설가가 있을지 모르겠다고 생각하며, 나는

"소설가도 사람이니까요."

하고 얼버무렸다.

"소설 재료를 찾으러 가시나요?"

하는 물음이 있었다.

이것 역시 곤란한 질문이었다. 그렇기도 하고 그렇지 않기도 했기 때문이다.

"코리아의 소설가는 비행기 타고 취재 여행을 할 수 있을 만큼 돈에 여유가 없습니다."

하는 극히 산문적인 대답이 되어 버렸다.

여자는 잠잠해졌다.

그리고는 크리스티의 책을 읽기 시작했다.

어느덧 비행기는 일본의 하늘에 들어서 있었다.

여자의 눈도 우연히 창밖에 쏠린 듯.

"아, 재팬!"

하고 나직이 속삭였다. 이어 여자가 물었다.

"일본까지만 가시나요?"

"홍콩엘 갑니다."

"곧바로?"

"3일쯤 동경서 머무를 예정입니다. 부인께선?"

"나도 3일쯤 동경에 머물렀다가 플로리다로 돌아갈 참예요."

나는 창밖을 가리키며

"한국의 산하와 일본의 산하가 다르죠?"

하고 물었다. 그러자 뜻밖인 답이 돌아왔다.

"고도가 1만 피트쯤 더 높이 되면 코리아의 산하와 재팬의 산하는 꼭 같이 보일 거예요."

"그렇게 말씀하시는 뜻은?"

"어느 정도의 거리를 갖고 보면 꼭같아지는 지구에 살면서 이 나라는 이렇고, 저 나라는 저렇다, 하는 따위의 전색(詮索)이 나는 싫은 겁니다."

"이를테면 사해동포주의(四海同胞主義)다, 이거로구먼요."

"글쎄요."

"내게는 이런 생각이 있습니다. 남의 나라로 비행기를 타고 들어

81

간다는 게 뭣하다, 이겁니다. 옛날엔 배를 타고 남의 나라에 도착합니다. 그리고 기차를 타고 수도로 들어갑니다. 말하자면 위를 쳐다보고 들어간 겁니다. 들어갈수록 미지의 부분이 펼쳐지는 거죠. 그러니 자연 겸손하게 될밖엔요. 그런데 요즘은 상공에서 그 나라 산하의 윤곽을 쓰다듬어 보곤 오만하게 입국하게 된다, 이겁니다. 이런 곳에 무슨 문제가 있다고 생각하는데 당신의 의견은?

"그렇다고 해서 비행기를 이용하지 않을 수 없잖아요."

그녀의 대답은 이처럼 드라이했다. 모처럼 철학적인 얘기가 그녀의 입에서 나왔기에 나도 이처럼 말을 꾸며 본 것인데 아귀가 맞지 않았던 것이다.

스튜어디스가 지나가기에 위스키소다를 청하며

"당신은?"

하고 물었더니 그녀도 OK라고 한다.

두 개의 하이볼이 왔을 때 나는 잔을 들고 말했다.

"나는 술을 못 마시는 사람을 곤충으로 압니다."

"곤충이 술을 마실 수야 없겠죠."

재미있다는 듯 그녀는 소린 내지 않고, 그러나 제법 화려하게 웃었다.

"여행 좋아하세요?"

내가 물었다.

"좋아하다마다요. 결혼한 걸 후회할 정도로 나는 여행을 좋아해요."

"여행을 좋아한대서 결혼한 걸 후회한다는 건 납득이 안 가는데요."

"아무래도 가정에 매이게 되니 마음대로 여행할 수가 없잖아요. 당신은 여행을 좋아하세요?"

"좋아합니다. 그러나 돈이 있어야죠."

또 돈 얘길, 하고 후회했으나 엎지러진 물이다.

"책을 많이 팔면 될 걸 왜 그러십니까?"

"떡장수 마음대로 되나요?"

떡장수를 나는 '케이크 벤더'라고 표현했던 것인데 그녀가 알아듣지 못하는 눈치여서 우리나라 속담이라며 약간의 설명을 보탰다. 그녀는

"댓 이즈 필로소피(哲學)."

라며 고개를 끄덕였다.

"생각해 보세요. 한 달쯤 여행을 하려면, 더욱이 나 같은 나이엔 줄잡아 1만 달러의 돈이 듭니다. 헌데 그만한 돈을 모으려면 거의 1년이 걸립니다. 말하자면 그렇고 그런 겁니다."

"베스트셀러 작가 되면 대단한 것 아녜요?"

"그럴 테죠. 당신이 좋아하시는 그 크리스티는 소설만 써 갖고 7천만 달러의 유산을 남겼다지 않습니까?"

"7천만 달러?"

그녀는 대단히 놀란 모양이었다.

나는 더욱 그녀를 놀라게 해줄 양으로

"크리스티는 총계 94권의 책을 썼는데 103개 국어로 번역이 되었답니다. 이건 셰익스피어를 번역한 국어보다 14개 나라를 상회하는 숫자지요. 그리고 4억 부가 팔렸답니다. 지금도 팔리고 있는 중이구요. 당신이 지금 들고 있는 그 『애크로이드 살해 사건』은 그러니까 크리스티의 책 4억 분지 1에 해당하는 겁니다."

"크리스티의 작품은 많이 읽고 있지 않다면서 어떻게 그런 건 소상하게 알고 계시죠?"

"작가라고 하는 것은 남의 책 팔린 부수엔 민감하니까요. 이지러진 사발 같은 얼굴로 질투는 제대로란 말이 우리 속담에 있습니다. 못난 얼굴을 하고 있으면서도 샘은 많다는 뜻이지요."

"당신 말씀 재미가 있군요."

"헌데 부인께선 영국에 가신 적이 있소?"

"두 번 갔어요. 어릴 때 한 번, 대학 시절에 한 번."

"또다시 가실 기회가 있거든 크리스티의 무덤을 한번 찾아가 보세요."

"당신은 가 보셨소?"

"작년에 들렀습니다. 바크샤이어의 조르지란 마을의 센트메아리 묘지에 있습니다. 런던에서 약 50마일 서북쪽으로 달리면 있지요."

"어떻게 그런 곳에까지."

"순전한 우연이었습니다. 영국의 신문기자와 자동차로 그 근처를 지나다가 우연히 말이 나서 물어본 건데 크리스티의 무덤이 문제가 아니라 그 묘역(墓域)이 기막혀요. 천 년 가까운 역사를 지닌 묘지라니 말입니다. 여왕 메리 앤의 무덤도 그 묘역에 있습니다. 우거진 잡초 이끼가 낀 비석, 뭐라 형언할 수 없는 느낌이었어요."

"크리스티의 무덤은 어떠했어요?"

하는 그녀의 질문이라서 나는 되도록이면 표현을 멋지게 하려고 애썼다.

"묘역에 들어선 오른편 구석, 이미 회색으로 바래진 묘비들 사이에 푸른 하늘을 배경으로 깔고 백대리석(百大理石)의 무덤이 천 년 역사의 흔적을 냉엄하게 관찰하고 있는 것이 나처럼 의연히 서 있대요. 비문은 간단했어요. 데임 애거서 크리스티라고 새겨진 밑에 생년월일과 사망 연월일이 있고, 그 아래 '작가'라고 적혀 있었어요. 배면엔 에드먼드 스펜서의 시가 새겨져 있었구요. 전부 다 욀 수는 없는데 마지막은 '삶의 끝에 찾아온 죽음은 커다란 기쁨'이라고 되어 있습니다. 생전에 크리스티가 퍽이나 좋아한 시였던 모양이오."

여자는 사뭇 정중하게 귀를 기울이고 있더니 수첩을 꺼내 크리스티의 무덤이 있는 곳을 물어 적어 넣었다.

"영국엘 가면 꼭 찾아가야지."

그리고는 크리스티 얘기를 하고 있는데 아나운스가 있었다. 얼마지 않아 공항에 도착한다는 것이다.

비행기가 무사히 착륙하자, 여자는 일어서더니

"내 이름은 메리 스펜서라고 해요."

하고 악수를 청했다. 악수를 하며 나도 내 이름을 밝혔다.

출입국 관리소를 통과하고 짐을 찾기 위해 서성거리고 있는데 저 편에 있던 메리가 내 옆으로 왔다.

"호텔은 예약되어 있나요?"

나는 예약되어 있는 호텔 이름을 말하곤 물었다.

"당신은?"

"우린 지정되어 있는 숙소가 있어요."

하더니

"동경에 들어가면 바쁜 일이 있어요?"

하고 물었다.

이럴 경우 설혹 바쁜 일이 있다고 해도 있다고는 말할 수 없을 터 인데 내겐 동경에서의 용무라곤 없었다.

"목욕이나 하고 근처의 술집에나 들렀다가 잠을 잘 뿐."

이라고 대답했다.

"그럼 나중 놀러가도 될까요? 사실은 나도 할 일이 없어요. 게다 가 동경은 생소하고."

"좋습니다."

"그럼 일곱 시까지 로비로 갈게요."

일곱 시면 네 시간 후의 시각이다.

"호텔의 위치는 알겠어요?"

하고 이번엔 내가 물었다.

"유명한 호텔이니까 택시 운전사가 알겠지요."

우리는 따로따로 짐을 찾아 따로따로 택시를 탔다. 공항부터 호텔까지의 길은 붐비지 않았다. 나는 느긋한 기분으로 담배를 입에 물고 동경의 시가 풍경이 위로도 아래로도 보이는 고가 도로를 달리며 생각했다.

'이번의 홍콩 여행엔 뜻밖의 수확이 있을지 모르겠다.'

메리 스펜서는 미녀는 아니었지만 개성미가 있는 여자였다. 메리 스펜서는 젊은 편은 아니었지만 늙었다고는 할 수 없는 여자였다.

어쩌면 오늘 밤은 즐거운 밤이 될지 모른다는 기대가 나쁠 까닭은 없었다.

'여행이란 이래서 좋은 것인지도 모른다!'

는 시로도 소설로도 될 수 없는 감회를 안고 나는 동경의 시심(市心)으로 들어가고 있었다.

메리 스펜서는 기막힌 여성이었다.

그 왕성한 호기심, 예민한 관찰력, 기지 넘치는 표현.

'도쿄 바이 나이트'에 있어서의 그녀는 24, 5세의 처녀와 다름이 없었다. 비행기 안에서 느낀 인상과는 전연 달랐다. 그 원인은 복장이 슬랙스 차림으로 변한 탓과 보다 정성을 들인 화장에 있겠지만, 중년 여성으로서의 중후한 태도는 온데간데없고 젊은 처녀를 방불케 하는 발랄함만이 있었다.

바로 그런 점이 서구의 여성과 동양의 여성이 다른 점이 아닌가 싶다. 동양 여성일 경우 남편을 갖고 있으면, 어떠한 경우라도 남편의 그림자를 등에 업고 다니는 느낌은 가실 수가 없는데, 서구의 여성은 전연 그렇지가 않는가 보았다. 구김살 없는 자유. 자유로운 여성으로서의 개성을 발휘하게 된다.

긴자(銀座)의 어떤 카바레에 들어갔을 때였다. 춤을 추는데 메리 스펜서의 키가 나보다 살큼 높았다. 메리는 서슴없이 하이힐을 벗어 테이블 밑에 놓고 맨발이 되어 버렸다. 그리고는 한다는 소리가,

"조금만 머리를 쓸 줄 알면 동양과 서양의 조화는 이처럼 간단하다."

는 것이었다.

테이블로 돌아와 일본인 남녀들이 사교댄스를 추고 있는 것을 눈여겨보고 나선

"아무래도 사교댄스는 일본인용은 아닌 것 같다."

며

"이렇게 보니 일본인들은 영락없는 만화적 인물(漫畵的人物)이라."

고 했다.

초밥 집에 들어선, 손으로 초밥을 집어먹는 것을 보고 메리는

"젓가락으로 먹는 방식은 대륙(大陸)에서, 손으로 집어먹는 방식은 폴리네시아에서 온 것 같다."

고 하고,

　"일본의 성공은 대륙성과 해양성을 두루 체험하고 있는 그 생활의 지혜에 있는 것 같다."

고 덧붙였다.

　긴자에서 아카사카(赤坂)로, 아카사카에서 롯폰기(六本木)로, 롯폰기에서 신주쿠(新宿)에 있는 어느 '게이 바'로 옮긴 것은 새벽 한 시였는데 그 바의 여장(女裝)한 남자를 보고 메리는 이렇게 물었었다.

　"나 같은 미녀를 보아도 가슴이 두근거리지 않아요?"

　그랬더니 그 여장의 남성은

　"가슴이 두근거린다."

고 했다. 그리곤 덧붙이길 ──

　"내 가슴이 두근거리는 것은 당신 옆에 앉은 신사 때문이에요."

하고 눈으로 나를 가리켰다.

　메리는 지지 않았다.

　"내게 정면으로 도전하는군요."

하며 애교 있는 익살을 부리곤, 나에게

　"어느 편을 선택할 거냐?"

는 것이다.

　"오브 코스, 나는 당신을 선택한다."

고 내가 말했더니 메리는 손바닥을 치며 기뻐했다.

　"동경에 있어서의 위대한 승리."

란 것이었다.

'게이 바'에서 꼬박 한 시간을 놀곤 나는 시바에 있는 숙소에까지 메리를 바래다주고 호텔로 돌아왔다. 돌아와서 시계를 보니 오전 4시. 동경에서의 사흘은 메리 스펜서와 더불어, 한미 친선적으로 화려하게, 유쾌하게 지냈다.

3일 후의 같은 시각, 택시를 같이 타고 공항으로 나와선 각각 다른 게이트로 들어가기 직전, 우리들은 서로의 '멋진 여행'을 기원하는 말을 주고받았는데, 나는 그때 메리에게 회자정리(會者定離)란 불교의 말을 가르쳤다. 메리는 나에게 '만난다는 것은 헤어지기 위해서'란 말이 호라티우스의 시 가운데 있다고 가르쳤다.

"우리들은 피차가 좋은 선생이며 좋은 제자이다."

"그러니까 좋은 친구가 될 수 있었다."

"그러면서도 신부와 수녀처럼 헤어질 수 있다는 게 얼마나 다행한 일인 줄 모른다."

이런 말이 오간 끝에 우리는 치크 키스로써 헤어졌다.

아무튼 스캔덜러스하진 않고 로맨틱하지만 사흘 동안을 지냈다는 것이 그럴 수 없이 만족스러워 나는 홍콩행 비행기 안에서의 좌석이 늙은 중국인 옆이었는데도 불만스러운 마음으로 되진 안 했다.

동경에서 홍콩까지의 비행시간은 네 시간. 나는 하이데거를 읽기로 했다. 『존재와 시간』, 어지간히도 어려운 책이다. 그 어려운 책을 애써 읽으면서 옆에 있는 늙은 중국인을 의식한 것은 이 중국인은 이런 하이데거와는 완전히 무관하게 그의 인생에 성공하고 있을지 모른다는 생각이 나의 뇌리를 스쳤기 때문이다.

"존재(存在)한다는 것이 무엇이냐?"

고 이 노인에게 물으면 노인은 어떻게 대답할까.

"존재하는 것을 존재하는 것으로 규정할 때 존재는 무언가 존재할 수 있는 존재의 하나라는 성격을 가지고 있는 것으로서 치고, 존재를 그 유래(由來)에 관해 또 하나의 존재로 환원해야 한다는 것인데, 존재는……."

내가 지금 열심히 읽고 있는 것이 바로 이러한 것이라고 노인에게 설명하면 이 노인은 나를 미친 사람으로 치지나 않을까.

"그런데 바로 이 책이 비트켄슈타인과 더불어 20세기의 철학을 지배하고 있는 사람의 책이다."

하고 말하면 이 노인은 과연 어떠한 반응을 보일까. 이 노인은 일본과 홍콩 사이를 왔다갔다 하며 보석을 팔고 있는 장사로서 거액의 돈을 벌 수 있었을지도 모르는 사람인데, 항상 보석 속에서 살며 세속적인 성공을 한 이 사람 하고, 존재하는 것은 존재하는 것이고 존재하지 않는 것은 존재하지 않는 것뿐일 것을 두고 읽는 사람을 당혹하게 하는 논문을 써서 일세에 그 이름을 떨친 사람과를 비교하면, 그 인생의 가치는 어떻게 될 것일까.

나는 책을 덮고, 흡족한 웃음까지 입언저리에 띠곤 눈을 감고 잠을 청하고 있는 노인을 한참 동안 관찰했다. 그것은 또한 홍콩을 문제(問題)의 더미로 보고 지금 홍콩을 향해 날아가고 있는 나 자신의 마음을 다지는 시간이기도 했다.

홍콩이란 무엇이냐?

윤숙경을 실종케 한 홍콩이란 무엇이냐. 그런 범죄를 가능하게 한 홍콩! 하이데거는 존재의 형이상학을 탐구하길 평생의 사업으로 했지만, 나는 지금 윤숙경이란 존재의 형이하학(形而下學)을 탐사하러 홍콩으로 날아가고 있는 것이다.

형이상자(形而上者)는 위지도(謂之道)이고, 형이하자(形而下者)는 위지기(謂之器)이다. 그런데 도(道)는 추상적일 수밖에 없는 것이고 기(器)는 구체적인 것이다. 그런 까닭에 도의 행방을 찾기란 불가능하다. 그러나 기의 행방을 찾는 것은 결코 불가능한 일이 아니다. 나는 탐정이 되지 못하고 작가가 된 것을 후회하는 기분으로 기울어들었다.

어느덧 홍콩의 정청(政廳)으로 총독, 말레 매클로즈 경(卿)을 찾아가 요구하는 장면을 나는 상상하고 있었다.

"매클로즈 경, 도의 행방을 찾는 것은 불가능한 일이오만 구체적인 기의 행방을 찾는 것은 불가능한 일이 아니지 않소이까?"

"그렇게도 생각할 수 있겠지요."

"그렇다면 어찌하여 신장 160센티. 체중 50킬로의 물체를 찾아내지 못합니까?"

"북쪽으로 납치되었다고 들었소."

"절대로 그런 일은 없소. 만일 실종된 물체가 대영제국 여왕 폐하의 신하였더라면 그런 풍설을 경경하게 믿고 수사를 포기하는 등의 일은 없었을 것 아닙니까?"

"그거야 당해 봐야 알겠지요."

"나는 매클로즈 경의 정치적 수단과 행정적 능력을 높이 평가하고, 매클로즈 경이 조금만 성의를 가지면 윤숙경의 행방을 찾아 낼 수 있을 것이라고 믿습니다."

"어떻게 그런 판단을 하십니까?"

"홍콩 시내의 자동차를 30만 대로 치면 그 30만 대 가운데의 하나의 자동차를 타고 윤숙경이 호텔을 떠났은즉 그 자동차를 찾으면 단서가 잡힐 것 아닙니까?"

"30만 대나 되는 자동차를 어떻게 일일이 조사합니까?"

"소거법(消去法)을 쓰는 겁니다. 소거법을 쓰면 일거에 29만 대의 자동차를 수사 범위에서 제외할 수가 있습니다. 제2단계에서 9천 대, 3단계에서 5백 대, 4단계에서 4백 대, 5단계에서 50대, 6단계에서 30대, 이런 식으로 소거해 나가면 일주일 내로 문제된 자동차를 찾아 낼 수 있을 것 아닙니까?"

"대단히 명쾌한 방법이군요. 당신의 두뇌는 비상합니다."

"천만에요. 매클로즈 경, 나는 이 방법을 영국의 스코틀랜드 야드, 즉 런던 경시청이 쓰고 있는 방법이라고 들었습니다."

"험, 그렇습니까?"

"런던의 경시청이 쓰고 있는 방법을 꼭같이 여왕의 경찰인 홍콩 경찰이 채택 못 할 바가 아니지요?"

"그렇습니다."

"그럼 한번 해 보시도록 하시오."

"그렇게 하지요."

"감사합니다. 매클로즈 경."

이런 상상은 나를 흥분케 했다. 유한일을 만나기만 하면 이 아이디어를 제공할 참이었다.

그로부터 하이데거는 내 의중에 없었다. 나는 탐정에 열중했다. 셜록 홈즈가 비행기의 트랩을 내리는 광경이 안전에 전개되기도 했다.

네 시간이란 실로 짧은 시간이다. 자동차로 서울에서 대구쯤에 도착할 시간이다. 이윽고 카이탁(啓德) 비행장이 눈 아래에 나타났다. 예쁜 스튜어디스의 아나운스 소리가 흘러나왔다.

"여러분, 곧 홍콩 카이탁 공항에 도착하게 됩니다……."

세관 구역에서 나가자, 덥석 내 수하물을 잡는 손이 있었다. 깜짝 놀라는 눈앞에 임수형이 서 있었다.

"피로하셨지요?"

"아니, 임 군이 어떻게 여기에?"

"선생님을 모시러 나온 겁니다."

"나를?"

"예."

"어떻게 내가 홍콩엘 온다는 것을 알았소?"

이런 말을 주고받고 있는 동안에 나는 환전소(換錢所)로 향하고 있었다. 그런데 임수형은 바깥으로 나가려고 했다.

"돈을 바꿔야 할 것 아닌가?"

"돈을 바꾸실 필요는 없을 겁니다. 선생님이 홍콩에서 쓰실 돈은 준비되어 있습니다."

"듣던 중 반가운 소리군."

바깥으로 나갔을 때 자동차를 우리 앞에 갖다 대는 사람이 있었다. 자동차를 운전하고 있는 사람은 강달혁이었다.

"강 군도 여기에 와 있었구나?"

"예."

하고 강달혁이 자동차의 도어를 열었다. 자동차가 달리기 시작했을 때 말했다.

"미라마 호텔로 가자."

"아닙니다. 레팔르스 호텔로 모시기로 했습니다."

임수형의 말이었다.

"안 돼, 미라마로 가. 예약이 되어 있으니까. 그리고 레팔르스는 너무 비싸. 시심(市心)에서 멀구."

레팔르스는 초고급 호텔인 것이다.

"예약은 취소하면 됩니다. 레팔르스에 근사한 방을 잡아 놓았어요. 시심이 멀다고 해도 전용차를 대령하고 있으니 걱정 없습니다."

하는 임수형의 말이라서

"음, 전부 유한일 군의 지시대로 움직이고 있는 것이로군."

했더니 그렇다는 표정이었다.

"그럼 유 군도 레팔르스에 있나?"

"아닙니다. 그러나 곧 만나게 되실 겁니다."

"참, 내가 홍콩에 오는 것을 어떻게 알았지? 정금호 씨가 연락했던가?"

"물론 정금호 씨의 연락도 있었습니다만 며칠 몇 시란 것까진 모르고 있던데요 뭐. 저희들에겐 정금호 씨의 연락이 아니라도 알게 돼 있는 방법이 있습니다."

자동차는 구룡을 지나고 해저터널에 들어서고 있었다.

"이상하군. 대강의 짐작으로 출영을 나왔다면 모르지만……."

"저희들은 대강의 짐작만으로 움직이진 않습니다."

"그것도 유 군의 지시인가?"

"물론이죠."

"그런데 유 군은 왜 나오지 않았을까?"

"유 사장은 바깥에 나다니질 않습니다."

"뭣 하는데?"

"저희들은 모릅니다. 지시대로 움직이고 있을 뿐입니다."

"윤숙경 사건에 관해 뭐가 짚이는 게 있었나?"

"모릅니다."

"유 군도 모를까?"

"글쎄요. 유 사장님의 비밀주의는 유명하지 않습니까."

"같이 있는 것 아냐?"

"유 사장은 주로 영국 사람, 중국 사람과 교제하지 저희들관 지시가 있을 때를 제외하곤 만나질 않습니다."

"흠."

하고 나도 생각에 잠겼다.

레팔르스 호텔의 정식 명칭은 레팔르스 베이 호텔. 심수만(深水灣) 천수만(淺水灣)으로 나뉘어져 있는 레팔르스 베이의 천수만 쪽에 있다. 백사(白沙)의 아름다운 해수욕장을 눈 아래로 보고 남지나해(南支那海)에 면해 있는 이 호텔의 정원은 야자수림(椰子樹林)을 곁들여 남국풍(南國風)의 정서를 지니고 있다. 건물은 전통적인 영국식, 방수는 30여 개. 모든 시설이 광활하고 한적하게 되어 있다. 식민지 시대의 위엄을 갖추어 귀족 취미로 만들어진 호텔이라고 할 수 있다.

사실 나는 이런 호텔은 마음에 안 든다. 바깥으로 나가기만 하면 술집이 있고 싸구려 물건을 파는 가게가 즐비한 그런 곳이 나의 구미에 맞는다.

내가 안내를 받은 방은 3층의 동단에 있는 곳이었는데 슈트가 두 개나 붙어 있을 뿐 아니라 목욕탕이 공동탕만큼이나 컸다. 그 목욕탕이나 슈트의 시설을 보고 나는 헐리기 전의 조선 호텔의 일실을 상기했다. 조선 호텔의 그 방은 십수 명쯤이 같이 식사할 수도 있고 회의할 수도 있는 슈트와 비서가 잘 수 있도록 된 또 하나의 슈트를 갖추고, 목욕탕은 그야말로 십수 명이 한꺼번에 들어가도 될 만한 공간을 가지고 있었던 것인데 레팔스 호텔의 그 방이 꼭 그랬다.

"총독이나 총독의 손님이 오면 이 방을 쓴답니다."
하고 임수형도 신기하다는 듯 방을 둘러보았다. 강달혁은 목욕탕의 수도를 틀었다.

"침대가 이렇게 높아 가지곤 원!"
하고 나는 덩실한 침대를 원망스럽게 바라보았다. 그리고는

"유 군을 만나면 방을 바꾸든, 호텔을 바꾸든 하라고 일러야겠다."
고 중얼거렸다.

"그렇겐 잘 안 될 겁니다."
이건 강달혁의 말이었다.

"왜?"
한 것은 나의 당연한 질문이었다.

"선생님을 되도록이면 한적한 곳에 모셔 두어야겠다는 게 유 사장님의 의도인 것 같습니다."

"그게 무슨 이유냐, 이 말이오."

"저희들이 어찌 사장님의 의도를 알 수가 있습니까? 목욕을 하시죠. 그리고 쉬시지요."

나는 목욕탕으로 갔다. 엄청난 수량이었다.

"난 물이 이렇게 많으면 겁이 난다."
고 익살을 부렸다.

"수영엔 통 자신이 없거든."

그래도 나는 목욕탕에 몸을 담갔다. 널찍한 탕 안에 기분이 좋을 만큼한 온수라서 마음놓고 팔다리를 뻗을 수 있었다. 나는 혹시 엘리자베스 여왕이 홍콩을 방문한 적이 있었다면 이 방의 목욕탕을 쓰지 않았을까 싶은 생각이 들어 흡족했다. 이러나저러나 홍콩 총독 매클로즈의 빈객이 되었다는 기분을 가장해 보는 것도 나쁠 것이 없었다.

이윽고 나는 그 방이 마운트배튼 경, 처칠 경을 비롯한 수많은 영국 상류인을 재운 유서를 가지고 있다는 사실을 알게 되었다.

"그러나 아기자기한 멋이 없는 방은 싫다. 비서도, 인터뷰하러 올 신문기자도 없는데 이런 방이 무슨 소용이 있느냐?"
고, 유한일에게 따질 생각을 하고 있었다.

여섯 시쯤에 유한일이 나타났다. 회색 플란넬의 상하의에 하얀 와이셔츠, 녹색의 나비넥타이, 왼편 위 포켓에 삼각형으로 접은 행커치프를 꽂은 황색판(黃色版) 영국 신사의 스타일로 한쪽 다리를 절름거리며 들어왔다. 그런데 얼굴은 침울했다. 나는 유한일이 침울할밖에 없을 것이라고 짐작했다.

인사가 끝나고 난 뒤 나는 다짜고짜

"왜 이런 호텔을 선택했느냐?"
고 따졌다.

"모처럼 홍콩에 오신 김에 이런 데서 좋은 작품을 쓰시라구 선택한 겁니다."

"좋은 작품을 쓰라구?"

"그렇습니다. 영국 식민지의 면목을 그냥 지니고 있는 곳은 홍콩 정청과 이 호텔밖엔 없습니다. 그런 분위기 속에서 아편 전쟁과 아로호 사건을 회상해 보시며 영국의 동양에서의 진주가 된 홍콩의 운명을 생각해 보시는 겁니다. 영국은 가는 곳마다에 진주를 만들었습니다. 아프리카에서의 진주는 우간다이구요. 일본의 식민지 인종이었던 한국인이, 영국의 식민주의와 일본의 식민주의를 비교하며 상(想)을 짜보는 현장으로썬 홍콩이 제일이고, 홍콩 안에선 이 레팔르스 베이 호텔이 제일일 것으로 압니다."

"나는 작품을 쓰려고 홍콩에 온 것이 아니고 탐정하러 홍콩에 왔네."

"탐정? 탐정이 뭡니까?"

"윤숙경 사건을 탐정하러 왔다는 얘기야."

유한일이 대답이 없었다. 그러나 그의 얼굴엔 애매한 웃음이 돋아나고 있었다. 그건 냉소 같기도 하고 주책없는 사람에 대한 민소(憫笑) 같기도 했다.

"웃기지 말라. 그런 뜻인가?"

하고 내가 꼬집었다.

"아닙니다."

"그럼 그 웃음이 뭔가?"

"만사가 일단 끝났는데 탐정을 해서 뭣합니까?"

"만사 끝났다니?"

"사건은 이미 종결된 것이 아닙니까?"

"자넨 그렇게 알고 있나?"

"⋯⋯."

"나는 미완(未完)의 극(劇)이라고 알고 있다."

미완의 극이란 말에 유한일이 눈을 반짝 했다. 그러나 말은 없
었다.

"헌데 유 군은 홍콩엘 언제부터 와 있는가?"

"벌써 다섯 달쯤 되었습니다."

"그렇다면 윤숙경 씨가 오기 전부터 와 있었다는 얘기가 아닌가?"

"그렇게 되었는가 봅니다."

"그렇게 되었는가 보다니, 그게 무슨 말인가?"

"⋯⋯."

"그러면서도 여기에 와 있다는 사실을 숨긴 것은 무슨 까닭인가?"

"숨긴 일은 없습니다."

"연락이 없었지 않았나? 정금호 씨에게도."

"연락을 안 했달 뿐이지 숨긴 건 아닙니다."

"마찬가지 아닌가?"

"⋯⋯."

"윤숙경 씨 사건에 관해서 알아봤나?"

"알아봤습니다."

"그래서?"

"아직 얘기할 단계가 아닌 것 같습니다."

"그건 또 무슨 소린고?"

"선생님이 말씀하신 미완의 극이란 표현이 꼭 들어맞을 것 같다는 그런 기분입니다."

이때 유한일의 입에서 나온 말이, 언젠가 내가 들먹여 놓기만 한 '브리슬 방식'이란 말이었다.

"브리슬 방식이란 뭔가?"

"브리티시, 즉 영국적 방식과 이스라엘적 방식을 합한 거라고 생각하시면 될 것입니다."

"글쎄 그게 뭐냐 말이다."

"장차 설명해 드릴 때가 있을 겁니다."

"지금은 안 되겠다는 말인가?"

"아직 단계가 아닙니다."

"그럼 한 가지만 말해 주게나. 윤숙경 사건에 관해 자네만이 알고 있는 게 무엇인가 있다는 얘긴가?"

"그것도 말할 수 없습니다."

"그 이유는?"

"저도 아직 모르고 있으니까요."

"지금은 모르고 있지만 장차는 알게 될 거란 그 말인가?"

"그쯤 생각해 두시지요."

"사람 미치게 하는군."

"저도 사실은 미칠 지경입니다. 그러니 선생님은 그 일에 관해선 일체 신경을 쓰시지 마시고 좋은 작품 구상이나 하시죠."

하고 일어서서 봉투를 꺼내 저편 탁자 위에 놓고 유한일이

"이걸로 용돈으로 하시지요. 가끔 연락하겠습니다."

며 나가려고 했다.

"자네 호텔은 어디에 있는가?"

"신계(新界)에 집을 하나 샀습니다."

"전화는?"

"제가 연락을 드리죠."

하고 유한일이 떠나 버렸다.

유한일이 떠난 뒤 그가 놓고 간 봉투를 열어 보았다. 홍콩 달러로 20만 달러가 들어 있었다. 홍콩 달러 5달러가 미화(美貨) 1달러란 상식은 내게 있었다. 미화로 쳐 4만 달러인 것이다.

나는 여비 1만 달러를 만들기 위해 애쓴 스스로를 쓸쓸하게 회상해 보았다.

그러나 나는 유한일의 돈을 쓰지 않을 요량을 하고 봉투에서 홍콩화(貨)만 5만 달러를 꺼내고 대신 내가 가지고 있는 미화 1만 달러를 봉투 속에 넣어 놓았다.

그리고는 옷을 챙겨 입고 로비로 내려가 키를 프런트에 맡기고 바깥으로 나갔다. 강달혁이 어디서인지 불쑥 나타났다.

"어떻게 된 일인가?"

"사장님께서 선생님이 시내로 나가시게 될 터이니 잘 모시라는 지시가 있었습니다."

"참으로 대단한 놈이군."

하고 나는 혀를 찼다.

자동차가 달리기 시작했을 때 강달혁이 물었다.

"어디로 가실 겁니까?"

"구룡 쪽으로 가보지."

하고 나는 몇 해 전, 뱃속이 잉크빛이 되어 죽었다는 아가씨가 있었던 한국 음식점을 들먹였다.

"그 집은 벌써 없어졌던데요."

강달혁의 말이었다.

"그럼 홍콩에 한국인이 경영하는 술집이 없나?"

"꼭 한국인이 경영하는 집으로 가야 하겠습니까?"

해서, 그렇다고 말하자 강달혁이

"홍콩까지 와서 한국인 집에 가시겠다는 건……."

하면서도 상냥한 얼굴로 차를 몰았다.

도중 강달혁의 말에 멋이 있었다.

"선생님, 우리 서울이 문제로선 고등 수학적이라고 하면 홍콩은 초고등 수학입니다."

'아리랑'이란 네온 간판이 붙어 있는 집 앞에 자동차를 세우곤 강달혁이

"선생님, 이 집에선 절대로 윤숙경 씨 사건의 얘기를 꺼내선 안 됩니다."

란 주의를 주었다.

"왜 그런가?"

나는 부르대어 퉁명스럽게 물었다.

"유 사장님의 지십니다."

"나도 유 사장의 지시에 따라야 하나?"

"도리가 없지 않습니까. 홍콩에 오신 다음엔."

"이상한 일도 다 있군."

하고 나는 강달혁더러 같이 들어가자고 하자 그는 자동차 안에 남아 있겠다고 했다.

"그럼 나 혼자 들어가란 말인가?"

"예."

"나 혼자 무슨 재미로, 무슨 청승으로?"

"아까 선생님은 혼자 나오실 작정을 하신 것 아닙니까?"

"그래도 이 사람아, 같이 온 바엔."

"안 됩니다. 혼자 노시다가 나오세요. 전 여기 있겠습니다."

"그것도 유 사장의 지시인가?"

"예."

"유 사장의 지시면 절대 복종인가?"

"그렇습니다."

"내게 대해 무슨 앙심을 품고 있는 것 같구려."

"그런 건 아닙니다."

하고 강달혁이

"사실은 지금 홍콩에서 유 사장이 하시는 일이 있습니다."

"그게 뭔데?"

"적당한 시기에 유 사장이 직접 말씀 드릴 겁니다."

나는 하는 수 없이 혼자 아리랑으로 들어갔다. 어두침침한 조명 아래 꽤 넓은 홀이 펼쳐져 있는데 오른편이 스탠드로 되어 있었다.

웨이터의 요란스런 환영을 받고 스탠드 쪽으로 가서 앉았다. 바텐더가 번들번들한 얼굴로 말했다.

"웰컴, 서."

"당신은 한국인이 아닌가?"

하고 내가 물었다.

"난 한국사람 아닙니다."

하는 치졸한 한국말이 돌아왔다.

"그럼 중국인이겠군."

"나 칸똥 사람입니다."

하곤, 술은 뭘로 할 것이냐고 물었다.

"스카치 소다."

"예스, 서."

바텐더는 민첩한 동작으로 술을 만들어 내 앞에 놓았다.

"손님이 통 없는 모양인데."

텅 빈 홀과 스탠드를 두리번거리고 내가 한 말이다.

"아직 밤이 이르니까요."

"아가씬 없나?"

"아가씬 방으로 가면 있습니다. 코리언 아가씨, 방에 많이 있습니다."

"홀엔 안 나오나?"

"당번만 있습니다."

스카치 소다를 마시고 있으니 중국복 차림의 여자가 스탠드로 와서 바텐더와 중국말로 주고받았다.

무료한 탓도 있어 내가 물었다.

"당신은 중국인이냐?"

"아녜요."

란 말을 '부즈'라고 했다. '부즈'란 아니란 중국말이다.

"그럼?"

"오디 꼬리안."

나는 한국인이란 뜻이다.

"나도 한국인이오."

하자 여자는

"아아 그래요?"

하고 반가운 것 같지 않은데도 말투만은 반갑게 했다.

"안 바쁘면 이리로 좀 앉으시구료."

여자가 옆에 와 앉았다.

"최근에 홍콩엘 오셨수?"

완벽한 서울 사투리로 말했다.

"오늘 왔어."

하고 한 잔 하라고 권했다.

여자는 내가 알아듣지 못하는 말을 바텐더에게 했다.

진한 액체가 든 커트 글라스가 왔다.

"그것 무슨 술이오?"

"페퍼민트의 일종입니다."

페퍼민트라고 들으니 위장의 내부가 잉크빛으로 되었다는 아가
씨 생각이 났다. 그러나 그런 말을 들먹이지 않는 것이 예의라고 생
각하고

"홍콩에 온 지가 오래 되었느냐?"

고 물었다.

"십 년쯤 됐어요."

"꽤 오래 됐군."

아닌 게 아니라 짙은 화장을 한 피부엔 나이 먹은 흔적이 있었다.

"홍콩에서 사는 것, 재미있어요?"

"죽지 못해서 사는 거죠 뭐."

"말이 너무 우악스럽군."

"미안해요."

"쭈욱 이런 데만 있었소?"

"처음 코리아 하우스란 게 시작되었을 때 왔어요. 넉 달 만에 돌아가야 하는 건데 이곳에서 살림을 하게 되었죠. 그랬다가 3년 전 이 집이 시작할 때 나오게 된 거예요."

"남편과 헤어진 게로군."

"그렇습니다."

"고국에 돌아가고 싶진 않소?"

"그런 생각 없어요. 청춘을 홍콩에서 썩히고 이제 돌아가면 어느 누가 환영하기라도 하겠어요?"

덤덤한 침묵이 흘렀다.

"선생님은 무엇하는 분이죠?"

하고 그녀가 물은 것은 내가 두 잔째로 위스키를 청했을 때였다.

"그저 떠돌이, 방랑자."

"그렇게 보이지 않는데요."

"그럼 뭘로 보이지?"

"예술가?"

"근사하게 보긴 했지만 틀렸소."

그러자 여자의 얼굴이 살큼 긴장하는 것 같더니

"혹시 영화 관계의 일에 종사하는 분 아네요?"

"영화에 종사하는 사람으로 보여요?"

"어쩐지 그런 느낌이 드네요."

"이상하다, 왜 그런 느낌이 들었을까?"

내가 이렇게 말하자, 여자는

"저도 위스키 한 잔 해도 될까요?"

"좋아요."

위스키가 오자 여자는 음미하는 듯 스트레이트잔을 바닥까지 마시곤 중얼거리듯 했다.

"문득문득 윤숙경 씨 생각이 나서 그래요."

"윤숙경 씨 생각?"

"윤숙경 씬 실종되었다고 전해진 전날 밤 여겔 왔었거든요. 전 윤숙경의 열렬한 팬이어서 어찌나 반가운지 눈물을 흘렸어요. 그런데 그 윤숙경 씨가 없어졌다고 들으니 기가 막혀요. 세상에 그럴 수가…… 그 좋은 사람을. 누가 그런 짓을 했는지 천벌을 받을 거예요."

"헌데 그날 밤 윤숙경 씨와 여게 온 사람들이 누구 누구였던가요?"

나는 강달혁의 충고를 잊고 이렇게 물었다.

"누구 누군지 알게 뭐예요? 윤숙경 씨 말고도 여자가 둘, 남자가 셋이나 되었어요."

"그 가운데 한 사람도 이름을 알고 있는 사람이 없었나요?"

"몰라요."

나는 다시 물어보려다가 그만두었다. 강달혁의 충고가 상기되었기 때문이다. 맹렬하게 묻고 싶은 마음을 억누르기란 쉬운 일이 아니다. 나는 위스키를 스트레이트로 청해 마시고 그 여자에게도 한 잔을 더 권했다.

여자는 위스키 둘째 잔을 들고 나더니

"그런데 묘한 소문이 있어요."

하고 이런 얘기를 했다.

"윤숙경 씨가 현재 홍콩 어디엔가 숨어 있다는 거예요. 어쩌다 누구와 잠적을 했는데 세상이 시끌덤벙해지자 나타날 수가 없어서 그냥 그대로 있다는 거예요."

"그건 누구의 말인가?"

"얼마 되지 않았어요. 4주일 전엔가? 중국 사람이 둘 와서 실컷 취하도록 술을 마셨어요. 그 취중에서 어쩌다 윤숙경 씨 얘기가 나왔는데 그 가운데 한 사람이 장담을 하는 거예요. 윤숙경은 실종된 것도, 납치된 것도 아니고, 어느 사나이와 바람이 나서 잠시 잠적한 것인데 결과적으로 그런 꼴이 된 거라구요."

"그렇다면 있는 델 물어보았으면 될 걸 그랬어."

"물을 수가 없었어요. 그 사람이 그런 소릴 하자 같이 온 사람이 질색을 했으니까요. 이 사람 정신이 빠졌다구요. 그리고 또 한다는 소리가 이 사람은 술만 마시면 엉뚱한 소릴 하는 바람에 질색이라면서 끌다시피 해서 데리고 가 버렸어요."

"그게 이상한데……."

"그래요. 뭔가가 있길래 같이 온 사람이 그처럼 당황하지 않았겠어요?"

나의 호기심은 비로소 폭발점에 도달했다. 그 중국인의 정체를 알고 싶어서였다. 그러나 강달혁의 충고가 선명하게 되살아났다.

그런 까닭에 윤숙경 사건에 무관심한 체 꾸며야 했다.

"그 사건 때문에 국내에서도 야단이었지. 그러나 지금은 조용해졌어. 덕택으로 홍콩에 대한 인상이 나빠진 거라. 홍콩에만 가면 납치될 줄 알거든."

"그 때문가 봐요. 한국인이 홍콩에 오는 수가 훨씬 줄어든 것 같거든요."

"이래저래 불행한 일이야."

"그래요. 이래저래 불행한 사건이에요."

여자의 그 말을 들은 것을 계기로 나는 일어섰다.

"왜 가시려고 그래요? 방엘 가면 예쁜 아가씨도 많은데."

"멋적어. 나 혼자서 무슨 재미로 놀겠어."

"손님, 호텔이 어디세요?"

"레팔르스 호텔."

"홍콩 사이드의?"

"그렇지."

"되게 고급한 호텔 아녜요? 거겐."

"고급한지 저급한지 알게 뭐야. 아무 데나 닥치는 대로 자게 된 거지."

"농담 마세요. 그 호텔은 아무나 닥치는 대로 잘 수 있는 데가 아녜요."

돌아오는 차 중에서 내가 말을 꺼냈다.

"윤숙경이 홍콩 어느 곳에 있다는 풍문이 돈다는데."

강달혁이 풀쩍 뛰는 시늉을 했다.

"누가 그런 말을 해요?"

"아리랑의 어떤 여자가 그런 말을 했어."

"선생님이 물으셨어요?"

"천만에. 나는 강 군의 지시를 지키느라고 묻고 싶은 게 산더미 같았지만. 참았어."

"그 여자의 얘기를 상세하게 말씀해 보시지요."

말투로나 표정으로나 강달혁이 긴장하고 있는 것이 분명했다.

나는 여자가 한 얘기를 전후 사정을 곁들여 설명했다.

"중국 사람이라!"

강달혁의 그 말은 혼자서 뭔가를 알아맞혀 보려는 투였다.

"강 군은 그런 소리 듣지 못했나? 윤숙경이 홍콩의 어느 곳에 있다는 소리."

"전 듣지 못했습니다."

하곤 강달혁은 입을 다물어 버렸다. 차를 모는 속도가 빨라졌다. 강달혁은 나의 의향을 묻지도 않고 호텔을 향해 달리고 있는 것이었다.

　나도 잠잠해 버렸다. 그리고 터널을 지나 홍콩의 번화가에 이르렀을 때 자동차를 세우라고 했다.

"안 됩니다. 선생님."

강달혁은 자동차를 세우긴커녕 속도를 줄이지조차 않았다.

"차를 세우라는데 왜 그래?"

"안 된다니까요. 선생님."

"내가 무슨 유 사장의 인질이야? 빨리 세워!"

"선생님이 양해를 하셔야 합니다."

"양해가 다 뭔가, 나도 홍콩의 지리쯤은 대강 알고 있어. 자동차 조심, 여자 조심을 해야 할 것까지도 알고 있어. 나 혼자 잠깐 돌아다니다가 호텔로 돌아갈 테니 여기서 멈춰 주어."

"선생님이 여기서 내리시면 저도 따라 행동해야 합니다."

"그럴 필요 없다니까 그러네."

"유 사장님의 지시입니다. 명령입니다."

"나까지 그 지시를 받아야 할 까닭이 없잖은가?"

"그러나 도리가 없습니다."

"그럼 자네도 같이 행동하면 될 것 아닌가?"

"그렇게 해야 하는 건데, 사장님께 긴급히 연락할 일이 생겼습니다."

"이 근처에 차를 세우고 전화로 연락하면 될 게 아닌가?"

"제가 지금 연락할 내용은 전화로썬 할 수 없는 성질의 것입니다."

"조금 전까지만 해도 있지도 않았던 일이 어떻게 그처럼 급작스럽게 생겼단 말인가?"

"선생님."

하고 강달혁이 울상이 되었다. 그리고는 애원하듯 말했다.

"선생님, 오늘 밤만 제 하라는 대로 해주십시오. 곧바로 호텔에 돌아가셔서 쉬시지요. 비행기를 장시간 타시느라고 피로하시기도 할 테니까요."

"내 걱정은 그만하게."

나는 정말 성이 났다. 그러나 강달혁을 상대로 성을 내보았자, 소용없는 일이었다. 입을 다물어 버렸다.

'내일엔 어떤 일이 있어도 호텔을 옮겨야겠다.'

나는 단단히 결심했다.

원래 홍콩이란 잠을 이룰 수 없는 곳이다.

——"잠을 잘 바에야 무엇하러 홍콩에 왔느냐?"

는 말이 있을 정도다.

홍콩에 있어서 여행자는 새벽 4시에 잠을 시작해선 오전 11시쯤에 일어나면 여행자 구실을 하게 되어 있는 그런 도시인 것이다.

나는 신문을 읽다가 말다가, 일기를 쓰다가 말다가, 하네다 공항에서 헤어진 메리 스펜서를 생각하다가 말다가, 겨우 잠을 청한 것은 오전 3시쯤 그러니까 아침 7시쯤은 바야흐로 잠이 최심부(最深部)에 도착해 있을 시각인 것이다. 그런데 그 시각에 유한일이 찾아왔다.

반쯤 잠에 취해 있는 의식 속에서도 나는 유한일에 대한 어젯밤의 분노를 잊지 않고 있었다.

그런 까닭에

"주무시는데 깨워 죄송합니다."

하는 유한일의 변명을

"죄송한 줄 알면서 왜 깨운 건가?"

하고 반박했던 것이다.

"솔직이 말씀드리면 선생님이 잠을 깨시자마자 다른 곳으로 옮기시지나 않을까 하고 그게 걱정이 돼서 죄송함을 무릅쓰고 달려온 것입니다."

"다른 호텔로 옮길 자유도 내겐 없단 말인가?"

"당분간은 이 호텔에 머물러 있어 주셔야겠습니다."

"그럼 그런 대로 이유가 있어야 할 것 아닌가? 이유도 없이 내 자유를 구속하려고 하니까 기분 나쁘다, 이 말이다. 무엇 때문에 나를 감시하는가. 내가 홍콩에서 실종이나 되고, 아니면 홍콩에서 무슨 파렴치한 짓이나 할까 봐 겁이 난다 이건가?"

"자칫 잘못하면 선생님이 납치될 위험이 있습니다."

유한일이 싸늘하게 말했다.

"어떤 병신 같은, 일 없는 녀석들이 날 납치할 건가? 괜한 겁을 줘서 날 돌려보낼 작정인가 모르지만 내 일은 내 자신이 책임질 테니까 걱정 말게."

"그러나 사태가 그렇게 되어 있지 않은 것을 어떻게 합니까? 사실을 말하면 이런 시기에 선생님이 홍콩에 나타나신 것이 잘못된 일입니다. 하지만 오셔 버린 걸 어떻게 할 순 없습니다. 그래서 우리들은 최선을 다하고자 하는 겁니다."

"난 무슨 소린지 전연 알 수가 없구만."

"얼마 안 가 알게 될 날이 있을 겁니다."

"그렇다면 왜 지금은 말할 수 없는가? 나를 그처럼 믿지 못하겠는가?"

"믿고 안 믿고에 문제가 있는 것이 아닙니다. 첩보 활동, 탐정 활동에 있어선 그 활동에 필요한 사람 이외의 사람에겐 현재 파악하고 있는 사태나 활동 상황에 관해 절대로 알려선 안 된다는 원칙이 서 있는 것입니다. 이 원칙은 누구도 어기지 못합니다. 선생님을 믿지 못해서가 아니라 우리의 원칙 때문에 지금 설명할 수 없는 겁니다."

나는 첩보 활동, 탐정 활동이란 말이 나오는 바람에 기가 질렸다. 유한일이 무언가를 추궁하고 있다는 사실을 확인했기 때문이다.

"그것이 무엇인가?"

그러나 그것을 물어선 안 된다는 것이다.

"하두 딱해서 첩보 활동이니 탐정 활동이니 하는 말을 들먹였습니다만, 원칙적으론 이런 말도 입 밖에 내선 안 되는 것입니다."

유한일이 덤덤히 말했다.

유한일이 전화를 걸어 커피를 가지고 오라고 했다. 커피가 오자

"커피나 마시며 얘기하십시다."

하고 유한일이 비로소 긴장을 풀었다.

따끈한 커피는 사람의 마음을 침착하게 한다. 나도 너그러운 마음으로 되었다.

"내가 자네 하는 일에 방해가 되면 오늘 안으로라도 돌아가지."

"선생님이 특별한 호기심만 일으키지 않으시면 저희들에게 방해될 건 없습니다."

"홍콩까지 와서 호기심을 봉쇄해 버리면 무슨 의미가 있겠나?"

"그래도 의미가 있을 겁니다. 결론이 가까워지고 있으니까요. 선생님은 곧 그 결론을 보시게 될 것입니다."

하고 유한일이 빙그레 웃었다.

"떡이나 먹고 굿이나 봐라, 이건가?"

"자유롭게 하셔도 좋은데 강 씨나 임 씨와 의논해서 하시라 이겁니다."

"그것 참, 딱한 일이군."

"어려우실 건 없습니다. 가실 수 있는 곳이 있고, 가셔선 안 될 곳이 있다는 얘길 뿐입니다. 가실 수 있는 곳, 없는 곳을 홍콩의 생리로

써 정하는 게 아니라, 우리가 지금 하고 있는 일에 비춰서 정하는 거니까 부득이 강 씨와 임 씨의 말을 들어야 하는 겁니다."

"그게 결국 자네의 뜻 아닌가?"

"결국은 그렇게 되는 거죠. 한 가지만 말씀드리죠. 어젯밤 선생님은 '아리랑'에 가셨지요? 가게에서 어떤 여자로부터 들은 얘기가 있지요? 선생님은 그저 우연이라고 생각하고 계시겠지만 복선이 있는 것입니다. 우리의 동태를 알아내고자 하는 촉수(觸手)라고 할 수 있지요. 그런 촉수를 뻗고 있는 세력이 무엇이냐 하는 것을 우리는 알고 있습니다. 그런데 그들은 우리를 모릅니다. 우리는 전연 한국 사람들관 접촉을 안 하니까요. 내막을 말하면 홍콩의 암흑가는 발칵 뒤집혀져 있는 상태입니다. 한국인이 나타나기만 하면 꼭 정체를 알아야 하겠다고 발벗고 나선 부류가 있습니다. 그런데 어젯밤 선생님은 잘하셨습니다. 윤숙경 씨의 얘기가 나왔을 때 선생님은 보통의 한국인이면 보이는 관심 이상의 관심을 보이지 않았으니까요. 호텔이 레팔르스라고 밝힌 것도 잘한 일입니다. 그 사건에 관련이 있을 성싶은 한국 사람이 이 호텔에 묵고 있을 까닭이 없으니까요. 만일 선생님이 윤숙경 씨에게 보통 이상의 관심을 가지고 있는 분이라고 그들이 알아차리면 납치할지 모릅니다. 인질로서의 가치가 있으니까요."

정직하게 고백하면 나는 유한일의 말을 한 마디도 알아들을 수가 없었다. 크로스 워드 퍼즐도 몇 개의 힌트는 있는 법인데 유한일의 말은 아무런 힌트도 제시하지 않은 채 말들이 엮는 미로(迷路)와 같은 것이었기 때문이다.

나는 보람이 없을 줄 알면서도

"간단해도 좋다. 자네가 이제 막 한 말을 풀 수 있는 힌트라도 없는가?"

하고 물어보았다.

"힌트는 선생님이 철저하게 우리의 말을 잘 들으시고 행동하시라, 이겁니다."

웃음을 머금고 유한일은 다음과 같이 말을 보탰다.

"며칠 후 홍콩의 총독과 만찬을 같이할 기회가 있을 겁니다. 홍콩 총독은 문학을 대단히 좋아하십니다. 선생님의 영역된 소설을 한 권 주어 놓았으니 만찬 때 무슨 말이 있을 겁니다. 선생님은《더 타임》과 홍콩의 영자 신문을 읽어 두십시오."

《더 타임》과 홍콩 발행의 신문을 조심하여 읽으라는 유한일의 말 때문만이 아니라 나는 열심히 매일매일의 신문을 이것저것 읽고 있었던 것인데, 홍콩 도착 일주일 후의 아침《사우스 차이나 모닝 포스트》란 영자지에서 다음과 같은 기사를 읽었다.

'재니스 카슨 살해범 체포'라는 것이 큰 제목이었고

'7년 동안 미궁(迷宮)에 있었던 사건을 해결!'

'홍콩 경찰의 승리' 등이 중간 제목이었다.

그리고 범인의 사진이 두 개 게재되고 있었는데 하나는 섭동석

(葉東石)이란 중국인이었고, 하나는 엘비 라잔이란 백인(白人)의 사진이었다.

사건의 줄거리는 다음과 같았다.

재니스 카슨은 살해 당시 27세인 미모의 영국 여성. 홍콩 3대 재벌의 하나인 카슨 상회의 사장 윌리엄 카슨의 조카딸, 카슨 상회의 유일한 상속자였다. 재니스는 아저씨 윌리엄이 병이 났다는 소식을 듣고 병 문안차 런던으로부터 홍콩엘 와 있었는데 어느 날 행방불명이 되었다. 뒤이어 1백만 달러를 내놓으라는 협박 전화가 있었다.

그런데 사장인 윌리엄이 병석에 있었던 터라, 그런 소식이 전해지면 충격을 받을까 염려하고 측근들이 적당하게 조처를 하려다가 갑론을박 의견이 맞지 않아 시일을 천연하고 있던 중, 능욕을 당한 흔적으로 처참하게 시체가 되어 마카오 교외에서 발견되었다.

이 사실을 안 윌리엄 카슨은 도합 1천만 달러의 현상을 걸고 범인을 체포해 줄 것을 당국에 호소했다. 그러나 범인들의 정체조차 포착하지 못한 채 7년이란 세월이 흘러 그 사건 자체도 망각(忘却)의 먼지를 쓰게 되었는데, 금번 홍콩 경찰은 다른 용무로 우연히 홍콩에 와 있던 C. P. 챈들러 씨의 협력을 얻어 카슨 양 살해범을 검거했을 뿐 아니라 그들의 범죄 조직을 일망타진하게 된 것이다.

각 신문사는 C. P. 챈들러 씨와의 인터뷰를 홍콩 경찰에 신청했으나, 챈들러 씨는 일체 외부인과의 접촉을 기피하고 있어 뜻을 이루지 못하고 있어 챈들러라는 이름도 변성명이라고 추측할 수밖에 없다. 홍콩 경찰이 챈들러 씨와의 인터뷰를 거절하는 이유 가운덴 본인의 성격 탓도 있지만 또 다른 사건을 추궁 중이라서 챈들러 씨를 노출시킬 수 없다는 것이 있었다…….

나는 C. P. 챈들러라는 이름을 읽었을 때 벼락을 맞은 것 같은 충격을 받았다. 내 기억 속에 분명히 그 이름이 있었기 때문이다.

유한일의 은행 구좌에 홍콩으로부터 21억 원의 돈을 보낸 사람의 이름이 바로 C. P. 챈들러가 아니었던가. 혹시 동명이인일까 했지만 결코 그럴 순 없을 것이었다. 나는 흥분을 진정하고 내 나름대로의 추리를 시작했다.

C. P. 챈들러는 어김없이 유한일과 관련이 있는 사람이다. 다른 일로 홍콩에 와 있었다고 하니 윤숙경 사건 때문에 와 있었던 것인지 모른다. 윤숙경 사건을 수사하고 있는 가운데 재니스 카슨의 살해범을 체포하게 된 것인지도 모르고, 윤숙경 사건의 해결을 보게 된 때문에 그 여력으로 카슨 사건을 수사한 것인지도 모른다. 그렇다면 유한일이 윤숙경의 생사(生死)를 알고 있다는 것으로 되는 것이 아닐까?

유한일이 나타나길 기다렸으나 그날은 내내 연락이 없었다. 흥분을 가라앉힐 수가 없어 임수형을 데리고 빅토리아 피크엘 가보기로 했다.

임수형에게 아침 신문의 기사 내용을 설명하고 슬쩍 챈들러란 인물에 관해 물어보고 싶은 생각이 맹렬하게 일었지만 나는 삼가기로 했다. 유한일로부터 강이나 임에게 사건에 관한 건 일체 물어보지 말라는 충고가 있었기 때문이다. 카슨 사건은 물론 다르다. 그러나 거게 챈들러란 인물이 끼어 있는 것이다. 챈들러와 유한일이 밀접한 관계에 있다는 것을 확인한 이상 섣불리 말을 꺼내 손아래 사람으로부터 주책없는 사람이란 비난을 받기 싫었다.

빅토리아 피크는 해발 5백 54미터. 홍콩에선 가장 높은 곳이다. 스타페리 부두에서 택시로 가는 것이 편리하지만, 우리는 등산 전차를 타고 가기로 했다. 등산 전차의 종착역은 해발 3백 98미터의 지점에 있어 거기서 산정까진 도보로 가파른 1백 50미터 가량의 거리를 가야만 한다. 가파르다고 해도 20분간 정도, 등산 기분을 내어 보는 것이 나쁠 까닭이 없다. 보다도 높은 곳엔 숨을 헐떡거리며 올라서야 한다. 그렇게 해야만 고소(高所)에 올라 고소의 사상(思想)을 익힐 수가 있다.

빅토리아의 정상에 서면 남지나해의 전망이 열린다. 대소 갖가지의 섬들이 점철한 담청색의 바다가 아득한 수평선으로 금 지어진 경색을 바라보고, 또한 눈앞에 전개된 홍콩, 홍콩 만, 구룡 지구, 그리고 그 저편에 중공과의 접경을 이룬 산들을 바라보면 자연과 정사(政事)로 얽힌 감상(感傷)으로 황홀한 기분이 된다.

그런 기분 가운데서 임수형에게 물었다.

"임 군은 고소의 사상을 아는가?"

"고소의 사상이 뭡니까?"

"높은 데 있으면 거기에 따른 사상이 있을 수밖에 없다는 뜻이지."

"그렇다면 제겐들 고소의 사상이 없을 수 있겠습니까?"

"가령?"

"높은 데 오니 조망이 좋구나, 홍콩이란 덴 정말 아름답구나."

"그 감상을 계속 발전시켜 봐."

"돈 많이 벌어, 그리고 여권을 받아 낼 수만 있으면 애 어미 데리고 이곳에 와 봐야겠다, 하는 마음도 드네요."

"임 군은 대단한 애처가로군."

"그렇지도 않습니다."

"아냐, 그런 생각을 할 정도면 애처가라고 할 수 있어."

"애처가도 아닌데 좋은 경치나 재미나는 것을 보기만 하면, 아내가 옆에 있었으면 좋겠다는 생각을 언제나 하게 되데요."

"이번 서울로 돌아가면 내 임 군의 부인에게 전화를 걸어 임 군의 그런 마음을 전해 주지."

"그러실 것 없습니다."

"아냐, 사람의 마음을 기쁘게 해준다는 건 좋은 일이다. 나도 좋은 일을 하고 싶어."

"선생님은 그런 생각 가진 적이 없습니까?"

"소설가란 건, 그런 점에서 인간이 아닐지 몰라. 아름다운 풍경이나 재미있는 현상을 보면 처자를 생각하기에 앞서, 이것을 어떻게 문장으로 구성할까 하는 데 열중하게 되거든. 그러니 사람다운 정이 솟아날 여지가 없어…….”

전망대의 커피숍에 가 앉기로 했다. 임 군이 매점에서 영자·한자로 된 여러 종류 신문을 사들고 와서 내 앞에 밀어놓으며

“전 참 큰일입니다. 한자 신문을 읽자니 한문이 모자라고, 영자 신문을 읽자니 영어가 모자라고, 반 병신이란 저 같은 놈을 두고 하는 말인 것 같애요.”

하고 탄식했다.

“대학에서 영어를 배우지 않았나?”

“배우긴 했지요. 그런데 꼭 건방지기 알맞게 배운 것 같애요. 영어 모르는 어른들 앞에서 암호(暗號) 비슷하게 영어를 이용할 줄 알 뿐, 책도 못 읽고 회화도 못하니까요.”

“늦지 않았어. 지금부터라도 공부를 하지 그래.”

“그래야겠습니다만.”

한 임 군의 말을 들으며 신문을 편 나는 거기에 또 챈들러라는 굵직한 활자를 발견했다.

“대단한 사람이군.”

저걸로 이렇게 중얼거렸다.

“뭣이 대단합니까?”

“조카딸을 살해한 범인을 찾아 낸 사람에게 1천만 달러를 주겠다고 윌리엄이란 사람이 은행에 예치해 놓고 죽었는데, 7년 동안에 그게 2천만 달러로 불어났어. 그런데 범인을 잡은 사람이 그 돈을 사양

한 거야. 말하자면, 전액을 홍콩 경찰에게 기부하겠다고 제의했어.”

“그 사람이 누굽니까?”

“C. P. 챈들러.”

“챈들러?”

임수형이 놀라는 표정이어서 내가 물었다.

“혹시 임 군이 아는 사람인가?”

“알진 못합니다만 많이 듣던 이름입니다. 유한일 사장과 퍽 가까운 사이가 아닐까 하는데요.”

“챈들러라는 사람을 본 적이 있나?”

“본 적은 없습니다.”

“흐음.”

“헌데 결국 그 상금은 어떻게 되었습니까?”

“홍콩 총독이 그럴 순 없다고 말하고 있는 모양이야. 윌리엄 씨가 살아 있으면 모르되 이미 고인이 되었으니, 고인의 의사는 변경할 수 없다는 거야.”

“그럴 듯한 얘기군요.”

“그게 영국인의 기질이기도 해.”

“결국 챈들러 씨가 그 돈을 받아야 하겠군요.”

“그것은 알 수 없지 아직은. 그러나저러나 챈들러란 사람은 대단한 사람 아닌가? 자기 몫으로 된 2천만 달러를 사양할 수 있는 사람이니까 말야.”

"그렇습니다. 서양 사람들 가운덴 역시 멋이 있는 사람이 많군요. 그건 그렇고 그 살인 사건이란 게 어떤 것입니까?"

하는 임수형의 질문이 있기에, 나는 신문에서 읽은 대로의 내용을 말해 주었다.

"미궁에 빠진 7년 전의 사건을 더듬어 범인을 찾아냈다고 하면 보통 인물이 아니네요."

임수형은 감탄해 마지않았다.

"영국엔 명탐정이 원래 많지 않은가. 예를 들면 셜록 홈즈."

하다가 나는 셜록 홈즈를 실재 인물처럼 말하고 있다는 사실을 깨닫고 웃음을 터뜨렸다.

그래저래 빅토리아 정상에서의 한나절은 유쾌한 시간이었다.

호텔에 돌아오니 유한일의 메시지가 있었다.

"오늘 밤 만찬을 같이 하고 싶으니 호텔에서 대기해 주십시오. 장소는 선생님 방의 슈트로 정해 놓고 있습니다. 그 만찬엔 여성 손님 한 분을 초청해 놓고 있습니다. 여섯 시 반까지 그곳에 도착하겠습니다."

여섯 시 반이면 두 시간 남짓 남았다. 나는 목욕탕에 가서 몸을 씻고 새 와이셔츠에 새 넥타이를 매었다. 여성 손님이 온다고 하면 옷차림을 예사로 할 수 없는 것이다.

머리엔 향수를 섞은 토닉을 뿌렸다. 갈고 다듬은들 나무 쪽박이 쇠 쪽박이 될 까닭이 없지만, 여자라고 들으면 가슴이 설레는 것은 주책바가지인 스스로를 증명하는 것이라고 생각하니 쓴웃음이 저절로 돋아났다.

정각 여섯 시 반 차임이 울렸다. 도어를 열었다. 유한일이 하얀 양복을 입고 서 있었고 그 옆에 그레이스 켈리의 소녀 시절을 방불케 하는 백인 여자가 웃음을 띠고 있었다.

자리에 앉기에 앞서 유한일이

"이분이 제 스승 이 선생님이고, 이 사람은 시빌 램스도프 양입니다."

하고 소개를 했다.

"선생님을 뵙게 돼서 반가와요."

램스도프는 내 손을 잡으며 날 안는 시늉으로 팔을 폈다.

"이런 절세의 미녀를 만나게 되다니 내 평생의 영광입니다."

하고 나는 램스도프의 어깨를 가볍게 안고 그 탐스러운 머리칼에 살큼 코를 댔다. 이브 이래로 간직되어 전해 내려온 여성미의 에센스가 향기로 된 듯한 향그러움이 있었다.

"만찬 준비를 해야 할 테니 슈트의 도어를 끝마루 쪽으로 틔어 놓고 오겠습니다."

하고 유한일이 나간 틈에 나와 램스도프는 소파에 앉았다.

"윤숙경이 이스라엘에서 많은 폐를 끼쳤다죠?"

이 질문은 다분히 계획적이었다. 램스도프의 반응으로 윤숙경의 생사를 짐작할 수 있을 것이란 아이디어가 섬광처럼 뇌리를 스친 것이다.

"폐랄 게 무엇 있습니까? 난 동양의 유명한 배우와 같이 지낼 수 있었던 것이 여간 기쁘지 않았습니다."

"윤숙경의 미스 램스도프에 대한 칭찬은 대단했습니다. 그땐 숙경이 약간 과장했을 것이라고 짐작했는데 이렇게 만나 보니 결코 그녀의 칭찬이 과장이 아니란 걸 알게 되었습니다."

"천만에요."

이때 유한일이 돌아와 소파에 앉으며

"무슨 얘기를 그렇게 재미나게 하고 있느냐."

고 물었다.

램스도프는

"방금 윤숙경 씨 얘기를 하고 있었어요. 헌데 윤숙경 씨가 내게 대해 굉장한 칭찬을 했다니요?"

하곤

"오늘 밤 윤숙경 씨도 같이 초대했으면 좋았을걸!"

하며 유한일을 보았다.

나는 가슴이 철렁했다. 동시에 숨이 갑갑해졌다. 그런데 유한일의 말이 이상 야릇했다.

"윤숙경 씨의 얘길 죄다 안 한 것이 내 잘못이군. 미스 램스도프, 오늘 밤 윤숙경 씬 들먹이지 맙시다. 다음에 얘기하죠."

이야기가 이쯤 되었으면 무슨 반문(反問)이라도 있어야 했을 것인데 램스도프의 얼굴에선 아무런 감정의 움직임도 읽을 수가 없었다.

유한일이 한국말로 나직이 말했다.

"윤숙경 씨 사건에 관해선 이 사람은 잘 모르고 있습니다."

그리고 내가 알아듣지 못하는 말을 몇 마딘가 램스도프에게 말했다. 램스도프는 미소를 지은 얼굴로 잠자코 듣고만 있었다. 나는 석연할 수가 없었지만 석연한 척 꾸미고.

"홍콩엔 언제 오셨느냐?"

고 램스도프에게 물었다.

"사흘 전에 왔어요."

하는 대답이어서 다시 물었다.

"홍콩은 처음입니까?"

"아녜요. 여러 차례 왔습니다. 얼마 전에도."

하고 램스도프는 말꼬리를 흐렸다.

나는 실례가 안 되도록 신경을 쓰며 램스도프의 얼굴과 매너를 관찰했다.

'과연 이 여자가 이라크의 조종사를 꾀어 소련제 미그 21호 전투기를 이스라엘로 끌고 온 여자일까?'

나는 프랑스의 주간지 《르 포앵》의 기사를 기억 속에 더듬었다. 그 기사 가운데의 여성은 '아나벨라 피셔'란 이름이었다. '아나벨라 피셔'는 고미술(古美術)의 학도로서 바그다드에 잠입한 것으로 되어 있었다는 기억도 되살아났다.

"미스 램스도프 고미술에 취미가 있으십니까?"

하고 내가 물었다.

"고미술에 취미가 없진 않습니다."

램스도프의 대답이었다.

이렇게 나와 램스도프 사이에 고미술을 두고 얘기가 진행되었다.

"고미술에 관심을 두게 된 특별한 이유라도 있습니까?"

"고미술에 나타난 문명의 패턴이 흥미가 있어서요."

"문명의 패턴이라면 대강 어떤?"

"헤브라이 문명의 패턴, 헬레닉 문명의 패턴, 이슬람 문명의 패턴, 힌두 문명의 패턴 등인데 현재에 와선 무어가 무언지 잘 알 수가 없잖아요? 그런데 고미술의 경우는 그 구별이 확실하거든요."

"그렇다면 순전한 학술적인 흥민가요?"

"학술적이기보다 정서적이죠. 전 고미술을 보고 있으면 왠지 슬퍼져요. 애처로워져요. 인간이란 것의 허망하고도 강한 집념 같은 것이 느껴지기도 해서요."

"그건 나도 동감입니다. 고미술을 보고 있으면 마음이 차분해지지요. 헌데 바그다드 같은 데의 고미술은 어떻습니까?"

"기막혀요. 불모의 사막에서 인간이 자기주장을 하는 애처로움이 어느 곳에서의 고미술보다도 강렬한 박진감(迫眞感)을 주거든요. 생명의 흐름에 따른 인간의 염원이 미라가 되어 있는 것 같은, 일체의

131

잡물이 제거되고 염원만이 말라붙어 있다는 기분, 아무튼 기막혀요."

"이를테면 바그다드란 도시 자체가 일종의 고미술품 아닙니까?"

"그렇죠. 고미술 속에 잡초처럼 살아 있는 현대라고나 할까요."

"언제 또 바그다드에 가실 기회가 있겠습니까?"

"아마"

하고 램스도프는 슬픈 표정이 되며 말했다.

"그런 기회가 있을 것 같진 않아요."

램스도프가 이라크에서 미그 21호를 납치해 온 '아나벨라 피셔'라면 다신 바그다드에 갈 수 없을 것은 뻔하다고 짐작하며 물었다.

"혹시 아나벨라 피셔란 여자를 아십니까?"

"아나벨라 피셔?"

하고 램스도프는 긴장한 얼굴을 유한일에게로 돌렸다.

유한일이 껄껄 웃으며

"우리 선생님은 소설가이시니까 소설적인 상상력이 대단하셔. 몇 해 전 미그 21호가 이라크로부터 이스라엘로 온 사실이 있지 않았소. 그 사실을 두고 프랑스의 어느 주간지가 꾸며댄 얘기가 있는데 그 얘기의 주인공이 아나벨라 피셔라는 거야. 선생님은 지금 그 아나벨라 피셔가 당신 아닌가 하고 상상하시는 것 같애."

하고 설명했다.

그런데 램스도프의 얼굴은 정중했다.

"얘기는 꾸몄는지 몰라도 아나벨라 피셔는 꾸며낸 사람이 아녜요. 전 아나벨라 피셔를 알고 있습니다. 그러나 아나벨라 피셔에 관한 얘기를 할 수 있으려면 10년쯤 기다려야 할 겁니다."

"그 이유는?"

"아나벨라 피셔가 누구라는 것을 아직 밝힐 수 없는 것은 그 사람이 아직도 현역(現役)이니까요. 앞으로도 할 일이 많은 사람이니까요."

"그렇다면 난 그 얘기 듣지 못하고 죽겠구료."

"왜요?"

"10년 후에 내가 이 세상에 있을지 자신이 없으니까요."

"농담 마세요. 아직도 젊으신 걸요."

"헌데 홍콩엔 무슨 용무로 오셨습니까?"

"그저 놀러 온 건 아닙니다."

하고 램스도프는 유한일을 돌아봤다.

"혹시 C. P. 챈들러 씨가 하는 일과 관계가 있는 것이 아닙니까?"

나는 이렇게 묻고 슬쩍 그녀의 눈치를 살폈다.

그녀는 대답 대신 나를 응시했다.

그런데 유한일은 적이 놀란 모양으로

"선생님 챈들러를 어떻게 아십니까?"

하고 물었다.

"재니스 카슨 사건으로 홍콩 내의 신문들이 잔뜩 야단인데 내가 그걸 몰라?"

"그렇더라도 미스 램스도프와 관련시켜 묻는 까닭이 뭐냐, 이겁니다."

"자네 말마따나 소설가적인 상상 아닌가?"

"C. P. 챈들러는 제가 잘 아는 사람이에요."

램스도프가 점잖게 말했다.

"그 사람 훌륭한 사람이더면. 모처럼의 상금을 사양하는 걸 보니."

하고 내가 말하자 램스도프는

"그러나 아마 사양하지 못할 거예요."

하고 웃음을 머금었다.

"그분은 꽤나 명성 있는 탐정인 모양이죠?"

나는 되도록이면 많은 말을 램스도프로부터 유도하려 했다.

"운이 좋았던 거죠. 그리고 조직이 완벽했구요. 어때요? 챈들러를 소개해 드릴까요?"

하는 램스도프의 말에 유한일이

"미스 램스도프, 챈들러의 의견도 물어보지 않고 그런 말을 하면 결과적으로 선생님께 실례가 될 겁니다."

하고 나무랐다.

"자신이 있는 걸요."

램스도프는 화사하게 웃었다.

"그러시다면 꼭 소개를 해 주십시오. 세계적인 명탐정을 만난다는 건 소설가로선 더할 나위 없는 영광으로 되겠습니다."

내 말이 이렇게 간곡하자, 램스도프는

"한 달쯤만 기다리세요. 소개해 드릴 테니까요."

하며 다시 한 번 유한일을 힐끔 보았다. 램스도프의 그런 동작에 나는 다정한 오빠를 대하는 누이동생의 애교를 보았다.

"식사 준비가 다 되었습니다."

하는 웨이터의 보고가 있었다.

우리들은 식탁을 차려 놓은 슈트로 갔다. 슈트는 몰라보게 치장이 되어 있었다. 방 두 구석에 생화가 탐스럽게 담긴 꽃 항아리가 있었고, 식탁 위론 수십 개의 촛불로 장식된 샹들리에가 드리워 있었고, 하얀 접시와 가지런히 순은제 나이프와 포크가 놓여 있었다.

나를 중심으로 하여 좌우로 마주 보며 유한일과 램스도프가 앉았다.

웨이터가 포도주 병을 들고 내 잔에 두어 방울 따랐다. 맛을 보라는 시늉이었다. 맛을 보는 체하곤 "좋다"고 했다. 웨이터가 포도주로 잔을 채웠다.

"이건 카르베 크로스센트 에밀리온입니다."

하고 유한일이 말을 보탰다.

무식한 나도 그 포도주 이름은 안다. 그런 만큼 유명한 포도주다. 값으로 치면 꽤 나갈 것이란 천민의 의식이 돋아나기도 했다.

포도주가 그런 것이었으니 메뉴의 호사함은 두말할 나위가 없다. 그러나 원래 조식(粗食)에 익숙한 나의 미각이 세련된 요리를 감상할

135

능력이 있을 까닭이 없다. 나는 요리를 먹기보다 포도주를 마시는 일에 열중하며 챈들러에 관한 질문을 했다.

"도대체 챈들러는 어느 나라 사람입니까?"

"나이는 몇 살이나 된 사람입니까?"

"소속은 어딥니까?"

등등.

그러나 램스도프도, 유한일도 속시원한 대답을 하지 않았다. 그래서 내가 투덜거렸다.

"당신들과 같이 아무리 좋은 음식을 먹어도 소화가 될 것 같지 않다. 무슨 비밀이 많길래 속 시원하게 말을 못 하는가. 그 비밀주의는 딱 질색이다."

그러자 램스도프의 대답이 있었다.

"비밀주의란 건 없습니다. 비밀주의는 비밀을 지키기 위해 비밀로 한다고 되어야 하는 것인데 우리들은 어떤 목적을 달성하기 위해 일정 기간 비밀로 해둔다는 것뿐이니까요."

"그렇다면 챈들러 씨의 이름은 이미 신문에도 났고, 그가 세운 공적도 발표가 되었는데 어째서 그 사람 얘기도 쉬쉬하는 겁니까? 당신들 일도 아닐 텐데."

"아닙니다. 챈들러 씨가 하는 일은 우리 일과 밀접한 관계에 있습니다. 얼마지 않아 마무리 짓게 되어 있습니다. 조금만 기다리시면 됩니다."

"그것도 십 년쯤 기다려야 하나요?"

"챈들러는 아나벨라 피셔완 사정이 다르니 그렇게 기다리지 않아도 될 겁니다. 우리의 브리슬 방식. 즉 브리슬 전략은 지금 마지막 단계에 와 있습니다."

나는 램스도프의 입에서 다시 브리슬 방식이란 말을 듣게 된 것인데, 내용은 모르나 상당히 큰 규모의 사건이란 것만은 짐작할 수가 있었다.

램스도프의 화제는 광범했고 그 표현은 기막혔다. 그런 까닭에 나는 가끔 어색하다고 느끼면서도 찬사를 끼워 넣지 않을 수가 없었다. 예컨대 ──

"헤브라이즘과 헬레니즘이 최고의 조화를 이룬 여러 가지의 사례가 있겠는데 나는 미스 램스도프에 그 최고의 범례(範例)를 보는 느낌입니다."

이런 말을 했을 때의, 그 활짝 꽃잎을 여는 장미의 아름다움이라고 할까. 램스도프는

"헤브라이즘과 헬레니즘은 문명의 근간입니다. 그 위대한 근간을 들먹여 절 평가하신다는 건 너무나 지나친 칭찬입니다."
하고 기쁨을 감추질 못했다.

그런 만큼 나는 내가 한 말에 대한 책임을 져야만 했다. 그래서 이렇게 말을 꾸몄다. 꾸민 것이 아니라 저절로 말이 나왔다.

"미국이란 나라는 원래 헬레닉하지 않습니까? 게다가 당신의 연

원은 헤브라이가 아닙니까? 그런데 당신은 미국적인 것의 최고, 헤브라이적인 것의 최고의 교양을 갖추고 있다고 할 수 있지 않습니까? 그러니 내가 아까 한 말엔 추호도 과장이 없습니다."

그러자 램스도프는 나에게 헤브라이즘의 본질이 무언가를 묻고, 이어 헬레니즘의 본질을 물었다. 이에 대해 나는

"본질을 말하기에 앞서 구체적인 예를 들겠소. 헤브라이즘의 화신(化身)은 파스칼이며, 헬레니즘의 화신은 토머스 제퍼슨이요. 이걸로 당신의 질문에 대답이 될지, 안 될지 모르겠습니다만."
하고 말했다.

이 말이 램스도프를 기쁘게 했던 모양이다.

"동양의 작가로부터 이처럼 기막힌 코멘트를 들을 줄 몰랐습니다."
하곤 유한일을 향해 뭔가를 말했다. 뜻을 알아들을 순 없었으나 말하는 투와 표정에 힐난하는 것 같은 분위기가 있었다. 그 말은 헤브라이어(語)라고만 짐작할 수 있었다. 유한일은 황송하다는 표현이 어울릴 그런 태도를 취하며 램스도프의 말을 듣고 있었다.

램스도프는 다시 나를 향해 물었다.

"선생님은 소설을 쓰실 때 어떠한 데 중점을 두십니까?"

나의 대답은 이러했다.

"옳은 말이면 통한다고 생각하는 것이 세상의 통념인데, 사실은 이와 반대라는 것, 그러니 되도록 옳은 말을 피하면서, 그러나 옳은

말을 해야 한다. 그러자면 어떻게 해야 하느냐 하는 데 중점을 두고 글을 쓰지요."

램스도프는 다시 한 번 놀랐다는 듯 나를 노려보고 있더니

"방금 선생님이 하신 말을 구체적으로 하면 어떻게 되겠습니까?" 하고 물었다.

"간단하게 예를 들죠."
하며 나는 다음과 같이 말했다.

"전쟁을 원하는 사람은 내 주변에 한 사람도 없습니다. 그런데 전쟁은 발생합니다. 세계가 한 나라로 되었으면 하는 희망을 내 주변의 사람들은 모두 갖고 있습니다. 그런데도 세계 국가는 이루어질 희망이 거의 결정적으로 없습니다. 그 까닭이 어디에 있습니까 결국 옳은 말은 통하지 않습니다. 그 근본을 따지면 이유가 나타납니다. 소설은 이러한 사정을 감안한 노력이라고 할까요?"

이래저래 미스 램스도프와 나와의 토론회처럼 되어 버렸는데 내가 이사야의 예언(豫言)을 인용하여

"우리의 불행을 구제하는 유일한 방법은 빨리 이 지구를 멸망케 하는 데밖엔 없다. 그런 뜻에서 무기의 발달이 은총일 수가 있다." 고 했을 때 램스도프가 나를 결정적으로 신뢰하게 되었던 모양이다.

램스도프의 제안이 있었다.

"선생님, 내일 하루를 저에게 송두리째 빌려 줄 수 없을까요?"

"기꺼이."

하고 나는 대답했다.

우리가 이런 약속을, 만날 시간과 장소를 들먹여 정립(定立)하고 있을 때, 유한일은 무표정인 채 있었다.

열한 시쯤에 그들은 돌아갔다.

그 이튿날 ──

나와 램스도프는 오전 11시쯤 중공(中共)의 산들이 바로 눈앞에 보이는 곳으로 갔다. 중공과의 국경에 자리를 잡고 토론한다는 것은 줄잡아 지구(地球)의 운명을 논할 수 있는 환경적 조건은 갖춘 셈으로 된다.

아니나 다를까 램스도프의 질문은 이렇게 시작되었다.

"선생님은 중공을 어떻게 생각하세요?"

당연히 내 대답은 전술적으로 될밖에 없었다.

"하나의 결정적인 의미를 만든 나라이기는 하죠."

"그 뜻은?"

"돈을 벌어야 하겠다는 방향으로 두뇌의 힘을 낭비하는 폐단만은 확실히 근절했다고 생각하니까요."

"그러나 인민들은 그 뜻에 만족할까요?"

"인간은 얼마 되지 않는 것으로 살 수 있는 것이란 자각은 할 수 있겠죠."

"그 자각이 대단한 것일까요?"

"대단하죠. 니힐리즘을 전파하는 데 큰 보람이 있지 않겠습니까?"

"선생님은 니힐리즘을 긍정하나요?"

"중공의 의미는 십억이 넘는 인민들에게 니힐리즘을 가르친 점에 있다고 나는 생각해요."

"요컨대 선생님은 니힐리즘을 긍정하시나요?"

"긍정하죠."

"그 이유를 알고 싶은데요."

"세계의 모든 사람들이 니힐리즘을 이해했을 때, 그때 세계 국가(世界國家)가 이루어질 수 있는 겁니다. 이 세상의 두드러진 악은 허무주의를 이해할 수 없다는 데 있다고 생각해요. 모두들 자기가 반드시 죽을 사람이란 걸 자각하고 있고, 인간이 행복하게 사는 덴 그처럼 엄청난 것이 필요하지 않다는 견해가 철저하게 되면 전쟁이 일어날 까닭이 없지 않습니까? 그런 까닭에 나는 니힐리즘 대찬성입니다."

"그러나 니힐리즘을 긍정하기에 앞서 복수의 필요는 인정하지 않을 수 없잖을까요?"

램스도프의 표정에 긴장이 있었다.

"글쎄요."

하고 나는 말을 흐렸다.

"선생님."

램스도프가 손을 내게 뻗어 왔다. 그리고 물었다.

"선생님은 아우슈비츠의 비극을 들으신 적이 있죠?"

"들었지."

하자 램스도프는 신음하듯 말했다.

"우린 니힐리즘이 될 수 없어요."

돌아오는 길, 신계와 구룡의 중간 지점에 있는 한적한 다관(茶館)에 들렀다. 램스도프가 선택한 장소였다.

"난 어쩐지 국경 지대, 또는 이 지방과 저 지방, 이 지역과 저 지역이 연결되는 접경이 마음에 들어요.

하고 램스도프는 중국식 정원이 바로 내다보는 창가에 자리를 잡았다. 램스도프가 주문한 차 이름은 황산차(黃山茶)라고 했다.

"묘족(苗族)이 즐겨 마신다는 차라고 해요."

암록색으로 미지근한 차를 한 모금 마시고 램스도프가 설명했다.

"그리고 보니 중국, 아니 홍콩에 관해 아는 것이 많구료."

나의 이 공치사는 그저 들어 넘기고 램스도프는 긴장하려던 얼굴에 다시 미소를 띠었다.

"사실은 오늘 나는 미스터 유를 대신해서 사과하려고 해요."

뜻밖인 말이어서 나는 다음 말을 잠자코 기다렸다.

"미스터 유가 선생님에게 너무나 많은 것을 숨기고 있는 것 같아요."

"사업을 위해서 불가피하다고 하잖았소."

"헌데 미스터 유의 경우는 조금 심한 것 같아요. 사람과 사람의 사이는 미묘한 것이어서 어느 정도까진 자기 직업상의 비밀을 말하는 것이 친밀을 도모하게 되고, 그렇지 않으면 좋은 사이에 금이 가는 그런 경우가 있는 것 아녜요?"

"그렇긴 하죠."

"그런데 미스터 유는 너무 신중해요. 털어놓아도 괜찮을 것까지 비밀로 하거든요. 특히 선생님에겐 숨기지 않아도 될 것까지 숨기려고 하니 제 기분이 여간 딱하질 않아요."

"미스 램스도프가 딱하게 여길 건 없지 않소?"

"아녜요. 전 미스터 유를 소중히 생각하고 있거든요. 그런 때문에 미스터 유가 언제까지나 선생님의 총애를 받았으면 해요. 어저께 선생님으로부터 여러 가지 얘기를 듣고 너무나 감동했어요. 그런 얘기는 제가 대학 시절에도 그 후에도 별로 듣지 못한 얘기였거든요. 그런 선생님의 총애를 잃는다면 정말 미스터 유는 불행할 거예요. 그래서 제가 미스터 유에게 따졌죠. 어떤 경우, 누구 앞에서도 비밀을 지켜야 할 거라도, 선생님이 궁금하게 여기시는 것은 알고 있는 대로 말해야 된다구요. 그랬더니……."

"그랬더니?"

"미스터 유의 대답은 선생님에게 공범의식(共犯意識)을 갖게 할 순 없다는 얘기였어요."

"그것 무슨 말입니까? 공범의식이라니 그럼 유한일 군이 무슨 범죄에 가까운 그런 일을 하고 있다는 겁니까?"

"그렇게 결정적으론 말할 수 없을 거예요. 그리고 최악의 경우라도 귀국의 법률 조문을 다소 어긴 것인진 모르나 도의적으론…… 아

143

니 도의적으로도 다소 힐난을 받아야 하고, 보다도 양심의 부담을 느껴야 할 그런 일이 있었어요."

"이상한 얘길 듣게 되었군요."

"선생님이 그런 일을 죄다 알면, 그래도 당국에 고발을 하신다거나 신문에 폭로할 수 없을 것이니 자연 공범의식을 갖지 않을 수 없을 것이다, 그런 얘기였어요."

"좀 더 구체적으로 말해 줄 수 없소? 미스 램스도프!"

답답해서 견딜 수가 없어서 한 말이다.

"전 미스터 유의 말을 듣고 참으로 훌륭한 태도라고 생각했습니다. 선생님을 위하는 성의가 대단하다고 느끼기도 했구요. 미스터 유의 그런 말을 듣지 않았더라면 제 아는 대로 선생님께 털어놓을 각오를 한 겁니다. 그래서 오늘 만나 뵙자고도 한 거구요. 그러니 어떻게 제가 구체적인 얘기를 할 수 있겠어요. 대신 사과를 드리고 싶어 한 것도 그 때문이에요."

"참말로 뭐가 뭔지 모르겠군."

나는 씁쓸하게 웃을 수밖에 없었다.

"선생님이 홍콩에 오신 게 잘못이에요."

램스도프의 말이 장난스러웠다.

"그렇다면 내일이라도 떠나죠 뭐."

"그건 안 됩니다."

"왜요?"

"모든 사건이 결말을 내려고 하고 있습니다. 곧 결말이 나겠죠. 그 때 선생님은 상황을 파악하셔서 한국의 치안 당국에나 사법 당국에 미스터 유를 변명해 주는 역할을 맡아 주셔야 해요."

"그것 또 미묘한 일이군."

"모든 것을 파악하게 되면 선생님은 납득하실 수 있고, 선생님이 납득하시면 한국의 사법 당국도 관대하게 미스터 유를 대하도록 변명하실 수도 있을 거예요."

나는 복잡한 심정으로 줄담배를 피우고만 있었다.

"선생님, 담배는 나빠요."

하고 램스도프가 생긋 웃었다.

"궁금증으로 질식하는 것보다야 담배라도 피워 마음을 진정하는 편이 낫지 않겠소?"

하고 나도 따라 웃었다.

"선생님 한 가지만 알려 드리죠."

나는 귀를 세웠다.

"챈들러 씨를 소개한다고 제가 말했죠?"

"말했지."

"그게 누군가 가르쳐 드릴까요?"

"사정이 허락하신다면."

"미스터 유에겐 비밀로 해야 합니다."

"그 사람에게까지 비밀로 해야 한다면 모르고 있는 게 되려 낫겠는데요."

"그 무수한 비밀을 미스터 유는 가지고 있으면서도 선생님껜 말하지 않잖아요. 선생님도 미스터 유에게 비밀로 할 것을 한 가지쯤 가지고 있어도 나쁠 것이 없을 거예요."

"……."

"아무튼 비밀로 해야 해요."

하고 램스도프는 심호흡을 하더니 나직이 속삭였다.

"챈들러 씬 바로 미스터 유예요."

"뭐라구?"

나는 내 귀를 의심했다.

"그러니까 챈들러 씨가 미스터 유라는 사실을 선생님이 알고 있다는 사실을 그에게만은 비밀로 하라는 얘기예요."

"유 군이 유명한 탐정이라니."

나는 어안이 벙벙했다.

"그를 유명한 탐정으로 만들기 위해 우리 동지가 몇 사람이나 동원되었는지 아시기라도 하면 선생님은 정말 놀라실 겁니다."

"얼마나 됩니까?"

"그건 진짜 비밀이에요. 우리가 하는 식의 말대로 하면 일개 사단(一個師團)이 동원된 셈입니다."

"어떻게 그런 동원을?"

"미스터 유의 요청이 있으면 당연히 동원해야죠. 미스터 유는 우리에게 그 정도는 요청할 수 있는 공로가 있는 사람입니다."

내가 물었다.

"그럼 유 군은 홍콩 경찰을 위해 일하고 있는 겁니까?"

"홍콩 경찰을 이용하기 위해 미스터 유가 반대급부(反對給付)를 해준 셈이지요."

"그것 또 이상한 얘기군."

"이상한 얘기는 한두 가지가 아닙니다."

하고 램스도프는 장난스럽게 눈동자를 굴리고 있더니 다음과 같이 말했다.

"그럼 미스터 유의 행동을 납득할 수 있도록 하기 위해 브리슬 방식이 뭔가를 설명해 드리죠."

하고 램스도프는 정원을 걸어 보자고 했다. 정원이래도 그다지 넓지는 않은 곳을 왔다갔다하며 램스도프는 다음과 같이 얘기를 시작했다.

"무슨 사건, 또는 무슨 범죄가 발생할 것이라고 예견(豫見)을 하곤 이에 만전의 대비를 하여, 이를 처리하는 방식을 브리슬 방식이라고 합니다."

"결국 범죄 예방, 또는 예방 경찰과 같은 거로군."

"그것관 다릅니다."

"어떻게 다른가?"

"범죄 예방, 예방 경찰은 예견한 범죄나 사건을 미연에 방지하는 것 아네요?"

"그렇지."

"그런데 브리슬 방식은 범죄나 사건을 방지하진 않아요."

"그럴 수가."

"그 이유엔 갖가지가 있죠. 미연에 방지를 해 버리면 그 범죄나 사건이 우리가 예견한 대로 발생했을지 안 했을지 모르게 되잖아요?"

"그렇지. 그러나 그 직전에 방지를 하면?"

"그럴 수도 있겠죠. 보다도 방지했기 때문에 그 사건이 일어나지 않았다는 것을 확인하기란 별로 어려운 문제가 아니죠. 그런데 문제가 그런 곳에 있는 것이 아니거든요. 우리가 예견한 범죄나 사건이 꼭 발생해야 하는 겁니다."

"모르겠군."

"그 범죄로 인해 범인의 먼저 범죄를 확인할 수 있는, 그런 경우는 있지 않겠어요?"

"그렇겠지."

"바로 그겁니다. 이편의 심증(心證)은 확고부동한데 완전 범죄로 되어 버린 경우, 그 범인을 꼼짝달싹 못하게 하려면 그가 저지를 제 2의 범죄 현장을 덮쳐야 하는 거예요. 그렇죠?"

"그렇군."

"탐정이나 정보원은 그걸 노리는 겁니다. 제1의 범죄는 거의 반드시라고 할 만큼 제2의 범죄를 유발하게 돼 있거든요."

"그렇지 않을 경우도 있겠지."

"그렇지 않을 경우에 대한 대비가 또 있죠."

"어떤 대비죠?"

"제1의 범죄를 한 사람이 제2의 범죄를 하도록 유혹적(誘惑的)인 상황을 만드는 겁니다. 그것이 성공하면 고액의 돈이 생길 거라고 믿게끔 상황을 만들기도 하고, 헌데 그 일이 그다지 어렵지 않다는 자신을 갖게끔도 하구요, 또……."

"또?"

"제1의 범죄 사실을 두고 은근히 압박하는 공기를 만들어 내는 겁니다. 이를테면 청부 살인(請負殺人)을 시켰는데 청부한 돈을 주지 못하게 하는 상황을 만들어 범인들끼리 갈등이 나게 한다든지……."

나는 비로소 뭔가를 납득할 수 있을 것 같았다. 그래서 다음과 같이 말해 보았다.

"요컨대 유한일 군은 이 홍콩에서 무슨 범죄 사건이 발생할 것이라고 예견했다, 이 말이오?"

"그렇습니다. 그랬기 때문에 미스터 유는 작년 10월부터 홍콩에 와서 공작을 시작한 겁니다."

그 말에 나는 유한일이 우리들에게까지 행방을 숨긴 이유를 알았다.

"그렇다면 유한일이 윤숙경 납치 사건이 있을 것을 석 달 전에 알고 있었단 말인가요?"

"그것에 대해선 말씀 드릴 수 없네요."

하고 램스도프는 화사하게 웃었다.

그때 내 머리에 번쩍 하는 것이 있었다. 어젯밤 램스도프가 윤숙경을 들먹인 것은 윤숙경의 사건을 몰라서 들먹인 게 아니라는 사실을.

"미스 램스도프."

"예?"

"꼭 한 가지만 묻겠소. 그 밖의 일은 절대로 묻지 않을 것이고 알려고도 안 할 것이니 대답해 주세요."

"……."

"윤숙경 씬 건재한 거죠? 살아 있는 거죠?"

램스도프의 얼굴에 다시 미소가 떠올랐다.

"살아 있는 거죠?"

나는 질문을 되풀이했다.

"선생님을 공범(共犯)으로 만들 수 없다는 게 미스터 유의 진정인 걸요."

램스도프의 대답은 침착했다.

"무슨 뜻인지 알 수가 없군."

"간단합니다. 결코 복잡한 얘기가 아닙니다."

"속시원하게 설명해 주시오."

"만일 선생님이 윤숙경 씨가 살아 있다는 사실을 알면 가만있지 못하겠죠?"

"그 뜻은?"

"가족에겐 알려 줘야 할 게 아녜요?"

"물론이죠."

"경찰에도 알려야 할 것 아녜요?"

"그건, 굳이 비밀로 하라면 비밀로 하죠 뭐."

"그렇게 되면 선생님이 공범이 된다, 이 말이에요."

"흠."

나는 생각했다. 램스도프의 말이 있었다.

"이건 가정이지, 윤숙경 씨가 살아 있다고 제가 말한 것은 아녜요."

그러나저러나 나는 심증을 얻었다. 윤숙경이 살아 있다고 짐작할 수 있었다. 그 기쁨은 한량이 없었다. 고함을 지르고 싶고 펄펄 날고 싶고 한바탕 깡충깡충 토끼처럼 뛰어 보고 싶기도 했다. 그러나 램스도프 앞에서 그럴 순 없었다.

"윤숙경 씨가 살아 있다고는 말하지 않았습니다, 선생님. 저도 그렇길, 그분이 살아 있길 바라긴 하지만요."

램스도프의 말은 엄숙하게 계속되었다.

"그러니 선생님의 짐작만으로 가족에게나 누구에게나 윤숙경 씨가 살아 있다는 말, 아니 윤숙경 씨에 관해 아는 것이 있다는 말도, 그런 시늉을 해서도 안 됩니다. 아셨죠?"

"알았소."

하고 대답하지 않을 수 없었지만 나는 기쁨을 감출 수 없었다. 그러나 석연할 수 없는 기분이 한편 무겁기도 했다.

기쁨과 석연할 수 없는 기분과의 교차된 가슴을 억누르며 물었다.

"그렇다면 브리슬 방식은 희생자를 방관하는 겁니까?"

"희생자라뇨?"

"사건을 미연에 방지하는 것이 아니라면, 그것이 살인 사건일 땐 살인을 방관하느냐, 이 말입니다."

"경우에 따라서죠."

"살인을 방관한다, 그 말이죠?"

"보다 높은 목적을 위해선 불가피할 때가 있겠지요. 그러나 그 살해 예정자가 우리에게 중요한 사람일 땐 방관하지 않습니다."

"사건의 발생은 막지 않는다. 살인은 못 하게 한다. 모순되는 얘기 아닙니까?"

"만일 그것이 살인 사건일 경우에, 그자들이 어떻게 살인을 하려고 하나의 방법까질 이편에서 세밀하게 파악하고 있어야죠. 권총으로 할 것이냐, 칼로 찌를 것이냐, 곤봉으로 때려죽일 것이냐, 또는 불의의 습격을 할 것이냐, 붙들어 와서 일정한 장소에서 할 것이냐, 어느 지점에 매복하여 있다가 습격할 것이냐, 그러한 제반 상황을 파악하고 있다가 적절하게 대비하는 것이니까 살인 사건은 발생했다, 그러나 미수(未遂)로서 끝났다로 될 수도 있는 것이 아니겠어요?"

"그렇게 완벽하게 할 수 있을까요?"

"그러니까 브리슬 방식이죠. 영국의 신중함과 이스라엘의 치밀성을 합쳐 절대로 실수가 없도록 한다는 뜻에서의 브리슬 방식이니까요."

"그렇다면 유한일 군이 의도한 대로 성공을 했겠네요."

"선생님의 유도 심문은 멋이 있어."

하곤 웃곤 램스도프는 우울한 표정으로 되며 말했다.

"그런데 엉뚱한 실수가 있었습니다. 그 실수 때문에 지금 미스터 유가 고민하고 있는 거예요."

"브리슬 방식에 구멍이 난 거로군."

나는 다소 시니컬한 기분이 되며 말했다.

"브리슬 방식에 결점이 있었던 게 아니고 홍콩이란 지리적 조건에 문제가 있었던 거죠."

"그 실수는 설마 치명적인 것은 아니겠죠?"

"치명적인 것은 아니라도 미스터 유가 한국의 법정에서 석명(釋明)은 있어야 할 문제입니다."

"그래서 내가 필요하다, 이 말인가요?"

"그렇습니다."

"그렇다면 더욱 나에게 알려야 할 것 아닐까요?"

"타이밍이 필요한 겁니다."

"……."

"선생님은 사건의 전모를 알기가 바쁘게 한국의 사직 당국에 알릴 수 있도록 미리 배려가 있어야 하니까요."

"……."

"미리 선생님이 알고 계시면서 말하지 않았다고 하면……."

"공범이 된다 이거죠?"

"아무튼 미스터 유가 한국의 사직(司直)에 자진 출두하기 직전이 아니면 선생님께 알릴 순 없을 겁니다."

뭐가 뭔지 모르는 건 여전했지만 무슨 방향을 잡은 듯한 기분이었다.

"오늘 밤의 식사는 어디서 할까요?"

램스도프가 생긋 웃으며 그 다관을 나가자고 했다. 나는 이런 제안을 했다.

"어때, 식사보다도 오늘 밤 우리 나이트클럽에나 갑시다."

3
비정(非情)의 드라마

나이트클럽 '모캄보'.

내 눈이 둥그래지자 램스도프가 웃었다.

"뭣이 그렇게 놀라워요?"

"저 샹들리에."

"소돔의 조명이죠."

"소돔?"

"소돔과 고모라의 소돔."

"아아, 그렇군."

나는 홍콩을

"역사는 있어도 전통이 없는 항구."

라고 평하고 모캄보를

"상술에 봉사하는 문화의 유령."

이라고 평했더니 램스도프가 말하길

"홍콩은 모든 비평이 그 기능을 잃는 곳이에요."

이때 감미롭고 선정적인 음악이 흘러나왔다.

"앉은뱅이도 오금을 펴겠다."

고 신이 났다. 그리고 덧붙였다.

"하바리아의 음악은 언제나 좋아."

그러자 램스도프가 놀랐다.

"하바리아 음악이란 걸 어떻게 아세요?"

"귀가 있으니까."

"동양의 항구 도시에서 하바리아 음악을 듣는다, 좋군요."

하고 램스도프는 눈을 감았다.

마냥 기쁘고 마냥 즐거워 자리에 돌아와서 한 마디 했다.

"에피쿠로스의 행복이 철학이 빈혈적인 것은, 홍콩하고도 모캄보
에 못 와 본 탓일 거요."

"그렇게 기쁘세요?"

"기쁘다마다요. 브랜디가 이렇게 맛이 있을 줄이야 정말 몰랐소."

"마음이 그처럼 젊으시면……."

"마음이 젊은 게 아니라 철이 들질 않은 거죠."

"언제까지나 철들지 마세요. 그렇다면."

"꼭 그렇게 원하시거든, 미스 램스도프, 우리 한국에 가서 삽시
다."

"한국엔 우리를 해치려고 덤비는 음모가 없는 걸요."

"미스 램스도프는 그런 음모가 있는 데만 갑니까?"

"우리의 적이 너무나 많으니까요."

이 말이 계기가 되어 침착한 화제로 바뀌었다.

"미스 램스도프는 유 군의 현재(現在)를 긍정하고 계십니까?"

"무슨 뜻예요?"

"젊은 사람이 예술을 한다든지, 학문을 한다든지, 사업을 한다든지……."

"미스터 유는 사업가예요."

"정상적인 사업을 하는 것 같지 않던데."

"그건 사실이에요. 그러나 성격 때문인 걸 어떡하죠? 전 미스터 유를 이해해요. 한 마디로 성실해요. 자기를 속일 줄 몰라요. 그는 자기 때문에 어느 일본인이 죽었대서 그걸 잊지 못하고 있는 거예요. 미스터 유가 홍콩에까지 와서 애쓰는 것도 거기에 원인이 있는 거예요."

"나로선 도무지 납득할 수 없는 유 군의 행동이 그 일본인에게 동기가 있다는 얘깁니까?"

"그래요. 분명히 그렇습니다."

"나는 어슴푸레나마 윤숙경 씨 때문일 것이라고 알고 있었는데."

"윤숙경 씨 사건은 그 연장선상(延長線上)에서 생긴 일예요."

"뭐라구요? 윤숙경 씨의 사건이 그 살인 사건과 관계가 있다는 말인가요?"

"물론이죠."

하고 램스도프는 화사하게 웃었다.

"그러나 그런 얘긴 쑥스러워요. 이런 장소에선 어울리지 않아요. 하바리아의 음악에 동양의 밤……."

램스도프는 문득 무슨 생각이 난 모양으로 팔목시계를 살폈다. 야광빛의 바늘이 달린 시계였다.

"잠깐 실례하겠어요."

하고 램스도프는 일어서더니 어디론가로 갔다. 나는 그때가 정각 한 시라는 것을 확인했다.

'화장실에나 갔을까?'

했지만 곧 그 생각을 지워 버렸다. 귀족풍(貴族風), 아니 상류 숙녀(上流淑女)는 자기의 집이나 자기가 거처하는 곳 이외에선 절대로 변(便)을 보지 않게끔 교육되어 있다는 사실을 알고 있기 때문이다.

어느 추리소설에서 다음과 같은 대목을 읽은 적이 있다. A라는 여자를 미행하고 있던 탐정 둘이 골마루에서 레스토랑에 들어간 A를 관찰하고 있는 장면이다. A가 화장실로 들어가는 것을 확인한 탐정 하나가 다른 탐정에게 말한다.

"빨리 화장실 근처로 가 봐."

"아직 식사 전이니까 되돌아올 건데 화장실 가는 것까지 신경 쓸 필요가 없지 않을까?"

"아냐, 저 여자는 상류 가정에서 교육을 받았기 때문에 이런 데서 화장실에 갈 그런 여자가 아냐. 저 여자가 화장실에 간다고 하면 반드시 무슨 사연이 있는 거라."

아니나 다를까 탐정들은 A가 나온 화장실 세면대 밑에서 검으로 발라 붙여 놓은 메모를 발견한 것이다.

이런 생각을 하고 있었던 동안이 5분이나 될까. 램스도프가 화려한 얼굴을 들고 돌아왔다. 밴드에서 라틴 음악이 흐르고 있었다.

"우리 춤춰요."

램스도프는 선 채 우아한 손을 나에게 뻗었다.

"좋은 일이 있었던 모양이지요?"

가벼운 스핀 턴과 함께 물었다.

"나쁘지 않은 일예요."

램스도프의 쾌활한 대답이었다.

그런데 바로 그 시각, 내가 그 사실을 안 것은 훨씬 뒤의 일이지만 ──

홍콩 공항, 즉 카이탁 비행장에 이제 막 착륙한 비행기에서 수 명의 정체불명의 사나이가 내려 홍콩 경찰의 영접을 받곤 대기한 자동차를 타고 어디론가로 달리고 있었다.

그 비행기는 스위스 K항공사의 소속으로 되어 있었으나, 전투기를 닮은 소형 제트기. 12인승이었다. 그 정체불명의 사나이가 어떤 용무로 홍콩에 나타났는진 곧 알게 될 것인데, 램스도프가 아까 잠깐 자리를 뜬 것은 그 비행기의 도착을 확인하기 위해서였다.

요컨대 램스도프는 그 비행기가 도착했다는 사실이 기뻤던 것이다. 그것은 유한일과 홍콩 총독 사이에 계속되어 오던 협상이 성공했다는 뜻이며, 따라서 모든 문제가 해결되었다는 것을 의미하는 것이기도 했다.

"선생님, 전 오늘 기뻐요."

하고 춤을 추면서 아양을 떨기도 하더니 자리에 돌아와서 내가 그 까닭을 묻자, 램스도프는 수수께끼 같은 말을 했다.

"첫째 선생님을 위해서요."

"날 위해서?"

"그럼요."

"까닭을 알고 싶군."

"내일이면 알아요."

"또 내일?"

하고 나는 쓰게 웃었다.

그 이튿날 오전 11시쯤 전화가 걸려 왔다.

"램스도프예요. 저 레팔르스로 옮겨 왔어요. 선생님과 같은 호텔에 있고 싶어서요."

"반갑군, 한데 도대체 어떻게 된 일이오?"

"이따 점심때 식당에서 만나요."

하고 전화는 끝났다.

램스도프가 점심때라고 하는 것은 오후 한 시를 말한다. 샤워라

도 해야겠다고 준비하고 있는데 노크가 있었다. 들어오라고 했다. 강
달혁과 임수형이 들어왔다.

"저희들은 오늘 한국으로 돌아가게 되었습니다."

하는 강달혁의 말이어서 물었다.

"어떻게 갑자기?"

"유 사장님의 명령입니다."

"나허구 같이 가지 그래. 일주일쯤 더 있다가."

"일이 뜻밖에 빨리 끝난 모양입니다. 그래서 빨리 돌아가란 명령
입니다."

임수형이 한 말이었다.

"일이 끝났으면 느긋하게 며칠쯤 홍콩에서 쉬지 그래."

"유 사장님의 명령엔 그런 여유가 없습니다. 게다가 계집, 자식이
보고 싶기도 하구요."

하며 강달혁이 웃었다.

"홍콩엔 우리가 놀 곳이란 없습니다. 우리에겐 서울이 제일입니
다."

하고 임수형도 웃었다.

"그럴 테지. 우리에겐 서울이 제일이지. 나는 서울을 그리워하
기 위해 외국 여행을 하는 게 아닌가 싶은 생각을 가질 때가 있어."

이건 진정이었다. 외국 공항의 게시판에 '서울행'이란 글자만 나
붙어 있어도 가슴이 설레는 정도로 나는 센티멘털리스트인 것이다.

"비행기 시간이 어떻게 될진 모르지만 미스 램스도프와 점심을 같이 하기로 되어 있는데, 어때 같이 식사라도 하면."

"시간이야 문제가 없지만 그건 안 됩니다."

강달혁의 말이었다.

"유 사장님 주변의 사람으로서 유 사장님이 직접 면대시켜 주지 않을 경우의 사람허군 접촉하지 말라고 되어 있습니다."

"그럼 미스 램스도프와 접촉이 없었단 말인가?"

"그렇습니다."

"유 군이란 꽤 까다로운 사람이군."

"꽤나 까다롭습니다. 그런데 그 까다롭다는 게 절도(節度)가 있다는 말로도 통하지 않겠습니까? 유 사장님은 절도가 있는 분입니다. 같이 일을 하면 시원시원합니다. 처음엔 약간 무리한 요구를 하시는 것 같은 생각이 들기도 하지만 뒤에 가서 맞춰 보면 잘한 일이다. 꼭 그렇게 해야만 될 일이었구나 하는 판단이 섭니다."

강달혁은 사뭇 유한일을 존경하는 투로 이런 말을 했다.

"그건 그렇고, 강 군이나 임 군은 자기들이 한 일이 무엇이었던가를 납득이나 하고 있나?"

"알 것도 같고 모를 것도 같은 그런 느낌입니다."

강달혁이 말하자, 임수형도 동감이란 뜻으로 고개를 끄덕였다. 그들을 보내고 나서 나는 목욕탕으로 갔다.

레팔르스 베이의 조망이 한눈에 바라뵈는 창가에 자리를 잡고 램스도프는 손을 들었다. 아래 위 하얀 투피스에 두 겹으로 된 흑진주의 목걸이가 이색적이면서도 어울렸다.

이렇게 우아하고 아름다운 여자가 연애(戀愛)엔 담을 쌓고 지낸다니 이상한 일이 아닌가. 이스라엘이 아직도 위태로운데 연애할 시간이 있을 수 있는가 하는 것이 그녀의 마음가짐이라고 하는데, 사실이 그와 똑같다면 램스도프는 스스로를 이스라엘을 구할 여신(女神)쯤으로 자부하고 있을지 몰랐다. 아닌 게 아니라 나는 훗날,

"미스 램스도프는 이스라엘에 필요하다고 느끼면 창부 이상의 창부 노릇, 요부(妖婦) 이상의 요부 노릇을 서슴지 않았다. 그녀는 대의를 위해선 정신과 육체를 아낌없이 혹사했다. 그러나 그녀가 더럽혀지지 않은 것은 북국의 만년설(萬年雪)이 몇 사람의 장난으로 더럽혀질 수 없다는 이유와 통할 수 있는 것이다."

라는 말을 듣게 되는 것인데, 나는 영광스럽게도 그녀와 사귈 수 있는 기회를 가졌던 것이다.

램스도프는 내가 자리에 앉자마자

"또 변명을 해야 되겠군요."

하고 생긋 웃었다.

"또 유한일 군의 변명?"

"선생님은 센스가 날카로워 말하기가 수월해요."

"변명을 해보세요."

나도 미소를 머금었다.

"미스터 유도 오늘 새벽 세 시에 홍콩을 떠났어요. 선생님을 뵙지 못하고 떠나는 게 죄송스럽다고 했어요."

"그럼 홍콩에서의, 그 뭐라더라? 그렇지 브리슬 방식인가 한 것은 끝이 난 건가요?"

"일단 끝이 났죠. 그러나……."

"거게 또 그러나가 있습니까?"

"선생님 그렇게 빈정거리지 마세요. 어떤 명장도 작전에 가끔 실수하는 경우가 있습니다."

"유 군이 무슨 실수라도 했습니까?"

"그건 생각하기에 따라서겠지만, 브리슬 방식의 목적은 성공했는데 사후 수습이 문제예요."

"그렇다면 다시 돌아오겠구먼요, 유 군은."

"그리 빨리 돌아오진 못할 겁니다."

"그러니까 나만 남은 셈이 되었군."

"아녜요, 저도 남아 있지 않아요?"

"뭐가 뭔지 석연할 수가 없군."

"선생님의 마음을 석연하게 해드리려고 제가 남아 있는 거예요."

"고맙습니다."

하고 나는 물었다.

"헌데 유 군은 어디로 갔습니까?"

"일단 스위스로 갔다가 거기서 다시 행방을 정하게 돼 있죠. 행방이 정해지는 대로 연락이 있을 겁니다. 전 레팔르스, 바로 이 호텔에서 연락을 받게 돼 있습니다."

"그렇다면 나도 돌아가야겠군."

"미스터 유로부터 연락이 있을 때까지 여게 계셔야 합니다."

"그건 또 왜 그렇습니까?"

"그 연락을 받는 즉시 모든 것을 선생님께 말씀 드리게 돼 있으니까요."

"대강 언제쯤 연락이 있을 예정입니까?"

"빠르면 사흘 후, 늦어도 일주일 후예요."

하고 램스도프는 방긋 웃었다.

점심 식사를 끝냈을 때 램스도프가 말했다.

"우리 해변을 산책하지 않겠어요?"

"좋습니다."

우리는 샌들로 바꿔 신고 해변으로 내려갔다. 가는 모래의 감촉이 맨발에 부드러웠다. 철 이른 해수욕장의 분위기는 철 늦은 해수욕장관 또 다른 뜻으로 약간 서글픈 데가 있다.

"수영할 줄 아세요?"

램스도프의 질문이었다.

"나는 큰 목욕탕에 물이 가득 차 있어도 공포증을 느낍니다."

하자 그녀는 깔깔거리며 웃곤

"난 하마터면 올림픽 대회의 수영 선수로 뽑힐 뻔했어요."

하고 시선을 수평선 위로 보냈다.

"그랬더라면 좋았을걸."

"제겐 스포츠보다도 더 소중한 게 있었거든요."

나는 스파이? 라고 하려다가 말았다.

"임무는 임무, 스포츠는 스포츠로 나눠 생각하면 될 게 아뇨? 이자택일(二者擇一)로 생각하는 것보다……."

"저와 같은 처지에 있는 사람은 얼굴을 팔 정도로 유명해지면 안 돼요."

"그 뜻은 알겠소. 그러나 모든 것을 한 가지 목표에 집중한다는 것은 물론 좋은 일이긴 하겠지만, 그만큼 인생에 있어서 희생된 부분이 너무 많지 않을까?"

"그건 여유 있는 인생들의 생각이겠죠."

"미스 램스도프의 인생이 그처럼 각박하다고는 생각지 않는데?"

"물론 각박하진 않죠. 내가 내 스스로에게 과한 과업과 내가 얽매여 있는 것이니까요."

"그런 점에 만족을 느낀다, 이거죠?"

"난 만족해요. 남에 의해서 과해진 과업이 아니라 스스로 짊어진 과업이란, 즉 사명감입니다. 나는 사명감을 자랑해요."

"미스 램스도프의 경우는 충분히 이해가 됩니다. 그런데 유한일 군의 경우는 어떨까요? 그도 사명감을 가지고 있습니까?"

"미스터 유의 사명감은 대단하죠."

"어떤 겁니까?"

"그의 사명감은 세계 국가, 또는 세계 연방을 만드는 기초를 닦자는 데 있습니다."

"그건 금시초문인데요."

"구체적인 계획이 서기 전엔 말하지 않겠지요."

"그런데 그가 지금 하고 있는 일이 뭡니까? 브리슬 방식이니 뭐니가 말입니다."

"어쩌다 옆의 길로 빠져든 거죠. 그러나 터무니없는 탈선은 아닙니다."

"내가 알고 싶은 건 그의 사명감이 세계 국가의 형성에 있다고 치고, 그 목적을 위해 지금 그가 하고 있는 구체적인 일이 뭐냐, 이 말입니다."

"명백한 게 있죠."

"뭡니까?"

"미스터 유는 지금 돈을 모으고 있는 겁니다. 무엇을 하건 첫째 돈이 있어야 할 것 아녜요? 얼마간의 돈이 있어야 그 사명을 위해 선전할 수 있을 것 아녜요? 일꾼을 모을 수 있을 것 아녜요? 그 돈으로 해서 압력을 만들 수도 있지 않겠어요? 세계 국가의 달성은 먼 훗날의 일이라고 하더라도 그것을 위한 돈 모으는 일엔 미스터 유는 착착 성공하고 있습니다."

우리들은 모래밭에 앉았다. 태양이 등을 쬐고 부드러운 바람이 바다로부터 불어 왔다.

"미스터 유가 하고 있는 결정적인 일에 관해선 약속한 대로 그로부터 연락을 받은 연후에 말씀 드리기로 하고 우선 미스터 유가 이번 홍콩에서 얼마만 한 돈을 벌었느냐 하는 얘기만 해드리죠."

하고 램스도프는 시작했다.

"미스터 유가 이번 홍콩에서 번 돈은 아직 정확하게 환산할 순 없지만 적어도 미국 돈으로 10억 달러는 넘을 겁니다."

"뭐라구? 10억 달러?"

"그렇게 놀라지 마세요. 누가 들어도 허무맹랑한 얘기니까 말하기 힘든 얘기긴 합니다만 선생님은 들어 두셔야 해요."

"그런 얘기 들어도 소설 재료는 안 될 것 같은데?"

"왜요?"

"소설엔 원칙이 있어요. 그럴 듯한 얘기를 꾸며야 하지, 황당무계한 얘긴 꾸미지 말라는. 바꿔 말하면 참말 같은 거짓말은 하되, 거짓말 같은 참말은 말라는 거죠."

"그렇다면 우리 이스라엘은 문학의 재료도 안 되고 만다는 거예요?"

"그건 또 왜?"

하고 이번엔 내가 물었다.

"우리 이스라엘은 건국의 그때부터 거짓말 같은 참말로 시작된 거예요. 아니 우리 민족의 역사 자체가 거짓말 같은 참말로 엮어져

온 거예요. 세상에 어디, 어떤 민족, 어떤 인종이라고 해서 한꺼번에 수백 만, 아니 천만 가깝게 학살당할 수가 있어요? 누가 그걸 믿겠어요. 실증이 없었다면 그리고 그러한 박해를 당한 민족이 잃어버린 땅에 나라를 세웠다는 사실도 거짓말 같은 참말이에요. 불과 2백만 정도의 인구를 가진 나라가 2억 이상의 인구를 가진 아랍 연방을 해치웠어요. 이건 거짓말 같은 참말이 아니던가요? 이스라엘에 20년 전에 가본 사람이 지금 이스라엘에 가보세요. 사막이 그야말로 옥토가 돼 있답니다. 이건 거짓말 같은 참말이 아닐까요? 강대한 적을 이웃에 둔 조그마한 나라가 완전에 가까운 민주 정치를 하고 있어요. 다른 나라 같으면 만년 계엄령을 선포했을 거예요. 그런데 우리 이스라엘은 여야(與野)가 치열한 공방전을 벌일 뿐 아니라 국민 하나하나가 충분한 자유를 갖고 있단 말예요. 이건 거짓말 같은 참말 아녜요?"

"미스 램스도프, 나는 소설 원칙을 얘기하고 있는 겁니다. 이스라엘의 기적을 부인할 생각은 조금도 없어요."

하고 나는 램스도프의 흥분을 진정시키려고 했다.

"외람된 말이 되겠지만, 선생님, 그런 소설 원칙을 버리세요. 거짓말 같은 참말을 써서 읽는 사람들이 용기를 갖도록 하세요. 사막이 옥토가 된다구요. 개미가 코끼리에게 이긴다구요. 모래로써 황금을 만들 수 있다구요. 태양열을 물처럼 손쉽게 이용해서 에너지를 만들 수 있다구요. 가난한 나라의 청년 미스터 유가 세계 제일의 부호가 되었다구요. 절름다리를 가진 초라한 청년 유한일이 세계 각국의 터전을 닦을 수 있다구요. 문학이 그럴 듯한 얘기만 꾸미고 있는 한, 문학은 스스로의 존재 이유를 상실하고 말 거예요."

엉뚱하게도 문학론(文學論)으로 번진 셈이 되었는데 나는 램스도프의 말에 적잖은 힌트를 얻은 느낌이었다.

아닌 게 아니라 그럴 듯한 사실만 써야지 황당무계한 얘기를 꾸며선 안 된다는 건 자연주의(自然主義) 유파가 만들어 놓은 리얼리즘론인 것이다.

이것은 오늘날 문학의 세계를 거의 절대적으로 지배하고 있다. 위대한 재능은 이러한 터부엔 아랑곳없이 문학의 날개를 폈지만, 그렇지 못한 재능은 이 터부로 해서 문학적으로 움츠러든 게 사실이다.

그건 그렇고, 나도 유한일이 어떻게 그런 거액을 홍콩에서 벌었느냐는 데 흥미를 느껴 그 경위를 물어보았다.

"한 마디로 말해 미스터 유는 무서운 사람이에요."

램스도프는 이렇게 얘기를 시작했다.

"그 뜻은?"

"직관력이 강해요. 그리고 집념도 세구요. 매사에 철저하구요."

"그래서 돈을 벌게 되었다, 그건가요?"

"아무튼 이번 일이야말로 그의 성격을 여실히 증명한 것이었어요."

하고 램스도프는 돌연 물었다.

"풍옥상(馮玉祥)이란 사람 아세요?"

"풍옥상? 옛날의 중국 군벌(軍閥) 말인가요?"

"그렇습니다."

"그런데 뜻밖에 풍옥상은 왜 등장하는 겁니까?"

"미스터 유는 풍옥상 연구자예요. 아니 중국 군벌 연구자예요."

"유 군이 군벌 연구자?"

"미스터 유는 중국의 역사를 이해하려면 군벌의 내용을 알아야
한다는 거예요. 이건 미스터 유가 다니고 있던 대학이 제임스 셰리던
교수의 의견이기도 하죠."

"그래, 풍옥상이 어쨌단 말입니까?"

"미스터 유는 중국의 군벌을 연구하는 도중 청조 말기(淸朝末期)
청 황실(淸皇室)이 가지고 있던 금은보화(金銀寶貨)를 풍옥상이 가지
고 있다는 사실을 안 거죠. 황실의 비밀 창고에서 그 재물을 끌어 낸
자는 경친왕(慶親王)과 원세개(袁世凱)였는데, 그 은닉처에서 단기서
(段琪瑞)가 훔쳐 낸 거죠. 단기서가 죽고 난 뒤, 단기서의 부하가 몰
래 그 재물을 옮기려는 것을 풍옥상이 가로챈 겁니다. 미스터 유는
풍옥상이 그 재물을 천진(天津)으로 옮긴 사실까지 확인한 거죠. 물
론 기록상으로 말입니다……."

다음에 램스도프의 말을 간추려 본다.

풍옥상은 1948년에 죽었는데, 그 임종을 지켜본 사람의 기록을
셰리던 교수 소장의 재료 가운데서 유한일이 읽었다. 풍옥상은 임종
의 자리에서

"홍콩의 임해득(林海得)을 불러라."

고 했다. 즉시 홍콩으로 전보를 쳤다. 풍옥상은 임해득이 도착하기 전에 죽었는데 운명 직전의 마지막 말이

"홍콩, 홍콩, 홍콩."

이었다고 한다.

셰리던이 조사한 바에 의하면 임해득은 상해에 도착하자마자 국민당, 공산당 어느 편인가는 확인할 수 없지만 관헌(官憲)에 붙들렸다. 그리고는 그 후 소식이 없는 것을 보면 아마 죽었을 것이란 추측이다.

풍옥상이 왜 임종의 자리에서 임해득을 불렀는가, 왜 홍콩을 들먹이며 죽었는가, 임해득이 왜 관헌에 붙들렸는가, 이것이 유한일의 문제로 되었다.

"그러나 미스터 유는 그런 문제를 소설적인 흥미 이상으로 취급하진 않았어요. 그런데 브리슬 방식, 브리슬 작전을 위해 홍콩에 와서부턴 본격적인 문제로 삼게 된 거죠."

하고 램스도프는 유한일이 홍콩에 있어서의 풍옥상의 거점(據點)을 조사하기 시작했다고 한다.

셰리던 교수에게 조회를 한 결과 풍옥상이 소지하고 있던 서류 가운데 들어 있는 임해득의 편지에 씌어 있는 주소를 알았다. 사전 동방(沙田東坊)이었다.

유한일은 그 주소를 확인하러 가서 그곳에 5층 양옥이 서 있는

것을 보았다. 그런데 기록에 의하면 풍옥상이 세 번 홍콩에 온 적이 있는데 그때 머무르고 있던 곳은 홍콩 사이드에 있는 청마(淸馬)라고 하는 조그마한 호텔이었다.

유한일은 청 황실 보화(寶貨)의 마지막 소유자가 풍옥상이었다고 하면 그것이 홍콩에 있을 것이라고 짐작했다. 그런데 그런 물건을 은행에 맡겼을 까닭은 없을 것이라고 생각했다. 어디엔가 묻어 두었을 것이 확실한데, 임해득은 그 보관 책임자였을 것이라고 추측했다.

유한일은 브리슬 방식을 준비하는 한편 사전 동방의 5층 양옥집을 조사했다.

그 집의 전전대 소유주가 임해득이었다는 사실은 곧 밝혀 낼 수 있었으나, 그 집이 어떤 연고로 현재의 주인 마상석(馬尙石)의 소유가 되었는가에 관해선 알아 볼 길이 없었다.

5층 30여 개의 방은 30여 가구의 사람으로 꽉 차 있었다. 주인 마상석은 방세를 올리지도 못하는 형편이어서 손해만 보고 있다고 투덜거렸다. 유한일은 그 건물이 70년 전에 지어진 사실을 확인했고, 외모는 낡아 보이지만 구조가 튼튼하다는 사실도 알았다.

"미스터 유는 그 집을 한번 둘러보곤 살 결심을 한 거예요. 왜 그런 결심을 했느냐고 물었더니, 보통 그만한 집이면 반드시 지하실이 있게 마련인데 지하실이 없다는 사실에 착안했다는 거예요. 다시 말하면 지하실이 없는 것이 아니라 지하실을 없앤 거라고 느꼈다는 겁니다. 그럼 당연히 왜 지하실을 없앴느냐는 문제가 제기되

지 않아요? 유한일은 그 지하실에 청조의 보화가 있는 것이라고 판
단한 거죠."

"그래 거게서 보화가 나온 겁니까?"

"그렇습니다. 그러나 보화를 발견하기까진 이만저만 곤란이 있었
던 게 아니죠. 첫째 그곳에 사는 사람들을 퇴거시켜야 하는데 그러
기 위해 여간 돈이 든 게 아니죠. 아마 한 가구당 2만 달러 이상은 주
었을 겁니다. 그 다음은 1층의 바닥을 파는 일인데 매일 인부를 바꾸
어 가며 작업을 해야 했으니 그게 또한 대단한 일이었습니다. 그러나
파기 시작하곤 자신을 갖게 된 거죠. 그 아래 귀중품이 없다면 무엇
때문에 콘크리트의 두께를 1미터 이상으로 했겠느냐는 거죠……."

마지막의 작업은 인부를 쓰지 않고 유한일과 램스도프 그리고 브
리슬 작전에 동원되어 온 사람들이었다고 했다.

"한국 사람도 참가했나요?"

나는 강달혁과 임수형을 염두에 두고 물었다.

"미스터 유 말고는 한국인의 참가는 없었어요. 그들은 또 다른 임
무가 있었으니까요."

램스도프의 대답이었다.

"일주일을 파고서야 겨우 흙이 나왔는데 놀랐지 뭡니까?"

램스도프는 사뭇 놀랐다는 표정을 지었다.

"금은보화의 광택이 현란해서?"

"아네요. 두터운 철궤 이쪽저쪽에 열 몇 개의 시체가 백골이 되

어 있었어요. 아마 철궤를 묻는 작업을 한 인부들을 죄다 쏘아 죽인 모양이었어요."

"있을 법한 일이지."

"저는 그 광경을 보고 비정(非情)의 드라마를 느꼈어요."

"역사란 비정의 드라마인걸."

"그렇다고 치더라도 너무하잖아요. 처자를 먹여 살리려고 일당 얼만가를 받고 뼈빠지게 일을 하곤 그런 꼴을 당했다 싶으니 기가 막히더먼요."

"듣건대 미스 램스도프는 비정의 드라마를 몸소 겪었다고 하던데 그런데도 그만한 일에 쇼크를 받아요?"

"그런 일은 언제 겪어도 쇼크예요. 미스터 유는 풍옥상을 다른 군 벌에 비해 뛰어난 인물로 보고 있었던 모양인데, 그 백골을 보곤 풍 옥상도 결국 강도에 지나지 않았다고 뱉듯이 말했어요."

"풍옥상의 죄악은 그 정도로써 그치는 게 아닐 걸요?"

"미스터 유의 말에 의하면 풍옥상은 술도 담배도 안 하고, 첩도 거느리지 않았고, 게다가 경건한 크리스천이었다는 거예요. 그래서 존경하기도 했었는데 그 백골을 보곤 단번에 경멸할 생각이 든 것 같았어요."

"그건 그렇고 철궤 안엔 어떤 것이 들어 있습디까?"

"철궤가 셋이었어요. 3입방미터쯤의 크기의 것으로, 그 가운데 하 나엔 금괴(金塊)가 가득했구요. 또 하나엔 비취를 비롯한 보석, 또 하나엔 옥(玉)으로 된 세공물이 가득했어요."

"그렇다고 그게 10억 달러어치나 될까요?"

"아마 그 이상 될 거라고 하던데요."

"아무튼 횡재를 했군."

"전 그걸 횡재라고 생각하진 않습니다. 정당한 노력의 보수, 재능에 대한 상이라고 생각해요. 풍옥상에 대한 연구가 없었더라면 그런 아이디어를 어디서 얻어냈겠어요. 치밀한 추리력과 결단 있는 행동이 없었더라면 어떻게 그런 성과를 거둘 수 있었겠어요. 게다가 브리슬 작전을 펼 수 있는 실력의 소유자가 아니면 설혹 그런 아이디어를 얻었다고 해봤자 소용없는 일예요."

"그건 그렇군."

"뿐만 아니라 이 홍콩에서 그런 재화를 주웠다고 해도 유한일 같은 인물이 아니면 자기 소유로 만들 수도 없고 다른 곳으로 반출할 수도 없었을 거예요."

"그게 참 대문제였겠군."

"재화를 찾아낸 것도 대단하지만 홍콩 총독과의 정치적 절충이 또한 대단했어요."

"홍콩 총독은 그 재화에 대해 어떤 태도를 취했던가요?"

"총독은 모릅니다."

"모르고 어떻게?"

"그러니까 정치적 절충이죠. 이를테면 홍콩을 위해서 이러이러한 일을 했으니 전세 비행기로 무언가를 싣고 가는 것을 노 체크로 용인해 달라는 요구를 한 거죠."

"그래서 재니스 카슨 사건의 상금을 사양까지 한 거로군."

"물론이죠."

"그렇다고 치더라도 용케 홍콩 총독이 유한일 군의 요구를 들어주었군."

"총독이 자기의 재량으로 들어 준 것이 아니라 그렇게 하지 않을 수 없도록 상황을 구성한 거죠."

하고 램스도프가 웃었다.

"납득하기 힘들군요."

"선생님, 생각해 보세요. 홍콩에서 그런 경위로 하여 10억 달러 상당의 재물이 나왔다고 합시다. 문제가 표면화되면 어떻게 되겠어요. 그것이 정녕 청 황실(清皇室)의 재산일 때, 대만에서 한 마디쯤 안 하겠습니까? 중공이 가만있겠습니까? 홍콩 시 정부도 어떤 권한을 주장하지 않겠습니까? 미스터 유의 노력 없인 그것이 실재한 재물이 될 수 없었다는 사실이 분명하니 그 권리를 인정해 줘야 되지 않겠어요? 그렇게 되면 홍콩 총독은 정치적 법률적으로 대단히 곤란한 입장에 서게 되는 거죠. 홍콩 총독은 그러한 입장에 말려드는 걸 가장 싫어하는 어른입니다. 결국 모르는 척하는 것이 상책이라고 생각하도록 만든 거죠. 뿐만 아니라 새벽에 떠난 그 비행기는 홍콩 총독으로선 도저히 홍콩에 둬둘 수 없는 사람, 그 사람이 아직 홍콩에 있다는 것을 사람들이 알기만 하면 총독의 위신이 폭락할밖에 없는 그런 사람을 싣고 가게 돼 있었거든요."

"그게 누굽니까?"

"차차 알게 되겠지요."

"또 차찹니까?"

"아무튼 미스터 유는 이번 일을 성취하는 데 있어서 여간 힘을 쓴 게 아닙니다. 십 년을 두고 홍콩의 정청(政廳)이 고민해 온 대사건을 세 가지나 해결해 주었거든요. 재니스 카슨 사건도 그 가운데의 하나지만 공식적으로 발표 못 할 것 가운데 정말 기막힌 일이 있습니다."

"예를 들면?"

"홍콩의 대규모의 청부 살인 신디케이트가 있어요. 마약 밀수단의 대조직도 있구요. 그걸 미스터 유가 포착해서 발본색원할 수 있는 방책을 세운 겁니다."

"홍콩 정청으로선 훈장을 줘야 할 일을 했군요."

"그렇죠. 그만한 공로가 없어 보세요. 아무리 미스터 유라도 총독에게 그런 결정적인 설득력을 발휘하지 못합니다."

"청부 살인 신디케이트 얘기는 꼭 듣고 싶은데요."

"그 조직의 전모는 드러나 있지만 그 가운데서 가장 중요한 인물 둘을 붙들지 못하고 있는 형편이에요. 조직의 비밀은 사람에게 있는 거니까, 그 사람들이 붙들려야 하나의 얘기로 완성되는 거죠."

"홍콩을 위해선 대단한 일을 한 것으로 되었겠지만, 도대체 그런 일에 유 군이 뭣 때문에 뛰어드는지 도무지 석연할 수 없는 기분인데요."

"처음 제게 의논해 왔을 때 저도 그렇게 말했죠. 그러나 윤숙경 씨에 관한 얘길 듣고 보니 말릴 수가 없었어요. 그래 저도 협력하게 된 거예요. 하지만 종말이 거의 지어지게 되고 보니까 잘 한 일이라고 생각해요. 부산물로 10억 달러 상당의 재물도 생겼구요. 어쩌면 앞으로 선생님은 유한일 스토리로써 베스트셀러 작가가 되실지 모르잖아요?"

램스도프와의 긴 얘기가 있었던 그 이튿날, 나는 홍콩의 우리 영사관을 찾았다. 본국의 신문도 읽어 볼 겸 총영사에게 인사도 할 참이었다.

총영사는 서울에 출장 갔다는 것이고 나를 상대한 것은 허 씨라는 참사관이었다. 서른 안팎의 젊은 사람인데 언동(言動)이 외교관답게 세련되어 있었다. 이런저런 인사말이 오간 후 내가 물었다.

"영사관에선 윤숙경 씨 사건을 어떻게 보고 있습니까?"

"죄송합니다."

하고 허 참사관은 진정 죄송하다는 표정을 지었다.

한데 그 대답이 아리송했다. 영사관 당국자로서 죄송하다고까지 말할 필요는 없는 것이다.

허 참사관이 말을 보탰다.

"모두들 그 사건을 묻습니다만 도무지 대답할 건덕지가 있어야죠. 죄송하다고밖엔 말할 수가 없어요."

그러고 보니 '죄송하다'는 말은 생각한 끝에 만들어 놓은 외교 용어(外交用語)였다. 아닌 게 아니라 구질구질한 질문을 봉쇄하기에 결정적인 수단이기도 했다. 나는 질문을 거두고 최근에 온 국내의 신문을 보여 달라고 했다. 한 아름의 신문이 날라져 왔다. 나는 차근차근 신문을 뒤졌다. 별반 신경을 자극시킬 만한 사건이 없었다.

영사관을 하직하고 나서려는데 허 참사관이 따라 나왔다. 점심 대접을 하겠다는 호의였다. 그럴 필요가 없다고 사양했지만 그는 나를 퀸즈 로드의 '폰차이윈'으로 데리고 갔다. 이곳은 북경 요리로 유명한 집이다.

소흥주(紹興酒)를 곁들여 오리 요리를 먹으며 허 참사관이 말을 꺼냈다.

"윤숙경 씨 사건은 도무지 납득이 안 가는 부분이 너무나 많습니다. 그 가운데의 하나가 윤숙경 씨의 남편이 경영하던 영화사의 홍콩 출장소 종업원이 한 사람 빠짐없이 행방불명이 되었다는 사실입니다. 첫째 정당천이 행방불명입니다. 권수자란 여자도 행방불명입니다. 뒤따라 홍콩으로 온 사람이 3, 4명 있었는데 그 사람들도 온데간데없습니다. 윤숙경 씨 하나에만 주목하고 있는 가운데 줄잡아 7, 8명이 한꺼번에 없어졌으니 귀신이 탄복할 일 아닙니까?"

"권수자 씨도 없어졌단 말입니까?"

그 가운데 내가 아는 사람은 권수자인 까닭에 이렇게 물었던 것

인데, 허 참사관은

"바로 그 권수자란 여자가 문제의 인물인데 그 여자까지 행방불명이니 말이 안 된다, 이겁니다."

하고 웃었다.

"윤숙경 씨가 없어졌다는 날, 검은 수달피 목도리를 한 여자가 미라마 호텔로 윤숙경 씨를 데리러 왔다는 신문 기사를 읽었는데, 그 여자가 혹시 권수자 씨 아니었던가요?"

"그 사람의 신원은 밝혀졌습니다. 이덕희란 교포 여성입니다. 그런데 그 여자도 목하 행방불명입니다."

"구용택 씨는 어떻게 된 겁니까?"

"그게 또 묘합니다. 행선지를 본국으로 하고 홍콩을 떠났는데……."

"구 씨가 홍콩을 떠났어요?"

나는 놀라서 물었다.

"그런데 본국으로 가지 않고, 동경으로 갔다가 거기에서 로스앤젤레스로 갔다가, 다시 홍콩으로 돌아와선 그때부터 행방불명입니다."

"일종의 행방불명 쇼로구먼."

하고 나는 언젠가 읽었던 희곡(戱曲) 얘기를 곁들였다. 그 희곡의 제목은 〈그리고 아무도 없어져 버렸다〉인데 13명의 사람이 까닭 모르게 차례차례 없어지는 사건을 줄거리로 하고 있는 거였다.

"그런데 말입니다."

하고 허 참사관이 얘기를 시작했다.

"구용택 씨의 행적이 아무래도 이상하단 말입니다. 동경으로 갔다가, 로스앤젤레스로 갔다가, 다시 홍콩으로 돌아와선 행방불명이 되었다 한 그 경로가 말입니다. 어쩌면 본인의 의사 아닌 타인의 의사에 의해 끌려다닌 것 같은 그런 느낌이 들어요. 감시자가 따라다니지 않았나, 하는 짐작도 있구요."

"그러고 보니 허 참사관은 탐정과 같은 말씀을 하시는구료."

"이런 사건을 지켜보고 있으면 누구나 탐정이 되어 볼 기분으로 되는 것 아닙니까?"

허 참사관은 웃으면서 다음과 같이 이었다.

"아무래도 그런 기분, 즉 구용택 씨가 누군가의 강제에 의해 돌아다니다가 홍콩으로 도로 온 것이 아닌가 하는 의혹이 생겨 조사를 해 보았습니다. 그랬더니 구용택이 홍콩을 떠날 때 같이 탄 승객 명단과 그가 홍콩으로 돌아올 때 탄 비행기의 승객 명단에 J 파웰이란 이름과 T 존즈란 이름이 발견되었습니다. 이게 우연의 일치일까? 하고 생각한 끝에 동경과 로스앤젤레스에 연락해서 구용택 씨가 타고 내린 비행기를 챙겨 그 승객 명부를 보여 달라고 했지요. 그 결과 거기도 J 파웰과 T 존즈의 이름이 있더라, 이겁니다."

나는 살큼 감동했다.

"허 참사관은 대단한 분이군."

"대단할 아무것도 없습니다. 거게서 끝났으니까요. 홍콩 경찰에
아는 사람이 있어, 그 두 사람의 이름을 대며 신원과 뭣하는 작업인
가를 알아 달라고 했더니만 한 마디로 모른다는 겁니다. 행방불명된
자의 수사에 도움이 되지 않을까 해서 정식으로 그 사람의 이름을 통
보했지만 아직 아무런 회답도 없습니다."

"그 두 사람이 홍콩을 떠났는가 어쩐가를 알아보시지 그래요."

"그건 빈틈없습니다. 홍콩 공항에 출입하는 우리 여행사 직원에
게 단단히 일러두었으니까요. 아직은 홍콩을 떠난 흔적이 없어요."

"우연의 일치라고만 보기엔 너무나 이상하군."

"절대로 우연의 일치는 아닙니다. 빅토리아 호텔에 있는 PANAM
지사에서 일련번호로 항공표를 끊은 카피까지 확인했으니까요."

"그 정도로 추적하셨으면 사건의 대강은 알고 계실 것 같은데."

"내 나름대로의 짐작은 있죠. 그러나 난 공무원이니까 서투른 주
관을 말할 순 없지요. 확실하게 말할 수 있는 부분은 구용택 씨의 동
경행, 로스앤젤레스행, 홍콩 귀착이 J 파웰과 T 존즈와 관련이 있다
는 그 사실뿐입니다. 그것으로 미루어 윤숙경 씨 사건과의 관련 여
부는 모르지만 구용택 씨의 실종엔 국제적인 조직이 움직이고 있다
고 확언할 수 있습니다."

나는 허 참사관의 얘기를 들으면서 문득 윤숙경 사건에 관해 아
무 일도, 누구에게도 묻지 말라고 못박은 유한일의 부탁을 상기했다.

그렇다고 해서 허 참사관의 얘기를 중단시킬 수도 없는 노릇이

었고 나의 호기심 발동을 억제할 수도 없는 노릇이었다. 그래서 물었다.

"윤숙경 씨가 납치된 건 확실하죠?"

"지금껏 나타나지 않는 걸 보면 확실한 일 아닙니까? 그만한 지반과 명성을 가진 사람이 자발적으로 없어졌을 리는 만무하니까요."

"구용택은 윤숙경이 북한으로 갔을 거라고 했는데 그걸 어떻게 생각합니까?"

"글쎄요, 무슨 까닭으로 그런 소릴 했는지 알 순 없지만, 그러한 발언의 언저리에 뭐가 있다는 짐작은 할 만하잖습니까?"

"그 뭐가 뭐겠느냐, 이 말입니다."

"그걸 알면 사건의 수수께끼가 풀리게요."

"구용택이 윤숙경의 실종에 관련이 있다는 증거는 전연 없습니까?"

"그것도 생각하기에 따라서죠. 윤숙경 씨의 실종이 문제가 되자 구용택 씨 회사의 홍콩 출장소 종업원이 하나같이 자취를 감추었으니까 전연 관련이 없다고는 생각하지 않습니다."

"그들이 자취를 감춘 것은 자의에 의한 것일까요, 타의에 의한 것일까요?"

"그것도 분간할 수 없습니다. 홍콩 경찰이 윤숙경 사건의 수사를 포기했을 무렵에, 이를테면 그 때문에 그들이 경찰의 추궁은 받지 않게 되었을 때 자취를 감춘 것이니 타의에 의한 것이라고 말할 수가 없고, 그렇다고 해서 전연 압력이 없었는데 스스로 몸을 피했을 리가 없다는 생각도 드니까요."

"결국 사건은 미궁(迷宮)으로 빠져든 셈이지요?"

"그런데 그렇지 않을지도 모릅니다."

"그건 또 무슨 얘깁니까?"

"홍콩의 경찰은 아닌데, 그러나 경찰과 전연 무관한 것도 아닌 어떤 조직이 이 사건을 맹렬히 추궁하고 있다는 그런 느낌이 들거든요. 이렇다 할 증거를 제시할 순 없지만요. 왠지 육감으로 그런 걸 느낍니다. 심지어는 영사관까지 감시당하고 있는 기분입니다."

"그런 조직이 있다고 치고, 어째서 영사관을 감시할까요?"

"영사관을 감시한다기보다 영사관에 드나드는 사람을 감시하는 거겠죠."

"그것도 이상한 일이군."

"윤숙경 씨에게 국한된 사건이 아니지 않나, 하는 짐작도 들어요. 그렇지 않고서야 그 많은 사람들의 행방불명을 납득할 수 없잖습니까?"

나는 허 참사관의 후각이 보통으로 예민한 것이 아니라고 생각했다. 그러한 허 씨가 나와 유한일과의 관계를 모를 리 없다는 생각을 안 해볼 수 없었다. 아니나 다를까 허 참사관은

"선생님의 홍콩 체류는 꽤 오래 되시는 거죠?"

하는 질문을 해왔다.

"그럭저럭 한 열흘 되는가 봅니다."

"굉장한 미인과 같이 다니신다고 하던데요."

"정보가 빠르군. 혹시 날 미행하고 있는 건 아닙니까?"

"그런 일은 없습니다만 주의는 하고 있습니다. 중요한 인물이니까요."

"어떻게 중요하다는 겁니까?"

"선생님은 VIP이시니까요."

"VIP?"

껄껄 웃으며 나는 언제나 두고 쓰는 말을 보탰다.

"VIP엔 두 종류가 있는 것 아닙니까? 베리 임포턴트 퍼슨, 즉 가장 중요한 인물, 이를테면 귀빈(貴賓)이란 뜻이 있고, 한편엔 베리 인테레스티드 퍼슨, 즉 가장 관심거리로 되는 사람, 이를테면 요시찰인(要視察人)이란 뜻으로도 되는 것 아닙니까? 헌데 나는 어느 편의 VIP입니까?"

"우리 외교 계통의 실무자들이 쓰는 용어는 그처럼 복잡하지 않습니다. VIP, 그저 귀빈으로 되는 거죠."

허 참사관의 대답은 이처럼 빈틈이 없었다. 그러고는 덧붙였다.

"선생님도 조심하세요. 홍콩이란 바닥 도처엔 함정이 깔려 있다고 봐야 하니까요."

"걱정해 주셔서 고맙소."

하고 내가 물었다.

"허 선생은 혹시 챈들러라는 사람을 아십니까?"

"들은 적은 있습니다. 재니스 카슨 사건을 해결한 유명한 탐정이라죠? 헌데 그 챈들러라는 사람이 윤숙경 사건에 관여하고 있다는 말도 있습니다."

허 참사관의 아무렇지 않은 말이라서 내가 다시 물었다.

"챈들러라는 사람은 도대체 어느 나라 사람입니까?"

"홍콩 정청에 밀착해 있는 것을 보면 영국인 아닐까요?"

이로써 나는 허 참사관이 유한일의 존재에 별다른 관심을 갖지 않고 있다는 사실을 알았다.

"그런데 본국에선 윤숙경 문제를 비롯해서 구용택 씨 등 많은 사람들의 실종을 어떻게 취급하고 있는 겁니까?"

하고 나는 화제를 바꾸었다.

"기밀에 속하는 일이니까 제가 알 까닭은 없지만 홍콩에도 상당수의 수사관이 들어와 있는 줄로 압니다. 홍콩 경찰과 협력하여 노력하고 있을 겁니다."

허 참사관의 말 그대로라면 우리 수사관은 헛돌고 있는 것이 아닐까 하는 걱정이 되었다. 만일 수사가 옳게 진행되고 있는 것이라면 유한일의 존재를 영사관에서 파악하고 있지 못할 까닭이 없기 때문이다.

식사가 끝날 무렵 허 참사관이 물었다.

"선생님, 언제쯤 귀국하실 예정입니까?"

"글쎄요. 아직 확정지을 수가 없습니다."

"그처럼 오랜 시간 바깥에서 놀 수가 있는 겁니까? 선생님은 대단히 바쁘시다고 들었는데."

"바쁘다고 해 봤자 글 쓰는 일 아닙니까? 글은 여게서도 쓰고 있습니다. 원고는 비행기로 보내구."

"공수작전이구면요."

하고 허 참사관이 웃었다.

"그렇소, 공수작전이죠."

하고 나도 웃었다. 헤어질 무렵 허 참사관이 일렀다.

"선생님과 같이 다니는 백인 여성은 보통 인물이 아닐 거라는 추측이 나돌고 있습니다. 특히 조심하십시오."

"공산권의 첩자(諜者)일지도 모른다, 이 말씀인가요?"

하고 조심하겠다는 말을 덧붙였다.

그날 밤의 만찬은 내 방에서 램스도프와 단 둘이 하기로 했다.

아페리티프를 마시며 내가 먼저 말을 꺼냈다.

"미스 램스도프, J 파웰, T 존즈란 사람을 아십니까?"

"J 파웰?"

하고 램스도프는 침착하게 되물었으나, 그 눈빛에서 뭣이 있구나 하는 인상을 얻었다.

"J 파웰, T 존즈를 어떻게 아셨죠?"

나는 허 참사관으로부터 들은 얘기를 간추려 말했다. 램스도프의

얼굴이 긴장했다. 그리고 램스도프의 말은 ──

"그 허 참사관이란 분 아주 명민(明敏)하시군요."

"파웰이니 존즈니 하는 사람들은 미스 램스도프가 아는 사람들입니까?"

"아는 사람들입니다."

"그렇다면 허 참사관 말대로 구용택의 실종과 무슨 관련이 있는 사람들인가요?"

"그 일에 관해선 무어라 대답할 수 없습니다."

하고 램스도프는 긴장을 풀지 않은 채

"선생님, 사건에 관해선 관심을 쓰지 말라는 미스터 유로부터의 부탁이 있었죠?"

했다.

"그렇다고 해서 관심을 갖지 않을 순 없었지만, 아까의 정보는 내가 물어서 얻어 낸 것이 아니고 들어서 안 것입니다."

나는 겸연쩍게 대답했다.

"거대한 제방이 조그마한 구멍 때문에 무너질 수도 있는 겁니다. 솔직하게 말해 J 파웰과 T 존즈가 귀국 영사관에 알려졌다면 그것을 계기로 무슨 일이 생길지 모릅니다. 현 단계에선 구용택은 아직 숨겨 두어야 할 사람이니까요."

구용택의 실종도 역시 이 사람들과 관련이 있는 것이로구나 하는 짐작을 하게 된 동시, 나는 그렇다면 그 많은 사람들의 실종이 모두

이 사람들의 소행 때문일 것인데 그들을 어디에 감추었을까 하는 의혹을 갖지 않을 수 없었다. 단순한 윤숙경 사건 또는 단순한 실종 사건으로 끝나는 것이 아니라, 엄청난 대사건(大事件)이 꾸며지고 있는 것이 아닌가 하는 생각도 들었다.

"잠깐 실례하겠어요."

하고 일어서더니 램스도프는 전화 있는 곳으로 가서 전화기를 들었다.

무슨 내용인지 알아들을 수는 없었으나 파월과 존즈의 이름이 빈번히 끼였다. 그런데 램스도프의 어조에 변화가 있었다. 마주 앉아 얘기를 하고 있으면 부드럽기 짝이 없는 옐로쿠션으로 되는 말투가 금속성의 날카로운 경도(硬度)를 지닌 말투로 바뀌어져 있던 것이다.

식탁으로 돌아왔을 때 램스도프는 언제나와 다름없는 숙녀로 되어 있었다. 가벼운 미소마저 띠고 램스도프는 장난스럽게 투덜거렸다.

"미국이나 유럽에선 털끝만 한 실수의 흔적도 보이지 않던 사람들이 동양에 와선 뭔가 나사가 하나 빠지는 모양이에요. 엉뚱한 실수를 하니 말예요. 누군가가 동양적인 낙후성(落後性)이란 말을 쓰던데, 동양은 사람을 해이하게 만드는 분위기 같은 것을 풍기고 있는 모양이지요?"

램스도프가 한 그 말의 뜻을 충분하게 납득하게 된 것은 그 후의 일이지만, J 파웰과 T 존즈가 구용택과 같이 움직였다는 증거를 남긴 것은 그들의 실수였다는 뜻 정도는 나도 알아차릴 수 있었다.

만찬을 끝내고 램스도프는 바쁜 일이 생겼다며 외출했다. 나도 호텔 내에 처박혀 있을 수가 없어 구룽의 번화가로 나가 보기로 했다. 구룽의 침사추이(尖沙咀)는 이(利)와 낙(樂)을 구하는 인간의 심리가 홍콩의 구룽이란 환경 속에 펼쳐 놓은 드라마(劇)의 전시장이라고 할 수가 있다.

초여름의 한들 바람이 형형색색으로 빛나고 있는 네온을 누비고 있는 거리를 나는 여행자의 기분 그대로 걸었다. 침사추이의 특징은 밀집한 집들과 폭주한 도로의 군데군데에 노목(老木)이 가지를 뻗고 있는 정취(情趣)에 있다.

나는 어느 노목에 기대 서서 거리를 구경하기로 했다. 눈앞을 지나가는 남녀노소의 중국인들.

"당신들은 모두 어디에서 왔느냐?"

고 한 사람 한 사람 붙들고 묻고 싶은 충동마저 있었다.

그런데 사뿐히 내 곁에 다가서는 그림자가 있었다. 소녀였다. 가벼운 원피스 차림의 그 소녀는 부신 듯 내 얼굴을 바라보며 무슨 말인가를 했다. 분명히 중국말인데 내가 알아들을 수 있는 말은 아니었다. 북경관화(北京官話) 같지도 않았고 광동어(廣東語)도 아니었다.

나는 어리둥절 소녀를 바라보고 있다가

"네 말을 알아들을 수가 없다."

고 북경말로 했다. 그리고

　"영어 할 줄 모르느냐?"

고 영어로 고쳐 말했다.

　소녀는 고개를 살래살래 흔들며 내 등을 돌려 어느 곳을 가리켰다. 그러나 사람들이 붐비고 있는 잡담 속의 무엇을 가리켰는질 알 수가 없었다.

　소녀는 내 손을 끌었다. 같이 가자는 것이다. 번화한 거리라서 불안은 없었다. 얼마쯤 같이 걸어 보는 것도 나쁘지 않다는 생각으로 소녀를 따라 걸었다.

　10미터쯤이나 걸었을까. 비좁은 골목의 어귀가 나왔다. 나는 그 골목엔 들어서지 않으리라고 마음을 먹었다. 소녀는 골목 안을 가리키며 뭐라고 했으나 역시 알아들을 수가 없었다.

　"푸싱(안 돼)."

하고 나는 소녀의 손을 뿌리치는데 소녀는 '악' 하는 울음 소릴 터뜨리며 길바닥에 쓰러졌다. 그러자 골목 어귀의 가게에서 사나이가 둘 튀어나왔다.

　"왜 이 소녀를 때리느냐?"

고 내 팔을 붙들었다.

　"난 때린 적이 없다."

고 붙들린 팔을 뽑으려고 했다.

　"우리가 보았는데 무슨 소리냐."

고 두 사나이는 나를 골목 안으로 끌어 넣으려고 했다. 나는 한사코
버텼다. 지나가는 사람이 모여들자

"이 사람이 불쌍한 소녀를 때렸다."

고 한 사람이 외쳤다.

"거짓말이다."

하고 나도 지지 않고 외쳤다.

두 사나이의 힘을 나는 당해 낼 도리가 없었다. 이윽고 골목 안으
로 끌려 들어가고 말았다. 그러는 도중 나는 거기에 몰려 선 사람들
이 대부분 나를 끌고 가는 사나이들과 통해 있는 사람들이란 사실을
알았다. 나는 침착해야겠다고 마음을 다졌다.

끌려간 곳은 지하실이었다. 그것도 1층에서 간단하게 내려설 수
있는 창고가 아니고 5, 6개의 단이 있는 계단을 서너 번 굴곡하고 나
서야 있는 방이었다. 아무리 고함을 질러도 바깥에까진 들리지 않을
것이란 짐작이 들었다.

"너희들은 누구냐?"

고 중국말로 묻고, 한국말로 묻고, 영어로도 물었으나 벙어리처럼
놈들은 입을 떼지 않고 완력만을 사용하여 나를 지하실에 밀어넣고
육중한 나무 문을 닫곤 어디론가 사라져 버렸다.

30촉쯤의 나전구(裸電球)가 천장으로부터 드리워져 있고 나무로
된 책상과 걸상이 벽돌 벽에 기대여 놓였을 뿐으로 살풍경하기 짝
이 없었다.

나의 경솔을 뉘우쳤지만 이미 때는 늦었다. 그 언젠가 북괴의 공작원들 때문에 곤욕을 당한 적이 새삼스럽게 생각났다. 그러나 백주대로에서 이런 꼴을 당할 줄 어찌 짐작이나 했겠는가.

나는 불안한 마음을 억누르고 침착해야 한다고 스스로 타일렀다. 정신만 똑바로 차리면 하늘이 무너져도 솟아날 구멍이 있다지 않는가. 그런 때문인지 구멍을 찾는 눈으로 두리번거렸다. 쥐구멍도 있을 것 같지 않았다.

'도대체 어떤 놈들일까?'

'단순한 강도는 아닐 텐데……'

'북괴 공작원과 무슨 관계가 있는 걸까?'

나는 일어서서 이곳저곳 벽을 짚어 보았다. 그야말로 운명의 벽이란 느낌이었다. 답답한 마음이 솟구쳤다. 담배라도 피울까 해서 포켓을 뒤졌는데 담배는 나왔으나 라이터가 없었다. 아까 무뢰한들과 실랑이를 하는 통에 빠뜨린 것이 아닌가 했다.

'밀폐된 방에선 담배가 좋지 않지.'

하는 생각으로 니코틴에 대한 갈증을 누르려 했으나 그것이 그리 쉬운 일이 아니었다. 잇따라 진짜 갈증을 느꼈다. 그러나 어떻게 할 수 없었다.

'설마 까닭 없이 죽이기야 할라구.'

싫었지만 갈증은 죽음의 공포보다도 고통이었다.

하는 수 없이 나는 시계를 지켜보기로 했다. 3시 반. 지하실에 들어온 지 30분도 채 안 되었는데 영원한 시간이 지난 것 같다. 꿈만 같았다.

'아니, 나는 지금 악몽을 꾸고 있는 게 아닐까?'

하고 살을 꼬집어 보았다. 꿈은 아니었다.

'이 감금이 언제까지 계속될 것일까?'

내일 비행기 편으로 띄워야 할 원고를 생각했다. 내일 보내지 않으면 신문에 펑크가 난다. 백만 가까운 독자가 보는 신문에 펑크를 낸다는 것은 있을 수 없는 일이었다.

'펑크가 문제가 아니라……'

하고 내가 실종되었을 경우를 상상했다. 아마 윤숙경 사건만큼이나 소동이 날 것 아닐까 싶었다.

'작가 ×××홍콩에서 실종!'

타이틀은 아마 이렇게 될 것이다. 그리고는 별의별 추측을 다할 것이었다. 어떤 신문은 미모의 백인 여성과 잠적했다고 쓸 것이고, 어떤 신문은 술을 좋아하는 습벽(習癖)이 화근(禍根)일 것이라고 쓸지도 모른다. 한데 그런 신문을 읽는 사람 가운덴 '대단치 않은 작가가 없어졌대서 신문이 이처럼 야단스러울 건 뭐람' 하고 혀를 끌끌 차는 사람도 있으렸다.

소설가란 어처구니없는 동물이다.

나는 절대절명의 궁지에 몰려 있으면서도 하나의 요행을 바라고 공상하기 시작했기 때문이다.

'이 일이 어떻게 진행되는가를 지켜보자. 지금 내가 당하고 있는 사건을 핵경험으로 하여 기막힌 스릴러 소설을 쓸 수 있게 될지 모른다. 그것이 전 세계에서 베스트셀러가 된다. 헌데 제목은 뭐라고 할까?'

무슨 사건이 전개될지 예측도 할 수 없는 처지에 있으면서 나는 베스트셀러를 공상하고, 소설의 제목을 모색하고 있었으니 실로 소지천만(笑止千萬)한 꼴이었다.

스스로 소지천만하다고 생각하면서도 그 소지천만한 공상에 집착하는 것이 또한 소설가다. 소설가는 죽어도 그저 죽지 않는다. 자기의 죽음마저도 소설의 제재(題材)로 삼으려고 한다. 넘어져도 그냥 일어나지 않는 벨, 마이너스를 플러스로 만드는 마술, 어떤 화(禍)라도 복(福)으로 화하게 하는 지혜를 가져야만 비로소 소설가라고 할수 있지 않을까?

헤밍웨이가 아프리카로 사자 사냥을 간 것이 단순한 스포츠 취미 때문이었을까? 조지 오웰이 스페인 내란에 뛰어든 것이 단순한 인도주의적인 동기였을까? 헨리 밀러가 굶어죽기 직전의 상황에서도 여체를 탐한 것이 순전한 색욕(色慾) 때문이었을까? 도스토옙스키가 신부(新婦)를 침대의 시트로 휘감아 놓고, 신부의 옷을 전당포에 잡혀 노름 밑천을 만든 사실이 그의 도박욕(賭博慾)에만 기인한 것일까? 노먼 메일러는 한 편의 전쟁소설을 쓰기 위해 전쟁터에 뛰어든 것이 아닌가?

이런 생각을 엮고 있으니, 내가 몰리고 있는 지금의 이 궁지(窮地)가 나의 천재를 개발시키기 위한 천여(天輿)의 기회처럼 보여지기도 했다.

'무슨 일이건 닥쳐 봐라!'

'죽지만 않으면 굉장한 행운이 될 것이다.'

그리고는 소설의 제목을 다시 모색하기 시작했다.

'백주의 암흑? 이건 아서 케스틀러가 이미 써먹었다.'

'홍콩의 지옥? 너무나 평범하다.'

'X와 X와의 거리? 이것 괜찮을 것 같다. 그러나 지나치게 미스터리를 풍긴 것 같아 곤란하다.'

'운명의 벽? 이건 매너리즘이다.'

'어느 작가의 실종? 이것도 매너리즘이다.'

결국 좋은 제목이 떠오르지 않는다로 된 것인데, 오히려 그것이 당연하다. 전개될 사건의 내용을 전연 알 수 없는데 좋은 제목만이 허공에 달뜨듯 될 수 있을 까닭이 없는 것이다.

공상이 냉각(冷却)하면 불안이 엄습한다. 심한 구타, 혹독한 폭행이 예상되지 않는바 아니었기 때문이다. 옛날에 본 영화의 잔학(殘虐)한 장면이 다음다음으로 망막을 지났다. 피투성이가 된 얼굴, 등어리에 갈기갈기 상처를 새긴 처참한 몰골. 눈깔을 빼는 삼손의 모습…….

'팔레스타인 가자……가자에서 눈멀어 연자방아로.'

씨알머리 없는 이런 연상은 도대체 어떠한 정신적 메커니즘에서 비롯된 것일까?

돌연 바깥에서 심상찮은 소리가 났다.

이윽고 빗장을 빼는 소리가 들렸다. 나는 극도로 긴장하여 문 쪽에 시선을 보냈다.

문이 열리더니 사나이 둘이 방 안으로 들어섰다. 몇 사람은 문 바깥에서 서성거리고 있는 눈치였다.

두 사나이는 헌팅 모자를 눌러쓰고, 눈엔 검은 안경이 있었고, 입은 가제로 만든 마스크를 쓰고 있었다.

하나는 선 채 있고, 하나가 내 앞에 와 앉았다.

앉은 쪽이 말을 걸어 왔다.

"중국말 할 줄 아십니까?"

"잘은 모르오."

"영어는 할 줄 아십니까?"

"잘은 모르지만 통하긴 하겠죠."

"여권 가지고 있습니까?"

"가지고 있지 않소."

"왜 여권을 가지고 있지 않소?"

"호텔에 둬 두어도 되니까요."

"당신은 코리언이지요?"

"그렇소. 그렇소만 당신들이 왜 나를 여게다 납치해서 이런 모욕을 주는지 납득할 수 없네요."

"결국 당신의 운이 나쁜 거죠."

사나이의 말은 어디까지나 부드러웠다.

"운이 나쁘다면 내 운을 나쁘게 만든 건 당신들 아뇨?"

"원인을 따져 들어가면 얘기가 달라지겠죠. 아무튼 이렇게 된 이상, 당신은 우리에게 협력을 해주어야 하겠소."

"무슨 협력을 하란 말요?"

"그건 차차 알게 될 겁니다. 그런데 미리 말해 둡니다만 우리는 결코 당신을 해칠 생각이 없소. 순순히 응해 주기만 한다면 말이오."

나는 뭐라고 대답할 수 없어 가만있었다. 사나이가 다시 물었다.

"당신 이름이 뭐죠?"

정직하게 이름을 대주었다.

"뭣 하시는 분이죠?"

"직업 말이우?"

"그렇소."

"나는 한갓 여행자에 불과하오."

"당신 나라에 있을 땐 뭘 하느냐고 묻고 있는 거요. 사업가이신 가요?"

"사업가는 아닙니다."

나는 왠지 소설가란 말을 하기가 싫었다. 필요 이상의 경계심을 상대방이 갖게 될지 모른다는 두려움 때문이었다.

"그럼 공무원인가요?"

"공무원도 아닙니다."

"뭡니까?"

"그저 놀고 있는 사람입니다."

"돈은 어디서 납니까?"

"다소 부모의 유산이 있어서요."

내 말이 거짓말 같게는 들리지 않았던 모양으로, 두 사나이는 검은 안경을 두른 눈으로 서로를 보며 뭔가를 나직이 속삭였다.

"당신 한국 영사관에 갔었죠. 오늘 낮에."

"갔었소."

"그리고는 허라는 참사관허구 식사하러 나갔었죠."

"그렇소."

"허 참사관은 영사 다음으로 높은 사람 아뇨?"

"아마 그럴 겁니다."

"영사 다음으로 높은 사람이 점심 대접을 할 수 있는 사람이면 당신은 한국에서 꽤나 유명한 사람 아니겠소?"

"나는 그렇게 생각하지 않는데요. 난 별루 유명하지도 않습니다."

"우린 알고 있소. 영사관에 고위 간부는 웬만한 인사 아니곤 식사 대접을 하지 않는다는 것을."

나는 비로소 오늘 영사관을 찾아간 것이 잘못이었구나, 하는 짐작을 했다. 허 참사관이 말하지 않았던가. 정체불명의 사람들이 영사관을 감시하고 있는 듯한데 그것은 영사관에 드나드는 사람들을 파악하기 위해서일 것이라고.

질문은 계속되었다.

"당신은 현재 레팔르스 호텔에 묵고 있죠?"

"그렇소."

"며칠쯤 됩니까?"

"약 2주일."

"2주일이나 그런 호텔에 묵고 있으면 비용이 꽤 들 텐데요."

"젊었을 때는 아무 호텔에나 들었지만 나이가 많아지고 나선 되도록 고급 호텔에 들기로 하고 있죠."

"그만큼 당신은 돈이 많은 사람이고 따라서 한국 사회에서 중요한 사람이 아닙니까?"

"중요하다고 할 수 있죠."

이렇게 말한 나의 속셈은 어떤 국민이건 그 나라에 있어서 중요하지 않은 국민은 없다는 기분이었던 것이다.

"그만하면 됐어."

하고 앉아 있는 사나이가 담배와 라이터를 꺼내 내게 담배를 권했다. 반가웠다. 그래서 말해 보았다.

"목이 말라 있는데 물 한 글라스 줄 호의는 없수?"

"쉬운 부탁입니다."

사나이는 서 있는 사나이에게 눈짓을 했다. 눈짓을 받은 사나이가 문 밖으로 나갔다.

담배 한 모금으로 머리가 핑 돌았다.

"고급 호텔에만 묵어 온 사람이 지내시긴 여기가 좀 불편할 것 같소만 당신은 당분간 우리의 목적이 관철될 때까지 여기에 머물러 있어야 하겠소."

사나이의 말은 조용했으나 무시무시한 분위기를 동반하고 있었다.

"그러고 보니 당신들은 나를 인질(人質)로 하려는 것이군요."

"당신은 영리해서 좋습니다. 바로 그것입니다. 우리는 인질감을 구하느라고 상당 기간 노리고 있었는데, 오늘에야 성공한 셈입니다. 시시한 인간 붙들어 봤자 가치가 없으니까요. 참사관이 점심 대접할 만한 사람, 레팔르스 호텔에 장기 투숙할 만한 사람, 그런 정도이면 인질로서 보람이 있을 것 아니겠소?"

가슴에 쿵 하는 소리가 울렸다.

이때 물이 왔다. 나는 텀블러에 담긴 냉차를 단숨에 들이켰다.

"물은 가만가만 마셔야 합니다. 당신의 건강은 당신에게도 중요하지만 우리에게도 대단히 중요하니까."

하고 사나이는 웃었다.

한숨 돌리고 나서 내가 물었다.

"대강 무슨 일입니까? 나를 붙들어 두고 무슨 요구를 하는 것보다 나를 자유의 몸으로 해놓고 나와 같이 협력해서 목적을 이루도록 하는 것이 현명한 일이 아닐까요?"

"그렇게 단순한 일은 아니죠. 당신의 생명을 그들이 어느 정도로 평가하느냐에 따라 일이 빨리 해결되기도 하고 해결 안 되기도 할 그런 성질의 것이지 순리적인 수속 갖곤 어림도 없는 일입니다."

"이래 갖고 문제만 크게 만들고 보람을 보지 못한다면 어떻게 됩니까?"

"미안하지만 당신은 죽어 줘야 하겠죠. 그러나 당신들의 영사관, 당신의 나라가 당신을 죽이기야 하겠소."

나는 아찔한 기분으로 눈을 감았다.

"우리의 사정을 들으면 당신은 성심껏 협력해 주실 것으로 믿소. 당신의 풍채, 당신의 인상을 보아서 하는 말이오. 당신은 당신의 신분을 감추려고 하고 있지만 이제 와선 그런 건 우리가 알 바 아니오. 당신 나라 영사관이 잘 알고 있을 테니까. 당신이 당신 이름을 정직하게 말했다는 건 우리가 인정하오. 그만큼 당신이 성실한 사람이란 걸 알았다는 뜻도 되는 것이지요."

"도대체 무슨 일이오?"

하고 나는 퉁명스럽게 물었다.

"얘기하죠."

사나이는 담배에 불을 붙이더니 입에서 마스크를 뗐다. 코와 입이 제법 단정하게 생긴 얼굴이었다. 설혹 악한(惡漢)이라고 할망정, 상당한 관록을 지닌 악한일 것으로 보았다.

그는 담배연기와 함께 말을 뿜었다.

"우리 친구 세 사람의 생사를 모릅니다. 명단은 이와 같소."

하고 호주머니에서 종이쪽지를 꺼냈다. 쪽지엔 다음과 같은 이름
이 있었다.

'장춘구(張春鳩), 문선학(文仙鶴), 왕은앵(王恩鶯).'

나는 그 쪽지에 있는 사람들이 모두 새와 관련된 이름을 가졌다
는 점에 의혹을 느꼈다. 트집을 잡기 위한 조작이 아닌가 하고.

사나이는 펴놓은 쪽지의 마지막 이름, 왕은앵을 가리키며

"이건 여잡니다."

하고 한숨을 섞었다.

"이 사람들이 어떻게 되었다는 겁니까?"

"모두 행방불명이 되었소."

"그런데 그게 어떻다는 겁니까?"

"혹시 당신 나라 영사관이 서두르면 찾아낼 수 있을지 모른다, 이
겁니다."

"왜 우리 영사관입니까?"

"가장 빠른 방법이 당신들 영사관에 있을 것 같아서요."

"홍콩 정청, 아니 경찰에 부탁하면 될 일 아닐까요?"

"정정당당하게 경찰에 요구할 수가 없는 데 문제가 있는 겁니다."

하고 사나이가 물었다.

"당신도 귀국의 여배우 윤숙경의 실종 사건을 아시죠?"

"알고 있습니다."

"이제 막 들먹인 사람들은 윤숙경과 같이 없어져 버린 사람들입니다."

"뭐라구요?"

나는 깜짝 놀라 되물었다.

"아무튼 윤숙경과 같은 배를 타고 나갔는데 해상에 배만 표랑하고 있고 사람은 온데간데없어진 거죠."

"그들이 왜 윤숙경과 같은 배를 탔을까요?"

"그들만이 아니라 그 배엔 한국인도 몇 타고 있었던 걸로 압니다."

"그들도 함께 없어졌나요?"

"그렇소. 그런데 우리는 윤숙경이 살아 있다고 들었소. 그렇다면 그들도 어디에 살아 있을 것이 아닌가, 이런 추측을 하는 겁니다. 아시겠죠?"

"뭐가 뭔지 나는 모르겠소."

"다시 한 번 말하죠. 윤숙경과 같이 간 사람들이 누군가에 의해 몽땅 납치되었다, 이겁니다. 누가 납치했겠는가. 한국인 이외에 누가 그런 짓을 할 사람이 있었겠소? 윤숙경이 그 배를 탈 것을 미리 탐지한 한국인 일당이 교묘하게 해상에서 가로챈 겁니다. 나는 한국의 영사관이 모르고 있을 까닭이 없다고 생각하는 겁니다……."

"행방불명된 사람들의 이름에 모조리 새 이름이 있는 걸 보니 모두들 어디로 날아가 버린 것이 아뇨?"

내 말이 약간 빈정거리는 투가 되었다.

"누가 당신더러 농담하랍디까?"

하고 하나가 버럭 고함을 질렀다.

"점잖은 사람 같으니 공손히 대해 줍시다."

다른 하나가 고함지른 자를 타이르고 덧붙였다.

"그들은 모두 조방(鳥幫)에 속한 사람들이라 이름에 새가 끼었소."

"사정을 알 만하면 여기에 부르는 대로 쓰시오."

하고 하나가 종이와 볼펜을 내밀었다.

나는 종이를 펴놓고 그들의 말을 기다렸다. 하나가 불렀다.

'장춘구, 왕은앵, 문선학 세 사람의 행방을 살펴 무사히 돌려보내 도록 총영사께서 진력해 주셔야겠습니다. 그러지 않으면 내 생명이 위태롭습니다. 나를 억류하고 있는 사람들의 말에 의하면 그들이 돌아오지 않으면 나를 석방하지 않겠다고 하고, 만일 일주일이 넘도록 그들이 집에 돌아오지 않으면 나를 처치하겠다고 합니다. 최선을 다해 주기 바랍니다.'

이렇게 쓰고 펜을 놓자 서명하라고 했다. 나는 서명했다.

"영자(英字)로도 기명하시오."

하기에 나는 이름을 로마자로 표기했다.

하나가 그것을 들여다보고 있더니 접어 포켓에 넣었다. 그것을 보고 내가 말했다.

"이건 내 짐작이오만, 우리나라 영사관은 윤숙경 사건의 경위를 전연 모르고 있습니다. 내가 영사관을 찾았을 때 안 일입니다만 한국 사람도 몇 명 행방불명이 되었는데, 윤숙경의 소재도 걱정이려니와 그들의 소재도 걱정이라고 합디다. 만일 그들이 당신들 동지의 소재를 알고 있을 정도라면 어떻게 그들의 소재를 모르겠습니까? 당신들은 나를 이용해서 그들을 찾을 수 있을 것이라고 짐작하고 있는 모양입니다만 헛수고가 아닐까 합니다."

"아무튼 이번 일은 한국인이 한 짓이오. 한국인이 한 짓을 한국 영사관이 모른다고 해서야 말이 되는 얘기요?"

"당신들에 관한 일을 당신들 정부가 죄다 알고 있나요?"

"한국 영사관이 성의를 다해 알려고 한다면 알게 될 것이라고 우리는 믿소."

"억울한 사람만 다치게 될 뿐입니다."

"억울한 건 우리 동지 세 사람이오."

"그들이 어째서 억울하오. 당신들 말을 들으니 그들은 윤숙경을 유괴하는 데 협력한 사람들 아뇨? 사람을 유괴하려다가 거꾸로 그들 자신이 납치된 거라면 아장군 피장군이 아뇨? 그런데 어째서 나 같은 생사람을 잡으려 하오?"

"우리는 모든 수단을 써 보고 있는 거요. 당신이 걸려든 것은 당신의 불운일 뿐이오. 최악의 경우 3대 1이라도 우리는 보복을 해야 하니까요."

하더니 한 사람이 바깥을 향해 무어라고 일렀다.

조금 있더니 침구, 식사 등이 들어왔다. 외관만으로도 그런 거라고 알 수 있는 변통(便桶)도 반입되어 왔다.

"불편하더라도 넉넉잡고 일주일은 이곳에서 기거해야 하겠소."

하고 하나가 너털웃음을 웃었다.

나는 발끈했다.

"내가 행방불명되었다는 것을 알기나 해보슈. 우리 영사관은 문제도 아니고 홍콩 정청이 뒤집혀질 만큼 소동이 날 거요. 그렇게 되면 당신들이 무사할 줄 아세요?"

나는 은근히 협박을 한 셈이었는데 너털웃음을 웃은 자가 말했다.

"우린 바로 그걸 노린 거요. 소동이 크면 클수록 그만큼 효과가 있을 테니까요."

"우리 영사관에서 모르는 일인데 나를 납치했다고 해서 무슨 효과가 있겠소."

"설혹 효과가 없더라도 우리가 동지의 행방불명을 방관하지 않았다. 보복의 성의는 보였다는 것으로 끝나도 되는 거니 우리 걱정은 말고 당신 걱정이나 하시오."

하며 하나가 하나를 보고 뭐라고 했다. 두 사람은 일어섰다. 하나가 말했다.

"레팔스 호텔에서 자는 기분보단 못하겠지만 그런 대로 편하게 주무실 순 있을 거요."

했고, 다른 하나는

"가진 돈이 있다면 특등 미인을 대령시킬 수도 있으니 말씀해 보시구랴."

하고 익살을 떨었다.

그 말이 순간 솔깃했다. 어떤 여자를 보낼지 몰라도 그 여자를 통해 내가 있는 곳을 미스 램스도프에게 알릴 수 있을지 모른다는 생각에서였다.

'그러나 그게 가능할까? 여게까지 들여보낼 수 있는 여자라면 그들의 일당일 것이 분명한데 내게 호락호락 이용당하진 않지 않을까?'

하지만 혼자서 지하실에 음울하게 지내는 것보다 누군가가 옆에 있는 것이 한결 나을 거란 생각으로 되어

"얼마나 있으면 되겠소?"

하고 물었다.

"홍콩 달러로 5천이면."

하는 답이 되돌아왔다.

"좋소."

나는 호주머니에서 5천 달러를 꺼내 놓았다.

"꽤나 호기가 있는 신사이시군."

하며 하나가 돈을 집어들었다.

그리고 두 사람은 바깥으로 나가 버렸다. 빗장을 지르는 소리가 들렸다.

내가 행방불명되었다는 소식이 알려지기만 하면 본국의 신문은 대소동을 할 것이 틀림이 없다. 다행히 무사하게 돌아간다고 해도 그런 물의를 일으켰다면 무슨 면목이 있을까. 사회에 좋은 일은커녕 어줍잖은 글이나 쓰는 주제에 한 짓이 그런 꼴이란 핀잔이 소나기처럼 쏟아질 것이 아닌가.

그러나저러나 가족들의 걱정이 대단할 것이 아닌가. 유한일과 램스도프는 여간 불쾌하게 생각하지 않을 것이다. 이런 생각 저런 생각을 하니 속이 답답했다. 생명의 위험에 대한 공포보다도 부끄러움이 앞섰다.

'형편없는 주책바가지!'

나는 허 참사관이 그 쪽지를 받아 들었을 상황을 상상하고 얼굴을 붉혔다.

몸조심하라는 누누한 충고가 있은 지 얼마 안 되어 이런 꼴을 당했으니 말이다.

'램스도프가 이 사실을 곧 알게 될까? 유한일이 홍콩에 있었더라면 무슨 수라도 써 줄 것인데.'

생각은 갈기갈기 찢어져 걷잡을 수가 없었다. 희미한 전등불에 비쳐지고 있는 회색의 벽에 머리를 부딪치고 싶은 충동마저 일었다.

손을 묶이고 검은 안대를 두른 여자가 삐걱 열린 문 사이로 들어왔다. 사나이 둘이 따라 들어와 묶었던 손을 풀고 안대를 벗겨 놓곤 말없이 문 밖으로 사라졌다. 빗장을 지르는 소리가 났다.

여자는 머뭇머뭇 그 자리에 서 있었다. 희미한 전등불 아래인데도 꽤 참한 얼굴을 하고 몸매가 날씬한 여자라는 것을 알 수가 있었다.

"이리로 와요."

내가 손을 흔들어 보였다.

여자는 조심스럽게 다가섰다.

"앉으라."

고 앞자리의 나무의자를 가리켜 놓고 나는 그 여자를 관찰하기 시작했다.

나이는 24, 5세? 창부임엔 틀림이 없었으나 어딘지 그저 창부라고 하기엔 아쉬운 구석이 있었다. 여자도 나를 살피는 눈이 된 듯하더니 조금 안심을 하는 눈치였다.

"영어 할 줄 아는가?"

"예."

"이름이 뭐지?"

"임미성."

"임미성?"

여자는 손가락으로 '임미성(林美星)'이라고 썼다. 물론 마음대로 지은 이름일 것이었지만, 나는

"임미성, 좋은 이름이군요."

하고 미소를 지었다.

여자도 살며시 웃었다.

"어떻게 이곳으로 왔지?"

"어떤 손님을 무청에서 만났는데 같이 식사를 하재서 나왔더니 이리로 데리고 왔어요."

무청이라고 하면 '댄스홀'을 말한다. 홍콩의 댄스홀엔 음료수는 있어도 식사는 없다. 그런 곳에 있는 댄서는 적당하게 꼬시기만 하면 식사하러도 같이 가고 호텔에도 동반한다.

"납치당한 거로군."

"납치는 아녜요."

"그런데 손을 묶었지 않아. 눈도 가리고."

"아마 날 이리로 데리고 온 사람들은 내가 이곳을 몰라야 한다고 생각했던가 보죠?"

"당신을 데리고 온 사람들은 당신이 이미 알고 있었던 사람인가?"

여자는 애매하게 웃었다. 그 태도가 내 말에 동의한 것이라고 짐작했다.

"이런 데 오니 겁나지 않은가?"

고 내가 물었다.

"글쎄요."

"글쎄요라고 하는 걸 보니 겁나지 않는다는 얘기로군."

여자의 대꾸는 없었다.

"왜 내가 이런 데, 이런 꼴로 있는지 그 사정을 알겠나?"

"몰라요."

여자는 고개를 살래살래 흔들었다.

"사람이 살자니까 별꼴을 다 보는 거지."

"손님은 인질인 거죠?"

여자가 뚜벅 물었다.

"그건 어떻게 알지?"

"인질이 아니고서야 손님 같은 분이 어찌 이런 곳에……."

"인질이란 말은 어디서 배웠는가?"

"책에서요. 소설에 그런 얘기 많잖아요?"

그럴 때의 여자는 제법 애교가 있었다. 천진난만한 인상마저 있었다.

"이것도 인연인가? 인연이라면 기막힌 인연이군. 안 그래?"

하고 나는 그녀의 눈치를 계속 살폈다.

할 말이 없어졌다.

침묵이 흘렀다. 지하실의 침묵은 독특한 압력을 갖는다.

"술이 마시고 싶군."

이런 중얼거림이 나왔다.

"술이 먹고 싶어요?"

여자가 물었다.

"그렇다니까."

"사먹으면 될 게 아뇨?"

"그럴 수 있을까?"

"돈만 있으면야 뭣을 못 사겠수? 지옥에서도 돈만 있으면 재미볼 수 있다는데요."

나는 여기서, 이 여자도 나를 붙들어 놓은 놈들의 일당이란 확신을 가졌다.

"얼마면 될까?"

"백 달러쯤 내 보세요."

"백 달러?"

"바깥세상의 열 배쯤은 내야 심부름을 시킬 수 있을 것 아녜요?"

"좋아."

하고 나는 백 달러를 꺼내 여자에게 주었다. 여자는 일어서더니 사뿐사뿐 걸어 문간까지 가선 뭐라고 속삭였다. 빗장이 풀리는 소리, 이어 문에 틈이 생기고 다시 문이 닫히고 빗장을 지르는 소리가 이어졌다. 여자는 돌아오지 않고 팔짱을 낀 자세로 문 근처에서 서성거렸다.

'어떤 팔자이기에 이런 꼴을…….'

하다가 나는 소설을 생각했다.

이곳에서 살아 나가기만 하면 에로틱하고 그로테스크한 소설을 쓸 수 있겠다는 생각을 했다. 희미하게 나전구가 비추고 있는 지하실. 절세의 미녀, 죽음 직전에까지 몰린 인질. 그것만으로도 작품의 조건은 구비된 셈이다.

'그렇다. 한두 마리의 쥐새끼를 등장시키는 것도 나쁘질 않다. 그런데 저 여자? 저 여자를 한번 벗겨나 볼까? 그건 안 돼. 나는 최저한 도의 체신은 지켜야만 할 처지에 있지 않은가.'

얼마쯤 지나 빗장이 풀리는 소리, 이어 문에 틈이 생기고 그 틈 사이로 술병과 무슨 꾸러미가 들어오더니 다시 문이 닫히고 빗장을 지르는 소리가 들렸다. 여자가 돌아왔다.

술병과 꾸러미를 탁자 위에 놓았다. 술병엔 홍패(紅牌) 배용화주(配用火酒)란 글자가 새겨져 있었다. 꾸러미엔 버터와 땅콩이 있었다. 여자는 아까 갖다 놓은 쟁반에서 글라스를 들고 왔다. 글라스에 술을 따랐다. 술을 따르며 나를 힐끔 봤다. 호기심도 아니고 동정심이랄 수도 없는 묘한 감정의 자책이 나타났다가 사라졌다.

"드세요."

글라스를 내 앞에 밀어놓았다.

나는 서슴없이 술잔을 들이켰다. 혓바닥에 불이 붙은 것처럼 화끈했다. 그러나 그 뒷맛이 고소하고 감쳤다. 땅콩을 버터에 찍어 입에 넣었다.

삽시간에 술기가 돌았다. 포근한 기분으로 되며 여자에게 술을 권했다. 여자는 한두 방을 마셨을까말까 하곤 글라스를 놓았다.

"이렇게 독한 술 마셔 보긴 처음이에요."

하고 상을 찌푸렸다.

"나는 이보다도 독한 것을 마셔야 되게 돼 있어."

"그게 뭔데요?"

"죽음."

"죽음?"

"그들이 죽이려고 날 여기 끌어다 놓은 게 아닌가?"

"그럴 리 없어요."

임미성이 단호하게 말했다.

"어떻게 그럴 리가 없다는 걸 아는가?"

내 말이 빈정거리는 투가 되었다.

"그들의 말론 당신을 잘 모셔야 할 손님이라고 하던데요."

"잘 모시는 데도 갖가지의 의미가 있는 거라."

"아무튼 최악의 경우는 없을 거예요. 그들이 옳지 못한 짓들을 하는 사람들이지만 그렇게까지 악질들은 아녜요."

임미성은 그들을 두둔하는 말을 계속했다.

"사람을 납치하는 짓을 하는 자가 나쁘지 않으면 이 세상에 어떤 사람이 나쁠까?"

나는 계속 독한 술을 마셨다. 그러나 의식은 초롱초롱했다. 위험 속에 놓이면 신경도 긴장한다.

"주무시지 않겠어요?"

임미성이 두리번거리더니 침구가 있는 곳으로 가서 그 침구를 판자 위에 깔았다. 깔면서

"침구는 깨끗해요, 이리로 와서 누우시죠."

하고 권했다. 그리고 임미성이 겉옷을 벗고 슈미즈 차림으로 되었

다. 브래지어를 벗기 시작했다.

"유혹하지 말어. 나는 그런 기분이 아니다."

나는 다시 한 잔을 더했다.

"그런 기분이 아니면서 왜 나 같은 사람을 오라고 했지요?"

"미녀를 데려다 준다기에 혼자 있기보단 낫지 않을까 해서 청했지."

"너무 걱정 마세요. 마음을 든든히 가지세요."

임미성이 슈미즈 바람으로 내 앞에 와 앉았다. 환히 드러난 유방은 크지도 작지도 않은 부피로 탐스러웠다.

"우리의 만남은 이상한 만남이지요?"

혀가 약간 구부러진 것을 느끼며 내가 이렇게 말하자,

"사람의 만남이란 원래 이상한 데가 있잖아요?"

하고 임미성은 고개를 갸웃하며 웃었다. 왼편의 덧니가 귀여웠다.

"인질이 된 사나이와 미녀와의 만남. 무대는 홍콩. 무슨 영화라도 될 것 같지 않아?"

임미성은 대답은 없이 웃기만 했다.

"어떨까, 미스 임에게 사람을 살려 줄 용기가 있을까?"

넌지시 이렇게 물었다.

임미성이 고개를 갸웃하더니

"내게 힘만 있으면야……."

하고 말꼬리를 흐렸다.

"내일 아침 여게서 나가거든, 내가 지정하는 사람에게 내가 여게 있다는 소식을 전해 줄 수 없을까?"

"아마 어려울 거예요."

"왜?"

"이곳이 어딘지 모르잖아요."

"이곳은 침샤추이에 노목(老木)이 있지 왜. 그 노목을 등지고 거리를 바라보는 자세에서 오른편 10미터쯤 되는 골목이다."

임미성이 키득키득 웃었다.

"왜 웃지?"

"그들은 아마 손님을 풀어 주거나 딴 곳으로 옮기기 전에 나를 내보내지 않을 거예요."

"그럴 리가."

"그들이 일을 그처럼 소홀하게 할려구요?"

임미성의 짐작이 틀림없을 것 같았다. 그러나 한 가닥 구원의 길을 찾자면 임미성에게 매달릴 수밖에 없다는 사실은 확실했다. 그러자면 그녀의 정에 호소할 수밖에 없었다. 짧은 시간에 정의(情誼)를 심어야 하는 것이다.

"미스 임에겐 부모가 있나?"

"아버진 돌아가셨어요."

"언제?"

"홍콩으로 피해 오는 도중 붙들려서 죽었다고 해요."

"미스 임이 어렸을 때인가?"

"난 그때 어머니 등에 업혀 왔다니까요. 생후 5개월의 젖먹이였대요."

"오빠는?"

"하나 있어요."

"홍콩에?"

"예."

"무얼 하는가?"

"부두에서 일해요. 날품팔이예요."

"언니는?"

"언니도 하나 있어요."

"홍콩에 있나?"

"그래요."

"뭣을 하나?"

"방적 공장에서 일해요."

"헌데 미스 임은 왜 이런 짓을 하게 됐지?"

"공장에도 다녀 보고 점원 노릇도 해봤어요. 그러나 하나같이 신통치가 않아요. 가난이 싫어졌어요. 그런 가운데 중학교 때의 친구가 권했어요. 무청(舞廳)에 나가면 돈을 벌 수가 있다구요."

"그래 돈을 벌었나?"

"아직, 아직이에요."

"얼마만한 돈이면 홍콩에서 편하게 살 수 있을까?"

"더 모어 더 베터. 많을수록 좋겠죠."

"그러나 대강의 한도는 있을 것 아닌가?"

"5백만 달러만 있으면 조그마한 아파트 하나 지니고, 행상(行商)의 자본으로도 할 수 있겠죠."

"홍콩 달러루?"

"물론 홍콩 달러지요."

나는 얼핏 유한일과 램스도프를 생각하며 말해 보았다.

"그렇다면 미스 임, 내가 5백만 달러쯤 마련해 줄까?"

"손님이 5백만 달러를?"

하고 임미성이 피식 웃었다.

"웃을 얘기가 아냐. 내가 무사히 이곳을 빠져 나가기만 하면 그만한 돈은 문제가 없어."

나는 정색을 하고 말했다.

"결국 말하자면 손님을 구해 주는 대가로 5백만 달러를 주시겠다는 그런 말인가요?"

"말하자면 그런 거지. 물론 우리가 이렇게 만난 인연을 소중히 할 생각도 있는 거고."

"그 많은 돈을 손님이 홍콩에 가지고 있나요?"

"내가 가지고 있진 않지만 만들 순 있어."

"꼭 그래요?"

"그렇다니까."

"그렇다면 그 돈을 나에게 주어 일을 꾸밀 생각말구, 손님을 이곳으로 납치한 사람들과 교섭을 해보세요. 손님이 무사하게 나가기만 하면 그만한 돈을 주겠다구요."

'흠' 하고 나는 생각에 빠졌다. 임미성이 덧붙였다.

"그들은 돈이 된다고만 하면 무슨 일이라도 할 사람들예요."

"그러긴 싫어."

나는 생각한 끝에 말했다.

그렇게 말한 이유는 갖가지가 있었다. 엉뚱하게 돈 얘기를 꺼내 긁어 부스럼을 만들 필요가 없다는 생각도 있었다. 그리고 무엇보다도 중요한 것은 나를 구출할 노력을 한 임미성에게 대한 감사의 뜻으로서 유한일이나 램스도프에게 부탁해 볼 마음이 생겼다는 사실이다. 단순히 나 자신의 생명을 구할 이유만으로 미리 그런 거액을 들먹여 흥정할 의사는 없었다.

그런 뜻의 말을 하자, 임미성은

"손님의 뜻은 잘 알겠지만 나로선 방책이 있을 것 같지 않군요."

하고 다음과 같이 말을 보탰다.

"손님이 내게 돈을 주겠대서가 아니라, 만일 손님이 최악의 궁지에 몰리게 된다면 난 발악이라도 해서 그런 일이 없도록 하겠어요. 그러니 걱정하지 마세요. 아무리 이곳이 무법천지이기로서니 사람의 생명을 간단히 처리할 순 없을 거예요."

"고마워, 미스 임."

임미성으로부터 그런 말이라도 듣고 보니 나는 한결 마음이 놓였다. 그래 옛이야기를 했다. 내가 젊었을 무렵, 중국에 있었을 때 물에 빠져 죽을 뻔했었는데 사동수(謝東修)라고 하는 소년에 의해 구출되었다는 얘기다.

임미성은 그 얘기를 흥미 있게 듣고 있더니 물었다.

"그곳이 중국 어디에 있다고 했죠?"

"강소성 상숙. 소주에서 백 리쯤 남쪽에 있는 도시의 교외야. 마을의 이름은 청강진(清江鎭). 그 근처의 물은 그렇게 맑을 수가 없어. 강바닥의 조약돌이나 말, 고기 노는 모양이 환하게 보이는 거야. 양자강의 물은 언제나 탁한데 상숙 근처의 물은 맑고 아름다워. 소주와 상숙과의 사이를 흐르는 강을 소상수로(蘇常水路)라고 불렀지."

임미성이 눈을 반짝거리며 듣고 있더니

"우리 고향도 강소성이에요. 강소성 오강진(烏江鎭)이란 곳이래요."

했다.

"오강진에 가 본 적이 있어. 그곳엔 분재(盆栽)가 많아. 묘목원도 많구. 상해 근처로 나가는 관상목(觀賞木)으로 생계를 유지하고 잇는 마을이었다."

"그래요, 그래요."

하고 임미성이 손뼉을 쳤다.

"어머니헌데서 그런 얘길 많이 들었어요. 큰 나무를 나무 상자에 다 심어 그대로 배에 실어 상해로 간다고 했어요. 아버진 그 나무를 사고팔고 하는 중개인이라고 했어요. 그 마을 얘기 좀 더 들려 줘요."

나는 어느 여름밤을 상기했다. 거의 만월에 가까운 달이 중천에 있었는데 그때 우리는 오강진을 지난 것이다.

울창한 관상목의 숲이 달빛에 물들어 조용히 잠길 속에 있는 그 마을은 꿈에서 본 광경 같았다. 그 추억을 소상하게 설명하고 나서 감탄의 말을 보탰다.

"미스 임의 고향, 오강진은 꿈처럼 아름다운 마을이었다. 세계에서 그렇게 아름다운 마을을 찾기란 힘들 것이다. 그런데 오늘 이런 데서 오강진에서 태어난 꾸냥[姑娘]을 만나다니 신비롭기만 하구나."

"한번 가보고 싶어요. 고향에, 오강진에."

임미성이 먼 눈빛으로 되었다.

순조로운 운명이었다면 임미성은 풍광 아름다운 오강진의 처녀로 자라 고운 아내, 알뜰한 어머니가 되어 있었을 것이었다. 그런데 지금은 홍콩의 창부가 되어 있는 것이다.

운명이 빚은 그 숱한 군상 가운데의 하나. 어떻게 운명은 그다지도 불공평한가. 운명이란 게 존재하는 한 역사 철학(歷史哲學)이 가능할 수가 없고, 인생론(人生論) 역시 성립될 수가 없다.

히틀러와 스탈린 같은 놈에게 정권을 안겨 주는 운명의 장난이 있는데 어떻게 역사 철학이 가능하겠는가. 아름다운 마음을 가졌다는 죄, 잘살아 보겠다는 의지를 가졌다는 죄밖에 없는 소녀가 어떻게 악마와도 같은 무리들의 손아귀에 놀아나는 창부(娼婦)가 되어야 했단 말인가.

우선 나 자신의 운명, 터무니없는 음모자들에 의해 납치되어 죽어야 할지도 모르는 처지에 놓인 내 운명! 그런 운명의 탓으로 세계와 인생이 무궁한 의미와 다채로운 빛깔을 갖게 된 것인진 몰라도 억울하게 당하는 자의 원한은 어떻게 한단 말이냐. 이럴 때 종교도 또한 불가능할밖에 없다.

나는 이런 것을 생각하며 침묵해 버렸던 것인데, 임미성은 나의 돌연한 침묵이 궁금했던 모양으로 물었다.

"왜 얘기를 계속하지 않으시죠?"

"이런저런 것을 생각하니 슬픈 마음이 드는군."

"강소성 오강진에서 곱게 살 수도 있었을 임미성 씨가 내 앞에 이런 꼴로 있구나 싶으니, 운명이란 것이 원망스럽기도 하구……."

"원망한들 무슨 소용이 있나요?"

"소용이 없으니까 더욱 원망스러워."

"그러나 손님, 걱정 마세요. 며칠 불편할진 모르나 최악의 일은 없을 테니까요."

"난 이제 그런 걱정은 안 해. 될 대로 되라고 팽개쳐 버리고 싶을 뿐이다. 보다도 나는 미스 임을 생각하고 있어. 어떻게 하면 미스 임이 잘살 수 있을까 하구 말야."

"내 걱정은 마세요. 이래도 한평생, 저래도 한평생인 걸요."

"우리 한국의 노래에도 그런 게 있지. 이래도 한평생, 저래도 한평생…… 그런데 이상한 게 있어."

"뭐가요?"

"미스 임이 불한당과 무슨 관련을 맺고 있는 것 같아서."

"그건 그다지 이상할 것도 없어요. 무청 같은 데를 근거로 하고 살아가려면 그 사람들 시키는 대로 해야 해요. 그러지 않으면 그들의 보호를 받을 수가 없어요. 우린 그들에게 이용을 당하구, 우린 또 그들을 이용하구 그러죠. 하는 수가 없어요."

"하는 수가 없다는 그 상황이 안타깝다는 얘기가 아닌가."

나는 다시 술을 마시고 담배를 피웠다. 임미성은 땅콩을 한두 개 입에 넣고 우물거렸다.

일체의 음향이 죽어 버린 정적. 내 숨소리와 미성의 숨소리만 들렸다.

"저게 가서 누워요, 손님."

"미스 임은 잠이 와?"

"잠은 오지 않지만, 눕는 게 편하지 않아요."

"미스 임은 가서 누워. 내게 신경 쓰질 말구. 나는 이렇게 앉아 좀 더 생각해 보아야겠다."

"그럼 실례하겠어요."

하고 임미성이 판자 위에 깔아 놓은 침구 있는 쪽으로 가서 누웠다.

나는 양팔로 괴고 앉았다. 그러면서 나는 겟세마네의 밤을 연상했다. 겟세마네의 동산에서 한 예수 그리스도의 기도.

──주여 내게서 이 잔을 떼어 주옵소서. 그러나 나의 뜻으로써가 아니고 주의 뜻대로 하소서.

나의 뜻으로써가 아니라 주의 뜻대로 하라는, 이 기도가 지닌 절실감(切實感). 천주(天主)에 대한 절대 순종(絶對順從)의 표시. 나의 상식대로 풀이하면 운명에 대한 절대 순종.

나는 한동안을 서대문 형무소에서 지냈을 무렵. 거의 매일 사형장(死刑場)을 보았다. 그 문을 들어서는 사형수의 심정이 어떨까. 그 문을 들어서야 하게 돼 있는 사람들의 심정이 어떨까 하는 생각을 하루도 안 해 본 적이 없었다. 그러나 가슴에 와 닿는 실감이란 게 없었다. 그저 답답할 뿐이었다.

그런데 될 대로 되어라 하고 팽개쳐 버리고 싶은 심정이 되면서도 겟세마네의 밤을 연상하고 사형장을 상기하는 것을 보면 내 마음이 그만큼 불안하다로 되는 것이다. 그런 까닭에 나는 내 마음의 사소한 움직임마저도 빠짐없이 응시해 보고 싶었다.

'내가 만일 이 홍콩에서 죽는다면 어떻게 될까? 어머니가 살아 계시지 않는 것만으로도 만 번 다행한 일이다. 어머니가 살아 계셨더라면, 지금의 내 고통, 내 불안은 견딜 수 없을 정도로 되어 있었

을 텐데……'

'그들이 나를 죽인다면 어떤 방법으로 죽일까. 칼로 찔러 죽일까? 비닐 봉투를 씌워 질식시키는 방법을 쓸까?'

비닐 봉투를 씌워 죽이는 방법이 있다는 것은 캄보디아의 폴 포트의 수작을 통해서 알았다.

'아아, 캄보디아.'

나의 상념은 엉뚱한 곳으로 빗나갔다.

폴 포트 지배 하의 캄보디아의 참상!

상상할 수도 없는 그 잔학한 행위들, 그 잔학한 행위의 희생자가 된 수백만 인간의 운명 ──

인간이란 그런 꼴을 당할 수도 있는 존재라고 한다면 나라고 해서 별다른 존재가 아니지 않는가?

학살당하기 위해 이 세상에 나온 자가 있고, 학살하기 위해 이 세상에 태어난 자가 있을 때, 과연 그들을 같은 인종, 같은 족속이라고 할 수 있을까. 불구대천(不俱戴天)이란 말이 떠오르기도 한다.

임미성이 무슨 소리를 하는 것 같았다. 귀를 기울였다. 어느 새 잠이 들었는지 잠꼬대를 하고 있었다. 그런데 그 잠꼬대의 내용을 알 순 없었다. 얼만가의 돈을 벌 요량으로 지하실에까지 와서 판자 위의 침구에 누워 무슨 꿈을 꾸고 있단 말인가.

한 마디로 슬프다.

나는 다시 내 처지를 다져 보았다. 한국 영사관이 무슨 기술, 무슨 능력으로 행방불명된 세 사람을 자기네들 집으로 돌려 줄 수 있을까 말이다. 그들이 자기 집으로 돌아갈 수 없다는 것이 확실하다면 내 죽음도 확실한 것이 아닌가? 암흑가의 조직일수록, 그 조직을 강화하기 위해선 뭔가 위력을 보여야 한다. 그들의 위력을 조직원들에게 보여 주기 위한 그 목적만으로 나의 생명을 이용할 것이 아닌가…….

언제 잠에 빠져들었는지 모른다.

——내가 돌아올 때까지 깨어 있으라!

고 예수의 분부를 받고도 제자들은 잠들어 있었다는 이야기를 얼핏 상기했다.

어깨를 흔드는 바람에 탁자 위에 이마를 대고 자고 있던 잠에서 깨어난 직후의 일이다.

"손님, 주무시려면 저 곁에 가셔서 주무세요."

임미성의 말이 간절했다. 완전히 깨어난 것은 아니었지만, 몽롱한 의식 속에서도 임미성의 눈빛 또한 간절하다는 것을 느낄 수가 있었다.

나는 임미성에 끌려 침구 있는 곳으로 가서 상의만을 벗고 누웠다. 임미성이 내 옆에 몸을 뉘었다. 미성의 몸에서 향긋한 내음이 났다. 싫지 않은 내음이었다.

나는 방향을 그녀에게로 돌려 누우며 살큼 그녀를 안았다. 그리고

"오오, 소냐."

하고 중얼거렸다.

"그것 무슨 말이죠?"

"아냐, 별말이 아니다."

"별말이 아니라도 알고 싶은데요."

"내가 가장 좋아하는 여자의 이름이야. 나는 좋은 여자다, 싶으면 소냐라고 부르지."

하고 나는 잠을 청했다.

그런데 침구 위에 눕고 보니 좀처럼 잠이 오질 않았다. 임미성의 여체가 이룬 선의 방향으로 손을 움직여 보았다. 크지도 작지도 않다. 크지도 작지도 않은, 알맞은 몸매라고 느꼈다. 그러나 색욕(色慾) 같은 것은 전연 일지 않았다.

임미성이 내가 잠을 이루지 못하고 있는 것을 알아차린 모양으로 일어나 앉더니

"내가 재워 드릴게요."

하고 나의 전신을 마사지하기 시작했다. 먼저 다리를 만지고 팔을 만지고 이어 가볍게 머리를 만졌다.

"미스 임의 마사지 솜씨가 대단하군."

하고 감탄했더니 임미성이 나무랐다.

"아무 말 마세요. 주무실 생각이나 하세요."

"고마워."

임미성의 손은 미묘하게 움직였다. 육체의 피로는 물론이고 정신의 고통마저 풀어 버리는 재간이었다.

이윽고 나는 잠이 들었던 것 같다.

내가 다시 눈을 뜬 것은 아침 열 시가 넘어서였다.

깨어 보니 임미성은 단정히 옷을 차려 입고 탁자 앞에 앉아 나를 보고 있더니

"커피나 안 하실래요?"

하고 말을 건네 왔다.

"합시다. 커피."

"이왕이면 토스트나 죽이나 아침 식사도 하시죠."

"그렇게 합시다. 미스 임도 먹어야 할 테니까요."

"그러시다면 백 달러쯤 주셔야겠어요."

나는 일어나 앉아 벗어 놓은 상의에서 백 달러를 꺼내 임미성에게 주었다.

임미성이 문을 두드리며 뭐라고 했다. 빗장을 끄르는 소리와 동시에 문이 조금 열리더니 밀어넣는 손이 있었다. 그 손에 임미성이 뭐라고 하며 돈을 집혔다. 문이 다시 닫혔을 때 임미성이 탁자 앞에 와 앉았다.

"미스 임, 저편으로 돌아앉아요."

하고 나는 변통(便桶)으로 갔다.

빵을 씹고 커피를 마셨다.

기묘한 아침이었다. 아침이라고 했지만 관념(觀念)일 뿐 어떤 아침이 왔다는 실감이 있을 까닭이 없다. 하여간 기묘한 아침인 것만은

틀림이 없었다. 나전구(裸電球)가 발하는 희미한 조명 아래, 밤새 한 숨을 섞어 토해 낸 공기가 음울하게 서려 있다는 느낌!

나는 임미성이 어젯밤과 달리, 눈에 띄게 침울한 표정이 되어 있다는 것을 알았다. 마음의 탓만이 아니었다. 백을 가지고 왔으니 화장은 대강 고쳤을 것이지만 물 없이 제대로 화장이 될 수 있었을 까닭이 없다. 그런 탓으로 얼굴 전체에서 풍기는 기분이 청결한 것으로 되지 않았다.

게다가 말이 없었다.

밤새 어떻게 정을 틔어 놓았다는 기분으로 있었는데 아침에 도로 아미타불이 되었다는 서먹서먹한 의식으로 되었다. 아무튼 임미성의 침울한 표정엔 농담 같은 것을 거절하는 그 무엇이 있었다.

나는 임미성이 무청에 드나드는 단순한 콜걸이 아닌, 조직의 일익을 담당하고 있는 여자가 아닐까 싶었다. 24, 5세로 본 것은 잘못이고 혹시 서른 살을 넘기고 있는 여자일지 모른다는 느낌도 들었다. 우선 침묵을 깰 필요가 있었다.

"미스 임. 뭣을 생각하고 있지?"

그러자 임미성이 잠에서 깨어난 사람처럼 나를 바라보았다. 그리고 물었다.

"지금 돈을 얼마나 가지고 있죠?"

"돈은 왜?"

"하여간 얼마쯤?"

"만 달러쯤은 가지고 있어."

홍콩 달러로서 만이면 미국 돈으로 1천 4백 달러쯤 된다는 것이 그 무렵 내가 익힌 지식이다.

"그것 갖곤."

하고 임미성이 한숨을 쉬었다. 나는 그녀가 무슨 장삿속으로 내가 가진 돈에 관심을 표명한 것이라고 짐작했는데 그렇지 않은 것 같아서 말했다.

"호텔에 가기만 하면 돈이 있어."

"호텔에 있는 돈이 여기서 무슨 소용 있겠어요."

임미성의 그 말이 섬뜩했다. 그렇다면, 즉 호텔에 있는 돈은 소용없는 것이라면 무슨 결정적인 일이 지금 곧 발생한다는 말인가.

임미성이 뚜벅 말했다.

"아무래도 이상해요."

"뭣이?"

"이맘 때 시간이면 누군가가 와야 하는 거예요. 누군가가 와서 나더러 뭐라고 물어보기도 하고, 앞으로 어떻게 하라는 얘기쯤 있을 텐데 아무도 오질 않아요. 반드시 무슨 사고가 생겼든지 방침이 바뀌어졌든지 했을 겁니다. 그러지 않고서야 자신들의 입으로 중요한 손님을 모셔 왔다고 하구서 이렇게 동요할 까닭이 없는 거예요. 그래서……."

"그래서?"

"저 문을 지키는 사람들에게 돈을 집어 주고 빠져나갔으면 했는데 만 달러 정도론 듣지 않을 거예요. 대단한 이득이 없곤 용기를 낼수 없을 테니 말예요."

"지금 가지고 있는 대로 주고, 나머지는 나가서 주겠다고 약속을 하면."

"만일 그들이 우리를 여게서 내준다면 그들은 그 즉시 몸을 피해야 하니까요. 나도 당분간 피해 있어야 하구요. 그러니까 뒤에 어쩌겠다는 약속이 통할 까닭이 없지요."

"얼마나 있었으면 됐을까?"

"될지 안 될진 모르지만 10만 달러만 있으면 교섭해 볼 수 있는데요."

"10만 달러! 호텔에만 가면 당장 준비할 수 있는데."

이에 대꾸를 않고 임미성이 중얼거렸다.

"넉넉잡고 1년 동안은 피해 있을 수 있는 돈이라야 해요."

"지금 바깥에 몇이나 있을까?"

"잘은 모르지만 세 사람은 있을 거예요. 하나는 거리에 있고 두사람은 문 바로 바깥에 있구. 그러니까 10만 달러면 하나에 3만 달러씩 돌아가는 셈이죠."

나는 차츰 임미성의 말을 믿을 수 없는 것이라고 생각했다. 암흑가의 조직에 있어서의, 배신에 대한 보복은 곧 죽음이다. 그런데 3만 달러의 돈으로 그들이 죽음을 무릅쓸 모험을 할 까닭이 없다는 생각이 든 것이다.

그런 생각이 질문이 되었다.

"그들의 조직은 꽤 무서운가 보던데, 그만한 돈으로 조직을 배신하는 행동을 할까?"

"그러니까 자신이 있는 건 아닙니다. 그러나 돈만 있으면 교섭해 볼 만하다는 건, 그들의 사정이 보통이 아닌 듯해서 그래요. 아침에 누군가가 나타나야 하는 건데 아무도 나타나지 않았지 않습니까. 그게 보통이 아니란 사실은 바깥에 지키고 있는 자들이 더 잘 알고 있을 거거든요. 보통 같으면 어림도 없죠. 10만 달러가 아니라 백만 달러를 준다 해도 그들은 응하지 않을 겁니다. 그런데 오늘 아침의 느낌은 뭔가 이상해요. 아무래도 무슨 일이 난 것 같지 않느냐고 살큼 말을 걸어 그들을 불안하게 만드는 거야요. 지금이라도 경찰대가 이곳을 알고 들이닥칠 것같이 말예요. 손님이 이만저만하게 중요한 사람이 아니라서 빨리 손이 돌았는가 보다 하구요. 만일 나의 그런 말에 그들이 동요한다면 틀림없이 이상이 생긴 겁니다. 그들에게 있어서 말입니다. 본부로부터 연락이 없는 증거로 볼 수 있거든요……."

말하자면 그들의 마음이 동요하는 틈에 돈을 내밀자는 것이었다. 그러나저러나 그만한 돈이 없으니 시도해 볼 수도 없는 일이다.

나는 침구 있는 데로 가서 누웠다. 하룻밤을 익혀 놓은 탓인지 딱딱한 나무의자에 앉아 있으니 침구 위에 누워 있는 것이 훨씬 편했다. 활개를 뻗고 천장을 향해 누워 나는 마음속으로 중얼거렸다.

'죽음도 누워서 기다리니 훨씬 편하군.'

임미성은 팔짱을 끼고 왔다갔다하고 있었다.

나름대로 무슨 골똘한 생각을 하고 있는 것 같았다.

그러더니 돌연 문 쪽으로 가서 두들겼다. 나는 귀를 세웠다. 전엔 한두 번 두드리면 반응이 있었던 것이 몇 번을 두드려도 반응이 없었다.

임미성이 문을 두드리며 소릴 질렀다. 여전히 반응이 없었다.

임미성이 돌아서서 내 편으로 걸어오는데 그 표정이 무서웠다. 공포의 빛깔마저 있었다.

"무슨 일이오?"

하고 나는 몸을 일으켜 앉았다.

"아무래도 무슨 사고가 난 모양이에요."

"사고?"

"바깥에 아무도 없어요."

"볼일 보러 갔겠지 뭐."

"그렇기라도 하면 다행이겠지만."

임미성의 눈에서 공포의 빛이 사라지지 않았다.

임미성이 자리로 돌아와 펄썩 주저앉았다. 그리고 중얼거렸다.

"난 이럴 경우를 가장 걱정하고 있었어요."

"이럴 경우라니."

"사람을 가둬 두고 도망쳐 버리는 경우 말예요."

"정 그렇게 된 것이라면 문을 차고 벽을 뚫고 나가지 뭐."

임미성이 슬픈 웃음을 띠었다.

"손님은 홍콩의 지하실을 몰라서 그런 말씀을 하시는 거예요. 대강 홍콩의 지하실은……."

하고 임미성이 설명하는 바에 의하면 세 개의 문으로 닫혀 있는데, 바깥에서 들어오는 문은 외벽과 같은 벽돌을 철판에 붙인 것이라서 여간 조심해보지 않으면 거기 문이 있는지 없는지 모른다는 것이고, 지하실로 내려오는 중간엔 철문이 있다고 했다.

"그리고 저건 나무문인데 빗장이 대문의 폭대로 질러져 있어 저걸 부순다는 건 거의 불가능해요. 설혹 부순다고 해도 중문과 바깥문이 닫혀 있으면 메이파즈(沒法子)예요."

그리고 계속된 임미성의 얘기는 더욱 무시무시했다.

"얼마 전예요. 무청에 있는 아가씨 하나가 이런 지하실에서 백골이 되어 나타났어요. 일을 꾸미다가 제대로 되지 않으면 감금해 놓은 채 그들만 도망쳐 버리는 거죠. 남은 사람은 굶고 질식하여 죽는 거예요. 필시 무슨 일이 난 거예요."

하고 임미성은 다시 문 쪽으로 가서 문을 주먹으로 쾅쾅 쳤다. 그러나 역시 아무런 대꾸도 없었다.

불안에 배고픔이 겹쳤다.

시계는 하오 세 시를 가리키고 있었다. 임미성의 말대로 유폐된 채 아사(餓死)할 경우가 있을지도 몰랐다.

그러나 나는 대범한 태도를 취하려고 애썼다. 나마저 초조하게 서둘렀다간 어떤 결과가 될지 몰라서였다. 임미성은 훌쩍훌쩍 울고 있었다.

"미스 임."

하고 임미성의 어깨를 흔들곤

"울지 말라."

고 일렀다.

눈물이 홍건한 얼굴을 닦아 주고

"내, 미스 임의 관상을 보아 줄게."

하고 한 손으로 미성의 턱을 들었다.

"이런 판국에 관상을 봐서 뭣하게요."

하면서도 미성은 그대로 있었다.

"아냐, 보아 둘 게 있어."

하고 찬찬히 얼굴을 살피곤 내가 말했다.

"미스 임. 걱정 말어. 굶어 죽을 그런 관상은 아냐."

미성이 힘없이 웃었다.

"미스 임. 내 얼굴을 봐 줘. 내가 굶어 죽을 사람으로 보이는가?"

"그런 사람으로 보이지 않아요."

"그럼 됐어. 걱정할 필요 없어. 기다려 보자꾸나."

이런 말을 하고 있을 때였다.

바깥에서 무슨 소리가 난 것 같았다. 임미성이 문 쪽으로 달려가서 문을 두드리며 무슨 소릴 질렀다.

대응이 없었다.

미성은 다시 힘껏 문을 두드렸다.

그랬더니 문이 반쯤 열리는 것이 아닌가. 좀 더 힘을 주어 문을 밀었다. 문은 활짝 열렸다.

"문이 열렸어요."

임미성의 고함을 기다릴 필요 없이 나는 뛰어나갔다.

"철문도 열려 있어요."

하고 임미성이 계단 위에서 소릴 질렀다.

철문 다음에 벽을 도려내어 단 문이 있었는데 그것도 반쯤 열려 있었다.

바깥으로 나갔다.

햇살이 눈에 부셔 현기증을 느꼈다.

"두고 나온 건 없으시죠?"

임미성이 물었다.

"난 없어, 미스 임은?"

"전 백을 두고 나온 것 같애요."

"그럼 빨리 그걸 가지고 나오지 그래."

임미성이 몸을 날려 지하실로 갔다.

나는 태양을 등진 자세로 벽문 옆에 서서 기다렸다.

임미성이 숨을 헐떡거리며 돌아왔다. 손엔 백이 들려져 있었다.

"우선 뭣을 좀 먹어야겠다."

며 큰길로 나와 식당을 찾았다.

복해루(福海樓)란 간판이 걸린 식당을 찾아 들어 옥수수죽을 청했다. 공복이 심할 땐 죽을 먹어야 한다는 임미성의 지혜에 따른 것이었다.

죽을 먹고 허기를 면하고 나서야 어떻게 된 영문인가를 생각하게 되었다.

"그들이 도망을 갈 때 빗장을 빼놓은 건데 우리가 몰랐던 거예요."

하는 임미성의 말이었으나, 나는 아까 무슨 소리가 났는데 그때 누군가가 빗장을 뽑은 것은 아닐까 했다.

임미성은

"그 소리는 쥐 소릴 거예요. 그때 빗장을 뽑았으면 우리에게 소리가 들렸을 것 아녜요?"

하고 고개를 갸웃했다.

"그러나저러나 살아난 것만은 사실이 아닌가?"

하고 나는 어설프게 끝난 드라마를 회상하는 기분으로 되었다.

"잔뜩 긴장하고 있었는데 싱겁게 끝났구먼요."

임미성도 쓸쓸한 표정이었다.

"도대체 어떻게 된 걸까?"

"무슨 곡절이 있었던 거예요."

"그 곡절이 무얼까, 이 말이야."

"글쎄요."

"아무튼 빨리 호텔로 돌아가 봐야 되겠어."

하고 식당을 나와 택시를 탔다.

임미성은 구룡의 번화가에서 내리며 자기가 드나드는 무청(舞廳)을 가리키며 말했다.

"짬이 있으면 놀러 오세요."

나는 레팔르스 호텔의 방 번호를 가르쳐 주며 전화를 하라고 일렀다.

호텔로 돌아가니 프런트의 종업원이 반색을 했다. 그러나 말은 나직했다.

"걱정했습니다. 무사히 돌아오셔서 다행이었습니다. 미스 램스도프가 방에서 기다리고 있습니다."

램스도프는 나를 보자 달려들어 내 목을 껴안고 키스를 했다. 그리고는

"무사히 돌아오셨군요. 무사히 돌아오셨군요."

하곤 되풀이했다.

"걱정을 끼쳐 미안하오."

나는 겸연쩍게 말했다.

"빨리 영사관에 전화하세요. 걱정하고 있으니까요."

영사관으로 전화를 했다.

기다리고 있었다는 듯 허 참사관이 전화를 받았다.

"돌아오셨군요. 걱정했습니다. 일이 잘 된 것은 미스 램스도프란 분 덕택입니다. 아무튼 반갑습니다."

나는 사죄와 변명을 하고 물었다.

"내 사건이 본국에 알려졌을까요?"

"오늘까지 돌아오시지 않으면 본국으로 보고할 예정이었습니다 만 돌아오셨으니 그럴 필요 없게 되었군요. 아무래도 불미스러운 일 이니 이런 일은 없었던 것으로 해두는 게 좋을 듯합니다."

나는 허 참사관의 그 배려에 감사했다. 사실 나는 무사할 수 있었 다는 것은 고마운 일이었지만, 이런 일로 해서 본국이 떠들썩했으면 어떻게 하나 하는 걱정으로 불안했던 것이다.

"퇴근 후, 호텔에 들르겠습니다."

하고 허 참사관은 전화를 끊었다.

전화를 끊고 소파로 돌아오자, 램스도프는 손을 뻗어 내 손을 잡 으며 다시 한 번 말했다.

"미스터 유도 없는 사이에 이런 사고가 나고 보니 정말 걱정이었 어요. 그러나 무사하게 돌아오셨으니 됐어요."

"그런데 어떻게 된 겁니까? 나는 통 대중을 잡을 수가 없습니다."

"얘기를 하려면 꽤나 복잡합니다. 천천히 말씀 드리겠어요. 그보 다 먼저 목욕이나 하시고 한숨 푹 주무셔야 할 것 같습니다. 얘기는 그 후에 하도록 하죠."

하고 램스도프는 자기 방에 가 있겠다며 일어섰다.

그때사 나는 나의 몰골이 형편이 아니란 걸 발견하고 목욕할 생각을 했다. 램스도프가 방에서 나가기가 바쁘게 나는 목욕탕으로 갔다. 더운 물을 틀어 놓고 우선 면도부터 시작했다.

4

0차원(次元)의 집합

목욕을 하고 침대에 몸을 누이자마자, 나는 잠에 빠져들었다. 육체는 오토매틱하다. 스스로의 피로를 느끼면 자동적으로 회복의 기능을 다한다. 긴장이 풀리자마자라고 바꿔 말하는 게 옳을지 모른다. 생각해야 할 숱한 문제가 있다고 느끼면서도 그것을 팽개쳐 버리고 가사(假死)의 상태가 되었으니 말이다.

그러한 상태에서 깨어났을 때 방 안은 캄캄했다. 나는 몽둥이로 옆구리를 찔린 것처럼이나 놀라 일어났다. 그곳을 지하실이라고 착각했던 것이다. 그러나 곧 지하실이 아니고 호텔이라고 깨닫게 되었으나 등에 식은땀이 괴었다.

머리맡을 더듬어 스위치를 눌렀다. 조명이 들어왔다. 담배에 불을 붙였다. 담배연기의 행방을 쫓고 있으니 부끄러운 생각이 들었다. 아무리 생각해도 나는 주책없는 인간이었다. 만일 내가 납치된 사실이 본국에 알려지기라도 했더라면 그 창피를 어떻게 감당하겠느냐말이다. 나는 허 참사관의 배려에 감사하는 동시 허 참사관의 비범하다고도 할 수 있는 인간적 센스를 찬양하는 마음으로 되었다.

　만일 경험 없는 외교관이었더라면, 내가 써 보낸 그런 편지를 받기가 바쁘게 본국에 보고했을 것은 틀림없는 일일 것이었다. 그런 사태를 미리 짐작하고 얼마간의 시간적 여유를 두었다는 배려가 나를 살린 것이다.

　'하마터면 나는 얼굴을 들고 고국으로 돌아갈 수 없게 될 뻔했다.'는 생각과 동시,

　'내일에라도 홍콩을 떠나야겠다.'는 결심이 생겼다.

　'그렇다면 지금 짐을 챙겨 놓아야 한다.'

고 테이블 위에 너절하게 놓여 있는 책부터 정리할 마음으로 침대에서 내려섰다.

　이때 전화벨이 울렸다.

　송수화기를 들었다.

　램스도프의 목소리가 울렸다.

　"잠 깨셨죠?"

　"예, 일어났습니다."

　"지금이 열한 시 반, 이쯤 시간이면 일어나실 줄 알았어요."

　"어떻게 그걸."

　"잠엔 스팬이란 게 있어요. 인간의 능력과 생리엔 스팬이 있는 법이니까요."

하고 램스도프는 경박하지 않을 정도로 조용하게 웃었다.

"탄복할 뿐입니다."

하는 말에 나는 한숨을 섞었다.

"내가 그리로 갈 테니까요, 옷을 입고 계셔요. 외출 준비로 말입니다."

"외출?"

" 뵙고 말씀 드리죠."

하고 램스도프는 전화를 끊었다.

나는 허둥지둥 트렁크를 열고 준비해 온 내의, 와이셔츠, 양복을 꺼내 입었다. 그리고 5분쯤 지나 노크소리가 있었다. 램스도프가 들어왔다.

첫말이

"머리를 빗어야죠."

하는 것이었다.

나는 화장실로 들어가 거울을 보았다. 목욕한 그대로 손질하지 않은 머리가 어수선한 몰골이었다.

물칠을 하고 꼴사납지 않을 정도로 빗질을 했다.

방으로 돌아와 선 채로 있는 램스도프에게 앉으라고 권했다.

"얘기가 있으시면 나중에 하시지요."

하는 램스도프의 말이었다.

램스도프의 재촉을 받고 방에서 나와 호텔의 현관에 대기하고 있는 대형차(大型車)를 탔다. 일견 자동차 안이 너무 호사스러워 놀란

동작으로 되었는데

"방탄차(防彈車)니까 안심하세요."

하고 램스도프가 웃었다.

"위험하대서 놀란 게 아니라 자동차가 호사스러워서 웃은 거요."

내가 말했더니 램스도프가 말했다.

"이 자동차는 홍콩 총독 매콜즈 경의 승용차입니다."

"그렇다면 홍콩 총독을 만나러 가는 겁니까?"

"아닙니다. 내가 잠깐 빌린 겁니다. 또 납치극이 벌어지는 일이 있어서야 되겠어요?"

나는 한동안 말문을 닫고 있다가 자동차가 해안선으로 나섰을 때

"난 내일 홍콩을 떠날까 한다."

고 했다. 그리고 덧붙였다.

"내가 계속 홍콩에 있었다간 폐를 끼치는 일만 생길 것 같아서요. 그래서 떠나려는 겁니다."

그러자 램스도프의

"아마 선생님 마음대로 호락호락 떠나 버릴 순 없을 걸요."

하는, 듣기에 따라선 차갑기 짝이 없는 대답이 돌아왔다.

나는 반발할 수 없는 위압을 느꼈다.

램스도프는 목적지에 도착할 때까지 한 마디의 말도 없었다.

그녀가 나를 데리고 간 곳은 홍콩에서 센트럴 지구(地區)라고 불리는 일곽에 있는 만달린 호텔이었다.

호텔 현관을 들어서며 비로소 램스도프의 말이 있었는데 ——

"이 호텔의 옥상에 좋은 레스토랑이 있지요. 조망이 좋습니다."

미리 예약이 되어 있었던 모양으로 레스토랑의 입구에 들어서자 초로의 중국인 웨이터가 정중히 램스도프를 창가의 자리로 안내하곤 테이블 위에 있던 예약패(豫約牌)를 걷어들었다.

다른 웨이터가 메뉴를 들고 나타났다.

"선생님, 오늘 밤 최고의 식사를 하십시다."

램스도프가 염연(艶然)한 웃음을 띠며 말했다. 본래의 램스도프로 돌아왔다는 느낌이었다.

"무엇이 최고의 식사로 되는 것인지 난 모르겠으니 미스 램스도프가 좋은 대로 하십시오."

하고 나는 일단 폈던 메뉴를 도로 닫아 웨이터에게 건네 버렸다.

"이 레스토랑의 특징은 동서양의 진미를 골고루 맛볼 수 있다는 사실이에요. 중국 요리는 물론 프랑스 요리, 인도 요리, 이집트 요리, 스페인 요리, 러시아 요리, 스칸디나비아 요리, 루마니아 요리, 뭐든 다 있으니까요."

램스도프는 이렇게 말했지만 나는 요리엔 관심이 없었다. 가능하다면 한국식으로 된 아롱사태의 찜에다 김치를 곁들여 배갈이나 몇 잔 했으면 좋겠다는 심정이었을 뿐이다. 하지만 그런 농담을 할 처지가 못 되었다. 램스도프의 태도엔 농담을 용납하지 않을 것 같은 그 무언가가 있었다. 그것은 혹시 나의 자책(自責) 탓인지도 모르긴 하다.

"아무리 좋은 요리가 있어도 모르면 안 되는 것 아닙니까? 미스 램스도프가 좋으신 대로 하시오."

하는 말만을 나는 되풀이할 수밖에 없었다.

술에 관해서도 세계의 명주(名酒)가 다 있다는 얘기라서 나는 소흥노주(紹興老酒)를 청했다.

소흥노주는 절강성 소흥(浙江省 紹興)에서 생산되는 술이다. 그 술을 빚고 줄잡아 20년은 경과해야 시장에 나온다는 소흥노주는 암록색(暗綠色)으로 투명한 술인데 주정도(酒精度)로 말하면 8, 9도나 될까. 동호(銅壺)에 데워 마신다.

청년 시절 중국에 있을 때 정을 붙인 술이라는 단서를 달고,

"진짜 소흥노주를 달라."

고 했더니 웨이터의 대답이 그럴 듯했다.

"진짜 아닌 술을 팔아야 할 정도로 우리 레스토랑이 옹색하지 않습니다."

램스도프가 시킨 것은 모조리 프랑스 요리였던 까닭으로

"그 요리에 소흥노주가 맞을까?"

하고 걱정을 했다.

"포도주 이외의 술로서 프랑스 요리에 꼭 들어맞는 술은 소흥노주입니다."

하는 웨이터의 대답이라서 램스도프도

"아이 윌 트라이."

라며 자기도 소흥노주를 마셔 보겠다고 했다.

프랑스 요리는 고사하고 오랜만에 마신 소흥노주는 그저 그만이었다. 보다도 램스도프가 그 술을 마시며 감탄의 소리를 연발하는 것이 반가웠다.

이윽고 나는 다음과 같은 질문을 해볼 만한 마음의 상태가 되었다.

"내일 나는 홍콩을 떠났으면 하는데, 무슨 까닭으로 그게 안 된다는 겁니까?"

램스도프는 빙그레 웃으며 말했다.

"그 이유를 모르셔서 묻는 거예요?"

"모르겠습니다."

"한 마디로 말해 아깝지 않아요?"

"아깝다?"

"그렇잖구요. 드라마는 지금 클라이맥스에 이르려고 하는데, 자신 그 드라마의 와중에 휘말리기도 해놓고서 결말도 볼 생각 없이 떠난다면 아깝지 않아요?"

"이유는 그것뿐입니까?"

"또 하나 있지요."

"그건?"

"이 상태론 선생님을 보낼 수 없는 사정이 미스터 유에게 있는 겁니다."

"……."

"나도 동감이구요. 미스터 유는 자기의 행동과 사건의 진상에 관해 선생님에게만은 알려야겠다고 결심하고 있는 겁니다."

"……."

"윤숙경 씨의 사건이 어떻게 되었는가를 알고 싶지 않으세요?"

"알고 싶습니다."

"선생님이 왜 납치되셨는지, 누가 납치했는지, 그 진상을 알고 싶지 않으세요?"

"알고 싶습니다."

"그러니 그런 일들을 알리지 않곤 선생님을 돌려보낼 수 없다는 미스터 유의 심정을 이해할 수 있지 않으세요?"

"이해합니다."

"미스터 유는 그런 일들을 알리지 않고 선생님을 돌려보내는 것은 큰 죄를 짓는 것으로 된다고 생각하고 있는 겁니다."

"……."

"미스터 유는 일주일 후에 돌아오게 됩니다. 그때면 모든 진상을 알게 될 겁니다만 그 일부분만을 오늘 밤 내가 얘기할까 해요…… 미스터 유가 돌아오길 기다려 얘기할까 했지만 그 동안 선생님이 너무나 궁금해 하실 것 같아서 결단을 내린 겁니다."

하고 램스도프는 다음과 같이 얘기를 시작했다.

"선생님을 납치한 것은 조방(鳥幇)이라고 불리는 패거린데 조방이란 이름이 붙은 것은 그들의 이름 가운데 한자는 새 이름으로 되어 있기 때문이라고 해요. 그런 특색을 가지면 당장 정체가 드러날 판이니 아주 유치하다고 할 수 있죠. 그러나 적들로부터 자기편을 식별하기 위해선 그런 방법을 쓰지 않을 수 없는 것 같애요……."

요컨대 조방에 속한 세 사람이 행방불명이 되었는데 조방의 괴수는 행방불명 된 세 사람을 찾아 혈안이 되어 있다고 한다. 그래서 그들은 어느 정도의 무게가 있는 한인을 인질로 하여 한국 영사관과 홍콩 경찰을 상대로 교섭을 벌일 작정을 했다. 그런데 그들이 찾고 있는 사람들이 모두 조방의 패거리들이란 게 쉽게 알려졌다. 홍콩 경찰은 역수(逆手)를 썼다.

"선생님을 곧 돌려보내지 않으면 홍콩 내에 있는 조방을 뿌리째 뽑아 버리겠다고 으름장을 놓은 거죠."

"조방이란 게 무엇을 하는 건데요?"

"홍콩의 음식점이나 무청 같은 데의 주변을 얼쩡거리며 그들을 보호해 주기도 하면서 푼돈을 얻어먹기도 하고 국경을 무대로 하는 밀수에 가담해서 벌어먹기도 하는 보잘것없는 폭력 조직이래요. 홍콩에 그와 유사한 조직이 7, 8개나 있는 모양입니다. 헌데 그런 조직 가운데선 그다지 악질이 아니란 평을 받고 있다고 해요."

"홍콩 경찰이 으름장을 놓았다고 하는데 그들을 직접 만났단 얘긴가요?"

251

"그건 아니죠. 음식점이나 무청 근처에 있는 사나이들에게 간접적으로 으름장을 놓은 거죠."

"그 정도로써 모처럼 납치한 사람을 석방하는 걸 보면 대단치 않은 조직이군요."

"그들의 방법이 서투른 거죠. 미리 정체를 드러내 놓았으니까 도리가 없는 거죠. 홍콩에서 행세하고 있는 조직이 홍콩 경찰과 맞서 싸울 수가 있겠어요?"

"그런데 그 세 사람, 내가 편지를 쓸 때 세 사람을 들먹이던데 장춘구? 또 왕 무엇 등, 그들은 어떻게 된 겁니까?"

"그들은 지금 홍콩 경찰의 보호를 받고 있죠."

"그럼 행방불명이 아니지 않습니까?"

"홍콩 경찰의 보호를 받고 있다뿐이지 홍콩 경찰이 수감하고 있는 건 아니니 조방으로썬 행방불명이라고 생각하고 있는 거죠."

"그들이 윤숙경을 납치한 사람들인가요?"

"그들은 누군가의 부탁을 받고 윤숙경 씨를 어느 지점에서 어느 지점까지 운반해 주는 책임을 맡았을 뿐이죠."

"그렇다면 그들에겐 죄의식이 없었던 것 아닙니까?"

"정당한 일을 하고 있다고는 생각하지 않았겠지요."

"그래 그 사람들은 앞으로 어떻게 되는 겁니까?"

"그들은 누구로부터 부탁을 받았는가를 말하고 있지 않습니다. 아직……."

"그러니까 그들이 실토할 때까지 석방하지 않는다는 겁니까?"

"챈들러 씨가 돌아와서 결정할 문제지요."

"챈들러 씨란 유한일?"

"그렇습니다."

"헌데 그들이 바른 대로 말하지 않는 이유가 뭘까요?"

"달리도 이유가 있겠지만 그게 중국인의 특징이 아닐까 해요. 그들 나름의 신의란 게 있는 거죠. 신의에 어긋나는 짓은 안 한다는…… 그게 또한 중국 사람의 훌륭한 점일지도 모르죠. 보잘것없는 폭력 조직의 말단인데도 그처럼 기를 쓰고 신의를 지키려고 하는 것을 보면 대단하다는 생각이 들어요."

"윤숙경 씨가 구출되었다면 그들을 놓아 주어도 될 텐데."

"그건 또 문제가 다릅니다. 윤숙경 씨를 구출하기 위해 세 사람이 죽었어요. 그 세 사람의 죽음에 누군가가 책임을 져야 합니다. 그게 유한일 씨의 고민이기도 하고, 윤숙경 씨의 생존을 공표할 수 없는 사정이기도 하죠. 결국 그 문제를 해결하기 위해서도 그 세 사람의 자백을 들어야 하는 겁니다."

"납득이 안 가는데요."

하자, 램스도프는 가벼운 한숨을 짓고 말을 이었다.

"우리의 판단으론 어느 부류가 윤숙경 씨를 납치하려고 했다로 되어 있습니다. 그래 구출을 서두르기도 한 거죠. 윤숙경 씨 자신도 납치를 당했다고 말하고 있구요. 그런데 납치한 사람은 없다, 이겁니다. 같은 배를 탄 한국인이 셋 있었고 이제 말한 중국인이 셋 있었는데, 한국인 셋 가운데 하나는 구출 작전을 할 때 죽고, 구출 작전을 한 측에서 둘이 죽었는데, 살아남은 한국인이나 중국인 셋은 윤숙경을 납치할 의도도, 그렇게 할 필요도 없는 사람이며, 단순히 홍콩 앞바다에 있는 섬에까지 놀러가려고 했다고만 말하고 있는 겁니다. 그들의 말이 옳다면 유한일 씬 괜히 그 배를 습격해 갖고 사람만 셋 죽였다는 결론으로 되는 겁니다. 아시겠죠?"

"대강 알 것 같습니다."

"그러니까 그 중국인들의 말이 필요한 겁니다. 누가 시켜서 그 배를 탔는가? 돈은 누구로부터 받았는가? 괜히 공심부름을 했을 까닭은 없으니까요."

"같이 한국인이 있었다는데."

"한국인들은 자기들이 돈을 내어 섬에 놀러가자고 했다는 겁니다. 그러나 그들은 배를 대절까지 하고 중국인을 셋이나 동원해서 그런 놀이를 할 수 있는 여유라곤 없는 사람들이에요. 말하자면 모든 상황으로 봐서 윤숙경 씨를 납치한 행동이며, 무인도에 가서 윤숙경 씨를 살해하든지 또는 북괴의 배에 태우든지 하려고 한 짓이라고 되어 있어요. 그런데 그들이 함구하고 있으니 사태가 델리키트하다, 이겁니다."

"윤숙경 씨의 남편 구용택 씨와 그 사건과의 관계는 없나요?"

"확실히 관련이 있다는 심증은 있는데 구체적인 증거는 없는 거죠."

"그런데 그 사람도 챈들러 씨가 감금하고 있습니까?"

"감금이라기보다 보호하고 있는 거죠."

"문제가 복잡하군요."

"그렇습니다. 그러나 미스터 유가 돌아오면 해결이 날 겁니다."

램스도프는 그 이상의 얘기는 유한일에게 직접 들으라고 하고 마무리 지으려고 했으나 나는 물었다.

"또 다른 사건이 있다던데 그건 어떻게 된 겁니까?"

"그것도 대강의 설명만 하죠."

하고 램스도프는 다음과 같은 얘기를 했다.

"일종의 전략 물자가 중공으로부터 흘러들어 지금 세계에서 위세를 떨치고 있는 테러 집단으로 넘어가고 있는 사실과, 그것을 중계하는 조직이 청부 살인도 맡고 있다는 정보를 입수하고 그 대강을 파악하게 된 거죠. 챈들러는 그 일을 완수할 것을 약속하고 홍콩 정청으로부터 특별 우대를 받고 있는 겁니다. 그 조직에 비하면 선생님을 납치한 조방(鳥幇) 같은 것은 문제도 안 됩니다. 우리가 짐작하기론 윤숙경 씨는 그 조직의 손으로 넘어갈 작전의 찰나에 구출된 것이라고 보는 거죠. 그런데 그들이 입을 다물고 있으니 약간 답답한 상황에 있다 이겁니다."

"그 무서운 조직의 이름을 뭐라고 합니까?"

"일단 P팡이라고 말하고 있지요. 이 조직의 역사는 대단해요. 헌데 선생님은 두월생(杜月笙)이란 이름을 혹시 들은 적이 있으세요?"

"있습니다."

하고 대답한 것은 옛날 내가 상해에 머무르고 있었을 무렵, 흔하게 들어본 이름이었기 때문이다. 당시 중국엔 친팡(靑幫) 흔팡(紅幫)이라고 하는 두 개의 비밀 민간 결사가 있었는데 두월생은 그 친팡인가 흔팡인가의 두목으로 암흑가에 군림하고 있다는 얘기였다.

그 조직은 또한 진입부(陳立夫) 진과부(陳果夫) 형제의 CC단과 남의사(藍衣社)와도 깊숙한 관계를 맺어 위세를 떨치기도 했었다. 그러다가 중공군에 몰려 국외로 탈출한 것으로 아는데, 이를테면 그 잔당들이 홍콩에서 활약하고 있다로 되는 것이었다.

"그 두월생의 부하들이 P팡의 중심인물들인 거지요."

"두월생이 아직 살아 있을 까닭은 없을 테구."

"아니 대만에서 살고 있다고 해요."

"나이가 많을 텐데."

"80 고령이지만 아직도 쟁쟁하다는 소문이던데요. 물론 현역에선 은퇴했지만."

"장개석의 북벌(北伐) 시대로부터 있었던 이름인데 두월생의 이름을 들으니 삼국지의 인물이 나타난 기분이군."

"아무튼 P팡은 범죄적 수법만으로 막대한 재력을 이뤄 지금 홍콩의 경제계를 지배하고 있다고 해도 과언이 아닌가 봅니다."

"그런데 왜 아직 범죄적인 수법을 버리지 않는 걸까요?"

"범죄적 수법으로 형성된 조직은 범죄적인 수법 아니고선 지탱하지 못하는 체질(體質)을 갖게 되는 것 아닐까요?"

"드디어 철학이 등장하는구먼."

"농담이 아녜요. 챈들러는 그 무서운 적과 싸우려고 하는 겁니다. 동기는 윤숙경 씨에게 있었지만 그런데 그 투쟁이 끝나지 않으면 윤숙경 사건의 전모를 공표할 수가 없으니 딱하지요."

"유한일 군의 활약에 이스라엘의 지원이라도 있는 겁니까?"
하고 물으며 나는 넌지시 램스도프의 눈치를 살폈다.

"천만의 말씀입니다. 유한일 씨의 홍콩에서의 활약과 이스라엘은 아무런 관계가 없습니다. 다만 그 활약이 결과적으로 이스라엘에 유리한 것으로 되었을 때 이스라엘이 그 노력의 성과를 등한히 하지는 않겠지요."

"그럼 유한일 군이 동원하고 있는 조직의 성격은 어떤 것입니까?"

"유한일 씨가 이런저런 일을 할 때 알게 된 동지들의 임의적인 집합이지요. 그들의 말을 빌면 0차원의 집합. 0차원이란 수학적인 표현으로 점(點)을 말한다면서요? 점의 연속은 선(線)으로 되는데 집합은 또한 다른 개념이랍니다. 선은 침투력은 있지만 폭발력이 없대요. 그런데 집합체로 된 0차원은 폭발력을 가진댔어요. 모험심과 정의감을 가진 세계 각국의 청년들이 각기 0차원으로써 참가하고 있는 거죠."

"그렇다면 결국 하이잭을 하고 테러도 하는 게릴라와 다른 점이 없지 않습니까?"

"형태와 조직은 같아도 철학이 다르겠죠. 지금 세계에서 판을 치고 있는 게릴라 또는 테러리스트는 인종주의, 민족주의, 정치주의의 철학을 가졌다고 한다면 챈들러 씨가 속해 있는 조직은 휴머니즘을 철학으로 가진 조직이라고 할 수 있겠죠."

"이스라엘의 지원을 받는?"

"아닙니다. 이스라엘과 연관시키지 마세요. 내가 이스라엘인이니까 선생님이 자꾸 그런 말씀을 하시는 모양입니다만, 난 미스터 유의 친구로서 그를 돕고 있는 것이지 이스라엘을 대표해서 돕고 있는 건 아니니까요."

"유한일 군의 행동이 이스라엘의 이해와 상충되지 않으니까, 미스 램스도프께서도 그를 돕고 있는 것 아닙니까?"

"그건 물론이죠. 그러나 우정에 웨이트가 있는 것이지, 이스라엘의 이해에 웨이트가 있는 건 아닙니다."

그리고 램스도프는 자기와 유한일과의 우정이 어떻게 가꾸어졌는가에 관한 얘기를 했다. 듣기에 따라선 뉴욕의 그 비정(非情)의 거리, 철과 콘크리트로 된 냉혹한 거리에서 피어난 훈훈하기 짝이 없는 인정의 꽃, 아름답고 안타깝고 그러면서 슬프기도 한 로맨스가 될 만한 얘기였다.

"눈이 내리는 아침이었어요. 저편에서 동양의 청년이 걸어오고 있대요. 그 청년은 절름발이였습니다. 하얀 눈 속을 절름거리며 걸어오는 모습이 어쩐지 로마네스크하더군요. 그런데 그 청년이 내 앞에서서 묻지 않겠어요? 요셉 세르긴의 집이 어디냐고요. 요셉 세르긴은 우리들의 랍비였습니다. 무슨 까닭으로 세르긴을 찾느냐고 했더니 그로부터 직접 탈무드 강의를 듣고 싶다며 뉴욕 대학 교수의 소개장을 보이는 것이 아니겠어요? 내가 그를 세르긴 선생 집으로 안내했지요. 그때 이미 미스터 유는 꽤 유창하게 헤브라이어를 말할 줄 알았어요. 동양의 청년이 말하는 헤브라이어를 듣는 것은 꽤 감동적이었습니다. 학대받고 있는 인종의 말을, 동양의 청년이 무슨 까닭으로 저처럼 열심히 공부했을까 싶으니 눈물이 나데요. …… 어느 새 우리들은 사랑하게 되었죠. 그러나 사랑의 의미는 보통관 약간 다릅니다. 신성한 사랑이란 표현이 어울릴 것 같군요. 육체와 육체에 따른 세속을 완전히 초월한 정신적인 사랑이었으니까요……."

정신적인 사랑을 피차가 확인할 수 있을 때까지 반 년이 걸렸다. 자유의 여신상을 바라보는 해안에 앉아서였다. 유한일이 큼직한 다이아먼드를 꺼내 램스도프에게 선사하려 했다.

"나는 그런 선물 소용없다고 했습니다. 모처럼 서로 확인한 정신적인 사랑을 그 다이아몬드가 망쳐 버릴 것이니 도로 넣어 두라고 했지요. 그랬더니 미스터 유는 그 다이아몬드에 얽힌 얘기를 했습니다. 한쪽 다리가 불구(不具)로 된 사연두요. 그리고 말하길 불행하게 죽은 어머니를 위해서 자기의 인생을 최대한의 규모로 만들어야겠다구요. 그래 물었어요. 최대한의 규모로 뭣을 생각하느냐고. 어떤 인생을 최대 규모로 만들려면 베토벤이나 피카소 같은 예술가가 될밖에 없는데 자기에겐 예술가 될 소질이 없다며 차선의 방법으로 세계를 무대로 꽉 차게 활동할 수 있게 돈이나 실컷 벌어야 하겠다는 거였습니다. 협력하기로 약속했죠."

이때 나는 램스도프의 말을 중간에 자르고 물었다.

"그가 헤브라이어를 공부할 생각을 한 동기가 뭐라고 하던가요?"

"그게 우스워요."

램스도프는 잠깐 동안 웃곤 말을 이었다.

"미국에 와 보니 큰 부자는 대강 유대인이더라나요. 그래 유대인의 정신을 배워야겠다고 마음먹었는데 그러자면 말을 배우는 게 선결 문제라고 생각하고 헤브라이어를 배우기 시작했다는 겁니다. 말은 그렇게 했지만 물론 그뿐은 아니겠죠. 불구가 된 자기의 몸을 통해 박해를 받는 인간의 슬픔을 유대인 속에서 발견했는지도 모르는 일이지요. 그는 프랑클의 『밤과 안개』를 읽고 한없이 눈물을 흘렸다는 얘기도 했으니까요."

"규모와 내력은 다소 다르겠지만 우리 한국의 역사도 이스라엘의 역사만큼이나 슬픕니다. 그런 점으로 해서 유한일 군이 이스라엘에 공감을 느꼈는지도 모르죠."

하고 나도 한 마디 끼었다.

램스도프는 유한일을 만남으로 해서 동서의 세계를 이해하게 되었고 따라서 자기의 인생을 풍부하게 할 수 있었다는 말도 했다. 그리고는

"미스터 유의 꿈은 전에도 말씀 드린 바와 같이 세계 국가의 건설이었습니다. 그 목표는 아득히 멀고 현실화되기까지엔 갖가지 난관이 있을 것이지만 그것이 정녕 인류가 갈망하는 이상일진대 언젠가는 백 년, 2백 년 후엔 이루어져야 될 일 아니겠어요? 나는 그의 선구자적인 노력에 언제건 적극적으로 협력할 겁니다. 그런데 윤숙경 사건이란 엉뚱한 일 때문에 시간을 빼앗기고 있으니 유감스러워요. 하지만 사람치고 자기를 죽이려는 존재에 등한할 수 있겠어요. 미스터유는 윤숙경 사건의 배후에 미스터 유까지를 죽이려는 살의(殺意)를 보고 있는 겁니다. 그래서 철저하게 서두르고 있는 거예요. 나도 미스터 유에게 살의를 품은 자를 용서할 수 없어요……."

유한일에게 살의를 품은 자는 용서할 수 없다고 말했을 때의 램스도프의 표정은 사뭇 험악했다.

표면은 관세음보살이요, 내심은 야차(夜叉)와 같다는 표현을 나는 상기했다. 램스도프의 아름다운 얼굴이 순간 악귀(惡鬼)와 같은 얼굴로 변했던 것이다. 그런 것으로 보아 유한일과 램스도프의 결연(結緣)은 숙명적인 것이라고 할밖에 없었다.

"윤숙경 씨를 구출할 때 죽은 한국인이 둘 있다고 하잖았소?"
하고 내가 물었다.

"혹시 그 이름을 아십니까?"

"난 모릅니다."

"유한일 군은 알고 있나요?"

"물론 알고 있겠죠."

"그들을 죽인 겁니까. 그들이 자살한 겁니까?"

"챈들러의 부하들이 윤숙경 씨를 태우고 가는 배를 나포했을 때 하나는 물로 뛰어들었고, 하나는 이편의 배로 옮길 때 실족(失足)해서 바다에 빠져 버린 겁니다. 어두운 해상(海上)이라서 구출이 불가능했는가 봅니다."

"그러니까 만일 그들의 자백이 없으면 유한일이 괜히 서둘러 생사람을 죽게 했다는 걸로 되겠구면요."

"그렇습니다. 바로 그것이 문제점입니다."

"그러나 윤숙경 씨가 자기의 납치 상황을 증언한다면……."

"윤숙경 씨는 명백하게 증언을 했습니다. 우리는 그녀의 말을 그대로 믿습니다. 믿을 만한 조건도 있구요. 그러나 제3자가 들을 땐 전후의 관련을 모르는 사람들로선 윤숙경 씨의 증언을 액면 그대로 듣지 않을 수도 있다는 겁니다. 요컨대 명백한 결과가 나타나기 전의 상태에서 구출한 것이고 보니, 가령 법정(法廷) 같은 데서 싸우게 되면 쉽사리 흑백(黑白)을 가릴 수 없는 거죠."

"그렇겠군."

나는 비로소 납득이 가는 기분으로 되긴 했지만, 백 프로 납득한 것은 아니었다.

"헌데 미스 램스도프, 내가 감금되어 있을 때 함께 소녀가 있었습니다."

하고 나는 화제를 바꾸었다.

　"소녀가 있었다구요?"

　"무청의 댄서인데 소녀라고 하기보다 아가씨라고 하는 것이 적당할지 모르겠습니다만."

　"아무튼 그 여자가 거게 있게 된 까닭은 무언가요?"

　나는 전후의 사정을 설명했다.

　"놈들, 꽤나 멋을 부릴 줄 아는군요."

하고 램스도프는

　"선생님도 대단하셔."

하며 웃었다.

　"대단한 게 아니라 물에 빠진 자가 지푸라기에 매달리는 심정이었죠."

　"그런데 그 아가씨가 어쨌단 말입니까?"

　"이름을 임미성이라고 하는데 형편이 딱한 모양입니다. 도와주고 싶군요."

　"어떻게 도와주고 싶다는 겁니까?"

　"내게 돈이 있으면 주고 싶어요."

　"선생님, 그런 걸 센티멘털리즘이라고 하는 거예요. 그 아가씬 말을 어떻게 했는지 모르지만 그들과 한패가 되어 있는 좋지 못한 사람입니다. 그런 사람에게 거액의 돈을 쓴다는 건 난 반대입니다. 아마 미스터 유도 선생님의 그런 제안엔 찬성하지 않을 걸요."

나는 그러한 램스도프에게서 유대인을 느꼈다.

이튿날 나는 영사관에 갔다. 본국에서 온 신문을 읽을 기회가 있었는데, 나는 다음과 같은 기사를 보았다.

'최팔용 대북(臺北)으로부터 압송, 최팔용은 K영화사 홍콩 지점장으로 있다가 지난 해 12월 해임된 자인데 윤숙경 씨의 실종과 모종의 관련이 있다고 추측되는 사람이다. 그는 홍콩에 거주하다가 윤숙경 실종 사건이 있은 직후, 싱가포르로 가서 거기서 다시 대만으로 갔다.

대만의 대북에 그의 내연의 처가 있었는데, 여권의 기한이 만기되자 내연의 처 이진숙을 통해 대북의 한국 영사관에 여권의 기간 연장을 신청해왔다. 당국에선 최팔용의 행방을 탐사하고 있던 중이어서 영사관에서의 통보가 있자 급히 경찰관을 대북에 파견, 중국 관헌의 양해 하에 그를 서울로 압송해 온 것이다. 현재 당국의 취조를 받고 있는 최팔용은 자기가 영화사와 손을 끊은 이래 구용택 씨도 만난 적이 없다고 주장하고 있다. 그러나 싱가포르 거주 진일섭 씨의 말에 의하면 최팔용이 싱가포르에 왔을 때 구용택 씨의 심부름으로 왔다고 하더란 것이다. 조만간 최팔용의 입을 통해 윤숙경 실종 사건의 진상이 알려질 것이란 당국의 견해다.'

이건 또 뭐냐, 하는 기분으로 되어 나는 허 참사관에게 물었다.

"최팔용이란 사람을 압니까?"

"알고 있습니다."

"이 기사를 어떻게 생각합니까?"

"이 사람은 윤숙경 실종 사건에 관련이 있는 사람으로 우리는 알고 있습니다."

"증거라도 있습니까?"

"있습니다. 왕동문이란 중국인 이름으로 가장하여 행세하기도 한 사람인데 윤숙경 씨를 홍콩으로 유인할 공작을 한 사람이 바로 이 사람입니다."

"아아, 그렇습니까?"

"있지도 않은 영화사를 있는 것처럼 꾸미고, 중국인 몇을 동원해서 영화사 사람인 척 행동시키기도 했는데 최팔용이 체포되었으면 불원 진상이 밝혀질 것입니다."

"궁금증을 면하게 되겠군요."

"며칠을 버틸지 모르지만 우리가 수집해서 본국의 경찰로 보내 놓은 증거도 있으니 아마 빠져 나가기 힘들 겁니다."

허 참사관은 그 이상의 말은 하지 않았다. 나는 호텔로 돌아오기가 바쁘게 램스도프의 방을 찾았다.

램스도프는

"어딜 가셨어요?"

하고 묻고 내가 영사관에 갔다왔다고 하자 상을 찌푸렸다. 그러나 곧 표정을 밝게 하곤 말했다.

"모레 미스터 유가 홍콩으로 돌아온답니다."

"그래요."

나는 반기는 표정을 하고는 물었다.

"미스 램스도프, 최팔용이란 이름 기억에 있습니까?"

"최팔용, 최팔용."

램스도프는 몇 번인가 되풀이하더니 되물었다.

"그 사람이 어떻게 됐단 말입니까?"

"대북에서 붙들려 본국으로 압송되었답니다."

"뭐라구요?"

램스도프의 놀라는 시늉에 내가 놀랐다.

"영사관에서 그렇게 말하던가요?"

"아니, 본국에서 온 신문을 읽었습니다."

"왜 그렇게 놀라십니까? 미스 램스도프."

하고 묻는 나의 질문에 잠시 대답이 없다가, 그녀는

"미스터 유의 일에 착오가 생기게 되었다."

며 한숨을 쉬었다.

"어떤 착오가 생긴다는 겁니까?"

다시 내가 물었다.

"그 최팔용이란 사람은 윤숙경 씨를 구출하는 데 결정적인 역할을 한 사람입니다."

램스도프의 이 말은 뜻밖이었다. 나는 허 참사관으로부터 전연 다른 사실을 듣고 있었던 것이다. 어떤 영화 회사를 빙자해서 가짜 초청장을 만드는 등 하여 윤숙경을 홍콩으로 유인하는 데 중심적 역할을 한 사람이라고 들었었다.

나는 그 사실을 말해 보았다.

"그것도 사실이에요."

램스도프의 말이었다.

"그것이 사실이라면?"

"그러나 뒤에 와서 그 음모의 전모를 우리 측에 알렸어요. 말하자면 윤숙경을 납치한다는 것과 그 방법에 관한 구체적인 정보를 우리에게 제공한 거죠."

"그렇다면 유한일 군과 최팔용과의 접촉이 있었다는 얘기가 아닙니까?"

"미스터 유가 직접 최팔용과 접촉한 것은 아닙니다. 미스터 유의 부하가 그와 접촉한 거지요."

거기까지 듣고 나니 나는 대강의 사태를 파악할 수 있었다. 최팔용은 처음 윤숙경의 납치에 가담했다가 뒤에 공모자들을 배신했다는 얘긴 것이다.

"그렇다고 해서 착오가 생긴다는 것은?"

"윤숙경을 구출하자 미스터 유는 최팔용을 싱가포르로 보내 버린 거죠. 홍콩에 둬 두면 위험하니까요. 그런데 최팔용은 우리의 관리 하에 있어야 하는 겁니다. 결정적인 단계에 가서 대질(對質)이 필

267

요했으니까요."

"하지만 서울에 붙들려 있으니까 문제는 없지 않아요? 행방불명이 되었으면 또 모르지만."

"현재의 사태로선 미스터 유가 서울에 갈 수 없으니까요. 그자가 우리의 관리 하에 있어야만 사건의 전모를 명쾌하게 설명할 수 있도록 만들 수가 있었던 거죠."

램스도프는 이렇게 말하고 어디엔가 전화를 걸었다. 빠르고 낮은 말이라서 알아들을 순 없었으나 중대한 전화란 것만은 짐작으로 알 수 있었다.

전화를 끝낸 램스도프는

"자칫하면 최팔용이란 사람 엉뚱한 죄를 뒤집어쓰게 되겠군."

하고 애매한 웃음을 띠고 덧붙였다.

"싱가포르에 잠자코 있었으면 될걸, 괜히 대만으로 가서 당한 것이니 자업자득이라고 할 수도 있지만."

"최팔용이 사건 전후의 내용을 어느 정도로 알고 있는지 그것이 궁금하군요."

"그 사람은 윤숙경을 초청하는 문서를 위조한 사실과 윤숙경 씨를 납치하려는 계획밖엔 모릅니다. 구출 작전의 상황이나 결과는 그에게 알리지 않았으니까요."

"그렇다면 최팔용이란 사람, 단단히 경을 치게 되겠군."

하고 내가 물었다.

"최팔용의 입에서 유한일 군의 이름이 나올 염려는 없나요?"

"그런 염려는 없어요. 미스터 유의 존재를 그가 알고 있을 까닭이 없으니까요."

이튿날 나는 영사관으로 갔다. 이번엔 램스도프의 부탁을 받고 간 것이었다. 램스도프가 한국의 신문에 최팔용 사건이 어떻게 취급되어 있는가를 알아 달라고 한 것이다.

신문의 보도에 의하면 최팔용은 윤숙경에 대한 초청장이 홍콩 전영사(香港電影社)에서 발행한 것이며 자기가 조작한 것이 아니라고 주장하고 있었다.

"그런 영화사가 없지 않느냐?"

는 수사관의 질문에 대해선

"분명히 그 영화사는 있습니다. 그런데 무슨 사건이 발생하여 관계자들이 도망쳐 버려 지금은 흔적이 없을 뿐입니다."

하고 항변했다.

"영화사가 무슨 비눗물인가 있다가 없다가 하게."

하는 질문에 대해선 최팔용이

"홍콩 전영사는 영화를 찍는 회사가 아니고 영화 관계를 취급하는 흥행사(興行社)이기 때문에 간판만 내려 버리면 없어지게 되는 겁니다."

하고 답하고 있었다.

이어 윤숙경의 실종 사건에 관해선 전연 아는 바가 없다고 했다.

"홍콩에서 윤숙경 씨를 만나지 않았느냐?"

는 질문에 대한 최팔용의 대답은 다음과 같았다.

"윤숙경 씨가 홍콩에 도착한 그 이튿날 미라마 호텔에서 홍콩 전 영사 관계자들과 동석한 자리에서 만났다. 나는 거게서 서로를 소개 해 줌으로써 윤숙경 씨 초청에 관해 내가 할 일은 끝난 것으로 치고 그 이후 윤숙경 씨를 만나지 않았다."

윤숙경 씨를 초청하는 일에 구용택이 관여하지 않았나 하는 질 문에 대해선

"나는 그 무렵 구용택 씨로부터 홍콩 지사장 파면 통고를 받고 있 어 구용택에 대해 감정이 좋지 않았다. 그런 까닭에 만일 윤숙경을 홍콩에 초청하는 데 구용택 씨의 작용이 있었다고 보았으면 나는 그 일을 하지 않았을 것이다."

하고 최팔용이 완강히 부인했다.

홍콩에서 구용택 씨를 만나지 않았느냐는 질문에 대해선

"나는 그가 홍콩에 오기 전에 싱가포르로 갔기 때문에 그 무렵 구 용택 씨를 만난 적은 없다."

는 대답이었고, 싱가포르엔 왜 갔느냐는 질문에 대한 답은 ——

"홍콩에서의 직장을 잃었기 때문에 싱가포르에 일자리를 찾을까 해서 갔습니다."

란 것이었고,

구용택의 심부름으로 왔다고 싱가포르에 있는 친구에게 말했다

는데 그건 어떻게 된 거냐는 질문엔 이런저런 사정 설명을 하기가 싫어서 그랬을 뿐이라고 최팔용은 답했다는 것이고, 윤숙경의 실종 사건을 안 것은 언제냐는 질문에 대해선

"싱가포르의 신문을 보고 알았다."

고 대답하고 있었다.

신문은, 사실이 최팔용의 진술과 같은 것이라면 그를 치죄할 이유는 여권법 위반이란 것뿐인데, 그 귀추가 주목된다고 기사를 매듭하고 있었다.

같이 신문을 읽은 허 참사관이 혀를 차며 말했다.

"워낙이 간사하고 영리한 놈이 돼 놔서 수사관들 고생이 이만저만 아니겠군."

영사관을 하직하려고 하자, 허 참사관이

"아무래도 안심이 안 되니 사람을 하나 데리고 가시오."

하고 영사관에서 일하고 있는 중국인 청년을 내게 소개했다.

주사복(周四福)이란 이름의 중국 청년은 국민학교를 서울에서 마쳤다고 했다. 우리말이 능란했다.

거리엔 황혼이 깔리기 시작했다. 나는 주사복 청년 때문에 든든한 마음이 되기도 해서

"주 군, 오늘 밤 가보고 싶은 데가 있는데 동행해 주겠는가?"

하고 물었다.

"기꺼이 동행하겠습니다."

하는 대답이 돌아왔다.

나는 임미성이 다니는 무청(舞廳)의 이름과 주소를 보였다.

"그럼 택시를 탑시다."

하고 주사복이 지나가는 택시를 세웠다. 택시 안에서 주사복이 자기
도 문학을 좋아한다면서 말했다.

"홍콩의 문학화(文學化)를 시도해 볼 만하죠?"

홍콩의 문학화라는 말이 신기해서

"그 아이디어는 일품."

이라고 했더니 주사복은 자기의 홍콩 문학화의 계획을 다음과 같
이 시작했다.

"먼저 홍콩을 하나의 호수(湖水)로 보고 여기 모여든 사람들의 흐
름을 그 원류(源流)에까지 따져 올라가는 겁니다. 예컨대 내 아버지
고향이 산동성(山東省)입니다. 우리 가족이 홍콩으로 이사 온 것은 한
국에서였는데 우선 산동성에서 평양으로, 평양에서 서울로, 서울서
홍콩으로 흘러들어온 그 과정을 쓰고 호남성(湖南省) 근처를 출신지
로 하는 아가씨를 픽업해서 그 아가씨의 가족이 홍콩으로 흘러들어
오는 과정을 쓰고, 그들의 만남을 쓰는데 그 주변의 인물들의 유입
과정(流入過程)을 쓰는 겁니다……."

"재미있겠는데."

하고 나는 그에게 인도 출신의 작가 나이폴의 이름을 가르치며

"나이폴이 기도한 것이 바로 그런 거야. 나이폴을 읽으면 자네의

홍콩 문학화에 도움이 될 걸세."

했다.

이쯤의 대화로써 정의투합(情意投合)하여 나와 주사복은 임미성이 있는 무청을 향해 달렸다. 물론 주사복에게 임미성에 관한 사전 설명을 해두었다. 그녀의 고향이 강소성 오강진이란 것과, 그 오강진에 내가 가 본 적이 있다는 것과 ──

무청에 들어서자, 내가 알아보기 전에 임미성이 나를 먼저 알아보았다.

"오오, 시이장."

하며 그녀는 내게 매달리듯 했다.

"곧 와 보려는 것이 차일피일 늦었다."

는 변명을 하자

"나 같은 것 벌써 잊은 줄 알았어요."

하고 임미성이 눈물을 글썽했다.

"어디 나가 식사라도 하고 와서 춤이나 출까?"

"그렇게 합시다."

근처 식당에 가서 소흥주를 마시며 나는 주사복을 임미성에게 소개했다.

"주 군은 기막힌 문학가가 될 사람이다. 둘이서 잘 지내 봐. 헌데 주 군, 자네 아까 청년과 숙녀의 만남을 얘기하지 않았나. 이 임미성 양을 자네 홍콩 문학화에 등장시키면 어때?"

주사복은 수줍은 듯 목을 움츠렸다.

나는 되도록 임미성과 주사복 사이에 재미나는 말이 오가도록 화제를 유도하기도 하고 자극하기도 했지만, 그들 사이의 대화는 활발하지가 않았다.

식사를 끝낸 뒤 나는 미리 준비해 놓고 있던 돈을 봉투에 넣어 임미성의 손에 쥐어 주며

"자유의 몸으로 미스 임을 이렇게 만날 수 있고 보니 한결 기쁘다. 큰 도움이 되지 못해 미안하지만 이것은 나의 마음의 표적이다."
라고 했다.

"감사합니다."
하고 임미성이 순순히 그걸 받아 백에 넣곤 내 귀에 입을 갖다 댔다.

"조용히 말씀 드릴 기회가 있었으면 해요. 혹시 소설 재료가 되지 않을까 해서요."

"그럼 무청이 끝나는 대로 레팔르스 호텔로 와요."

"레팔르스엔 우리 같은 신분의 여자는 들어갈 수 없어요."

"스낵바는 괜찮아. 미스 임이 올 시간을 일러 주면 내 로비에서 기다릴 테니까."

"지금 시간을 낼 수 없어요?"

"주사복 군이 날 호텔에까지 데려다주기로 되어 있어. 너무 시간을 끌면 그 사람한테 미안해."

"그럼 좋아요. 전화번호를 주세요."

나는 메모지에 호텔 전화번호와 룸 넘버를 적어 임미성에게 건 넸다.

임미성과 헤어지고 택시를 탔을 때 주사복이 말했다.

"여행자에겐 저런 여자가 흥미 있을지 몰라도 접근해선 안 되는 여자입니다."

"도덕적으로 하는 말인가?"

"인생적으로도 그렇습니다."

"인생적으론 흥미가 있지 않을까?"

"어느 정도를 두고 말씀하시는 건지 모르지만 나는 소설의 재료로써도 불합격이라고 생각하는데요."

나는 그의 다음 말을 기다렸다.

"짓밟힌 여자들에 관한 그저 재미나는 얘기를 꾸민다면야 소설의 재료일 수도 있지만, 의지가 약한 저런 기생충 같은 존재로서 주제를 꾸밀 수가 없다는 게 저의 생각입니다. 생활이 곤란하다, 가장 쉬운 방법이 자기 몸을 파는 일이다, 그런 이유로 그런 데를 나다닌다, 그런 무의지한 여자가 참으로 비참해도 그 비참은 비극이 되지 못한다, 이겁니다."

주 군이 말하고자 하는 바를 나는 납득할 수가 있었다. 나도 그와 비슷한 생각을 가지고 있지 않은 바도 아니었기 때문이다. 그런 만큼 나는 임미성을 애써 만나야겠다고 서두른 내 입장을 설명하지 않을 수 없었다.

"그러니까 나이 많은 사람들의 센티멘털리즘이 우습다, 이겁니다."

하고 주사복은

"나는 그런 센티멘털리즘을 졸업하는 데서 내 문학을 시작할 참입니다."

라며 어깨를 펴고 설명을 보탰다.

"사실 그런 센티멘털리즘에 사로잡혀 놓으면 문학적으로 홍콩은 서두를수록 빠져드는 수렁이 될 뿐입니다. 홍콩은 그 생리(生理)로써보다 병리(病理)에 있어서 강한 곳이니까요. 홍콩의 문학화는 무청에 다니는 따위의 여자들을 버러지처럼 취급하는 강철 같은 눈으로써만 비로소 가능한 것입니다."

나는 주사복을 놀란 눈으로 보지 않을 수 없었다.

레팔르스 호텔에 도착하기까지의 30분 동안 나는 줄곧 주사복의 문학론을 경청하는 입장으로 되었는데 확실히 그에겐 독특한 문학관이 있었다.

"수난의 역사를 지닌 민족에겐 미국, 영국, 프랑스, 일본과는 다른 문학이 있어야 할 줄 압니다. 그들에게도 수난의 역사는 있었지만 그것은 과거의 일이고 지금의 문제는 아니거든요. 그런데 우리는 상금도 수난 중에 있습니다. 특히 홍콩에 사는 우리들의 장래는 문자 그대로 오리무중(五里霧中)에 있는 것이니까요. 아무튼 문학이란 자기가 속한 민족의 운명에 관한 무슨 대변이어야 하지 않겠습니까?"

이것이 그의 결론이었는데 나는 레팔르스 입구에서 그와 헤어지며 말했다.

"당신의 문학을 소중하게 하십시오."

주사복의 말도 있었다.

"선생님의 문학이 대성하길 빕니다."

프런트에서 키를 받으며 램스도프를 찾았더니 그녀의 키는 프런트에 있었다. 나는 방으로 돌아가 샤워를 하고 잠깐 침대 위에서 쉬었다.

임미성으로부터 전화가 왔다. 열한 시 전후에 호텔 로비로 오겠다는 전갈이었다. 중대한 얘길지도 모르니 약속 어기지 말라는 당부가 있었다.

램스도프는 그때까지도 돌아오지 않았다. 열한 시쯤 해서 로비로 내려갔다. 임미성이 막 들어오는 참이었다.

그녀를 데리고 지하에 있는 스낵바로 갔다. 지하라고는 하나 고대(高臺)에 서 있는 건물이라서 한 쪽의 창이 바다로 향해 있어 밤바다의 조망을 즐길 수가 있었다. 임미성이 스탠드의 자리를 차지하자마자 시작했다.

"선생님을 납치한 자들의 괴수 이름을 알았어요."

"그 지하실에 나타난 놈 가운데 괴수가 있었던가?"

"아녜요. 그들은 똘마니들입니다. 제가 말하는 건 진짜 괴수를 말하는 것입니다."

"그 괴수가 누군데?"

"양대봉이라고 한대요."

"양대봉?"

"그의 집은 신계(新界)의 영락방(永洛坊)이구요."

"어떻게 해서 그런 걸 알았죠?"

"어쩐지 그들에게 관심을 갖게 된 거죠. 전엔 이 근처에서 웅성 거리고 있는 깡패들이라고 생각하고 그저 그런 거지 하고만 있었는 데 선생님을 감금하는 짓도 하는구나 싶으니 그들의 정체를 알고 싶 게 된 거예요."

"그래서?"

"그 패거리 가운데 절 꼬시려고 한사코 덤비는 놈이 있어요. 그놈 을 적당히 구워삶은 거죠."

"그렇다고 순순히 얘기했을까?"

"어떻게 알아냈는가 하는 건 묻지 마세요. 제가 알아낸 사실만은 확실하니까요."

"……"

"그들 괴수의 이름을 아는 게 중요한 걸까요?"

"모르는 것보다야."

하고 나는 수첩을 꺼내 양대봉이란 이름과 영락방의 주소를 적었 다. 그리고 물었다.

"영락방이라면 한 개의 마을인데 꽤 넓을 것 아냐?"

"영락방에 있는 5층 집이래요. 당구장도 있고 음식점도 있는……."

임미성이 레팔르스 호텔의 스낵바에서 떠난 것은 오전 1시. 그러니까 두 시간 가량 나와 그녀는 얘기를 주고받은 셈이다. 그런데 그녀의 얘기 가운데 도무지 납득할 수 없는 부분이 있었다.

나를 납치한 사건을 두고 이른바 조방(鳥幇) 사이에 등갈이 나 있는 것 같다는 얘기가 그것이다. 조방의 어떤 부류는 나를 납치한 행위가 잘못됐다고 우기고 다른 부류는 얼른 풀어주어 버린 것이 잘못이라고 하고, 그래서 만만찮은 갈등이 나 있는 듯하다는 것인데 며칠 전엔 어느 음식점 뒷방에서 그들끼리 난투극이 벌어지기도 했다는 얘기였다.

"원래 깡패 조직엔 주도권 싸움이란 게 있는 법이니까 그와 비슷한 것이 아닐까?"

하고 내가 말하자 임미성은

"그런 것 같지도 않아요."

하곤 다음과 같은 말을 했다.

"조방의 세 사람, 그러니까 그들에겐 동지가 되는 거죠. 그 세 사람이 없어졌는데 두목이 이에 대해 성의를 표시하지 않았다, 이거예요. 다시 말하면 적극적으로 찾을 생각을 하지 않은 데 몇몇 똘마니들이 불만을 느껴 두목의 승낙도 받지 않고 비상수단을 취해 선생님을 납치하는 소동을 벌였다는 겁니다. 뒤에사 두목이 그 사실을 알고 펄펄 뛰었다는 겁니다. 그래서 얼른 선생님을 석방한 것이라고 해요.

경찰이 개입하기도 전에 말예요."

내가 납득할 수 없었다는 점이 바로 이, 경찰이 개입하기 전이란 말에 있었다. 램스도프의 말과 달랐기 때문이다. 게다가 또 해괴한 말이 있었다.

"제게 추근거리는 놈의 말을 들은 건데요. 그들의 두목은 행방불명된 세 사람 걱정은 말란대요. 자기가 책임지고 한 달 후엔 무사히 돌아오도록 할 테니까, 하구요. 똘마니들은 그게 또 불만인 거예요. 두목은 행방불명된 세 사람을 데리고 간 사람을 알고 있고, 그와 뒷거래를 하고 있으면서도 자기들에겐 알리지 않는다. 그게 불만이다 이거죠. 그들의 두목이 신계에 5층 집을 산 것도 최근 두 달 동안의 일이라나요. 그 돈이 어디서 나왔겠느냐 하는 것도 그들이 시끄럽게 떠들고 있는 이유인 것 같았어요."

나는 임미성의 얘기를 들으며 유한일이 혹시 조방의 두목과 통하고 있는 것이 아닐까 하는 상상을 해 봤다. 그렇다면 두 가지 추측이 가능하다.

하나는, 윤숙경의 납치에 가담한 조방의 패거리를 붙들고 있음으로써 조방의 두목을 견제하고 있는 것이 아닐까 하는 추측. 또 하나는 이른바 브리슬 방식이니 뭐니 해 갖고 유한일이 사전에 조방의 두목과 거래가 있었지 않았나 하는 추측.

아무튼 조방에 속한 세 사람이 챈들러, 즉 유한일의 감금 하에 있고, 그 사실을 조방의 두목이 알고 있으면서도 묵인하고 있다는 것은 상호 양해가 성립되어 있다는 얘기가 아닌가. 그러나 이것 또한 납득이 가질 않는 것이다. 램스도프의 말에 의하면 모종(某種)의 일에 관해 조방에 속한 그 세 사람이 입을 열지 않았기 때문에 난처하다고 했으니 말이다. 상호 양해가 되어 있는 것이라면 감금되어 있는 세 사람이 그처럼 기를 쓰고 입을 열지 않을 이유란 없는 것이다.

임미성이 떠나고 난 뒤에도 나는 스낵바에 남아 진토닉을 한 잔 더 마셨다. 갖가지 생각이 교차했기 때문이다. 그렇다고 해서 무슨 뚜렷한 결론이 짚이는 것도 아니었다. 방으로 돌아가니 한 시 반, 램스도프로부터의 메시지도 없었다. 애거서 크리스티의 『커튼』을 읽다가 잠에 빠졌다.

아침 열 시쯤, 램스도프에게 전화를 걸었더니 열두 시에 만나자는 회답이 왔다. 최팔용에 관해 알아봐 달라고 서두를 때완 전연 다른 태도라서 나는 약간 얼떨떨했다. 나는 임미성으로부터 들은 얘기도 있고 해서, 나이답지 않게 약간 들떠 있었던 것이다.

그 동안 본국으로 공수작전(空輸作戰) 할 원고를 쓰기도 했다. 나는 외국에 나와 있으면 원고가 잘 써지는 습성을 가지고 있다. 집에 있으면 필연적으로 말려들게 되는 구질구질한 일상사(日常事)에서 해방된 때문도 물론 있으려니와 그것보다는 외국에서 살고 있으니까 당연히 느끼게 되는 얼마간의 로맨틱한 기분, 그리고 신경에 부담이 되지 않을 정도의 긴장감 등이 활력으로써 작용하기 때문이라고 풀이하는 것이 나을지 모른다.

나는 어젯밤 주사복으로부터 들은 말을 상기했다. 그는 센티멘털리즘을 졸업하는 데서부터 자기의 문학을 시작하겠다고 했다.

'좋은 말이다.' 하면서도 나는 혼자 웃었다. 똑바로 말하면 센티멘털리즘도 기질에 따라 다르고, 교양에 따라 다르고, 인생관에 따라 다르고, 지위나 재산에 따라 다르다. 다시 말해 센티멘털리즘 또한 일반론으로썬 성립되지 않는 것이다. 두보(杜甫)의 국파산하재(國破山河在)가 바로 센티멘털리즘이 아닌가. 성춘초목심(城春草木深) 또한 센티멘털리즘이 아닌가.

주사복은 강철 같은 눈으로 홍콩을 보아야 한다고 했는데, 그것도 또한 센티멘털리즘이 시킨 말일 뿐이다. 강철 같은 의지를 강철 같은 눈이라고 대치했으려니와 의지이건 눈이건 강철 같아선 불모(不毛)를 생산할 뿐이다. 무청의 여자, 거리의 여자를 무의지(無意志)한 기생충으로 본다고 해서 센티멘털리즘을 졸업하는 것은 아니다. 기생충 아닌 어떤 인생이 있어 보기라도 했던가? 센티멘털리즘을 졸업하면 인생엔 탈피한 뱀 가죽 같은 것만 남는다. 그러나 센티멘털리즘을 졸업하려는 의지가 나쁠 것은 없다. 보다 차원 높은 센티멘털리즘에 도달하기 위해서란 전제를 붙여서 말이다.

가슴의 바닥에 이런 상념이 깔리고 있을 때 글은 잘 써진다. 나는 어느덧 내가 쓰고 있는 글 가운데 몰입하고 있었다. 쓰고 있는 나의 글이 천 년을 남건, 백 년을 남건, 한번 활자가 되곤 비눗방울처럼 꺼져 버릴 운명에 있건 몰입해서 쓰고 있는 그 시간만은 절대적인 것이다. 그 시간만은 성스럽다. 착하다. 글쓰기에 몰입하고 있는 그 순간, 인간은 악인일 수가 없다. 나는 이런 일기를 남긴 적이 있다.

'오늘은 다섯 시간을 글을 쓰는 데 소비했다. 그 다섯 시간 동안 나는 착한 사람이었다.'

홍콩, 레팔르스 호텔, 창밖의 풍경, 글을 쓰고 있는 나. 이를 감싸고 조용히 지나가는 시간. 죽음을 향한 카운트다운으로 칠 수밖에 없는 시간의 흐름. 죽음을 향해 가며 행복을 느끼는 시간이란 무엇일까. 전화벨이 울렸다.

무슨 까닭으로 임미성이 어젯밤 한 말에 관해서 내가 침묵을 지킬 작정을 했는진 뚜렷이 말할 수가 없다. 나 자신 내 마음을 알 수가 없다. 아무튼 결과적으로 그렇게 되어 버렸다. 물론 하나의 이유만은 뚜렷하다. 그 얘기를 하려면 임미성을 만났다는 사실을 전제로써 알려야 할 것인데, 그런 여자와의 상종을 달갑지 않은 것으로 램스도프가 내게 말한 적이 있었던 것이다.

그러나 그것만이 이유였던 것은 아니다. 램스도프의 말이라고 해서 전부가 진실이랄 수가 없다는 생각이 슬쩍 마음의 한 구석에 도사리게 된 데도 이유가 있었다. 그리고 또 그 이유만도 아니다. 소설가 아닌 사람은 상상도 할 수 없는 그 복합적인 콤플렉스, 진실에 이르기 위해선 당분간 재워 두어야 할 사실들이 있기도 하다는…… 이를테면 ──

'말하지 말라, 듣기만 해라, 보기만 해라, 그 뒤에 말해도 늦지 않다.'는 일종의 관념이 작용한 것인지도 모른다. 하여간 나는 임미성으로부터 들은 얘기는 당분간 말하지 않기로 했다.

"어제 영사관에 가신 일은?"

자리에 앉기가 바쁘게 램스도프가 물었다. 나는 신문에서 읽은 대로의 설명을 했다. 램스도프는 내 말에 신경을 기울이는 것 같지 않은 표정이었지만 내 얘기가 끝나자

"사람을 서울로 보내 놨으니 소상한 사실은 곧 알게 될 테지만⋯⋯."

하고 한숨을 쉬었다.

"최팔용이 그처럼 중요한 인물입니까?"

나는 이렇게 물어보지 않을 수 없었다.

"중요한 인물이니까 싱가포르에까지 보내 놓은 것 아니겠어요? 미스터 유가."

램스도프는 계속 심각한 얼굴로 있더니 가볍게 혀를 찼다.

"미스터 유의 계획에 소홀함이 있었던 건지, 한국인을 믿을 수 없는 것인지."

하고 혀를 찼다.

"왜 그렇게 심각하죠?"

살큼 빈정거리는 투로 내가 말했다.

"오늘 밤 미스터 유가 돌아오니까 자신의 입으로 설명할 겁니다. 선생님에게만은 모든 것을 숨김없이 말하라고 할 참예요. 아무튼 최

팔용이 무슨 말을 하는가에 따라 미스터 유의 신상에 중대한 일이 발생할 것 같아요."

"최팔용과 유한일 군 사이엔 직접적인 거래가 없다고 하지 않았소?"

"직접적인 거래도 없고, 최팔용이 미스터 유의 이름도 얼굴도 알지 못하죠."

"그런데?"

"그런데 미스터 유의 각본이 무너질 염려가 있다 이겁니다. 미스터 유는 자칫 영영 조국으로 돌아갈 수 없게 되는지도 모르죠."

"그렇다면 중대한 문제로군요."

"실로 중대합니다."

"신문에 보도된 정도의 최팔용의 진술엔 유한일 군에게 관계되는 부분이 별로 없던 것 같던데."

"그 정도면 아무 일 없겠죠. 그러나 한국의 수사 기관이 그 정도로 만족할 수 있겠어요? 한국의 수사 기관은 월등하다는데요."

나는 무어라 말할 수 없었다. 램스도프는 스스로의 마음을 진정시킬 수 없다는 듯 일어서서 방 안을 왔다갔다하기 시작했다. 그것이 또한 나의 신경을 거슬렸다.

밤늦게까지 원고를 쓰고 있는데 전화벨이 울렸다.

"선생님, 접니다."

하는 유한일의 소리였다.

"언제 왔는가?"

"한 시간 전에 도착했습니다."

"수고가 많았겠군."

"수고라기보다……."

하고 망설이더니 덧붙였다.

"선생님 지루하셨지요. 죄송합니다."

"죄송할 게 뭐 있나. 괜히 자네 신세만 지는 꼴이 되어 내가 미안하군."

"아닙니다. 선생님이 홍콩에 와 계신다는 게 제겐 다행입니다. 그런데 선생님을 뵙는 건 아무래도 모레쯤이 될 것 같습니다. 긴급하게 처리할 일이 생겨서요."

"좋도록 하려무나. 난 아무래도 좋네."

"급히 전할 것이 있습니다. 그건 미스 램스도프 편으로 보냈습니다. 지금쯤 도착할 것입니다."

"뭔데 그게?"

"보시면 알 겁니다. 그리고 선생님."

"말해 봐요."

"램스도프에게 이런저런 소리 묻지 마세요."

"……."

"램스도프의 입장이 딱할 때가 있었던 모양입니다."

"알았어."

전화를 끊고 생각하니 약간 불쾌했다. 램스도프가 나를 주책없는 사람으로 취급하고 있는 것 같아서였다. 반성도 생겼다. 안 지 얼마 되지 않은 외국 여성에게 지나친 친절을 보였다는 것이 실수일지 모른다는…….

노크 소리가 있었다.

이어 램스도프가 들어왔다.

"미스터 유로부터 전화가 있었죠?"

"있었습니다."

"미스터 유로부터 꽤 꾸지람을 들었어요."

"왜?"

"내가 너무 많이 지껄였다는 거예요. 그래 하는 수 없이 선생님이 자꾸 묻는데 어떻게 할 수 있었겠느냐고 반발을 했죠."

"음, 그래 놓으니 유 군이 미스 램스도프에게 이런저런 것을 꼬치꼬치 묻지 말라는 충고를 했군."

"그런 충고가 있었어요?"

"있었지."

"날 보군 너무 많은 말을 했다고 나무라고, 선생님껜 묻지 말라고 충고하고, 그 사람 우리 둘 사이를 떼어 놓을 작정인가 보죠?"

하고 램스도프는 쾌활하게 웃었다.

"아무튼 앞으론 묻지 않을 테니까 걱정 마슈."

"당장 미스터 유의 계교에 얹혔군요. 그럴 필요 없어요. 앞으론 선생님이 묻지 않으셔도 제가 전부 얘기해 드릴 테니까요. 미스터 유는 미스터 유이고 선생님은 선생님 아녜요? 난 선생님과의 우정도 소중히 하고 싶으니까요."

"나도 미스 램스도프와의 우정을 소중히 하고 싶어."

"그럼 우리들끼리의 비밀 협정도 있어야 하겠죠?"

대답을 않고 나는 웃기만 했다.

램스도프가 백을 열더니 봉투 하나를 꺼내 들고 물었다.

"이게 뭔지 아시겠어요?"

"모르겠는데."

"선생님이 가장 반가워하실 것."

하고 무용하는 포즈를 취하며 램스도프가 그 봉투를 내게 내밀었다.

윤숙경이 쓴 편지였다. 가슴이 떨렸다. 편지는 이렇게 시작되어 있었다. 글씨는 단정했다.

'홍콩에 와 계신다고 들었습니다. 선생님, 보고 싶어요. 선생님 무릎에 이마를 대고 실컷 울고 싶어요. 왜 선생님의 만류를 듣지 않았던가 싶으니 저 스스로가 한스럽습니다. 그러나 이미 어떻게도 할 수 없는 몸. 전 산 송장이 되어 버린 느낌입니다. 선생님에게까지 제가 있는 곳을 알려 드릴 수 없는 형편이니까요. 왜 이렇게 되었는지 저 자신 아직 소상하게 알지 못합니다. 어느 사람의 끈덕진 악의가 원인이 되어 있는 것 같습니다만 그것조차 확인할 수 없는 형편이니 말입니다. 유한일 씨가 나를 사지(死地)에서 구한 것은 확실한데 그 때문에 희생이 너무 컸던 것이 아닌가 합니다. 그 때문에 지금도 유한일 씨는 무리를 하고 있는 것 같습니다. 어떻게, 무슨 까닭으로 산송장으로 지내야 하는지 그 이유는 유한일 씨가 말씀 드리겠지요. 혹시 잘못이 유한일 씨에게 있더라도 나는 그를 용서할 참입니다. 선생님도 그를 용서하시기 바랍니다. 결과가 어찌 되었건 그의 동기는 불가피한 것이었다고 보니까요. 요컨대 저 스스로가 자초한 문제인 것만은 틀림없습니다. 탓할 사람이 있으면 오직 저뿐입니다. 언제 만나 뵐 날이 있을지 막막합니다. 제 가족에게만은 어디 있어도 살아 있으니 안심하라고 꼭 전해 주십시오.

그리고 다른 사람에겐 일절 말하지 않도록 부탁합니다. 제가 어디에 있다는 것을 알면 몇몇 사람에게 큰 화가 닥칠지 모른다는 것입니다. 선생님, 이것도 운명일까요. 운명이라면 견뎌야 하지 않겠습니까? 언젠가 선생님이 하신 말, 지금도 뚜렷이 기억하고 있습니다. 운명은 순종하는 자를 태우고 가고 항거하는 자는 끌고 간다는 세네카의 말입니다. 선생님! 마음이야 어떻건 육체적, 물질적 생활 조건엔 아무런 부족도 없습니다. 기후는 상춘(常春), 1년 내내 섭씨 20도를 중심으로 1, 2도의 차밖에 없다고 합니다. 따라서 경치는 풍요하기 짝이 없습니다. 다만 단조로운 것이 흠이라면 흠이 되겠습니다만. 선생님 건강에 조심하시고 좋은 작품 많이 쓰시길 빕니다. 어느 곳에 있어도 선생님의 작품을 읽을 수 있게 되어 있습니다. 그럼 안녕하세요……'

담담하게 쓴 것 같지만 나는 이 편지의 행간(行間)을 흐르고 있는 엄청난 슬픔을 읽었다. 슬픔에 젖어 있다가 나는 다시 그 편지를 읽어 보게 된 것은 그 속에 그려진 유한일의 의미가 이상했기 때문이다. 편지의 간단한 내용만으로도 알 수 있었던 것은 유한일의 미묘한 입장이었다. 유한일은 사지에서 윤숙경을 구한 것은 사실이나 윤숙경을 고국으로 돌아가지 못하게 한 원인을 만든 것도 유한일이란 사실을 알았다.

그래서 유한일은 윤숙경에 대해 은인인 동시에 해를 끼치는 존재이기도 한 것이었다. 그렇지 않고서야 유한일을 용서하라고 쓸 수 있겠는가 말이다. 나는 생각에 잠겼다.

'어떻게 된 일일까?' 하고

그런데 나는 옆에 램스도프가 있다는 것을 깜박 잊고 있었던 것이다. 램스도프가 물었다.

"놀라셨죠?"

램스도프의 말이었다.

나는 복잡한 상념을 정돈할 수가 없어 물어보지 않을 수 없었다.

"날더러 윤숙경이 유한일 군을 용서하라는 대목이 있는데 그게 무슨 뜻일까요?"

"미묘하죠?"

램스도프는 대답 대신 이렇게 되물었다.

"나는 유한일이 윤숙경에 대한 일방적인 은인인 줄만 알았는데."

"바로 거기에 문제가 있는 겁니다."

"문제, 문제, 문제."

하고 나는 중얼거렸다.

"그래서 0차원의 집합이라고 하잖았어요?"

나는 살큼 성이 났다. 그것이 다음과 같은 말로 되었다.

"수수께끼 노름 같은 짓 그만했으면 좋겠는데."

그 말이 램스도프를 자극한 모양으로

"일을 하다 보면 실수도 있는 거예요. 미스터 유나 나도 완전한 인간은 아니니까요."

하는 말이 튀어나왔다.

"나는 누구에게나 완전한 인간을 기대하지 않습니다. 다만 내가 석연찮게 생각하는 것은 우리나라의 수사진을 무엇 때문에 혼란시키고 있는가 하는 문제입니다. 우리나라의 수사진은 윤숙경 씨가 죽었는지 살았는지 모르고 있습니다. 그런 까닭에 시간과 비용을 엉뚱하게 낭비하고 있는 겁니다. 최팔용인가 하는 사람의 문제도 그렇지 않습니까? 윤숙경 씨가 살아 있다는 게 확실하다면 그야말로 그 사람은 여권법 위반자 정도밖엔 안 되는 것 아닙니까? 그런데 무엇 때문에⋯⋯."

"그런 심각한 문제는 미스터 유에게 물어보세요."

램스도프의 얼굴에 다시 미소가 일었다.

이때 전화벨이 울렸다.

송수화기를 들었더니

"미스 램스도프가 거게 있죠?"

하는 영어가 흘러나왔다.

"있다."

고 했더니 바꿔 달라고 했다.

전화를 받고 있던 램스도프의 얼굴에 화색 넘쳐 가고 있었다.

"땡큐."

하고 램스도프는 전화를 끊었다.

"좋은 일이 있는가 보죠?"

내가 물었다.

"좋은 일예요. 대단히 좋은 일. 미스터 챈들러의 대단한 성공이에요."

미스터 챈들러는 유한일이다. 유한일이 무슨 일을 했단 말인가.

"홍콩을 거점으로 한 마약 밀무역단을 챈들러의 방식에 의해 검거했답니다."

하고 램스도프는 다음과 같이 말을 보탰다.

"그 단체는 단순히 마약만을 취급하는 단체가 아닙니다. 마약으로 번 돈으로 동남아 일대에 좌익 세력을 침투시키고 있는 정치 음모 조직이기도 하지요. 내일 아침 신문에 크게 날 겁니다."

나는 슬그머니 램스도프를 시험해 보고 싶은 충동을 억제할 수가 없었다. 그것이 다음과 같은 질문으로 되었다.

"미스 램스도프, 양대봉이란 사람을 압니까?"

"양대봉?"

하더니 램스도프의 눈이 동그랗게 되면서 물었다.

"그 사람을 어떻게 아세요?"

"난들 이 홍콩에서 빈둥빈둥 놀고만 있었던 것이 아니니까요."

슬쩍 해본 말인데, 램스도프가 극도로 긴장하고 있다는 것을 표정으로써 알 수 있었다.

"그 이름을 누구헌테서 들었나요?"

램스도프의 날카로운 질문이었다.

"나도 몇 개의 수수께끼쯤 가지고 있습니다."

"그러시지 말고 대답해 주세요. 누구한테서 그 이름을 들었느냐가 중대한 문제로 발전할 수도 있으니까요."

"나는 그 이름만이 아니라 그가 있는 곳도 알고 있습니다."

"만났나요?"

"한번 만나 볼까 합니다."

"무슨 목적으로?"

"소설가의 호기심이라고나 할까요?"

이렇게 말은 했지만 내겐 양대봉을 만날 의사라곤 없었다.

그런데 램스도프로부터 뜻밖의 말이 날아왔다.

"선생님은 혹시 미스터 유가 하는 일을 방해할 생각을 가지신 것은 아니시겠죠?"

"천만의 말씀, 그럴 리가 있겠소."

"그럴 의도는 없는데도 결과적으로 그렇게 될 수도 있는 일이라서 묻는 겁니다."

"내가 양대봉의 이름과 거처를 알고 있다는 사실이 어떻게 그런 비약을 하게 됩니까?"

"그 사람도 최괄용과 마찬가지로 사건의 표면에 나타나선 안 될 사람이니까 하는 말입니다. 그런데 그런 사람의 이름과 거처를 알고 있다는 건, 의도적인 작위(作爲)가 있었기 때문이 아닐까 해서요. 가만히 계시는데 그런 정보가 저편에서 걸어 올 까닭이 없으니까요."

"그러나 오해는 하지 마십시오. 내게 무슨 작위가 있었다면 윤숙경을 둘러싼 사건의 진상을 내 나름대로 알았으면 하는 목적에서였지, 유 군이 하는 일을 방해할 목적이 있어서 그런 건 아니니까요."

"그렇다면 누구로부터 양대봉의 얘기를 들었는질 말씀하실 수 있지 않을까요?"

내 입장이 약간 난처하게 되었지만 임미성의 이름은 들먹이기가 싫었다. 임미성이 무슨 화를 당할까 겁이 났기 때문이다. 그래서 되물었다.

"양대봉이 유 군에게 있어서 중요한 인물인가요?"

"중요하다면 중요하죠. 바벨의 탑이 간단한 하자로 무너졌으니까요. 그러니 그 이름의 출처를 말씀하셔야 합니다."

"나를 납치해 간 사람들로부터 들었소."

"그게 참말입니까?"

"참말입니다."

"그들이 선생님께?"

"아니죠. 그들이 주고받는 말을 들었습니다. 붙들려 갔을 때 난 중국말을 전연 모르는 척 꾸몄거든요. 그러니까 그들은 거리낌없이 말을 주고받고 했어요."

"헌데 그들이 양대봉의 거처를 알고 있더라, 그건가요?"

"그렇습니다. 신계의 어느 곳이라고까지 하던데요."

"그런데 왜 지금 말씀 하시죠?"

"누가 양대봉이 중요한 사람일 거라고 짐작이나 했겠소."

램스도프가 돌아가고 난 뒤 나는 가방에서 위스키를 꺼내 스트레이트로 몇 잔을 마시곤 침대 위에 벌렁 드러누웠다.

뭔가 어슴푸레하게 불빛이 이곳저곳에서 명멸하는 것 같았지만, 전체는 아직도 깊은 안개에 싸여 있다는 느낌이었다. 유한일이 꾸민 일에 있어서 최팔용이 맡은 일이 무엇일까? 양대봉이 맡은 일이 또 무엇일까?

아까 마약 밀수단을 챈들러가 잡았다고 하는데 그 조직이 바로 P팡이란 말인가. P팡이 램스도프가 설명한 그대로의 조직이라면, 그리고 그것을 일망타진 했다고 한다면 참으로 대단한 일인 것이다. 그런데 두월성 계통의 P팡을 일망타진한다는 것은 불가능한 일이라고 나는 짐작했다. 램스도프의 말대로 홍콩의 경제계에 깊숙이 뿌리를 박고 있는 것이라면 그들의 처리가 그처럼 단순하게 될 까닭이 없을 것이 아닌가.

나는 궁금을 참지 못해 램스도프의 방에 전화를 걸었다.

"챈들러가 P팡을?"

하자 램스도프의 황급한 대답이 있었다.

"그런 것 들먹이지 마세요. 일부예요, 일부."

그 정도라도 나는 짐작할 수 있었다. 챈들러가 일망타진했다는 것은 P팡 전체가 아니라 P팡의 일부 조직, 아니면 P팡과 약간 관련이 없지도 않은 조직일 것이라는. 아무튼 아침 신문을 기다려 볼밖에 없었다. 그러면서도 나는 생각했다.

유한일과 램스도프의 행동을 옳다고만 치고 있었던 사실에 나의 과오가 있었지 않았나 하는.

'앞으론 철저하게 비판적인 관점에서 그들을 관찰해야 하겠다.'는 의식과 더불어 나는 잠에 빠졌다.

잠을 깨자마자 도어 밑에 들어 있는 아침 신문을 폈다. 거기엔 홍콩 정청의 승리라고 제목을 붙인 밀수단 검거의 기사가 게재되긴 했는데, 크게 취급되어 있진 않았다. 챈들러의 이름은 물론 없었다.

그 범죄 조직의 규모도 대단한 것이 아니었다. 그런 만큼 어젯밤 그처럼 좋아한 램스도프의 태도를 이해할 수 없는 기분이었다.

그런데 가십란에 다음과 같은 기사가 있는 것이 나의 주목을 끌었다.

'……이번 체포된 국적 불명의 사나이 무르소 에치란 사나이는 반(反) 이스라엘 운동자로 알려진 사람인만큼 이 범죄 조직의 뿌리는 단순히 마약 밀수에 있는 것이 아니라 엉뚱한 곳에 있을지 모른다……'

이 기사는 그 밖에도 아는 게 많은데 이 정도로밖엔 쓸 수 없다는 내음을 풍기고 있었다. 나는 그 내음을 민감하게 포착했다.

결국 유한일은 '그렇고 그런' 지형 하에서 움직이고 있는 용병(傭兵)의 한 사람이랄 거란 판단을 했다. 비판적인 관점을 고집할 때 이 판단에 어긋남이 없을 것이란 믿음 같은 것이 생겼다.

나아가 윤숙경 사건을 해결할 목적으로 그렇고 그런 세력을 도입한 것인지, 그렇고 그런 지령 하에 움직이게 된 행동의 일환으로 윤숙경 사건에 터치하게 된 것인진 좀 더 두고 봐야 알 것이었다.

램스도프는 홍콩 정청과 유한일의 결탁을 유한일의 개인 플레이에 의한 것처럼 말하고 있었지만 바로 그 점에도 의심의 여지가 있었다. 요컨대 나는 유한일을 너무나 이상적으로 보아 왔다는 반성을 안 해 볼 수 없었다.

그날 낮 나는 호텔에서 한 발도 떠나지 않고 유한일이 나타나길 기다렸다. 램스도프는 아침 일찍 나간 모양으로 연락이 없었는데 오후 두 시쯤에 전화가 있었다. 유한일이 오늘은 피치 못할 일이 있어 내일에나 나를 방문할 예정이라고 했다.

나는 유한일을 만나보고 내일 서울로 떠날 작정이었는데 그 예정을 변경해야겠다고 생각하고 원고를 쓰기 시작했다. 그러나 복잡한 상념에 말려들어 펜이 제대로 나가지 않았다.

비판적으로 관찰할 작정을 한 후부터 유한일의 태도가 불투명한 것으로만 느껴지게 되는 것은 이상한 일이었다. 램스도프가 말한 세계 정부(世界政府) 운운도 자기들의 불미스러운 행동을 감추기 위한 미채(迷彩)로서만 느껴졌다. 똑바로 말해 나는 유한일의 기괴한 행동에 휘둘려 그의 정체를 파악할 생각도 안 하고 있었던 터였다.

저녁나절 나는 구릉의 무청으로 갔다. 임미성을 만나 볼 작정이었다. 그런데 임미성은 그날 밤 나타나지 않았다. 하는 수 없이 임미성의 친구라는 아가씨를 데리고 이웃 식당에서 같이 식사를 했다. 그 친구의 이름은 서옥저(徐玉姐)라고 했는데 나는 그녀로부터 임미성에 관한 갖가지 얘기를 듣게 되었다.

서옥저의 말에 의하면

"임미성은 무청 같은 데 나오지 않아도 될 여자인데 어쩌다 알게 된 깡패 때문에 이런 꼴이 되었어요. 오늘 무청에 나오지 못한 것도 그 깡패 때문일 거예요."

했다.

나는 그 깡패라는 것이 조방에 속한 일원일 것이라고 짐작하고 물었다.

"아무리 깡패라도 자기가 좋아하는 사람에게 추잡한 장사를 시킬까?"

"그건 손님이 몰라서 하는 말예요. 깡패란 건 원래 못 하는 짓이 없는 거예요."

하는 말이어서 나는 다시 물었다.

"아가씨에겐 붙어 있는 깡패가 없나?"

서옥저는 애매하게 웃으며 그 말엔 대답하지 않았다.

"나는 모레쯤 본국으로 돌아갈지 모르니 임미성 씨 만나거든 호텔로 전화해 달라고 전하시오."

하고 일어섰다. 물론 얼만가의 돈을 그녀에게 쥐어 주었다.

호텔로 돌아온 것이 밤 열한 시.

방에 들어서자마자 전화벨 소리를 들었다. 송수화기를 집어들었다.

유한일의 목소리가 울려나왔다.

"선생님, 내일 홍콩을 떠나십시오. 한 시 비행기가 있습니다. 선생님 방에 램스도프의 메시지가 전달되어 있을 줄 압니다. 동경으로 가시거든 내일 오후 11시 제국 호텔의 로비로 나와 주십시오."

유한일은 이편의 대답도 듣지 않고 전화를 일방적으로 끊어 버렸다.

침대 사이드 테이블에 램스도프의 메시지와 미화 5천 달러가 들어 있었다.

메시지의 내용은 ──

'급한 일이 생겨 오늘 밤 나는 동경으로 떠납니다. 선생님도 내일 비행기 편으로 떠나도록 하십시오. 동경 제국 호텔에서 밤 11시에 만납시다.'

도대체 무슨 일이 생겼단 말인가.

나는 대강 짐을 챙기기 시작했다.

홍콩에서의 한 달 동안의 일이 꿈만 같았다. 그저 휘둘리기만 한 채 조금의 요령도 얻지 못한 나날이 나로 하여금 쓴웃음을 짓게 했다.

메시지의 추신에 내일의 홍콩 신문을 사가지고 오라는 것이 있었다. 왠지 그 대목이 마음에 걸려 있었는데 이튿날 아침 나는 신문을 펴들자마자 놀랐다.

'신계 영락방에 폭파 사건'
이란 제목이 커다랗게 나타나 있었던 것이다. 기사는 다음과 같았다.

'어젯밤 11시 반 영락방 23호에 있는 5층 건물이 돌연 굉음을 내면서 폭발했다. 한군데만 폭약을 장치한 것이 아니라 층마다 폭약을 장치해 놓았던 모양이다. 범인은 주도한 사전 준비를 한 것으로 알려졌다. 이 사건으로 줄잡아 20, 30명의 희생자가 있을 것으로 추측된다. 2층 당구장에만도 십수 명의 사람이 있었는데 한 명도 살아남지 못했다. 경찰 조사에 의하면 그 건물은 꽤 큰 지하실을 가지고 있다는 것이고 지하실에도 상당수의 사람이 있었지 않았나 하는 추측이다. 그 건물은 약 2개월 전 양태복(梁太福)이란 자가 사들인 것인데 양태복도 건물 폭파와 함께 죽은 것으로 알려졌다. 경찰은 폭력단과 폭력단끼리의 원한 관계에 원인이 있다고 보고 예의 수사 중이다……'

내 뇌리에 전광처럼 스친 것은 임미성의 말이다. 임미성은 조방(鳥幇)의 두목 양대봉이 신계 영락방 5층 건물에 살고 있다고 했다.

나는 어젯밤 폭파된 집이 임미성이 말하는 양대봉의 집일 것이라고 짐작하고 의심하지 않았다. 양대봉은 조직상의 이름이고 양태복은 그의 본명이 아닐는지 하는 생각도 들었다.

나는 그 신문을 호주머니에 접어 넣고 출발 준비를 서둘렀다. 여행사를 통해 좌석을 확보하고 간단한 식사를 한 뒤 체크아웃 한 것이 열 시 반. 카이탁 비행장에 도착한 것이 열두 시. 나는 비행기에 탑승하기에 앞서 영자, 한자로 된 신문을 한 아름 샀다.

영자 신문에 신계 폭파 사건의 속보가 나와 있었다. 그 건물에서 죽은 자는 예상보다 훨씬 많은 47명이라고 하고 앞으로 몇 사람 더 사상자가 있을 것으로 추측하고 있었다. 그런데 지하실에서 파낸 시체는 다섯 구인데 세 사람은 장춘구, 문선학, 왕은앵으로 밝혀졌지만, 나머지 두 구의 시체는 이름조차 알 수 없다고 되어 있었다.

'결국 그들은 조방의 두목 집에 숨어 있었던 것이로구나.' 하는 생각과 아울러 유한일과 양대봉의 관계가 밀접해 있었다고 판단할 수가 있었다.

'그렇다면 어떻게 되는 것일까?'

비행기에 타고서도 나는 이런 질문을 줄곧 마음속에 되풀이하고 있었지만, 오리무중(五里霧中)에 든 것 같은 기분에서 빠져 나올 수가 없었다. 생각하면 생각할수록 기괴한 일이었다. 유한일이 홍콩에 머무르고 있는 것일까, 빠져 나간 것일까? 램스도프가 내게 사전 의논도 않고 동경으로 간 덴 어떤 이유가 있는 것일까?

나는 양대봉의 이름을 들먹이자, 아연 긴장했던 램스도프의 얼굴을 상기했다.

신계 영락방 폭파 사건의 주동은 유한일과 램스도프가 아닐는지 하는 의혹이 무럭무럭 피어올랐다. 만일 그런 추측이 들어맞는 것이라면 그들이야말로 무서운 존재가 아닌가. 나는 어떻게 해서라도 유한일과 램스도프의 정체를 알아야 하겠다고 마음먹었다.

동경 제국 호텔에 도착한 나는 그 호텔에 내 방이 예약되어 있는 것을 알았다. 짐을 풀고 샤워를 한 뒤 약속 시간에 로비로 내려갔다. 저편 구석진 곳에 백인 여성이 앉아 있긴 했으나 램스도프는 아니었다. 주스를 마시며 30분가량을 더 기다리다가 일어섰다. 호텔 근처의 술집에나 갈까 해서였다.

내가 일어서서 걸어나오자, 저편 구석에 앉아 있던 여자도 일어섰다. 그리곤 내 가까이로 왔다. 그 여자가 가까이에 왔을 때 나는 아차 하고 놀랐다. 램스도프였던 것이다. 그러나 웃는 눈을 보고 그녀가 램스도프인 줄 알았다뿐이지 머리 모양과 얼굴의 분위기는 전연 달라져 있었다.

"왜 가만있었죠?"

핀잔하는 투를 섞어 물었다.

"절 알아보나 못 알아보나 시험을 해본 거예요."

램스도프는 장난스럽게 웃었다.

"정말 모르겠는데, 변장술이 기막히군."

나는 솔직하게 감탄했다.

"이왕이면."

하고 램스도프는 선 채 백을 열더니 명함을 꺼내 내게 건네며 말했다.

"줄리아 앨런이란 이름이에요."

"줄리아 앨런, 무슨 뜻이지?"

"일본에선 줄리아 앨런으로 행세한단 말예요."

"일본에서도 할 일이 있수?"

"스낵바에나 갑시다."

"그보다도 순 일본식으로 해보는 게 어때요. 모처럼 일본엘 왔으니."

"그것도 나쁘지 않군요."

나는 지하에 있는 일본 요릿집으로 램스도프를 데리고 갔다. 시각이 늦은 탓으로 한산한 테이블이 있었다.

일본 술과 덴뿌라 등을 시켜 놓고 홍콩의 신문을 꺼내 주며 램스도프의 눈치를 살폈다. 램스도프는 냉정한 표정으로 돌아가서 신문을 읽었다.

그녀가 신문 읽길 끝내는 걸 기다려 내가 물었다.

"혹시 양태복이란 사람을 아시는 것 아닙니까?"

"양태복? 모르겠는데요."

하는 대답이 돌아왔다.

"양태복이 양대봉이란 사람과 동일 인물 아닙니까?"

램스도프의 눈이 순간 반짝 하는 것 같았다. 말은 없었다.

"불탄 집의 주소로 봐서 양태복이 양대봉일 것은 틀림없을 겁니다."

하고 내가 단정했다.

"그게 선생님께 중대한 일인가요?"

"내게 중대한 일이라기보다 보통의 일은 아니라고 생각합니다."

"왜 그렇게 생각하시죠?"

"어쩐지 윤숙경 사건과 관련이 있는 것 같아서요."

"……."

"게다가 사람이 사십 수 명이나 죽었다는 것이 마음에 걸립니다. 이유가 무엇인진 몰라도 한꺼번에 사람을 사십 수 명이나 죽인 사건을 고의로 꾸몄다고 하면 예사로 보아 넘길 일이 아니잖습니까?"

"세상에, 아니 지구 위에 깔려 있는 게 사고 아녜요?"

"그러나……."

"전 홍콩에서 있었던 일은 홍콩에서만 생각하기로 하고 있어요. 이름도 줄리아 앨런인 걸요."

"흠."

나는 나도 모르게 신음했다.

사건에서 사건으로 ——

그리고 그 사건이 마무리되면 아랑곳없이 잊어버린다는 것. 이를 테면 과거는 완전한 과거로 돌려 버리고 관심을 쓰지 않는다는 그런 버릇이 첩보에 종사하는 사람들의 습성인지 몰랐다.

변장을 한 탓인지 나는 램스도프에게 생소한 느낌마저 가졌다. 그래서 대담하게 얘기를 전개할 수가 없었다. 그러나 물어보지 않을 수 없었던 것은 ——

"유한일 군은 아직 홍콩에 남아 있나요?"

"벌써 홍콩을 출발했을 거예요."

"언제?"

"오늘 아침 편으로요."

"그럼 나보다 빨랐게?"

"그렇습니다. 내일 아침 연락이 있을 겁니다."

램스도프의 눈치로 보아 나와의 대좌를 빨리 끝내고 싶은 것 같았다. 오늘에 있어서의 그녀에 대한 나의 역할은 홍콩의 신문을 갖다 주었다는 걸로써 완성된 모양이다.

"고단하실 텐데 방으로 가서 주무세요."

하는 램스도프의 말이 있었다.

"그렇게 합시다."

하고 나는 방으로 돌아왔다.

방으로 돌아와 서울의 집으로 전화했다. 퉁명스러운 아내의 말이 귓전을 울렸다.

"도대체 당신은 뭣하는 사람이유? 한 달 이상이나 집을 팽개쳐 놓구 이제야 전화를 하다니 될 말이나 하우?"

불쾌한 마음을 억제할 수가 없었다. 오랜만에 남편의 목소리를 듣고도 그런 핀잔을 줄 수 있는 여자라면, 할 말 없다는 기분이었다.

"될 말이 아니면 어떻게 할 테야."

하는 말을 뱉어 놓고 나는 전화를 끊어 버렸다.

교환원으로부터의 '한 통화'란 보고를 받고 벌렁 드러누워 천장을 쳐다보았다. 인간미라곤 찾아볼 수 없는 상품적인 장식, 상품적인 빛깔.

이때 전화벨이 울렸다. 그 음향부터가 이상하게 들렸다. 귀에 익지 않은 텁텁한 일본말이 울려 나왔다.

"밤중에 실례합니다."

그런데 그 억양은 일본인 같지 않았다.

"무슨 용건이십니까?"

나는 싸늘하게 물었다.

"당신 홍콩에서 왔죠?"

"그렇소."

"아까 당신이 만난 백인 여자가 있었죠?"

"……."

"그 여자도 홍콩에 있었던 여자지요?"

"……."

"왜 대답을 안 하십니까?"

"당신의 질문에 일일이 대답해야 할 의무나 의리가 내게 있을 것 같지 않는데요."

"그렇게 말씀하신다면…… 난처한데요. 아무튼 그 여잔 홍콩에 있었던 여자지요? 어제까지."

"나는 아까 로비에서 처음 만난 여자랄 뿐 그 이상의 대답은 못 하겠소."

"이름을 가르쳐 줄 순 없습니까?"

"그런 걸 왜 나에게 묻는 거죠?"

"혹시 참고가 될까 해서요."

"당신에겐 참고가 될지 모르지만 전연 알지도 못하는 사람에게 이런 전화를 한다는 건 실례가 아닐까요?"

"그래서 미리 사과를 한 것 아닙니까?"

"아무튼 이 이상의 문답은 필요 없을 듯하니 전화 끊겠소."

하고 나는 송수화기를 내려놓았다.

왠지 무시무시해서 도어로 가서 자물쇠와 체인을 체크해 보았다.

5
방정식의 파탄

정체불명의 전화를 받은 것이 원인일지 몰랐다. 꿈자리가 사나
웠다. 잠은 깼는데도 그냥 눈을 감고 있었는데 전화벨이 울렸다. 바
로 옆에 있는 송수화기를 집어들며 시계를 보았다. 열 시를 조금 지
나 있었다.

"어젯밤은 실례했어요."

하는 램스도프의 말이 울려 왔다.

"지금 어디에 있습니까?"

하고 내가 물었다.

"현재는 아카사카란 곳에 있습니다만 곧 호텔을 옮길 거예요."

하기에 나는

"어젯밤 당신과 헤어지고 나서 이상한 전화를 받았다."

고 했다.

"어떤 전환데요?"

"미스 램스도프에 관한 질문이었어요."

"나를? 내 이름을 들먹이구요?"

"아닙니다. 당신이 홍콩에서 온 사람이 아니냐는 질문이었어요."

"나를 어떻게 알았기예요?"

"나와 같이 있는 걸 본 모양입니다."

"어떤 사람이었어요? 그 사람."

"전화를 받았을 뿐이니까 알 수가 없죠"

"무슨 말을 쓰던가요?"

"일본 말을 씁디다. 그러나 일본 사람은 아닌 것 같았소. 억양이나 발성으로 보아."

"그래 뭐라고 하셨죠?"

"대답할 필요를 느끼지 않는다고 하고 내 쪽에서 전화를 끊어 버렸지요."

잠깐 침묵이 있었다. 뭔가를 생각하는 모양이더니,

"오후 다섯 시엔 방에 있어 주세요. 그때 연락하겠습니다."

하고 램스도프의 전화가 끝났다.

나는 유한일의 소식을 물을 참이어서 이편의 사정을 묻지도 않고 전화를 끊어 버린 램스도프에게 약간의 불만을 느꼈다.

피로한 기분이긴 했으나 다시 누울 생각은 없었다. 화장실에 가서 용변을 보고 샤워를 했다. 돌아와선 룸서비스를 불러 간단한 아침 식사를 주문했다. 도어 밑으로 밀어넣어 놓은 영자 신문이 있기에 그것을 펴들고 홍콩에 관한 기사를 찾았으나 없었다.

1면에 취급된 대사건은 중동에 있어서의 이스라엘 문제였다. 이스라엘의 수상이 지난해의 6일 전쟁에서 점령한 지구를 절대로 포기하지 않겠다고 설명하는 바람에 중동의 긴장은 예측을 불허할 만큼 고조되어 있다는 내용이었다.

　지리적으로 보아 이스라엘은 화산 분화구에 피어 있는 꽃과 같다. 수백 만의 의지를 결집해서 겨우 그 생존을 지탱하고 있다. 그 노력의 한 단위가 램스도프인 것만은 틀림이 없다. 세계 어딜 가도 이스라엘 사람들은 그들의 나라에 해독이 될 만한 것이면 묵과하지 않는다. 뿐만 아니라 이스라엘에 유익하도록 전력을 다한다. 그것이 바로 램스도프의 존재 이유이기도 하다.

　'그런데 유한일은 도대체 뭐란 말인가?'

　이스라엘 사람들은 이스라엘을 보호하기 위해 만전을 기한다. 그런 방책 가운덴 외국인을 이스라엘을 위해 이용하는 방책도 있을 것이었다.

　그렇다면 유한일은 그런 목적으로 이용되고 있는 램스도프의 괴뢰(傀儡)가 아닌가. 유한일의 조그만한 자존심을 만족시켜 주고 그 대가로 램스도프는 엄청난 목적으로 그를 이용하고 있는 것이 아닐까?

　식사가 왔다. 신문을 접어놓고 식탁에 앉았다. 그때 전화벨이 울렸다.

　일본인 특유의 인사말이 있고 나서 내 이름을 들먹이곤

"홍콩에서 왔느냐?"

고 물었다.

"그렇다."

는 대답을 하자, 그는 국가 경찰의 외사과(外事課)에 있는 사람이라
고 자기를 소개하고

"물어볼 것이 있는데 만나 주시겠느냐?"

고 묻곤 얼른 덧붙였다.

"응하실 의사가 없으시면 굳이 강요하진 않겠습니다."

거절하기도 응하기도 쑥스러운 기분이었다. 그러나 일본 땅에 있
으면서 경찰의 청을 무작정 거절할 순 없다는 마음으로 되어 좋다
고 승낙했다.

"장소를 어디로 하면 좋겠습니까?"

하는 물음이 있었다.

"호텔 종업원이 입회한다면 내 방에서 만나는 것도 무방하죠."

"그럼 호텔 종업원을 골마루에 세워 두는 정도로 만족하시겠습
니까?"

"내 안전만 보장된다면야 어떻게 해도 좋소."

"그런 걱정까지 할 필요는 없을 겁니다."

하고 상대편은 쾌활하게 웃었다.

나는 지금 식사 중이니 30분쯤 후에 오라고 하고 식사를 시작했
다. 식욕은 거의 없었다.

30분이 정확하게 지난 뒤 노크 소리가 있었다.

방 안으로 들어온 사람은 세 사람이었다. 두 사람은 30대 전반으로 보이고 한 사람은 50대에 가까웠다. 30대의 청년이 명함을 꺼내 내게 건넸다. 공안 위원회 외사과(公安委員會 外事課) 스즈키 사다이치(鈴木貞一)라고 되어 있었다. 또 하나 30대의 청년은 자기의 신분증을 제시했다. 역시 외사과의 직원이었다. 이름을 읽을 것까진 없었다.

스즈키가 50대의 사나이를

"이분은 홍콩 정청 일본 출장소(香港政廳 日本出張所)의 직원 황청지(簧清之)란 사람입니다."

하고 소개했다.

"실례합니다."

황청지가 명함을 내게 건넸다.

나는 그의 말투로 보아 바로 이자가 어젯밤 내게 전화를 한 사람이구나 하는 짐작을 했다.

스즈키가 입을 열었다.

"홍콩 정청 일본 출장소에서 우리에게 도움을 청해온 겁니다. 즉 선생님께 문의해 볼 일이 있는데 편의를 보아 주지 않겠느냐구요. 자기들로선 선생님과 접촉하는 게 거북하다는 겁니다. 사정이 사정인 만큼 선생님의 의향을 물어보는 데까진 협력해 드리겠다고 이처럼 무례를 무릅쓰게 된 겁니다. 우리도 가끔 홍콩 정청에 도움을 청할 경우가 있는 것이고 해서…… 선생님은 고명하신 소설가라고 들었는데."

"고명할 것까진 없습니다. 헌데 내가 소설가라고 하는 걸 어떻게 아셨소?"

"호텔의 카드를 보고 귀국의 대사관에 문의했었죠. 귀국 대사관에선 선생님을 여간 소중히 여기는 게 아니었습니다. 뭣 때문에 문의를 하느냐고 묻기에 몇 가지 물어볼 게 있다고만 말했더니 대사관을 통해서 알아보면 될 게 아니냐고 하고서 정중한 대우를 거듭 부탁합디다."

스즈키는 경찰관이라 하기보다 외교관다운 인상을 풍기고 있었다.

의례적인 말을 끝내고 스즈키는 황청지를 돌아보았다.

"황 선생이 말씀하시죠."

"고명한 선생님을 이렇게 모시게 되니 황공합니다. 먼저 경위를 설명하겠습니다. 재작일 밤 홍콩에서 방화 사건이 있었습니다. 그런데 그게 보통의 사건이 아니었습니다. 사람이 수십 명이나 죽었으니까요. 게다가 단순 방화가 아니고 미리 요긴한 곳에 폭약을 장치한 수법으로 원인 결과에 중대성이 있는 것이라고 홍콩 정청은 판단한 것입니다. 그런 만큼 정청의 수사도 철저한 것이었죠. 다행히도 범인 둘을 근처에서 체포했습니다. 즉시 연루자를 탐색한 결과 그 사건을 지휘한 사람이 레팔르스 호텔에 투숙 중이던 램스도프란 백인 여성이란 걸 알아냈습니다. 검거된 범인의 포켓에서 램스도프의 사인이 있는 수표를 발견한 거죠. 램스도프가 홍콩에 온 것은 약 반 년 전인데 홍콩 은행의 구좌를 이용하고 있었습니다. 그 수표의 액면은 홍콩 달러로써 각각 3백만 달러란 거액이었습니다. 은행을 조사해 본 결과 약 2억 가까이 있었던 금액 가운데서 3천만 달러를 남기곤 전부 도로 찾아갔다는 사실을 알았습니다. 이로써 미루어 그 방화사건, 아니 폭파 사건을 청부 맡은 사람에게 줄 돈만 남겨 놓은 것이라고 판단하게 된 것입니다. 그리고 그 돈의 성질로 봐서 그 사건의 주동자가 램스도프란 걸 알게도 된 거지요. 범인들의 자백도 있었구요. 범인들은 각각 5백만 달러를 받기로 하고 선금으론 현금 2백만 달러를 받고, 성공했을 경우 지불한다는 뜻으로 3백만 달러의 수표를 받은 것이라고 합니다……."

나는 태연한 척 꾸미고 있었지만 등에서 식은땀이 흐르고 있었다. 내 추측이 들어맞았다는 사실 자체가 징그럽게 느껴지기조차 했다. 황청지의 말은 계속되었다.

"정청의 경찰이 레팔르스 호텔로 달려갔지 않았겠습니까? 그런데 그 전날 비행기로 램스도프는 호텔을 체크아웃했다는 겁니다. 호텔의 자동차로 공항에 갔는데, 호텔 운전사의 말로는 동경으로 갔다는 겁니다. 그런데 출국자의 명부에도 동경에 도착한 명부에도 램스도프란 이름은 없다 이겁니다. 동경으로 떠난 비행기뿐만 아니라 다른 비행기의 탑승자 명부에도 없다는 거였습니다……."

황청지는 일단 여기서 말을 끊고 심각한 표정이 되었다.

"어느 비행기의 탑승자 명부에도 없었다면 홍콩을 떠나는 척하고 홍콩 어디에 잠적해 버린 것이 아닐까요?"

스즈키가 한 말이다.

"그럴 순 없죠. 호텔의 운전사는 도착하는 비행기에 예약한 손님이 있기 때문에 램스도픈가 하는 그 여성이 탄 비행기가 떠날 때까지 공항에 있었다는 얘기였거든요."

하고 황청지는 나를 향했다.

"정청에서의 연락은 선생님께서도 레팔르스 호텔에 묵고 계셨는데 어제의 비행기로 떠났다고 하고서, 이 제국 호텔에 예약이 되어 있는 모양이니 만나 뵙고 전후사를 물어달라는 것이었습니다."

"레팔르스 호텔에 묵고 계신 건 사실입니까?"

스즈키가 물었다. 그것까진 부인할 수가 없었다. 부인할 필요도 없었다. 황청지가 물었다.

"레팔르스 호텔에선 램스도프와 선생님이 퍽 다정하게 지내셨다고 들었는데 사실입니까?"

"어느 정도를 다정하다고 하는 건진 모르지만 비교적 가깝게 지낸 사이죠."

나는 되도록이면 덤덤하게 대답하려고 애썼다.

"어젯밤 로비에서 만난 백인 여성이 혹시 램스도프가 아니었습니까?"

이렇게 물었을 때의 황청지의 눈이 날카로웠다.

"입국자 명단에 램스도프가 없었더라며요?"

그 질문을 나는 가까스로 이렇게 피했다. 그러면서 로비의 구석에 앉아 있는 램스도프를 몰라보고 있었던 것이 다행이었구나 하는 생각을 했다. 램스도프는 이와 같은 경우까질 생각하고 30분 동안이나 나를 모르는 척 앉아 있었던 것인지도 모른다.

"그만한 여자니까, 변명으로 된 여권을 가지고 입국했는지도 모를 일 아니겠습니까?"

하고 황청지는 나를 쏘아보았다.

"그런 사정을 내가 어떻게 알겠소."

나는 성난 투로 말을 바꿨다.

"램스도프란 여자와 어떻게 친하게 된 겁니까?"

계속된 황청지의 질문이다.

"한 호텔에 장기 체류를 하게 되면 자연 친하게 되는 수가 있는 겁니다."

"전엔 전연 몰랐는데두요?"

"그렇죠."

"더욱이 상대방은 백인인데, 선생님은 황인이구."

"사람이 친해지는 데 황백의 구별이 있나요?"

하고 램스도프가 레팔르스로 온 것이 내가 거기에 묵게 된 수일 후였다는 사실을 상기하곤 말했다.

"나와 그녀는 우연히 만난 거요. 내가 레팔르스에 묵게 된 지 일주일 후, 아니 열흘 후엔가 그녀를 로비에서 만났으니까요. 친하게 된 동기는 문학입니다. 내가 소설가라는 것을 알자 그녀는 내게 흥미를 느낀 것입니다."

"선생님은 그녀가 무엇을 하는 여자라는 걸 알았습니까?"

"관광객으로만 알았죠."

"그녀가 교제하고 있는 사람 가운데 특히 주목할 만한 사람은?"

"홍콩 총독을 잘 안다고 들었소."

"그게 사실이던가요?"

"둘이 만나는 장면을 목격하지 못했으니까 사실 여부를 확인한 건 아니죠. 그게 궁금하거든 홍콩 정청으로 조회해 보시구려."

"실례입니다만 저희들 일에 협력하시는 셈으로 솔직하게 말씀해 주십시오. 어젯밤 그 여자의 이름이 뭐였습니까?"

줄리아 앨런이란 이름을 댈까 하다가 나는 잘라 말했다.

"모르오."

"대단히 친해 뵈던데 이름을 몰라요?"

"여보시오!"

하고 나는 노여움을 터뜨렸다.

"어젯밤 그 여자와 내가 만나는 장면을 당신은 처음부터 보고 있었던 모양인데 그랬다면 알 게 아니오? 그 여자와 나는 로비의 차점에서 30분 동안이나 서로를 몰라보고 앉아 있었소. 그걸 보았죠? 일어설 때 우연히 인사를 하게 된 거요. 인사를 하고 보니 구면이었소"

"구면이라면 이름을 알 것 아닙니까?"

황청지의 추궁이었다.

"여행을 여러 군데 하다 보면 이곳저곳의 공항이나 호텔에서 이름 모를 구면을 만나기도 하는 겁니다."

"그럼, 어디서 만난 여자던가요?"

"일일이 그런 것까지 당신에게 말할 필요를 느끼지 않소."

"아닙니다. 협력하시는 셈치고."

"당신에게 협력하기 위해 내 여행담을 공개하란 말요?"

하고 스즈키 씨를 상대로 말을 이었다.

"생각해 보시오. 내가 어젯밤 호텔의 로비로 내려갔을 때 그 여자는 저쪽 구석에 앉아 있었소. 단 하나의 백인 여성이기 때문에 눈에 뜨입디다. 그런데 만일 내가 그 여자를 친숙하게 알았더라면 혼자 있는 그 여자 곁으로 갔지 않았겠소. 나는 혼자라서 무료한 판인데. 그 여자도 그렇지, 친숙한 사이라면 날 알아보았을 것 아뇨. 그런데도 우리들은 따로따로 30분 동안이나 몰라보고 하나는 저게, 하나는 여게 앉아 있었다, 그겁니다. 나올 무렵에야 어디서 본 얼굴이다 했죠. 그 여자도 날 알아보더군요. 어딘가에서 만난 적이 있는 여자였소. 그래서 같이 호텔 지하에 있는 일본 음식점으로 갔죠. 거게서 술을 같이 마시고 헤어진 겁니다. 그런데 내가 여게서 그 여자와 전에 어디서 어떤 관계로 만났다는 얘기를 꼭 해야 합니까? 그건 순전히 나의 사생활 부분입니다. 스즈키 씬 어떻게 생각하오?"

"선생님의 말씀은 지당합니다. 황 선생, 이 이상 여게 있었다간 선생님께 실례가 되겠소. 말씀하실 것도 없는 것 같으니 일어섭시다."
하고 스즈키가 황을 재촉했다.

그래도 황은 움직이지 않고 앉아 있더니 뚜벅 말했다.

"어젯밤 선생님은 그 여자로부터 명함을 받았지요?"

"……."

"명함을 주고받는 것을 뚜렷이 내 눈으로 보았소."

"그것이 어쨌단 말이오?"

"그 명함을 보여 줄 수 없습니까?"

"무슨 이유로 내가 그걸 보여 줍니까?"

"협력하시는 뜻으로……."

"당신에게 협력하기 위해 그 여자를 귀찮게 하라는 뜻인가요?"

"혹시 그 여자가 중요한 인물인지 알 수 없는 일 아닙니까?"

"그건 댁의 사정이구요. 나는 나 때문에 여자에게 누를 끼치도록은 하고 싶지 않소."

"만일 그 여자가 램스도프라고 한다면 선생도 응분의 책임을 져야 합니다."

"응분의 책임?"

나는 격분하지 않을 수 없었다. 그래서 스즈키에게 항의했다.

"이 사람이 나를 협박하고 있는 사실을 인정하십니까? 안 하십니까? 이 사람을 당장 데리고 나가 주시오."

스즈키가 일어섰다.

"황 선생 나갑시다. 우리는 이 이상 당신에게 협력할 수가 없소."

황청지는 불쾌한 표정을 하고 일어섰으나 나갈 때는

"대단히 실례했습니다."

하는 정중한 인사를 남겼다. 문이 닫히고 난 얼마 후에 스즈키가
다시 돌아왔다. 사과 겸 홍콩 얘기나 들을까 하고 돌아왔다는 것
이었다.

사과 겸 되돌아왔다고 하지만 나는 스즈키(鈴木)의 저의(底意)를
눈치채고 있었다. 황(黃)을 도울 의도와 곁들여 자기의 호기심을 위
해 램스도프에 관한 정보를 내게서부터 얻어 내려는 작정임이 틀림
없었다.

"홍콩이란 도시는 꽤나 복잡성을 띤 도시지요?"

스즈키는 이렇게 지나가는 말로 시작했다.

"중국 땅이면서 영국의 조차지로 되어 있다는 그 성격부터가 복
잡하지 않습니까?"

나도 아무런 감정을 섞지 않고 말했다.

"중공이 혁명을 했을 때, 모든 구조약(舊條約)을 폐기하면서도 홍
콩에 관한 영국과의 조약만은 폐기하지 않았다는 사실은 이상하지
않습니까? 그 정권(政權)의 성질상 말입니다."

"델리키트한 사정이 있었던 거죠."

"영국의 위신을 그만큼 존중했던 뜻일까요?"

"2차 대전 후 영국은 자기들의 식민지를 해방하고 있었던 참인데 중공이 강하게 나왔더라면 홍콩을 돌려받을 수도 있었겠죠. 그런데 그렇게 하지 않은 덴 영국의 위신을 존경했다기보다 중공 자체가 홍콩을 그렇게 해두는 것이 유리하다고 판단한 결과일 것입니다. 명분도 소중하지만 실리(實利)를 노리는 것이 더욱 소중했을 테니까요."

"홍콩을 그냥 두는 게 어째서 실리를 소중하게 하는 것으로 되는 걸까요?"

"낸들 구체적인 것을 알겠습니까만 공산 혁명을 하고 보니까 자유 진영과 단절되는 부분이 생기지 않았겠소. 필요한 정보, 필요한 전략 물자를 입수하기 위해서도 홍콩을 영국의 영유 하에 두는 게 여러 가지로 편리할 것이고, 자기들의 물품을 파는 데도 유리할 것으로 판단한 것 아닐까요?"

"듣고 보니 그렇겠습니다."

스즈키의 미소를 곁들인 말을 들으면서 나는 괜히 아는 척했다고 후회했다.

"헌데 대강 들은 얘깁니다만 램스도프란 여자는 대단한 여잔 모양이죠?"

"글쎄요. 내가 접촉한 범위에선 별반 이상한 데라곤 없었소."

"국적이 어딥니까?"

"미국인이 아니었을까 하는데요."

"예쁩니까? 그 여자."

"미인이었습니다."

"단순한 범행은 아닐 테고, 무슨 국제적 조직 속에서 활약하는 여자가 아닐까요?"

"스즈키 씬 황 씨의 말만 듣고 램스도프를 범죄인 취급하고 있는 것 같은데 진상은 알 수 없는 것 아닙니까?"

"황 씨에게 알려온 정보로 봐서 일단 그 여자를 그렇게 볼 수 있다는 거지요. 램스도프가 관계없으면 어떻게 범인들 호주머니에서 꼭같이 램스도프가 발행한 수표가 나왔겠습니까?"

"홍콩이란 곳은 대단히 복잡한 곳입니다. 진범인(眞犯人)을 캄플라치하기 위해 별의별 수단을 쓰기도 하는 곳이니까요."

"그 사건 직전 홍콩에서 자취를 감추어 버렸다는 것이 첫째 이상하지 않습니까?"

"오비이락이란 것도 있지 않겠습니까?"

"오비이락?"

나는 오비이락을 한자로 '烏飛梨落'이라고 써놓고 설명했다. 스즈키는 사뭇 감탄한 투로 되뇌었다.

"오비이락."

"그건 그렇고 램스도프가 동경에 나타났다고 하면 당신들은 그녀를 체포할 것입니까?"

하고 내가 물었다.

"체포할 순 없지요. 우리 일본의 법률을 어기지 않는 한."

"황이란 사람은 램스도프를 체포할 수 있을까요?"

"참고인으로서 여러 가지 물어는 보겠지만 체포할 순 없을 겁니다. 일본의 법률은 우리 국토에 들어온 외국인을 보호할 책임도 지고 있으니까요. 외국인은 우리 땅에서 공공연하게 수사 활동을 하지 못하게 돼 있습니다."

"그렇다면 홍콩 경찰이 이곳에서 램스도프를 찾아냈어도 결과적으론 아무런 처치도 할 수 없다는 얘기가 아닙니까?"

"그들에겐 그들 나름으로 무슨 방법이 있겠죠."

"아무튼 일본 경찰관 무관한 사건이 아닙니까?"

"무관하다곤 할 수 없죠. 그런 중범인(重犯人)이 일본에 들어와 있다는 사실 자체가 주목할 문제이니까요."

"그렇다면?"

"우리로선 조사를 해서 국외 추방을 서두를지 모르죠."

"헌데 램스도프가 일본에 들어왔다는 확증이란 것이 있습니까?"

"확증은 없지만 의혹의 재료는 있습니다."

"어떤 건데요?"

"홍콩에서 떠난 비행기를 타고 동경에 도착한 사람 가운데, 아직껏 소재를 확인하지 못하고 있는 서양 여성이 한 사람 있어요."

"그 여인을 그럼?"

"일단 용의자로 보고 마크하고 있는 거죠."

"대단한 작업이 되겠네요."

"대단할 것도 없습니다."

"대단할 것이 없다는 것은?"

"그 여자의 비자 기한이 한 달이거든요. 한 달 후엔 어디선가에서 나타나게 돼 있습니다."

"변명으로 떠나 버렸다면?"

"그럴 수야 없지요. 입국한 서류와 부합되지 않으면 순순히 출국할 수가 없게 되어 있습니다. 어느 국적, 무슨 이름으로 들어왔건 입국했을 당시의 기록과 일치되어야 하니까요."

"그런 사정은 홍콩도 마찬가지 아닐까요?"

"그렇겠죠."

"그렇다면 램스도프는 출국자 명단에 없는 한 홍콩에 있다고 보아야 하는 것 아닙니까?"

"이치는 그렇게 됩니다. 그러나 홍콩 공항, 아니 홍콩은 미묘한 곳이라고 하니까 사정이 일본과 꼭같을 순 없겠죠."

"홍콩과 일본 사이에 범인 인도에 관한 협약 같은 것이 있습니까?"

"그것까진 말씀 드릴 수가 없군요. 케이스 바이 케이스로 처리되는 문제가 아닌가 합니다."

"우리 한국과는 어떻게 됩니까?"

"조사를 해봐야 알겠습니다."

하고 스즈키는 다음과 같이 질문했다.

"발설할 수 없는 비밀이 아니라면 선생님이 홍콩에서 장기 체재한 이유가 뭔가를 말씀하실 수 없겠습니까?"

"비밀이랄 것도 없습니다. 아시다시피 난 소설가가 아닙니까? 취재할 목적으로 홍콩에 머무르고 있었던 거죠."

이런 얘기, 저런 얘기로 스즈키는 장시간을 끌고 있다가 다시 수사관의 태도로 돌아갔다.

"황 씨의 말에 의하면 램스도프란 여자는 거의 반 년 동안 홍콩에 체류하고 있었다고 합니다. 그간 두세 번인가 홍콩을 떠나 있던 적이 있었지만 곧 홍콩으로 돌아오곤 했다는 얘기였어요. 무슨 특별한 용무 없이 그렇게 장기 체류를 할 수 없는 것 아니겠어요?"

"아무튼 나는 관광객이라고밖에 생각하지 않았소."

"혹시 국제 스파이단, 대상을 중공으로 한 그런 스파이단의 일원이 아니었을까요?"

"그런 건 상상도 안 해봤소."

"황 씨의 얘기론 선생과 램스도프는 단순히 여행선(旅行先)에서 알게 된 그런 사이가 아닌, 꽤 밀접한 관계에 있는 것 같다고 했는데……"

"이러다간 나까지 국제 스파이단의 일원 취급을 받겠군."
하고 나는 겸연쩍게 웃었다.

"결코 그런 오해는 하지 않습니다. 다만 그런 자의 정체를 알고 싶다는 것뿐인데…… 무슨 자그마한 힌트라도 좋습니다. 뭣 없을까요?"

"분명히 말해 두지만 그녀와 나와의 사이는 우연히 여행지에서 알게 되었다는 그런 관계 이상도 이하도 아닙니다."

스즈키는 생각하는 듯 잠깐 침묵 속에 있더니

"어젯밤 선생님이 만난 그 여자는 램스도프가 아니었습니까?"

하고 정면으로 물어왔다.

"램스도프는 금발입니다. 어젯밤의 그 여자는 갈색 머리칼입니다. 홍콩으로 조회해 보시면 알 일을……."

"선생님이 꼭 그렇게 생각하신다면 너무 순진합니다. 백인 여성은 가발을 교묘하게 이용합니다. 참, 한국에선 가발 공업이 성업 중에 있다고 하던데요."

"나는 조금 피로합니다. 일본 경찰이 직접 관여할 일이 아니면 이쯤 해둡시다."

하고 나는 하품을 참았다.

"직접 관여할 사건은 아니라도 램스도프라고 하는 그 여자를 예사로 보아 넘길 순 없습니다. 체포다, 치죄(治罪)다, 하는 것은 문제가 아니고 우리는 정확한 정보를 필요로 하는 것입니다. 그 여자가 무슨 스파이 조직의 일원이 아닐까 하는 의혹이 있는 한 우린 그 여자를 등한히 할 수 없다는 얘깁니다. 스파이 조직이면 어느 나라의, 어떤 목적의 것이건 우리 일본으로 봐선 달갑지 않은 거니까요. 자칫 국제적 문제를 야기할지도 모르구요."

"그렇건 저렇건 나와 관계없는 일이니 이만 합시다."

하고 나는 자리에서 일어섰다.

스즈키는 이 이상 뾰족한 수가 있을 것 같지 않다고 판단했음인지 일어서서 말했다.

"너무 실례가 많은 것 같습니다. 그런데 꼭 부탁이 있습니다. 선생님이 어젯밤 만난 여자로부터 전화가 있든지 만나는 기회가 있든지 하면 나에게 연락해 주십시오. 아까 드린 명함에 적힌 전화번호를 이용하시면 됩니다."

나는 뭐라고 대답할 수 없었다.

"잘 가시오."

라고만 말했는데 도어를 열면서 스즈키는 이제 막 한 부탁을 되풀이했다.

스즈키는 돌아갔으나 불쾌한 마음은 남았다. 스즈키에 대해서 불쾌한 것이 아니라 유한일과 램스도프에 대한 불쾌감이었다. 나는 다섯 시에 연락하겠다는 램스도프의 약속을 상기하고 마음의 무장을 단단히 했다. 끝까지 철저하게 추궁해 볼 작정이었다.

정각 다섯 시에 전화벨이 울렸다. 램스도프의 음성이었다. 도청당할 염려가 있다고 생각하자 나는 당황했다. 그녀를 추궁할 생각은 뒤켠으로 물러서고 보호할 마음이 앞선 것이다.

"스톱 토킹, 이머전시(말하지 말라, 비상이다)!"

해놓고 얼른 수첩을 꺼내 친구 집의 전화번호를 대주고 한 시간 후에 그리로 전화하라고 했다.

"그렇게 하겠어요."

하는 간단한 말과 함께 저편에서 전화를 끊었다.

나는 동경 시바(芝)에 있는 친구 집에 전화를 걸어 놓고 양해를 받은 뒤 그리로 달려갔다. 호텔의 전화는 쉽게 도청할 수 있겠지만 개인 집의 전화는 도청이 용이하지 않을 것으로 생각했기 때문이다. 친구 집으로 달려가는 차 중에서 나는 괜히 흥분하고 있었다. 탐정극(探偵劇) 중의 한 사람이 된 것 같은 기분이었다.

소설가인 일인 친구는 외출 중이고 그 부인만 있었다. 적당한 설명을 해놓고 전화기 옆에서 기다렸다. 정확하게 지정된 시간에 램스도프로부터 전화가 왔다.

"비상이라니 무슨 뜻이죠?"

하는 질문이 있었다.

"홍콩에서 당신을 체포하러 왔어요."

하고 우선 겁을 주었다.

"홍콩에서 나를?"

램스도프의 말이 긴장했다.

"아무튼 전화로는 말 못 하겠어요. 일본 경찰도 동원되어 있는 모양이니까요."

"잠깐 기다리세요."

하는 램스도프의 말이 있었다.

조금 후에

"전화 바뀌었습니다."

하는 일인 여성의 말이 있더니

"택시를 타고 요요기 제1 맨션 정문으로 오십시오, 지금 곧."

하고 전화를 끊었다.

나는 일인 친구의 부인에게 내일이라도 다시 한 번 찾아오겠노라
고 말하고 그 집을 하직했다.

"무엇이 그렇게 바쁘시죠?"

부인이 웃으면서 하는 말에

"탐정극의 일원이 된 기분입니다."

하는 대답을 해놓고 나왔다.

택시를 잡았다. '요요기 제1 맨션'이라고 하자 운전사는 당장 알
아차렸다. 약 30분쯤 후에 맨션의 정면에 섰다. 그때가 일곱 시 가까
웠을까. 그 시각인데도 초여름인 탓으로 주위는 밝았다.

맨션 현관에 서서 두리번거리고 있는데 건물 저편에서 빨간 소형
차가 나타나더니 내 곁으로 와 섰다. 운전대엔 젊은 여성이 있었다.
젊은 여성이 내게 말을 건넸다.

"한국에서 오신 소설가?……."

"예, 그렇습니다."

주위를 살피는 듯하더니 젊은 여인은

"자, 타세요."

하고 턱으로 도어를 가리켰다.

운전대 옆자리에 앉았다.

자동차를 출발시키며 여성은 다시 주위를 살피는 듯했다. 미행이 있는 것 같진 않았다. 자동차는 명치 신궁의 뒷거리를 달렸다.

명치 신궁(明治神宮)의 뒷거리, 소형차 두 대가 겨우 비켜 통할 만한 골목을 좌절우절(左折右折)하며 올라가더니 산울타리를 친 조그마한 2층 집 앞에 자동차가 섰다.

"여기예요."

하고 여자가 자동차의 도어를 열었다. 나는 내려서서 주위를 두리번거렸다.

가위질이 잘 되어 있는 산울타리에 덩굴의 연록과 빨간 꽃이 정교한 자수를 보는 느낌이었다. 목조(木造)로 된 순일본식 건물은 아담한 기품이었는데 현관 문지방에 붙어 있는 명찰이 '井上'으로 되어 있었다.

순간, 나는 '井上(정상)'이란 그 이름이 마음에 걸리는 듯했다.

초인종을 젊은 여자가 눌렀다. 현관이 열렸다. 젊은 여자 뒤를 따라 집 안으로 들어섰다. 현관을 열어 준 사람의 모습은 이편에서 보기 전에 사라지고 없었다.

2층으로 안내되었다.

하얀 커튼이 걸린 응접실풍으로 된 작은 방이었다. 자리에 앉자마자 옆방에서 램스도프가 나타났다. 램스도프의 지시에 의해 이곳으로 온 것이지만 비좁은 일본식 방에서 램스도프를 만난다는 것이 어울리지 않는 기분이었다.

좁은 화분에 대륜(大輪)의 꽃을 보는 듯한 조금 어색한 인상이어서

"이런 데서 미스 램스도프를 만날 줄이야 정말 몰랐군."
하는 말로 되었다.

차를 날라 온 여자가 사라지기가 바쁘게 도어를 닫곤 램스도프가 물었다.

"무슨 일예요. 무슨 일이 있었어요?"

"당신을 체포하러 홍콩에서 왔습니다. 일본 경찰도 호응하고 있는 것 같소."
하고 램스도프의 눈치를 살폈다.

"날 체포한다구요?"

램스도프가 어이가 없다는 듯 웃곤, 좀 더 소상한 설명을 요구했다.

나는 되도록이면 순서에 따라 얘기를 했다. 램스도프는 신중히 듣고 있었다.

"황의 추궁이 대단했소. 일본 경찰관의 유도 심문은 교묘했구요. 그러나 당신의 이름 어느 쪽도 대주지 않았소."
하는 대목에 이르자,

"줄리아 앨런이란 이름은 말해도 괜찮을 텐데요."

하고 램스도프는 웃었다.

"그 이름은 말해도 되는 거유?"

"물론이죠. 일본에서 행세하기 위해 있는 이름인 걸요."

"일본 경찰은 바로 그 이름을 램스도프의 변명이라고 생각하고 있는 모양이던데요."

"어떻게 해서 그렇게 생각했을까요?"

"그걸 내가 어떻게 압니까? 홍콩에서 탑승해서 동경에서 내린 줄리아 앨런의 신원이 파악되지 않는 데서 추측한 것이 아닐까요?"

"그렇다면 일본 경찰도 멍청이들이군. 줄리아 앨런은 홍콩에서 탄 것이 아니라 마닐라에서 탄 겁니다."

"마닐라?"

하고 내가 놀라자 램스도프는 백에서 여권을 꺼내 내게 보였다. 거기엔 분명히 줄리아 앨런은 미국적을 가지고 있었고 마닐라 공항의 출국인(出國印)이 찍혀 있었다. 그 날짜는 램스도프가 홍콩을 출발한 바로 그 날짜였다.

"언제 마닐라에 갔었소?"

내가 물었다.

"언제 마닐라에 갔는가가 문제가 아니고 이 스탬프가 문젠 거예요."

하고 램스도프가 웃었다.

"출국할 때 혹시 지장이 없을까?"

나의 질문이었다.

"지장이 있을 리 없죠. 내가 일본에서 무슨 일을 저지르지 않는다면요."

램스도프의 대답은 태연했다.

"그건 그렇고 홍콩 신계(新界)에서의 폭파 사건은 어떻게 된 겁니까?"

"어떻게 되다뇨?"

"범인들 포켓에서 램스도프 명의의 수표가 나왔다는 건데 어떻게 된 거냐 이 말입니다."

"우리는 과거의 얘긴 하지 않기도 되어 있어요. 어젯밤에도 말씀드렸죠. 홍콩에서 끝난 일이라구요."

"사람이 근 50명이나 죽었다는데 그대로 넘겨 버려도 되는 일일까요?"

"안 넘겨 버리면 어떻게 하겠어요."
하고 램스도프가 웃었다.

"인도적 책임감 같은 것은 전연 없소?"

"인도적?"

램스도프의 이마에 살큼 주름이 잡혔다. 그러고 나서 내게 힐문조가 되었다.

"나치스가 학살한 천만에 가까운 희생자들의 인도적 문제는 어떻게 되었던가요?"

"그 말은 납득할 수가 없어. 나치스가 천만을 죽였다고 누구나 사람을 죽여도 좋다는 얘기로 비약할 순 없을 텐데."

"나는 그런 뜻으로 말하는 게 아니고 그 사건이 인도적으로 어떻게 처리되었느냐는 걸 묻고 있는 거예요."

"문제를 그렇게 확대하는 건 기만입니다. 물건 하나 훔친 도둑을 추궁하는데 도둑 일반론을 들고 나온다는 건 기만이 아닐까요?"

"그러나 도리가 없어요. 우리는 일반론에 입각해서 행동을 하니까요."

"그렇다면 일반론으로선 사람을 죽일 수 있다, 이 말인가요?"

"그건 비약입니다. 적은 죽여야 한다는 것이 우리의 일반론입니다."

"적을 죽이는 데 적 아닌 사람이 끼어 있을 경우는 어떻게 합니까?"

"도리가 없죠. 끼어 있었던 사람의 불운(不運)으로 돌릴 수밖에요."

"대단히 간단하군요."

"간단하죠. 이 세상에 문제가 근절되지 않는 건 간단한 문제를 복잡하게 생각하기 때문입니다."

"원래 복잡한 문제를 간단하게 생각하는 데서 비극이 있다고 나는 보는데요."

"그건 센티멘털리즘입니다."

335

"그렇다면 당신들이나 나치스는 꼭같은 사고의 평면에 서 있다고 하겠습니다."

"그건 다릅니다."

"왜?"

"나치스는 침략이 목적이었지만 우리는 자위(自衛)의 수단으로써 하는 부득이한 결론이니까요."

"나치스도 자위의 수단이라고 했소."

"아닙니다. 그들은 게르만 민족의 우수성을 과시하려고 했습니다."

"요컨대 게르만족 우월의식이 나쁘다는 거죠?"

"그렇습니다."

"그렇다면."

하고 나는 허허한 웃음을 띠고 덧붙였다.

"선민사상(選民思想)의 시초는 유대인으로부터 비롯된 게 아닙니까? 히틀러는 당신들로부터 인종 차별의 관념을 배웠을지 모르죠."

"그렇다면 선생님은 히틀러의 게르만 인종 우월주의를 타당한 것으로 보신다, 이겁니까?"

램스도프는 살큼 흥분했다.

"천만에요. 내가 제일 싫어하는 자는 히틀러입니다."

"그런데 왜 선생님은 우리들의 선민사상과 히틀러의 인종 정책을 혼동하시죠?"

"비슷하니까요."

"절대로 비슷하지 않습니다."

램스도프는 식은 차로 입 안을 축이고 다음과 같이 열변을 시작했다.

"선민사상은 그 옛날 부족 사회 시절 어디에서나 있었던 사상이에요. 아프리카의 산골에 가보세요. 그곳 식인종 가운덴 아직도 뿌리 깊게 선민사상이 남아 있습니다. 선생님의 민족도 아마 예외는 아닐 겁니다. 유대인의 선민사상이 특히 문제가 되는 건 구약 성서라는 책이 다른 의미에 있어서 유명했기 때문이고 지금도 아직 많은 독자를 가지고 있기 때문입니다. 말하자면 유대인의 선민사상은 옛날의 것이고, 그것도 신(神)과의 상관관계에 있어서의 신앙의 자각적(自覺的)인 바탕일 뿐이고, 현실적으로 박해에 대한 자위적(自慰的)인 관념일 뿐이에요. 그런데 어떻게 해서 거만한 자존심으로 남을 침략해도 좋다는 사상과 우리의 사상을 동일시할 수 있단 말입니까? 히틀러는 게르만은 주인이고 타인종은 노예라야만 마땅하다고 생각하고 있었던 겁니다. 히틀러의 황인종에 대한 멸시는 엄청납니다. 그러나 유대인의 선민사상은 그런 게 아닙니다. 신의 은총을 받기 위한 자각으로써의 선민사상입니다. 그런데 어째서 히틀러가 우리에게 배웠다는 겁니까? 선생님의 인품을 내가 알고 있으니 망정이지, 만일 그렇지 못했더라면 선생님을 히틀러를 변명하기 위해 견강부회하고 데마고그라고 비난했을 겁니다……."

나는 섣불리 꺼낸 내 말이 뜻하지 않게 램스도프를 흥분시킨 데 당혹을 느꼈다. 그래 나는 다음과 같이 변명했다.

"적이면 무조건 죽여야 한다. 무고한 사람이 적 가운데 끼어 죽었을 경우, 이편에 잘못이 조금도 없고 책임은 오로지 죽은 자의 불운에 있다는 사고방식에 나는 동조할 수 없다는 얘기를 하고 싶었을 뿐이오. 나는 인도적인 문제를 그처럼 경경하게 취급해서는 안 되는 것이 아닌가 하고 생각하는 사람이니까요."

"그건 지금을 평화 시대라고 생각하는 사람의 사상이겠죠."

"……?"

"나는 지금을 평화 시대라곤 생각하지 않습니다. 적과 대치하고 있는 시대, 그 적을 무너뜨리지 않으면 이편의 생명이 부지될 수 없는 시대라고 생각합니다. 평화와 전쟁은 분명히 다릅니다. 선생님은 지금 분화산의 분출구 옆에 앉아서 별을 헤고 있는 거예요."

"그러나 램스도프, 우리나라의 화랑도(花郎道)에 살생유택(殺生有擇)이란 게 있소. 전쟁 중이건 어느 때이건 함부로 사람을 죽여선 안 된다는 거요. 아무리 어지러운 상황에서라도 인간인 만큼 인도를 생각해야 되지 않겠소."

"선생님은 홍콩 신계에서의 사건이 끝내 마음에 남아 있는 것이로군요. 그렇다면 내 얘기를 들어주십시오. 2차 대전 때의 일입니다."

램스도프는 조용히 얘기를 시작했다. 다음에 그 내용을 간추려 본다.

1944년의 어느 봄날. 영국 첩보 기관의 책임자 보드레이 장군은 벨브와르란 자를 감옥의 일실에서 만나고 있었다. 벨브와르는 절도단(竊盜團)의 보스로서 유명한 프랑스인. 독일의 비밀경찰 게슈타포의 금고에 있는 금괴(金塊)를 훔쳐 내어 영국으로 밀입국하려다가 전시법(戰時法)을 어겨 십년형(十年刑)을 선고 받고 영국의 형무소에서 복역 중이었다.

보드레이가 말했다.

"2, 3개월 안으로 연합군이 프랑스에 상륙한다. 독일은 그것을 알고 방어 태세를 강화하고 있다. 게다가 히틀러는 V1, V2 같은 로켓기를 투입하고 있다. 우리는 그 로켓기 기지를 찾아내어 파괴해야만 한다. 우리는 모든 정보원을 동원해서 적 지구를 살피고 있다. 그러나 어림도 없어. 어떻게 하더라도 우리는 적의 통신 암호를 파악해야 한다. 그들의 라디오 메시지를 해독해야만 한다. 그렇게만 되면 우리의 승리는 확실하다. 뿐만 아니라 수많은 인명을 구할 수도 있다."

"그런데 왜 날 보구 그런 소릴 하죠?"

수인(囚人) 벨브와르의 얼굴에 냉소가 일었다. 이런 태도엔 아랑곳없이 보드레이는 계속했다.

"히틀러의 최고 사령부와 독일군의 각지 사령부 사이의 연락은 라디오로 취해진다. 그 신호는 최상급의 비밀이다. 그런데 그 암호 신호는 전기 장치가 된 기계로써만 해독이 된다. 그 기계야말로 신통하다. 우리는 과거 5년 동안 그 비밀을 탐지하려고 애썼지만 허사

339

였다. 그 기계는 오늘날 독일이 철저하게 지켜 오고 있는 비밀 가운데의 하나다. 그런데 그 기계는 구식 타이프라이터 같은 형체란 얘기다."

"헌데 그게 어떻게 작용한다는 겁니까?"

"타이프라이터 형체의 그 기계의 키를 적당하게 플러그와 소키트로써 조절하면 암호가 저절로 풀리게 돼 있어. 가령 라디오에서 흘러나오는 음은 B인데, F 또는 Z로 기록이 된다, 이거야. 그런데 도리가 없어."

"장군, 무슨 도리가 없다는 겁니까?"

하고 벨브와르가 물었다.

"누군가가 프랑스로 가서 그걸 훔쳐 내 오지 않는 이상, 어떻게 할 도리가 없다는 얘기다."

오랫동안 벨브와르는 생각에 잠겼다. 그의 얼굴에서 냉소는 사라졌다.

"대단히 위험한 일이군요."

한참 후에 벨브와르가 중얼거렸다.

"위험하다는 정도가 아니지. 자살적인 일이지."

보드레이 장군이 고쳐 말했다.

벨브와르는 뚫어지게 보드레이를 보고 물었다.

"왜 내가 그 일을 해야 합니까? 납득할 만한 이유가 있어야 할 것 아닙니까."

"이유는 많다."

하고 보드레이가 말했다.

"그 첫째는 자유다. 당신은 아마 앞으로 10년 동안 감옥에서 썩는 것을 원하지 않겠지. 당신이 동의하기만 하면 지금부터라도 저 문으로 해서 자유세계로 걸어 나갈 수가 있다. 다음의 이유는 돈이다. 당신은 돈을 좋아하지. 벨브와르 당신이 가장 충성을 다할 수 있는 건 돈에 대해서가 아닌가? 20만 파운드라고 하면 대단한 돈이다. 그만한 돈을 위해선 잉글랜드 은행을 털 만하지 않는가?"

그리고 보드레이는 덧붙였다.

"셋째 이유가 또 있지."

"뭡니까? 그건."

"스릴이다. 당신이 가장 좋아하는…… 난 잘 알고 있다. 당신이 1939년 로마의 경찰 창고를 습격한 것은 그곳에 보관되어 있는 돈과 보석만을 노린 것은 아니었다. 흥미, 흥분, 그것을 얻기 위한 노릇이기도 했다. 당신은 천성의 도박군이다. 모험가이다. 언제나 새로운 도전을 해야만 직성이 풀리는 사람이다. 그런 뜻에서 나는 당신에게 새로운 도전의 대상을 주려는 것이다."

"내가 모험을 즐긴다고 해서 내 생명까지 걸 거라고 당신이 추측한다면 그건 좀 지나친 추측인데요."

벨브와르는 싸늘하게 말했다.

"내가 잘못 짚은 건지도 모르지. 그렇다면 별수 없지. 당신은 감옥에서 10년 동안 썩으면 될 테니까. 감옥 생활도 별로 나쁜 건 아니겠지."

보드레이의 말도 싸늘했다.

벨브와르가 물었다.

"그 기계가 프랑스에 몇 대나 들어가 있습니까?"

"27개. 우리는 그 소재지를 이미 압수해 놓고 있어."

하고 보드레이는 일람표를 벨브와르에게 건넸다.

"날더러 이 가운데 하나를 훔치라고 하는 거로구먼요."

"훔치는 것만으론 부족해. 만일 그것이 도난당했다는 걸 알면 독일은 그 기계를 매개로 한 통신을 중단해 버릴 게 아닌가. 그렇게 되어선 안 돼. 그러니까 그 기계를 감쪽같이 훔쳐 내어 안전지대로 옮기는 동시, 그 건물을 폭파해야 돼. 그래야만 독일이 그 기계도 다른 시설과 함께 폭파되었다고 생각할 것이 아닌가?"

"그걸 나 혼자 힘으로 하라는 거요?"

"아냐. 프랑스의 지하 저항 운동자들이 협력할 걸세. 우린 그들을 동원할 수 있도록 준비를 해놓고 있으니까."

그러자 벨브와르는 의심스러운 눈초리가 되더니 물었다.

"그렇다면 왜 나를 뽑은 거죠? 당신들은 이곳에서나 프랑스에 이미 훈련된 사람들은 가지고 있을 게 아닙니까? 그들을 이용하면 될 게 아뇨? 나를 감옥에서 풀어 돈까지 주는 그런 번거로운 짓을 안 해도 될 게 아닌가. 이 말입니다."

"그 일을 성공하려면 도둑놈과 밀수꾼이 있어야 하기 때문이다. 우리는 건물을 폭파하기 직전에 그 물건을 훔쳐 내는 사람을 필요로 한다. 동시에 그것을 프랑스로부터 몰래 운반해 오는 전문적인 밀수꾼을 필요로 한다. 그 적격자가 바로 당신이다 이 말이야. 이 기록이 그 분야에 있어서 최고 적격자가 당신이란 사실을 말해 주고 있어. 게슈타포의 지하 비밀 창고에서 금덩어리를 훔쳐 낸 사람이면 어느 곳에서건 무엇이건 훔쳐 낼 수 있지 않겠는가?"

벨브와르는 입을 깨물며 장시간 생각하는 듯하더니 고개를 들고 말했다.

"OK."

그런데 벨브와르는 세 가지 조건이 있다고 했다. 그 하나는

"20만 파운드가 아니라 40만 파운드를 달라."

는 것이었다. 이에 보드레이는

"30만 파운드, 그 이상은 한 푼도 더 줄 수 없다."

고 못을 박았다.

"좋소. 그 가운데 반액은 현금으로 지금 받아야 하겠소. 나머지는 내가 돌아왔을 때 받기로 하고."

"전도금으로 10만 파운드만 내겠다. 20만 파운드는 기계를 가지고 돌아왔을 때 지불하겠다."

"그것도 좋소. 그런데 앞으로 일주일 동안 내게 자유행동을 허용해 주어야 하겠소. 일체의 미행(尾行)과 감시도 없는 완전한 자유 시

간을 달란 말입니다."

보드레이는 승낙하지 않을 수 없었다. 세밀한 협의가 있고 난 후 벨브와르는 10만 파운드를 호주머니에 넣고 감옥에서 나왔다.

영국의 첩보 기관에서 여권 기타 모든 준비를 해주기로 되어 있었지만 벨브와르는 갖가지 변장에 따른 갖가지 변명(變名)으로 수종의 여권과 신분증명서를 만들어선, 옛날의 일당 가운데의 심복들을 거점으로 하고 리스본 경유로 미리 그것을 프랑스 국내에 보내 놓았다. 그리고는 첩보 기관의 지시대로 3월 27일 핼리팩스 폭격기의 단 하나의 승객(乘客)이 된 벨브와르는 도버 해협을 건너 프랑스의 모지점(某地點)에 패러슈트를 타고 내렸다.

그는 영국의 지시대로 사명을 완수할 작정이긴 했으나 세부적인 행동은 독자적으로 할 참이었다.

'너 이외의 누구도 믿지 말라'는 것이 그의 신념이었다. 그런 까닭에 영국의 첩보부가 만들어 준 증명 따위는 쓰지 않기로 하고, 일주일의 자유 시간에 자기 스스로 전문가(專門家)를 찾아 만든 제(諸) 증명과 문서를 미리 프랑스에 보내 놓은 것이다.

벨브와르가 착륙한 지점은 도르도뉴 강변 베르제라크 근처였는데 영국 첩보부가 일러 준 대로 곧 프랑스의 지하 운동자들과 접선할 수 있었다. 그 가운데의 한 사람인 아이마르는 패러수트의 처치는 자기들이 하겠다고 하고 일렀다.

"이 강줄기를 따라 내려가면 리부른의 정거장으로 갈 수 있소. 거겔 가서 한 시 55분 출발의 파리행 열차를 타시오."

벨브와르는 변장하게 적당하게 강줄기를 따라 걸었다.

아이마르 등은 벨브와르가 남기고 간 물건들을 말끔히 처치하고
도 한 시간쯤 그 근처에 잠복해 있다가 집으로 돌아갔는데 게슈타포
의 습격을 받았다. 게슈타포의 사무실로 끌려간 그들은 그곳에서 가
혹한 고문을 받았다. 이윽고 런던에서 어떤 자가 도착했다는 것을 자
백하지 않을 수 없었고 그자가 한시 55분발 기차로 파리로 갔다는
사실까지 토해 놓지 않을 수 없었다.

여기에서 램스도프는 아이마르가 자백하기까지의 고문이 얼마
나 가혹했던가를 자신이 목격이나 할 것처럼 설명했다. 아이마르는
무려 네 시간이나 고문을 견디었는데 게슈타포와 게슈타포에 추종
한 협력파(協力派) 프랑스인들이 그의 아내를 홀딱 벗겨 죽이겠다고
위협하는 바람에 항복하고 말았다는 설명을 보태며 램스도프는 눈
물을 흘리기까지 했다.

"벨브와르가 탄 기차가 파리에 도착할 시간은 아침 7시 반경이
었어요."

하고 램스도프는 얘기를 계속했다.

기차가 도착하자마자 게슈타포는 모든 승객을 움직이지 못하게
하고 수색했다. 그러나 검은 머리, 회색빛 눈, 검은 코트를 입고 붉
은 스카프를 두른 '잔·마리·란제'란 이름의 신분증을 가진 사람은
찾아 낼 수가 없었다. 영국 첩보부가 벨브와르에게 만들어 준 증명

서엔 벨브와르의 프랑스에서의 이름은 '잔·마리·란제'로 되어 있었던 것이다.

벨브와르는 그날 아침 5시 50분 보르도 역에서 내려 지선(支線) 열차를 타고 오를레앙으로 갔다. 거기서 그는 옛날의 친구를 찾아 갖가지 준비를 하곤 자동차를 타고 파리로 들어왔다.

이처럼 아이마르의 진술이 틀릴 수밖에 없게 되었다. 아이마르와 그 동지들은 즉각 총살되었다. 4월 4일 벨브와르는 파리 피갈레 거리의 일각에 있는 '카페 미네트'에서 프랑스 지하 운동자와 만나게 되어 있었다. 벨브와르는 직접 그곳에 나타나지 않고 그가 이전에 파리에 있었을 때 면식이 있던 창부를 먼저 보내 상황을 살피게 했다. 그 결과 게슈타포가 그 카페를 포위하고 있다는 것을 알았다…….

"아무튼 벨브와르는 가는 곳마다에서 게슈타포가 그물을 치고 있다는 것을 알았어요. 자기가 접촉한 사람들은 예외 없이 죽었어요. 그럴수록 벨브와르는 영국 첩보부의 지시완 달리 행동하게 된 거죠. 물론 대방침(大方針)을 어긴 건 아니죠. 겨우 자기가 살아남긴 했지만 가는 곳마다, 어떤 행동을 일으켰을 때마다 동지를 희생시키기만 하고 결과는 무위(無爲)로 끝나는 바람에 분통이 터질 지경이었는데, 그는 영국으로부터 돌아오라는 지령과 함께 돌아가는 방편에 관한 세밀한 지시를 받게 되었죠. 벨브와르는 그 지령을 무시했습니다. 자기의 체면을 생각하게 된 거죠. 영국의 협력 없이 순전히 자력(自力)으로 할 계획을 세웠죠."

램스도프는 이렇게 말하고 그 뒤에 취한 벨브와르의 행동 설명으로 옮아갔다.

벨브와르는 옛날 절도단의 동지를 모아 세밀한 계획을 짜서, 그물건을 훔쳐 내어 건물을 폭파하는 데 성공하기는 했는데, 훔쳐 낸물건이 가짜라는 것을 발견하게 되었다. 즉 게슈타포가 벨브와르의의도를 사전에 알아차리고 그 물건이 놓여 있던 자리에 가짜 물건을 갖다 놓고 벨브와르를 유인하는 미끼로 이용했다는 것을 알게 된것이다.

그 행동에서 벨브와르가 살아남은 것은 기적에 가까운 일이었다.벨브와르의 의도를 미리 알고 철통같은 방비를 하는 동시에 치밀하게 그물을 깔아 놓고 있었기 때문이다.

드디어 벨브와르는 자기가 영국 첩보부의 지시대로 행동했더라면 벌써 죽어 있어야 한다는 것을 알았다. 자기가 행동을 하는 일보전에 그 정보가 독일의 정보기관에 알려지고 있었다고 확신할 수가있었다.

'그렇다면 영국의 첩보 기관 상층부에 독일의 스파이가 침투해있는 것이다.'

그는 이렇게 단정할밖에 없었다.

그렇지 않고서야 어떻게 그처럼 정확하게 자기의 행동 예정을 독일 측이 알아맞힐 수 있었겠는가 말이다.

그는 분노가 치밀어 오르는 것을 억제할 수 없었다. 천신만고 영국으로 돌아왔다.

여기까지 말하고 램스도프는 한숨을 지었다.

"결국 실패한 스파이 얘기 아니오?"

하고 내가 웃었다.

"아닙니다. 지금부터가 중요한 얘깁니다."

그래 놓고 다시 시작한 램스도프의 얘기는 ——

천신만고 런던으로 돌아온 벨브와르는 직통 전화로 첩보 사령관을 찾았다. 그 전화는 사령관 보드레이 이외의 사람은 아무도 못 받게 되어 있는 전화였다.

"나는 런던에 돌아왔소. 당신을 만나고 싶은데요."

벨브와르는 탁 가라앉은 목소리였다. 한동안 대응이 없더니 보드레이는

"나는 당신이 죽은 줄 알았군. 연락이 끊겨졌으니 말이지."

하고 싸늘하게 말했다.

"당신을 실망시켜 미안하군요. 하여간 나는 살아서 돌아왔소."

"한번 만나도록 합시다. 오늘은 바빠서 안 되겠고 수일 내로 만나도록 하지. 헌데 지금 어디에 있는가. 언제 돌아왔지?"

그런 질문엔 아랑곳없이 벨브와르는 다그쳤다.

"오늘 내로 만나야 하겠소. 어쨌건 나의 사명은 실패했소. 그 이유를 설명드리리다. 당신의 기관 내엔 반역자가 있소. 이중 스파이가 있단 말이오. 나는 프랑스에 도착하자마자, 아니 그 직전에 배신당했

소. 독일 놈들은 내 행동을 미리 알고 있더라, 이거요. 나는 자칫 놈들에게 붙들릴 뻔했소. 한 번도 아니구 수없이."

얼마간의 침묵이 있은 후 보드레이는

"그럼 좋아. 정각 오후 열 시에 샤프츠뷰어리와 피카딜리 사이의 코너에서 당신을 픽업하도록 하지."

하고 전화를 끊었다.

정각 10시, 연전에 그를 태우고 그곳에 내려 준 리무진이 왔다. 말없이 벨브와르 앞에 멎었다. 벨브와르가 탔다.

자동차는 런던을 빠져 나가 북쪽으로 달리더니 전원을 지나고 공장가를 지나고 빈민굴을 지나 돌연 병사(兵舍) 같은 건물 사이를 누비더니 감시탑이 서 있고, 사면을 철조망으로 둘러친 요새와 같은 건물로 들어갔다. 환히 밝은 달밤이어서 건물의 모습과 살풍경한 그 일대의 정황을 차분히 관찰할 수가 있었다. 이윽고 억세게 생긴 하사관이 나타나더니

"미스터 벨브와르지요? 나를 따라오시오."

하고 앞장을 섰다.

첩보 부대의 사령관 보드레이는 금속성 책상과 조도, 볼품없이 카펫이 깔린 스산한 방에서 기다리고 있었다. 그의 흰 빛깔이 섞인 콧수염은 빈틈없이 다듬어졌고, 날카로운 눈은 싸늘한 푸른 불꽃을 뿜어내고 있었다. 벨브와르가 그 앞에서도 손을 내밀지 않았다. 악수조차 할 생각이 없다는 의사 표시로 보였다.

"이 곳이 당신 마음에 들지 않은 모양이로군. 지금 우리가 쓰고 있는 이 건물은 빅토리아 시대에 지은 괴물의 하나인데 불행하게도 우리는……."

하며 수선을 피우는 보드레이의 말을 벨브와르는

"나는 당신과 건물에 관한 토론을 하기 위해 여게 온 것은 아니오."

하고 꺾곤 덧붙였다.

"당신은 짐작하겠죠. 내가 하려는 말을."

그러면서 벨브와르는 보드레이의 태도에 당혹함을 감추려는 어색한 노력이 있다는 것을 발견했다.

"장군."

이렇게 불러 놓고 벨브와르는 물었다.

"오늘 아침 내가 한 전화의 내용을 기억하시지요?"

"기억하고 있소. 그러나 전화로 말을 할 수 없었소. 지금은 말할 수 있어. 우리 기관에 배신자가 있다는 당신의 말은 옳아. 당신을 배신하여 독일 놈들에게 보고한 자가 이곳에 있어."

"당신이 그놈을 붙들어 놓았단 말요?"

벨브와르는 놀라며 외쳤다.

"그렇소."

"그놈이 누구요?"

"그놈은 이 집 안에 있어. 그놈을 보여 주지."

하고 보드레이는 앞장서서 미로(迷路)처럼 얽힌 좁은 골마루를 걸었다. 수없는 사람들을 지나쳤는데 벨브와르는 그들이 지껄이고 있는 말을 한 마디도 알아들을 수 없었다. 모두들 암호(暗號)로 주고받고 있었기 때문이다.

벨브와르의 가슴 속엔 분노가 타오르고 있었다. 지금 만나러 가는 그놈 때문에 얼마나 많은 프랑스의 동지들이 고문을 받았던 것인가? 처참한 죽음을 당했던 것인가? 지금 이 순간에도 벨브와르의 일을 도우려다가 붙들린 순진한 소녀가 게슈타포의 지하실에서 고문을 당하고 있을 것이었다.

보드레이 장군이 어느 닫혀진 문 앞에 섰다. 그리고 벨브와르의 심리 상태를 알아차렸음인지 조용히 타일렀다.

"진정해요, 그놈은 이 방 안에 있다."

보드레이가 도어를 열었다. 벨브와르가 따라 들어갔다. 돌연 시야가 가려진 듯한 느낌이더니 정신을 차리자, 방 안엔 아무도 없었다. 건너편 벽에 또 하나의 도어가 있을 뿐이었다.

보드레이가 천천히 돌아섰다.

그의 얼굴은 무표정했다.

이윽고 말이 있었다.

"당신은 지금 반역자와 같이 있다. 독일 놈들에게 정보를 준 건 나다."

"당신이?"

하도 놀라서 벨브와르는 그 이상 말을 할 수 없었다.

그런데 다음 순간의 보드레이의 행동은 반역자 같지가 않았다.

"따라와요. 당신에겐 약간의 설명을 해야 하겠다."

이럴 때의 보드레이의 말투는 부드러웠다. 다음의 도어를 열고 보드레이가 앞장서 들어갔다. 혼란된 마음으로 벨브와르가 뒤따랐다.

그 방은 아주 넓은 방이었다. 벨브와르가 아직껏 보지 못한 규모의 통신 센터였다. 각기 이어폰을 끼운 수십 명의 기술자들이 정밀한 기계 앞에서 일하고 있었다.

"저걸 봐요."

보드레이가 방 중앙에 있는 것을 가리켰다.

벨브와르의 얼굴이 얼어붙었다. 벼락을 맞은 사람처럼 되었다.

그는 정면에 놓여 있는 물건을 보았다.

바로 그 기계였다.

그가 생명을 바치고 훔쳐 내려고 애썼던 바로 그 기계였던 것이다.

그 기계 뒤에 기술자 하나가 앉아서 타이프를 치는 동작으로 암호를 해독한 문장을 찍어 내고 있었다.

"이거로구나!"

벨브와르는 놀람에서 깨어나자 잠꼬대처럼 중얼거렸다.

"이거로구나, 바로 이거로구나."

그러자 그는 꿈에서 깨어난 사람처럼 그 기계 앞으로 달려가서 암호 해독의 과정을 찬찬히 관찰했다. 의심할 여지라곤 없었다. 그는 손으로 그 상자의 반들반들한 표면을 더듬어 보았다. 기계 앞에 앉아 있는 기술자는 무관심한 눈초리로 슬쩍 그를 쳐다보더니 타이핑을 계속했다. 보드레이가 그의 어깨를 건드렸다.

"이리로 와요. 우리 얘기를 하자."

벨브와르는 그의 마음을 통일할 수가 없었다.

보드레이는 그를 이끌고 비좁은 나선형 계단을 올라갔다. 그 정점에 문이 있었고, 문 앞에 하사관이 서 있었다.

"문을 열어."

보드레이의 명령으로 문이 열렸다.

그들은 옥상으로 나왔다.

옥상엔 무수한 안테나가 달빛 아래 거미줄처럼 얽혀 있었다. 각기 다른 방향으로 향한 콘크라브형 디스크가 즐비하고 형형색색의 철봉이 달빛 아래 임립(林立)해 있었다.

보드레이는 강철(鋼鐵)의 숲과도 같은 광경을 가리키며

"아마 서반구(西半球)에 있어서의 가장 큰 도청 장치일 거요."

하고 웃음을 섞으며 말을 계속했다.

"독일이 전파를 통해서 보내는 메시지치고 여게 걸리지 않는 건 하나도 없을 거요. 우리는 이 장치로써 유럽 대륙에서의 어떠한 속삭임도 모두 파악할 수 있어."

벨브와르는 잠자코 듣고만 있었다.

보드레이 장군은 다음과 같이 말을 보탰다.

"이 거대한 조직과 기관의 유일한 목적은 아까의 그 기계의 밥을 마련하기 위해서지. 그 기계가 없으면 이렇게 거대한 시설의 의미가 없어. 해독하지 못하는 전파가 무슨 소용이겠는가? 그 작은 기계야말로 오늘날 우리나라가 가지고 있는 최상의 비밀이다. 그 기계 덕택으로 우리는 전쟁에서 이기고 있는 거라."

"그렇다면 그 기계를 당신들은 오랫동안 소유하고 있었단 말요?"

벨브와르로선 불가피한 질문이었다.

"그렇지. 1939년부터다."

보드레이는 아무렇지 않게 말했다.

그리고는

"차나 한 잔 합시다."

하고 벨브와르를 돌아봤다.

보드레이는 벨브와르를 장교용 식당으로 안내했다. 식당의 널찍한 베란다에 자리를 잡았는데 거기에선 달빛 아래의 조망을 즐길 수가 있었다.

밤바람은 쌀쌀했지만 춥진 않았다. 다가오는 봄소식인 듯 공기엔 생긋한 향기가 섞여 있었다.

보드레이는 빈 찻잔을 베란다의 난간에 놓곤 조용히 말을 시작했다.

"벨브와르, 놀랐지?"

"놀랐습니다. 장군."

"놀라지 않을 수가 없겠지."

"그러나 내 기분은 그다지 좋지가 않습니다."

"이해할 만해."

"이해할 만하다는 말로써 끝입니까?"

"천만에."

"그렇다면 무슨 설명이 있어야 할 것 아닙니까?"

"그 때문에 당신을 여기까지 청한 것이 아닌가."

보드레이는 천심의 달을 보고, 주위의 풍경을 살펴보고 있더니 다음과 같이 시작했다.

"저 기계를 독일군으로부터 훔쳐 낸 사람은 폴란드의 스파이들이었다. 그들은 기막히게 정밀한 계획에 따라 행동했다. 그들은 단치히 근처에서 자동차 사고를 조작했다. 그 자동차 안에 저 기계가 실려 있었던 것으로 되었다. 자동차는 절벽을 굴러 바닷속으로 들어갔다. 그 지점은 조사해 볼 수단이라곤 없는 곳이다. 독일은 그 기계가 도난당했으리란 건 꿈에도 생각하지 못했다. 우리 기관원이 그 기계를 입수한 건 바르샤바에서다. 2차 대전이 발발하기 일주일 전에 그 기계는 영국으로 건너왔다."

"그래서 그때부터 그 기계를 이용했다, 이 말인가요?"

"물론이지. 그것도 아주 성공적으로, 거의 5개년 동안 우리는 독일의 최고 사령부가 발송하는 최고 기밀 암호를 해독했다. 우리는 그렇게 얻은 정보를 초기밀(超機密)이라고 불렀다. 그 기계 덕택으로 우리는 게링이 트프트와프에게 보내는 명령을 사전에 알 수 있었기 때문에 브리덴 전투에서 승리할 수가 있었다. 같은 방식으로 로멜의 메시지를 입수하여 리비아 전투에서 이겼다. 그 기계 덕분으로 게링 휘하의 비행기를 언제이건 격추할 수가 있었다."

"그렇다면 제기랄 무슨 까닭으로……."

벨브와르는 이를 뽀드득 갈았다.

보드레이는 벨브와르의 감정을 짐작하고 설명을 시작했다.

"내가 이미 말했듯이, 그 기계는 이 전쟁에 있어서 우리가 가지고 있는 최대의 기밀이다. 그러나 우리는 그로써 얻은 정보를 연합군과 나누지 않을 수 없었다. 그랬는데 지금 여게서 이름을 밝힐 순 없지만 어느 미국 장군이 그 정보를 이용할 때 꼭 필요한 보안 조치를 잊었다. 미국군이 이탈리아에서 독일군을 성공적으로 격퇴하자, 독일군은 우리가 그들의 비밀을 알고 있는 것이라고 믿게 되었다. 그리고는 맹렬한 조사를 시작했다. 독일군은 우리가 그 기계를 가지고 있는 것이 아닐까, 하는 의심까지 품게 되었다. 그들은 그 기계를 이용한 통신을 중단해 버렸다. 우리는 기막힌 정보원(情報源)을 잃은 결과가 되었다."

"그것이 언제요?"

"3개월 전이오. 연합군의 유럽 상륙 작전이 임박해 있던 때라 우리는 특히 독일의 동향을 살펴야 했다. 독일은 V2 로켓을 발명했다고 하니 우리는 더욱더 서두르지 않으면 안 되었다. 어떤 값을 치르더라도 우리가 그 기계를 가지고 있지 않다는 것을 독일이 믿게끔 해야만 했다. 영국군은 그 기계를 가지고 있지 않다는 것을 어떠한 수단을 써서라도 독일군이 믿도록 해야 했다, 이 말이오."

하고 보드레이는 다시 한 번 되풀이했다.

"어떠한 수단을 써서라도."

벨브와르는 파이프에 불을 붙였다. 분노가 머리 끝까지 치밀었지만 손은 떨리지 않았다. 말은 자연 통명스럽게 될밖에 없었다.

"그래서 당신은 누군가를 프랑스로 보내 독일군으로부터 그 기계를 훔쳐내 오도록 해야겠다는 결정을 했다, 이거군요?"

"그리고 그 사람은 실패를 해야 했어."

보드레이는 싸늘하게 덧붙였다. 벨브와르는 멍청하게 보드레이를 바라보았다. 너무나 어이가 없었던 것이다.

보드레이는 침착하게 말을 계속했다.

"당신의 사명, 그리고 당신의 실패, 그것이 바로 우리가 그 기계를 가지고 있지 않다는 사실을 독일군이 믿게끔 하는 최상의 증명이 될 것이 아닌가? 우리가 그 기계를 가지고 있는데 무엇 때문에 막대한 돈을 쓰고 많은 사람을 희생시켜 가며 그처럼 서두를 것인가 말이다. 독일인들로 하여금 이렇게 생각하게 하기 위해 당신이 필요했고, 당신의 실패가 필요했던 거야. 그래야만 그들이 아무런 두려움 없이,

거리낌 없이 그 기계를 다시 이용할 마음으로 될 것 아닌가. 아니나 다를까. 그 기계는 다시 작동하기 시작했어. 그저께부터 공중은 독일의 메시지로 가득 차고 있다."

벨브와르의 분격은 절정에 달했다.

"그래서 당신 부하를 보내지 않고 나를 보낸 것이로군."

보드레이는 한숨을 쉬었다. 그러나 그의 시선은 동요하지 않았다.

"보상할 생각으로 있었어. 사후에 훈장도 주구, 가족들에겐 은급(恩給)을 주구."

"요컨대 당신은 나를 게슈타포에 넘길 작정을 한 거죠?"

"그렇지. 게슈타포에서 고문을 당하면 당신은 당신의 사명을 자백했을 것 아닌가? 내가 이미 말한 대로 우리가 바란 것은 당신의 자백, 당신의 실패였다. 당신은 희생되어야만 했던 것이다."

"그런데 당신은 프랑스의 저항 운동자까지 희생시키지 않았는가?"

"도리가 없었소."

이때만은 보드레이의 말투가 음울했다.

"도리가 없다구요?"

벨브와르는 덤벼들고 싶은 충동을 가까스로 참았다. 그 수많은 희생자들, 조국과 민족을 위하는 일념만으로 죽어 간 그들의 순박한 정신, 고귀한 정열이 여기에 이렇게 앉아 있는 냉혈동물 때문에 희생되었다 싶으니 참을 수가 없었다.

"당신은 냉혈동물이오?"

일순 보드레이의 눈에 슬픈 빛이 괴었다.

"당신은 코벤트리라고 하는 도시를 알고 있겠지."

벨브와르는 답하지 않았다.

"그 도시가 독일 공군의 습격을 받아 순식간에 폐허가 된 사건을 알고 있겠지."

"……."

"우리는 그 도시가 공습 당하리란 것을 다섯 시간 전에 알았어. 그 기계를 통해서 게링이 트프트와프에게 내린 명령을 파악한 거야. 다섯 시간이면 전시(全市)를 철수시키는 데 충분한 시간이지. 참으로 엄청난 딜레마였소. 코벤트리에 철수 명령을 내려 수천 명 시민의 생명을 구해야 하느냐. 그렇게 함으로써 우리가 독일의 암호 명령을 해독하는 그 기계를 가지고 있다는 사실을 노출시켜야 하느냐. 끝내, 이 전쟁에 이기기 위해 코벤트리 시민들의 생명을 희생시켜야 하느냐?"

"물론 당신은 코벤트리 시민을 희생시키는 쪽을 선택했겠지."

벨브와르의 말투는 시니컬했다.

"선택은 수상(首相)이 했지."

하고 보드레이는 덧붙였다.

"건의(建議)는 내가 하고."

벨브와르는 드디어 분노를 터뜨렸다.

"비인간적인 족속들, 당신은 사람의 생명을 뭘로 알고 있느냐 말요? ……."

일단 둑이 터진 분격의 흐름을 좀체 멎게 할 순 없었다. 벨브와르는 마구 욕설을 퍼부었다. 죄 없는 사람들을 스파이 책략(策略)을 성공시키기 위한 수단으로 희생시킬 수 있느냐는 내용의 공격이었다.

보드레이는 잠자코 듣고만 있더니 시선을 하늘로 돌렸다. 천심에서 벗어난 달빛은 여전히 교교한 빛으로 그윽했다.

벨브와르의 욕설이 끝나자 보드레이는 중얼거렸다.

"5백 54명이 죽었지, 코벤트리에서. 그 가운덴 내 아내도 끼어 있어. 비참한 시체로 남아 있더군. 내 유일한 딸은 불구자가 되었구. 평생 휠체어의 신세가 된 거지. 내가 결단을 내린 그 순간 그들의 운명이 결정된 거야."

"그럼 그때 당신의 가족이 코벤트리에 있었단 말요?"

보드레이는 보일 듯 말 듯 고개를 끄덕였다.

벨브와르는 한참을 우두커니 서 있다가 집 안으로 들어왔다. 보드레이가 뒤따랐다.

밝은 곳으로 와서 보드레이는 벨브와르를 응시하며 말했다.

"약속한 나머지 돈을 주겠다. 결론적으로 말해 당신은 최선을 다해 당신의 사명을 완수한 것으로 칠 수 있으니까."

"아닌 게 아니라 나는 그 기계를 훔쳐 내는 데 성공할 뻔했소. 극히 짧은 동안이지만 그 기계는 나의 수중에 있었으니까요."

"그랬어? 그 얘길 들려주구려."

벨브와르는 프랑스 파리에 있는 독일군 사령부에 침입해서 그것을 가지고 나오기까지의 고심과 뒤이은 실패를 소상하게 얘기했다. 얘기가 끝났을 무렵엔 동이 트고 있었다.

"당신은 영웅이다."

보드레이는 솔직한 말로 자기의 감동을 표명했다.

램스도프는 여기서 얘기를 끝냈다.

"얘기가 끝난 거요?"

하고 내가 물었다.

"내가 할 얘기는 끝났어요."

램스도프의 답이었다.

"그 뜻은?"

"사실로서의 얘기는 앞으로 좀 더 계속되니까요."

"그런데 그 얘긴 사실이우? 잘 꾸며진 소설 같은데."

"천만에요. 보드레이 장군은 90 고령이지만 아직도 살아 있어요. 벨브와르도 아직 살아 있구요."

"후속 부분을 듣고 싶은데."

"벨브와르는 돈을 받아 가지고 즉시 파리로 떠나려고 했지요. 게슈타포에 붙들려 있는 소녀를 구하기 위해서였죠. 그러나 곧 갈 순 없었습니다. 그땐 연합군의 노르망디 상륙 작전이 시작되어 있었으니까요."

"그래 그 소녀는 구하지 못한 거로구먼요."

"그 소녀는 기적적으로 살아났어요. 독일군이 곧 철수하게 되었는데 게슈타포의 지하 창고에 그냥 버려두고 간 거죠."

"도망갈 때 게슈타포가 용케도 죽이지 않았구먼요."

"루돌프 본 데크라고 하는 파리 지구의 독일군 정보 사령관이 수감자나 포로로 된 자를 죽이지 말도록 명령을 내린 때문입니다."

램스도프의 얘기는 내 가슴 속에 메아리를 일으켰다. 감동의 파도는 쉽사리 진정되지 않았다.

"또 하나 깜짝 놀랄 사실을 얘기해 드릴까요?"
하는 램스도프의 말에 나는 그녀의 얼굴을 보았다. 그녀의 얼굴엔 장난스러운 표정이 있었다.

"그 소녀, 즉 그때 게슈타포의 지하 창고에서 구출된 그 소녀가 나의 어머니오."

나는 몽둥이로 얻어맞은 것 같은 충격을 받았다. 그러나 곧 '설마'하는 기분으로 되었다. 그 마음의 움직임을 눈치챈 모양이다. 램스도프는 목에 걸고 있던 펜던트를 풀어 직경 3센티미터쯤 되는 펜던트를 열어 보였다. 거기엔 군인 두 사람이 끼어 서 있는 소녀의 얼굴이 있었다.

"어머니 소녀 시절의 사진이에요. 이쪽 군인은 아이젠하워, 이쪽 군인은 몽고메리."

듣고 보니 아이젠하워와 몽고메리임이 틀림이 없었다. 마음의 탓일까, 소녀의 얼굴은 눈앞에 있는 램스도프를 아주 닮아 있었다.

"소녀의 가슴에 두 개의 훈장이 보이죠? 하나는 미국으로부터 받은 훈장, 하나는 영국으로부터 받은 훈장. 이 사진은 훈장 수여식 때 찍은 사진이에요."

하고 램스도프는 다시 펜던트를 목에 걸었다.

"어머닌 아직 생존해 계십니까?"

"돌아가셨어요. 십 년 전에. 게슈타포에게 당한 고문이 병인(病因)이었죠."

"아버진?"

"살아계시는 건 확실하지만 어디에 계시는진 모릅니다."

램스도프는 아버지에 관해선 말하고 싶지 않은 눈치를 보였다. 나는 그 벨브와르란 사람이 혹시 램스도프의 아버지가 아닐까 하는 생각을 얼핏 해 보았지만 물어볼 마음으로 되진 않았다.

"자기의 가족이 살고 있는 코벤트리 시에 대해 사전에 손을 쓰지 않았다는 건 참으로 대단한 일이군요."

"대단한 일이 어디 그런 일 정도겠어요? 역사란 그런 대단한 일로 꽉 차있는 걸요."

"그런데 역사는 그런 일을 감당하지 못합니다. 코벤트리의 공습은 역사적 사건으로 남을지 모르죠. 그러나 그 공습을 예지(豫知)한 보드레이의 심리는 역사에 남을 수가 없습니다. 그런 중에서 역사의 여과 작용은 비정한 겁니다."

"쓸쓸한 일이군요."

"그 비정을 보상하는 것이 문학입니다. 보드레이의 딜레마, 벨브와르의 모험, 당신 어머니의 희생, 이러한 것을 놓치지 않기 위해서도 문학의 존재 이유가 있다는 것을 알아 두십시오."

"문학의 존재 이유, 그렇겠군요."

램스도프는 납득이 가는 모양으로 고개를 끄덕였다.

나는 그 기회를 붙들었다.

"그와 같은 존재 이유를 가진 문학은 무고한 사람을 해치는 살인 행위 또는 폭력 행위를 용서하지 않는다, 이겁니다. 용서하지 않는댔자 비둘기의 눈으로 사자의 싸움을 보는 격이겠지만."

하고 홍콩 신계의 폭파 사건으로 화제를 돌렸다.

램스도프의 얼굴에 당혹하는 빛이 있었다.

그러나 나는 나 자신을 납득시키는 무슨 근거를 잡아야 할 것이었다. 유한일을 이해하기 위해서도, 램스도프를 이해하기 위해서도 그럴 필요가 있었다. 나는 그들을, 목적을 위해선 어떤 살인이라도 감행하는 무서운 인간들이라고 치고 지나칠 순 없었다. 이런 뜻의 얘기를 하고 나는 따졌다.

"미스 램스도프, 코벤트리 얘기로썬 신계 사건의 해명이 되지 않습니다."

"우리는 지금 전쟁을 하고 있다고 말씀 드리지 않았습니까?"

램스도프의 말이 쌀쌀했다.

"그 전쟁의 의미를 알고 싶습니다."

나도 냉정하게 대들었다.

"선생님은 나라와 나라 사이의 싸움만을 전쟁이라고 생각하세요?"

"그렇게 생각하진 않죠. 그러나 전쟁이라고 하면 모든 행위의 설명으로 된다는 생각엔 반댄데요?"

"아직도 설명할 수 없는 다급한 사정이 있었습니다. 신계의 폭파 사건을 지휘한 것은 바로 납니다. 유한일 씬 반대했어요. 좀 더 시간을 두고 노력하라고 했습니다. 그러나 나는 홍콩에서 너무나 많은 시간을 소비할 수 없다고 버텼죠. 그 결과가 신계의 폭파 사건입니다."

"유한일 군은 지금 어디에 있죠?"

"동경에 있습니다. 헌데 유한일 씬 신계의 폭파 사건과 관련이 없습니다. 아까도 말했듯이 내 독단으로 한 것이니까요."

"그렇다면 그 폭파 사건으로 죽은 사람과도 유 군은 관계가 없나요?"

"그렇다곤 할 수 없지요."

"참으로 답답하군."

나도 모르게 투덜거리는 투가 되었다. 램스도프는 자리를 내 옆으로 옮겨 앉으며

"선생님."

하고 내 손을 잡았다. 그리고 한다는 말이 ——

"세계를 문제의 더미라고 볼 때……세계는 단순하지 않은 겁니다. 물리적 세계를 대상으로 할 때 더러는 산술로써 풀리는 문제도 있겠지요. 더러는 고등수학이라야만 풀리는 문제가 있을 거예요. 가장 발달한 최고의 수학을 들이대도 풀리지 않는 문제도 있을 거구요. 마찬가집니다. 인간적인 세계두요. 설득으로 해결되는 문제가 있습니다. 시위로써 해결되는 문제가 있습니다. 주먹으로 해결되는 문제도 있구요. 권총으로 해결되는 문제도 있습니다. 다이너마이트라야만 해결되는 문제도 있구요. 다이너마이트가 아니라 세계를 일순에 파괴해 버릴 수 있는 핵폭탄으로도 해결할 수 없는 문제란 것도 있습니다. 절멸할 수는 있으나 해결은 못 하는 문제, 이것이 아포리아〔難問〕 아니겠어요? 선생님은 인도(人道), 인간적(人間的), 또는 도덕을 들먹이십니다. 그런데 인도적으로 도덕적으로 근본 문제가 해결될 수 있겠어요? 그런 걸 바라고만 앉아 있을 수 있겠어요? 일정한 직업, 일정한 수입을 확보하고 휴일엔 레저를 즐기며 살아갈 수 있는 인간들, 그로써 만족할 수 있는 인간들만이 인간이 아닙니다. 인도를 벗어나고, 도덕을 벗어나고, 소시민적인 행복 관념을 완전히 탈각하고, 때와 필요에 따라선 사람들은 개미처럼 밟아 죽여야 직성이 풀리는 그런 인간들도 있는 거예요……."

램스도프의 말은 계속되었다.

"……이 세계를 지옥이라고 보는 눈이 있습니다. 이 세계를 화원

(花園)이라고 보는 눈이 있습니다. 세계를 화원으로 보는 눈은 우리들을 꽃을 해치는 벌레라고 생각하겠지요. 꽃의 향기를 오염시키는 독소(毒素)라고 보겠지요. 그러나 도리가 없습니다. 카라얀처럼 오케스트라를 지휘하여 영웅 이상의 영웅이 되는 감동을 생산하는 사람도 있지만, 평생을 음지에 살며 그의 최량(最良), 최선(最善)의 부분을 희생해야 하는 사람도 있는 거예요. 나 자신 음악을 하고 싶었죠. 네 살 때부터 피아노를 배우고 바이올린을 배웠습니다. 줄리아드 학원에선 가장 촉망을 받는 학생이기도 했지요. 그런데 나는 우연히 프랑클의 『밤과 안개』란 책을 읽게 된 겁니다. 그것이 동기가 되어 유대인들의 박해당한 상황에 관심을 갖게 되었지요. 그리고 어느 날 나도 피아노의 뚜껑을 닫고 애지중지한 바이올린을 케이스 속에 넣어 버렸습니다. 그런 비참한 과거를 짊어지고 있는 내가 아름다운 음악에 도취하고 살 수 없다고 결심한 거죠. 어머니가 말렸습니다. 많은 어른들이 내 소질이 아깝다고 했지요. 그러나 나는 내가 내 스스로를 납득시킬 수 있는 길을 걸어야 하겠다고 각오한 겁니다. 단순한 복수심리라고 해도 좋아요. 나는 우리의 동족이 아직도 비참한 상태에 있을 때 복수하는 것만으로도 내 생명에 보람이 있다고 생각하게 된 겁니다. 아무도 말리지 못해요. 히틀러에게 복수하기 위해선 히틀러 이상으로 잔인해야 되니까요. 철저한 복수의 끝이라야만 복수를 생각하지 않고 살 수 있는 영역이 나타날 거라고 믿어요. 그런 영역이 나타나지 않아도 그만이기도 하지만……."

나는 응수할 말을 잊었다. 램스도프의 그런 각오 앞엔 나의 인도주의는 한갓 센티멘털리즘에 불과했기 때문이었다. 램스도프의 말이 계속되었다.

"내가 미스터 유를 이해하는 것도 바로 이 점입니다. 그에게도 복수 심리가 있어요. 그에게도 견딜 수 없는 과거가 있어요. 그는 나의 복수에 동조했습니다. 그러니까 나도 그의 복수에 협력하는 거죠. 그런데 이번의 홍콩 사건은 그의 사건만은 아닙니다. 전략 물자를 사이에 둔 아주 큰 문제가 있었죠. 북괴의 집단, 소련의 책동은 미스터 유의 문제이기도 했지만 나의 문제이기도 했어요. 그런 까닭에 나는 그를 돕고, 그는 나를 도운 것이지만 중대한 실수가 있었습니다. 그건 나도 자인합니다. 이를테면 방정식에 파탈이 생긴 거지요."

"방정식에 파탈이 생겼다는 것은?"

"파탈, 또는 좌절엔 두 가지 원인이 있는 겁니다. 하나는 방정식엔 틀림이 없는데 그걸 풀어 나가는 과정에 실수가 있어서 파탈되는 경우가 있고, 또 하나는 방정식 자체가 파탈하는 바람에 답안을 낼 도리가 없는 경우가 있는 거죠."

하고 한동안 잠잠하더니 램스도프는 다음과 같이 덧붙였다.

"이번의 신계 사건은 파탈된 방정식을 처리하기 위한 비상수단이었습니다. 방정식의 파탈은 엄청난 희생을 내게 마련이죠. 그런 점을 감안하시고 나나 미스터 유를 심하게 꾸짖지 마십시오."

6

미완(未完)의 고백

곰곰 생각하면 내가 흥분할 일도 아닌 것이다.

"이상으로 토론은 종결된 것으로 하고 식사나 하러 나가자."

고 나는 램스도프에게 말했다.

"식사는 이 집 주인이 주선하기로 되어 있어요."

했을 때 30세 안팎인 일본인 여성이 가벼운 노크가 있은 뒤 들어 와서

"처음 뵙겠습니다. 전 이노우에 야스코라고 합니다."

하는 자기소개를 하고 나서

"오늘 밤은 미스 램스도프의 청도 있고 해서 순일본식 요리로 할 요량을 하고 있습니다. 좋으신지요?"

하며 나의 눈치를 살폈다.

여부가 있을 까닭이 없었다. 좋다고 했다.

장소는 아카사카(赤坂) 근처의 백지암(白紙庵)이라고 했다. 백지 암은 유명한 회석요리(懷石料理)로써 뿐만 아니라 정원이 아름답기

로 이름이 나 있는 요정이었다. 몇 해 전 나는 한 번 그곳에 초대된 적이 있었다.

"백지암이면 아주 호사스러운 곳입니다."

하고 나는 램스도프에게 설명했다.

백지암에 도착한 것은 오후 일곱 시.

일본의 이른바 스키야풍(數奇屋風)으로 된 현관을 들어서서 16조쯤 되는 방으로 안내되었다. 조그마한 두루마리 같은 데 요리와 순서가 씌어 있었다. 주문은 이노우에에게 맡길 수밖에 없었다. 시중을 드는 여자는 모두 50세를 넘어 있는 나이로 보였다.

바깥은 조금 무더운 듯했는데 방 안은 적당하게 냉방되어 있었다. 요리가 와서 식사가 시작되었는데 시중을 하던 노녀가 장지문을 열었다. 뜰에 비가 내리고 있었다. 빗줄긴 굵지도 가늘지도 않게, 비 오는 여름밤의 풍정(風情)을 나타냈다.

"이제까진 개어 있었는데 언제 비가?"

하고 램스도프가 놀라는 표정이어서 내가 설명했다.

"이 비는 이 집에서 연출(演出)한 빕니다. 다른 데선 오지 않을 겁니다."

"그래요?"

램스도프는 일어서서 장지문 가까이로 가서 인공(人工)의 비를 맞고 있는 정원의 수목들을 바라보고 있었다.

램스도프가 자리로 돌아왔을 때 인공의 비는 멎었다.

"일본인들의 기교는 기막힌 데가 있습니다."

하고 내가 말하자, 램스도프는 감탄한 듯 고개를 끄덕였다.

"조금 기다려 보십시오. 곧 눈이 올 테니까요."

나는 장난스럽게 말했다.

"눈이 와요?"

램스도프의 눈이 둥그렇게 되었다.

설명을 보탤 필요가 없었다. 기다리면 되었다.

나와 램스도프가 얼큰하게 술에 취했을 무렵 뜰에 눈이 내리기 시작했다.

"여름에 보는 눈, 기막히죠?"

하고 그 눈 사이의 반딧불을 가리켰다.

"눈이 오는데 저처럼 개똥벌레가 불을 켜고 있답니다."

나와 램스도프 사이에 한바탕 일본론(日本論)이 오갔다. 이노우에 야스코와 시중드는 노녀는 잠자코 있었지만, 그 태도와 얼굴엔 일본을 자랑하는 자부 같은 기분이 일고 있었다.

눈은 계속 내리고 있었다.

백지암을 나선 것은 아홉 시였는데 램스도프는 나를 다시 이노우에의 집으로 가자고 했다.

"지금쯤 미스터 유가 돌아와 기다리고 있을 것입니다."

하고 램스도프가 말을 보탰다. 유한일은 아까 램스도프가 앉아 있던 그 방에서 기다리고 있었다. 램스도프와 이노우에는 아래층에 남고 나와 그와의 대좌로 되었다.

"선생님, 여러 가지로 미안한 게 많습니다."

했지만 유한일의 태도엔 미안스러워하는 낌새란 전연 없었다.

"이 집은 어떻게 된 건가?"

"작년 R호텔에서 살해당한 사람의 집입니다."

유한일은 아무렇지 않게 말했다.

"그런데 어떻게?"

"사고가 있은 즉시 제가 찾아온 거죠. 그리고 성의를 다해 위로를 했습니다. 복수를 할 것을 맹세하기도 했지요. 나 대신 죽은 데 대한 보상의 의미로 상당한 돈을 지불하기도 했습니다. 그것이 인연이 되어 친하게 된 겁니다."

납득할 수 있을 것도 같고 납득할 수 없을 것도 같은 기분이어서 나는 잠자코 있었다.

"우리와 같은 일을 하는 사람은 이런 집을 알아 두는 것이 편리합니다. 필요에 따라선 호텔에서 벗어나 여기서 머무를 수도 있으니까요. 이런 곳에 숨어 있으면 누구도 찾질 못합니다."

"그러니까 이 집 안주인을 자네들 패거리에 끌어넣었단 말이군."

"패거리란 말이 어떤 뜻인진 모르겠습니다만 이노우에상은 우리의 일에 협조하고 있습니다. 그렇다고 해서 그녀에게 대단한 일을 시키는 건 아닙니다. 일본 내에 있어서 우리가 활동하기 좋도록 편리를 보아주는 정도이죠. 비행기나 열차의 시간을 알아준다거나 표를 사준다거나 하는. 그 대신 충분한 반대급부를 합니다. 그녀가 유럽 등지를 여행이라도 할 경우엔 우리가 최대한 편리를 보아주는 거죠."

"그렇게까지 각 방면에 신경을 쓸 필요가 어디에 있는 건지 알수가 없군."

"선생님, 일본이란 곳은 아주 중요합니다. 정보의 중심을 세계에서 세 군데로 치는데 유럽에선 파리, 미주에선 뉴욕, 극동에선 동경입니다. 동경에 있어서 정보 조작에 연달(練達)하면 세계의 상황을 환히 알 수가 있습니다. 중공과 북괴의 동태를 가장 잘 알 수 있는 곳이 동경입니다. 소련과 아랍의 동태를 알 수 있는 곳도 이곳입니다. 전략 물자에 관한 가장 정교한 지식을 얻을 수 있는 것도 동경입니다. 요컨대 앞으로의 세계 경략(世界經略)에 있어선 동경이 가장 중요한 곳입니다."

"그럼 자넨 세계 경략에 착수하고 있다는 얘긴가?"

"내 나름대로 그렇게 생각하고 행동하고 있습니다."

"목적이 뭔데?"

"첫째, 대한민국을 보호하는 데 있는 거죠. 둘째, 이스라엘과 같은 작은 나라가 생존하는 데 있어서 군건한 지반을 구축하는 데 있는 거죠. 셋째, 세계 연방(世界聯邦)이 달성되는 날을 기다리는 거죠. 우리나라나 이스라엘 같은 나라가 강한 발언권을 가질 때, 세계 연방의 기틀이 잡히는 겁니다. 이것이 내 신념입니다."

"세계 연방도 좋고, 신념도 좋네만 도대체 윤숙경 씨는 어떻게 된 건가?"

자연 내 말투가 힐문조로 되지 않을 수 없었다.

"그렇지 않아도 그 얘길 할 참이었습니다."

하고 유한일이 땀을 닦았다.

냉방이 되어 있는데도 땀을 흘리는 것을 보면 상당한 심적 부담을 느끼고 있는 것이라고 짐작할 수가 있었다.

"램스도프를 통해서 대강은 알고 계실 줄 믿습니다만 윤숙경 씨는 스위스에서 건재(健在)하고 있습니다. 스위스에선 은행에 얼마 이상의 예금을 가지고 있으면 안전하고 평온하게 살 수가 있습니다. 이번 가을엔 리스본으로 옮길 예정입니다만 본거는 어디까지나 스위스가 되겠지요."

"윤숙경 씨가 한국에 돌아오지 못하는 이유가 뭔가? 윤숙경 씨 자신에게 무슨 잘못이 있어서가 아니겠지?"

"그렇습니다. 전적으로 제게 책임이 있습니다."

"그 이유가 뭔가 말이다. 윤숙경 씨는 스위스에 건재하고 있다지만 사회인으로선 산송장이나 다름없는 게 아닌가? 무슨 까닭으로 그여자를 산송장으로 만들었는가 묻고 있는 게야."

"솔직이 말하면 윤숙경이 나타나면 우리들의 일에 지장이 있는 겁니다. 윤숙경이 나타나면 어느 정도의 경위 설명은 있어야 하지 않겠습니까? 누가 납치하려고 했던가, 어떻게 구출되었는가, 누가 구출했는가, 구출되는 과정에 무슨 일이 있었던가, 구출된 이후엔 어떻게 되었던가, 하는 등등의 설명이 필요하게 될 게 아닙니까?"

"당신들이 만일 정정당당하게 했더라면 아무 일도 없을 것 아닌가?"

"그게 그렇게 되지 않았으니 고민하고 있는 겁니다."

"내게만은 솔직할 수 없을까?"

"솔직하다는 게 어려운 겁니다. 게다가 전 조직 속에 있는 몸이고 보니 솔직하려 해도 한계가 있습니다. 결론적으로 말하면 홍콩에서의 우리의 사명은 세 가지였는데 그 세 가지 가운데 하나는 완전히 실패한 겁니다. 그 희생자가 윤숙경 씨라고 할 수 있지요. 그러나 선생님이 잊지 마셔야 할 것은 우리는 강제로 윤숙경 씨를 희생자로 만든 것은 아닙니다. 모든 사정 설명을 그녀에게 다 했죠. 고국으로 돌아가고 싶으면 당장에라도 돌아가라고 했죠. 그 때문에 우리가 곤경에 빠지더라도 그건 우리가 범한 실수에 대한 대가라고 생각하니 돌아가라고 했어요. 그런데 윤숙경 씨는 우리를 위해 자기가 희생되는 길을 택한 겁니다. 조직에 있어서의 내 입장을 세워 주려고 각오를 한 거죠."

"그게 결과적으론 강제가 아닌가?"

"그렇습니다. 저도 그걸 뉘우치고 있습니다. 그러나 이제 와선 어쩔 도리가 없군요."

"윤숙경 씨가 영원히 산송장으로 있어야 한다는 얘긴가?"

"지금으로선 그렇습니다."

"자네가 지금 속해 있는 조직에서 탈퇴하기만 한다면 윤숙경 씨를 살려 낼 방도가 있는 것이 아닌가?"

"그건 그렇습니다. 제가 한국의 법정에 자수해서 사형 받을 각오가 있다면 윤숙경 씨는 내일이라도 고국에 돌아갈 수 있습니다."

사형이란 말이 나를 자극했다.

어떤 잘못을 저질렀느냐고 따져 들고 싶었다. 그러자 마음의 한 구석에 사람의 말엔 자칫 과장이 섞일 경우도 있는 것이란 생각이 솟았다.

내가 연이어 피운 담배연기로 방 안의 공기가 탁하게 되었다.

"창을 열지."

나의 말이 있자, 유한일은 민첩하게 일어서서 커튼을 젖히고 유리 창문을 열었다. 유리 창문 뒤엔 그물창이 있었다. 그 창을 통해 시원한 바람이 밀려들었다. 이 무렵 동경의 밤바람은 습기를 동반하고 있는 것이지만 오늘 밤엔 그걸 느낄 수가 없었다.

유한일이 돌아와 자리에 앉았다.

내가 물었다.

"구용택 씬 어떻게 되어 있는가? 윤숙경 씨의 남편 말이다."

"죽었습니다."

"죽었다구?"

"예."

감정의 흔적이란 조금도 없는 드라이한 대답이었다. 나는 다시 물었다.

"권수자 씨는?"

"죽었습니다."

"정? 정당천이란 사람은?"

"죽었습니다."

나는 R호텔 703호에서 일인 이노우에(井上)를 죽였다고 지목되는 심수동을 살해한 혐의자로 수배 중이라고 들은 자의 이름을 기억 속에 더듬어 내어

"설상동이란 자는 어떻게 되었느냐?"

고 물었다.

"죽었습니다."

여전히 눈썹 하나 까딱하지 않고 유한일이 대답했다.

어처구니가 없었다.

나는 한숨 돌리고 나서

"그들을 모두 당신들이 죽였단 말인가?"

하고 중얼거려 보았다.

유한일의 대답은 없었다.

"모두 신계의 폭파 사건 때 죽은 거로군."

내가 고쳐 물었다.

"권수자만은 윤숙경의 납치극이 있었던 밤에 죽고 나머지는 신계의 폭파 사건으로 죽은 겁니다."

"꼭 그렇게까지 해야 했을까?"

"……."

"경찰에 넘겨 법적으로 처단해도 될 일이 아니었을까?"

"우리는 재판(裁判)을 신용하지 않습니다."

"비록 오판(誤判)이 있다고 하더라도 재판을 전제로 한다는 것이 사회 생활자의 기본적인 의무가 아닐까?"

"우리는 그러한 의무를 떠난 곳에서 살고 있습니다."

"이를테면 테러리스트?"

"아무렇게나 생각하십시오."

"그래도 불필요한 살인은 피해야 하지 않았을까?"

"그들을 살려 주기엔 그들은 우리의 비밀을 너무나 많이 알고 있습니다. 우리는 우리의 비밀을 지키기 위해서도 그들을 가만 둘 수가 없었던 겁니다."

이번엔 내가 잠잠해 버릴 차례였다.

유한일의 말이 계속되었다.

"나는 끝까지 노력을 했습니다. 그들을 죽이지 않으려고, 죽이지 않고 사태를 수습해 보려고. 그러나 불가능했습니다. 시간은 무한량으로 있는 것이 아니니까요."

"괜한 소리가 될 테지만."

하고 나는 다음과 같은 말을 했다.

"사람이 이 세상에 나서 가장 조심해야 할 일은 사람을 죽여야

하는, 그런 극한 상황에 자신을 갖다 놓지 않게 하는 일이 아니었을
까? 남에게 살해당하는 일이 없도록 해야 하는 경각심과 꼭같은 강
도(强度)로써 말이다. 그런 뜻에서 나는 자네가 놓여 있는 처지를 슬
퍼하는 사람이다."

이때 유한일의 얼굴에 시니컬한 웃음이 떠올랐다.

"누군 즐겨 사람을 죽일까요? 병적인 인간이 아니고선 그런 일은
없을 겁니다. 헌데 살해당하는 사람이 자원해서 살해당하는 것이 아
닌 것처럼, 죽이는 자도 사정은 마찬가집니다. 선생님의 얘기대로 한
다면 이 세상에 전쟁이 무슨 까닭으로 발생하겠습니까? 전쟁이 존재
하는 상황을 속수무책으로 바라보고 있으면서 사람을 죽이는 것은
죄악이다, 하고 설법하고 있는 것은, 물론 그런 사상도 필요하겠지만
세계의 다양성(多樣性)을 나타내기 위한 일종의 구색(具色)에 불과하
다고 생각합니다."

"그게 테러리스트의 논법인가?"

"나는 테러리스트가 아닙니다. 위대한 일을 시도하려고 하는 돈
키호테의 제자가 될진 모르지만요. 살인은 나쁘다고 설법하고 있는
사람들 덕분에 히틀러나 스탈린은 놈들의 세위를 떨칠 수 있었던 겁
니다. 살인이란 방법을 그들이 독차지하게 되었으니까요. 히틀러나
스탈린이 평화적인 설득(說得)에 호락호락 응하겠습니까? 그들을 굴
복시킬 수 있는 것은 그들의 폭력을 능가할 수 있는 보다 강력한 폭
력일 뿐입니다."

"자네의 말대로라면 이 지상에 평화가 올 날이 없겠구나."

"당분간 올 날이 없겠지요. 그렇게 인식하는 것이 중요합니다. 적어도 무슨 일을 하려고 하는 사람은 평화의 불가능을 철저하게 인식하고, 이 세상에 폭력이 있는 한 그 폭력을 능가하는 폭력을 확보하고 행사해야 합니다. 그러나 개인으로 볼 때 모두가 그럴 수는 없죠. 넥타이를 맨 샐러리맨들은 폭력을 가꾸려고 해도 방법이 없습니다. 그런 의식을 가지려고 해도 무방한 노릇이죠. 그래서 세계의 어느 지역에선 억지로 평화에 유사한 상황을 만들어 내고 있기도 합니다만……"

유한일의 말을 들으며 나는 이 사람관 더불어 얘기할 수 없다는 쓸쓸한 마음으로 빠져들었다.

"천지가 개벽을 하고 세상이 아무리 변하더라도 인간성에 위배되는 행동은 옳지 못한 것이고, 아무리 불가피했어도 사람을 죽이는 일은 옳지 못한 것이다. 하물며 조금만 조심하면 피할 수 있었던 것을, 즐겨 극한 상황으로 자기를 몰아넣어 사람을 죽인다는 것이 옳을 까닭이 없지 않은가? 물론 동기도 있을 것이고, 그럴 만한 이유도 있었을 테지만 아무래도 나는 자네의 행동을 납득할 수가 없구나. 그러니 여러 가지를 알고 싶진 않다. 윤숙경 씨의 사건만을 알았으면 싶다. 도대체 어떻게 된 건가?"

나는 정색을 하고 말했다.

"그렇지 않아도 그 설명을 할 참이었습니다."

침묵이 잠깐 흘렀다.

"선생님껜 이미 말씀 드렸습니다만."

하고 유한일이 얘기를 시작했다.

"나는 이 세상에 태어나선 안 될 그런 사람입니다. 내가 태어나지 않았던들 내 어머니는 그처럼 비참하게 세상을 살고 그처럼 허무하게 죽진 않았을 것입니다……."

유한일은 국민학교 시절부터 염세주의에 빠져들었다. 기생의 아들이란 사실, 술장수의 아들이란 사실을 그는 한시 반시 잊지를 못했다. 그렇다고 해서 누가 그를 멸시하는 언동을 하는 것은 아니었지만, 스스로 자기의 부자연스러운 존재를 느끼고 움츠러들었다.

그런 유년 시절 유한일을 지탱한 것은 언젠가는 돈을 벌어 경주 근처의 땅을 몽땅 사들여 영화에서 본 것 같은 고대광실을 지어 어머니를 호사롭게 모시겠다는 꿈이었다.

어린 유한일이 돈에 대한 집념을 가꾼 것은 그 꿈 때문만은 아니었다. 어머니를 괴롭히는 외삼촌들의 끈덕진 물욕이 어린 마음에도 너무나 아니꼬웠다.

기생 노릇을 해서 돈을 벌고 있었을 때는 외삼촌들이나 외숙모들이 어머니를 여왕(女王)처럼 받들었는데 기생을 그만두고 돈을 벌지 않자, 그 태도가 일변했다.

'광산촌에 가면 벌이가 좋다던데.' '포항 근처에 가면 고기잡이 경기가 한창이라서 좋다던데.' 하면서 처음엔 은근히, 나중엔 노골적으로 집을 떠나 돈을 벌어 오라고 강요하기에 이르렀다.

어머니는 그럴 때 어린 한일을 안고 밤새 울었다. 한일도 소리를 죽이고 울었다. 그러한 어느 날 어머니는 한일을 두고 외지(外地)로 떠났다. 다섯 달인가 지나 어머니가 돌아왔다. 그때가 추석 전날이었다. 외삼촌 아이들은 모두들 새 옷을 준비하고 있었는데 한일은 헌옷 그대로라는 것을 안 어머니는 눈빛이 변했다.

추석이 지난 닷새 후 어머니는 집을 팔아 외삼촌들을 셋방으로 내쫓고 그 집관 반대 지역에 있는 변두리에 조그마한 집을 사서 술장사를 시작했다.

그 무렵부터의 어머니의 일거일동은 지금도 유한일의 망막에 선명하게 새겨져 있다. 새벽에 저자를 봐 와선 집안을 청소하고 밤이 되면 부엌과 손님방을 드나들며 눈코뜰새 없이 일했다.

손님이 무슨 소릴 해도 받아넘기고, 어떤 곤란이 있어도 한숨 한 번 쉬지 않았다. 어머니가 성을 내는 것은 외삼촌이나 외숙모가 와서 돈을 내라고 할 때였다. 유한일이 알기론 어머니가 외삼촌이나 외숙모에게 술장사를 시작한 후론 돈을 주는 것을 보지 못했다.

때론 외삼촌이 온갖 잡소리를 늘어놓고 어머니를 협박할 때도 있었다.

"동기간에 의리가 없는 년은 벼락을 맞아 삐들어져야 한다."
고 으르렁거렸다.

그럴 때마다 어머니는 꼭 한 마디만 했다.

"내 자식에게 잘못하는 사람은 그것이 놈이건 년이건 내 원수다."

어머니의 집념은 유한일에게만 있었고 유한일의 집념은 어머니에게만 있었다.

그러한 어머니가 죽었다.

지금 생각하면 과로(過勞)가 원인이었다. 당장 죽어 어머니와 같이 묻히고 싶은 생각이 있었지만 유한일은 그렇게 하지 않기로 입을 다물었다.

"아버지에 관한 얘기는 대강 했으니 생략하겠습니다만."

하고 유한일은 윤숙경과 재회하게 되었을 때의 사정을 설명했다.

윤숙경을 구용택으로부터 떼어 버리고 싶은 불같은 마음이 솟았다. 그렇다고 해서 윤숙경과 같이 살겠다는 건 전연 아니었다. 구용택과 윤숙경을 갈라놓으면 그만이었다.

그러한 수단의 일환이 과천의 토지를 윤숙경에게 사주는 행동으로 된 것인데 문제는 그 시점에서 발생했다. 그때의 심정을 유한일은 이렇게 말했다.

"내가 10억여의 돈을 들여 윤숙경 씨에게 토지를 사준 건 그로써 숙경 씨의 환심을 사려는 데 있었다기보다 구용택이란 자의 반응을 보자는 데 그 목적이 있었던 겁니다. 수표가 부도로 될 판국인데 명색이 아내라는 것이 남편의 그런 사정엔 아랑곳 않고, 거액의 돈을 들여 토지를 사들인 행위를 남편이 용납하겠습니까? 구용택은 자존심이 아주 강한 사람으로 들었습니다. 견딜 수 없는 심정으로 될 것은 뻔합니다. 상한 자존심과 정체를 알 수 없는 질투와 그것이 어떻게 발현되는가를 나는 알고 싶었던 거죠."

"그런데 내가 듣기론 정금호란 사람을 통해 무조건 구용택의 수표 부도를 막아 주었다고 하던데 그 이유는 또 뭔가?"

"수표가 부도되어 구용택이 파산하면 일은 거기서 끝나 버리는 거니까요. 철저하게 망한 자는 복수심이 아무리 강해도 자포자기한 폭행 이상으로 발현되진 못합니다. 질투심도 마찬가지죠. 파산자는 일시 복수심과 질투심에 불타지만 불원 비굴하게 됩니다. 비굴한 자는 복수심과 질투심을 가꾸지 못합니다. 바깥으로 발현할 수단이 없기 때문에 그렇습니다."

"그렇다면 자넨 구용택 씨가 복수심과 질투심을 가꿀 수 있도록 해주기 위해 그를 파산에서 구해 줬단 말인가?"

"그렇습니다."

"난 모르겠군."

"구용택이란 인간의 정체를 파악해 볼 심산이었죠."
하고 유한일은 설명했다.

이글거리는 복수심과 질투의 불꽃에 휘말려 구용택의 사고는 다음과 같이 발전하리라고 믿었다는 것이다.

윤숙경과 나는 부부다. 윤숙경이 죽으면 특별한 유언이 없는 이상 그녀의 재산은 나의 재산이다. 어떻게 윤숙경을 없애 버릴 방법이 없을까? 아니다. 그자와 윤숙경 사이에 무슨 묵계가 있을지 모른다.

유한일에게 혹시 반대급부의 증서라도 써 주었을는지 모른다……
유한일을 제거하는 방법을 생각해야겠다…….

"구용택은 교묘한 밀수업자이기도 하거든요. 홍콩을 무대로 하는
꽤 큰 밀수를 하고 있었습니다. 영화사라는 건 그런 점에서 편리한
모양이죠? 카메라와 그 밖의 기재는 귀금속이나 마약을 운반하는 덴
절호의 수단이니까요. 게다가 아름답고 인기 있는 스타들은 밀수 행
위를 캄플라치하는 기막힌 미채(迷彩)가 되기도 하는 거죠. 구용택이
그러한 조직, 즉 밀수 조직, 바꿔 말하면 폭력 조직을 가지고 있는데
그걸 이용하지 않을 까닭이 없다고 생각한 거죠."

"그러니까 결국 구용택을 자극시키기 위해 윤숙경 씨에게 토지
를 사주었고 그로 하여금 복수 행위를 하도록 하기 위해 부도 수표
를 막아 주었단 말인가?"
하고 내가 따져 들었다.

"대강 그렇게 된 것 같습니다."

유한일은 남의 일을 말하듯 했다.

"이해하기 힘든 심리 작용이군."

"그런 만큼 윤숙경이 내게 소중한 존재로 되어 있다는 얘기도 되
는 거지요."

"사랑했다는 말인가?"

"사랑과는 좀 다릅니다. 사정이야 어떻게 되었건 일단 다른 남자
의 품에 안긴 여자를 보통 말하는 그런 감정으로 사랑할 수 없을 것

아닙니까?"

"그런 감정은 알 것 같애. 그러나 사람이란 그런 감정까지도 합쳐 사랑할 수 있는 것이 아닐까?"

"그렇다면 제가 특수한 성격인지 모르지요. 전 윤숙경을 안을 생각은 하지 않았으니까요. 아무튼 연애하는 감정관 전연 별도입니다."

"……."

"저의 그녀에 대한 감정의 바탕엔 혹시 미움이 있었을지 모릅니다."

"……."

"고등학교 시절 그녀가 구용택과 결혼했다고 듣고 정말 눈앞이 캄캄했습니다. 어머니가 죽고 난 후 처음으로 나는 윤숙경에게 광명을 느끼게 되었으니까요. 바르게 깨끗하게 훌륭하게 살아 보리란 생각으로 일시 흥분한 것도 윤숙경 씨 때문이었어요. 그런데 그녀가 홀연 내 앞에서 사라져 버린 거죠. 그때의 절망……."

하고 말을 중단한 채 유한일이 일어서서 그물창에 이마를 대고 묵묵했다.

나도 말없이 다시 담배를 피워 물었다.

"나의 경우는 물론 보통 사람의 경우완 달랐겠죠. 기생의 아들이란 콤플렉스, 절름발이 불구자란 콤플렉스가 일시에 밀어닥쳤으니까요."

유한일은 그물창에 이마를 댄 채 말을 계속했다.

"인생을 출발하는 지점에서 희망을 잃었다는 느낌이 윤숙경이 남의 품안으로 갔다는 구체적 사실보다 더 큰 충격이었습니다. 윤숙경은 쉽사리 잊을 수 있었지만, 나라는 인간은 결정적으로 불운한 놈이다, 하는 의식이 더 괴로웠으니까요."

그럴 수도 있을 것이란 짐작으로 나는 고개를 끄덕였다.

유한일의 말은 계속되고 있었다.

"나는 어머니의 아들 노릇을 못 했듯 사랑하는 사람의 애인 노릇도 못 할 인간이 아닌가, 하는 의식은 절망입니다. 전 보통사람으로서의 행복은 포기해야 한다고 생각했죠. 아무도 할 수 없는 특별한 일, 누구도 걷지 않는 특수한 길을 택해야 한다고 마음을 다지게 되었죠. 일시에 생명을 불살라 버리는 그런 방법은 없을까? 아버지와 윤숙경을 싸잡아 그들을 둘러싸고 있는 세계를 산산이 부숴 버릴 수 있는 방법은 없을까? 전 주야로 그런 것을 생각하게 된 겁니다. 그러나 그런 복수 행위를 패배자로서 할 것이 아니라, 승리자로서 해야겠다는 작정으로 바뀐 겁니다. 제가 유대인과 결부하게 된 것은 그들의 비참한 과거, 그들의 부분적인 승리, 그리고 그들의 가슴 속에 간직되어 있는 복수 심리였습니다. ⋯⋯프랑클의 『밤과 안개』는 제게 있어선 일종의 복음(福音)과 같은 것이었습니다. 계시(啓示)였습니다. 이 민족에 나의 동지가 있다고 느낀 겁니다. 이 민족의 운명이 나의 운명이라고 느낀 겁니다.

나는 히브리말을 배우기 시작했죠. 그들의 복수심과 그들의 성공을 동시에 배우려면 그것이 필수적인 과정이라고 깨달은 탓입니다.
그 과정에서 미스 돌레, 아니 미스 램스도프를 만나게 된 것입니다.
아무리 내가 유대인과 결부하려고 해도 램스도프가 없더라면 수박
겉만 핥고 말았을 겁니다. 램스도프를 알게 되었다는 것은 내 인생의
재생(再生)을 뜻하는 것이었습니다. 그녀는 지옥에서 살아난 어느 유
대인 여성의 딸이었으며, 화산의 분화구에 핀 꽃과 같은 소녀였습니
다. 유대인이라고 해도 그녀만큼 그 가슴 속에 복수의 불씨를 단단히
간직하고 있는 사람은 드물 것입니다. 그녀는 다른 방면으로 천재를
발휘할 수 있었으면서도, 그 천재와 능력을 복수의 제단에 바치려고
작정했고 그렇게 실천하고 있는 사람입니다. 무서운 여자지요. 존경
할 만한 여자지요. 전 그녀의 목적을 위해 내 자신을 희생하는 것이
인류를 위해, 우리 민족을 위해, 나 자신을 위해 보람 있는 일이라고
생각하게 된 겁니다. 나는 그녀를 위해 봉사하길 작정했습니다. 그녀
또한 나를 위해 봉사하겠다고 약속했습니다 ……."

유한일이 자리에 돌아와 앉아 식은 차를 마셨다. 나는 잠자코 그
의 다음 말을 기다렸다.

"우리의 공동 목표를 세웠죠. 세계 정부의 수립입니다, 우리의 공
동 목표는. 그 무렵 『어내터미 오브 피스(평화(平和)의 분석(分析))』란
책이 유행하고 있었어요. 우리의 갈 길은 세계 정부의 수립밖에 없
다, 그러기 위해선 우리가 미워하는 일체를 철저하게 파괴해야 한다
로 된 거지요. 일체의 기존 질서, 일체의 애증(愛憎)을 불살라 버린 복

수전이 끝난 폐허 위에서만이 세계 정부는 수립될 수 있다. 이것이 우리들의 신념입니다. 이상(理想)은 마하트마 간디와 일치하는데 쓰는 수단은 정반대가 되는 거죠. 그러나 생각해보십시오, 선생님. 억울한 감정을 꿀꺽 삼킨 채론 아무것도 건설할 수가 없습니다. 히틀러의 잔당과 아우슈비츠에서 학살당한 후손들이 같이 손을 잡고 일할 수 있겠습니까? 스탈린의 졸개들과 그로 인해 학대받고 죽은 자들의 아들딸들이 화합해서 무언가를 만들어 낼 수가 있겠습니까? 본인 또는 사악한 세력과 야합하여 민족을 학대한 인간들과 그로 인해 고문 치사된 자들의 아들딸들이 단합할 수가 있겠습니까? 모두들 테러리스트라고 하면 예사로 나쁘게 말합니다. 누구 한 사람 테러리스트의 마음을 짐작해 보려고는 안 합니다. 그러면서 안중근, 윤봉길 의사를 찬양한다고는 합니다. 인류의 양심은 테러리스트에게 있습니다."

나는 참을 수 없어 한 마디 끼웠다.

"자넨 세계 정부 수립을 목적으로 한다면서 세계 정부의 불가능을 논증(論證)하고 있구나. 세계 정부는 선악, 애증의 피안(彼岸)에서 일체의 복수심을 타협과 화합으로 조절한 터전에서만 가능한 것이 아닌가. 자네 말대로 하면 세계는 무한한 복수전의 연속일 수밖에 없지 않는가? 세계 정부는커녕 인류의 종말이 있을 뿐이다. 테러리즘은 어떠한 명분으로써도 용납될 수가 없다. 무한한 투쟁의 연쇄가 될 뿐이니까."

"무한한 건 아니죠."

"어째서?"

"일체의 반인간적인 것은 절멸될 수밖에 없다는 인식이 골고루 보급되었을 때, 그때 끝이 날 테니까요."

"그것이 언제가 되겠어?"

하고 나는 다음과 같이 덧붙였다.

"그런 토론은 그만두고 윤숙경 씨 얘기나 하게. 요컨대 자넨 윤숙경 씨도 복수의 대상으로 했다는 얘기가 아닌가?"

"그럴 수야 없죠. 그럴 수야 없었지만 왠지, 아니 뭔가 석연치 않은 감정이 있었던 건 사실입니다. 윤숙경이 나를 버리고 어떤 남자에게로 갔는가 하는 것을 스스로 인식하도록 해야겠다고 생각한 겁니다."

"그러려면 구용택이란 인간이 철저하게 나쁜 놈으로 되어야 하겠군."

뜻하지 않게 내 말투에 악의가 섞였다. 유한일이 핼쑥한 얼굴로 나를 보았다. 거북해진 순간이었다.

"역시 소설가는 다르십니다. 그러나 한 가지 모르시는 게 있습니다. 구용택이 비열한 놈이란 사실을 증명하는 것만으론 부족합니다. 그런 자와 부부 생활을 한 윤숙경에게 도무지 석연할 수 없다는 나의 감정도 문제가 되는 겁니다. 윤숙경은 평생을 두고 그 사실을 후회해야 하며 그로써 스스로의 과오를 변상해야 합니다."

유한일의 말은 싸늘했다.

"무서운 집념이군."

"아닙니다. 당연한 반발이죠."

"당연하다는 말은 지나쳐. 세상엔 사랑이 범람할 정도로 많지만 그런 만큼 실연의 경우도 많은 거다. 그런데 모두들 실연했다고 해서 무서운 보복을 하겠다고 나서면 어떻게 될 건가? 김소월의 시에 있잖나. '말없이 고이 보내 드리오리다' 하는. 인간의 품위라는 것은 그런 데 나타나는 것이 아닐까?"

"저의 경우는 다릅니다."

"그래서 윤숙경을 산송장으로 만들어 버렸다는 얘기로군."

"그건 다릅니다. 아까 말씀 드린 바와 같이 방정식에 파탈이 있었던 겁니다."

"그 파탈의 책임을 윤숙경이 져야 할 까닭이 뭔가?"

"그 얘기는 진작 하지 않았습니까?"

"그럼 그 파탈에 관한 얘기를 듣자."

나는 다시 담배를 피워 물었다.

유한일은 냉차로 목을 축이기 시작했다.

"아니나 다를까 결정적인 반응이 있었습니다. 그것이 절 죽이려는 음모로 나타났고, 죄없이 일본인 하나가 희생되는 결과로 된 것입니다. 여기까진 나의 방정식대로 된 것인데, 그 때문에 죄없는 사람이 죽었다는 사실은 전연 예기치 못했던 일입니다. 그런데 예기치 못했던 그 일이 저를 더욱 자극한 것입니다. 동시에 그 일 때문에 구용택과 그 일당의 정체를 파악할 수 있는 단서가 잡히기도 한 것입니다. 그날부터 전 구용택의 주변을 샅샅이 살피기 시작한 겁니다. 그에 관한 사실만을 조사한 것이 아니라 구조적, 유도적(誘導的)으로 탐색을 시작한 거죠. 미끼를 던져야 고기도 낚일 것 아닙니까?

첫째 알아 낸 것은 구용택의 여자관계가 엄청날 만큼 복잡하다는 사실입니다. 그는 배우 지망생, 또는 신인 여배우에게 닥치는 대로 손을 댔습니다. 그 가운데의 하나인 하경자의 아들까지 있습니다. 아파트를 사주어 버젓이 살림까지 차려 놓고 있습니다. 그런데도 윤숙경은 소극적인 저항밖엔 하지 않았습니다. 단호히 이혼하려는 의사를 밝히지도 않았습니다. 그 이유는 금전 관계에 있는 거죠. 윤숙경이 남편인 구용택을 위해서 수억대의 돈을 바쳤는데, 지금 이혼하면 숙경은 무일푼으로 남게 됩니다. 그러한 타산이 윤숙경을 대담하게 나서지 못하게 한 겁니다. 두 번째 알아 낸 것은 그의 경제 사정이 엉망으로 되어 있다는 사실입니다. 그는 외형적으로 수십 억 원을 번 사람입니다. 그런데 그의 경제 사정이 왜 그처럼 엉망으로 되었느냐? 이유는 두 가지가 있습니다. 하나는 외지에 상당한 금액을 도피시켜 놓고 있는 탓이고, 하나는 홍콩을 거점으로 한 밀수단과 깊숙한 관계를 맺고 있기 때문에, 그 사실로써 덜미를 잡힌 그가 협박에 못이겨 거액의 돈을 주기적으로 내놓지 않을 수 없게 된 까닭입니다. 셋째로 알아 낸 것은 홍콩에 있는 밀수단과 엄청난 음모를 진행시키고 있다는 사실입니다. 그것은 북괴(北傀)가 입수할 수 없는 전략 물자를 북괴를 위해 구해 주고, 그 반대급부로써 북괴의 광산에서만 나오는 MS라고 불리는 광물을 얻어 내어 아랍 측에 넘기려는 계획입니다. 바로 이 사실로써 나와 램스도프는 우리가 속해 있는 세계 조직을 활용할 수 있게 된 것입니다······."

여기까지 말해 놓고 유한일은 싱긋 웃었다. 다음에 그의 말을 간추린다.

이러한 바탕에서 이른바 그의 '브리슬 방식'이 채택되었다. 아니 북괴와의 거래 운운은 유한일의 '브리슬 방식'이 만들어 놓은 각본이었다.

다시 말하면 구용택과 홍콩의 밀수단의 관계를 파악한 유한일과 램스도프는 그들 배하(配下)에 있는 전문가들을 그 밀수단에 침투시켰다. 그 배하는 아랍인을 가장하고, 거액의 은행 잔고를 제시하며 북괴의 MS를 입수해 달라고 밀수단 두목에게 요청함과 동시 성사 여부는 불문하고 우선 예의를 표시한다는 명목으로 홍콩 달러로 50만 불을 제공한 것이다.

북한으로부터 MS를 입수하려면 북한이 필요로 하는 전략 물자를 이곳에서도 준비해야 한다며 품목의 리스트를 수교했다. 그런데 그 리스트에 적힌 것은 돈만 있으면 수월하게 구입할 수 있는 품목이었는데 그것을 두루 갖추려면 미화 1천만 달러쯤은 필요로 했다. 그리고 그 물품을 구비해 놓기만 하면 시가의 배를 주겠다는 계약서를 썼다. 그들이 가지고 있는 은행의 예금은 충분히 그 실력을 증명하고 있었다.

그렇게 되니 밀수단은 긴급한 자금 문제에 부딪쳤다. 이미 그 밀수단에 침투해 있던 유한일의 부하는 한국의 구용택을 들먹여 그로 하여금 자본의 일부를 대게 하는 동시 막대한 이익을 보장해 주라는 암시를 했다.

만일 구용택에게 불화(弗貨)가 없으면, 한국이 유력한 회사가 발행한 어음을 홍콩에서 바꿔 쓸 수 있다는 암시까지 해놓았다.

이것이 이른바 브리슬 방식의 일부였다.

홍콩에 있어서의 유한일의 정보망은 구용택의 회사의 홍콩 지사장 최팔용(崔八用)을 매수하는 데 성공했다. 그를 통해 구용택이 홍콩의 어느 은행에 줄잡아 4, 5백만 달러의 예금은 가지고 있다는 정보를 얻었다.

유한일의 정보원들은 홍콩 전영사(香港電影社)란 회사를 급조하여 윤숙경에게 초청장을 냈다. 이때 최팔용이 중간 역할을 한 것이다.

이 말을 들었을 때의 나의 놀람은 컸다.

"그렇다면 윤숙경을 홍콩으로 유인한 것은 유 군 자네란 말인가?"

유한일이

"브리슬 방식입니다. 그것도."

하고, 그 후로 구용택의 동향을 살펴본 결과 만사는 방정식대로 되어 나갈 것처럼 보였다고 했다.

한편 유한일은 홍영상사의 박 회장더러 과천의 토지를 사라고 권

하고, 필요가 없으면 자기가 도로 사겠다고 했다. 유한일은 홍영상사에 대해 절대적인 영향력을 가지고 있는 터였다.

그리고는 홍영상사가 윤숙경의 토지를 사고 싶어 한다는 소문을 은근히 구용택의 귀에 들어가게 했다. 윤숙경에겐 그런 일이 있을 경우 서슴없이 팔아 버리라고 일렀다.

어쩌면 20억 원 가까운 토지 대금을 자기 손아귀에 넣을 수 있게 될지 모른다는 가능이 구용택을 자극하지 않을 까닭이 없다. 이것이 곧 유한일이 노린 브리슬 방식이었다.

"그만큼 조건을 만들어 놓았으면 다음은 구용택의 동향을 지켜보면 되는 것이었죠. 구용택의 의도대로 되게끔 은근히, 몰래 장애물을 제거해 주면 되는 것이었고, 그의 행동에 선수(先手)로써 대응하면 되는 것이니까요."

"그래서 그 목적이 무엇이었어?"

"북괴에서 MS를 빼내는 동시, 구용택과 그 일당의 정체를 폭로하여 일망타진하는 데 그 목적이 있었죠."

"무서운 사람이군."

하는 말이 저절로 나왔다.

구용택은 유한일이 짐작한 대로 움직였다.

구용택은 정당천과 권수자 그리고 설상동을 홍콩으로 보내어 윤숙경을 없애 버릴 계교를 꾸몄다. 그런데 그 계교를 유한일 일파가 미리 죄다 알고 있었다. 아니 알 수 있도록 되어 있었다. 정당천과 권수자가 손잡은 왕동문이 조방(鳥幇)을 이용해서 윤숙경을 납치하여 없앨 계획이었는데, 그 조방의 두목을 램스도프의 부하가 감쪽같이 매수하고 있었던 것이다.

2월 13일 밤, 구용택은 정당천으로부터 전화를 받았다.

"화물은 무사히 적재(積載)했다."

는 전화였다.

그 전화를 도청하며 유한일은 웃었다. 화물을 적재했다는 말은 윤숙경을 납치 장소로 무사히 옮겼다는 말이었던 것이다.

"됐어. 곧 나도 그곳으로 갈게."

구용택의 대답은 시원했는데, 그 말엔 자기도 나라를 떠나 살아야겠다는 감정이 포함되어 있었다.

그런데다 구용택이 홍영상사 박 회장으로부터 토지 대금 20억 원을 한 장의 어음으로 받았다. 지금 사정을 내세워 한 달 기한의 어음이었지만 발행자가 홍영상사이고 보면 그만한 기간쯤은 탓할 것이 못 되었다.

구용택이 모든 일이 척척 들어맞는다고 흐뭇해했다. 그러나 그것은 유한일의 각본대로 진행되는 것이었을 뿐이다.

그런데다 홍콩의 K무역사로부터 귀가 솔깃한 오퍼가 구용택에게로 왔다. K무역사란 합법을 가장한 밀수단의 간판이다. 엄청난 사업이 전개되리라는 것인데 참가 여부는 와서 결정해도 좋다는 것이고, 자금 염출을 위해선 한국 내의 유력한 상사가 발행한 어음이라도 좋다는 조건이었던 것이다.

구용택은 홍콩으로 날았다. 그런데 이상하게도 공항엔 정당천도 권수자도 설상동도 나와 있지 않았다. 윤숙경을 찾는답시고 우왕좌왕하는 체했다. 신문 기자와의 회견도 있었다. 윤숙경이 북괴에 납치된 것이 아닐까 하는 횡설수설을 늘어놓았다. 그리고 뭐라고 형언할 수 없는 압력에 짓눌려 로스앤젤레스로 갔다가 그곳에 예금해 놓은 돈 1만 불을 찾아 갖곤 다시 홍콩에 돌아왔다. 그런데 다시 홍콩에 돌아왔을 땐 구용택이 꼼짝없이 정체 모를 자동차에 실려 어느 지하 창고에 감금되고 말았다. 구용택은 거기에서 자기가 갖고 있는 어음과 돈, 그리고 홍콩 은행에 맡겨 놓은 돈 전부를 탈취당했다.

"윤숙경을 죽이고 그 재산을 전부 빼앗을 속셈이 아니었던가?"
하고 힐문하는 자의 서슬을 이겨 내지 못했다. 구용택의 지령에 의한 정당천, 권수자, 설상동, 그리고 조방(鳥幇) 패거리들의 행동 과정을 그자는 구용택 이상으로 잘 알고 있었기 때문이었다.

"이 시점까지의 방정식은 무난했습니다. 아니 거의 완벽했습니다. 그런데 우리는 행동을 거기서 끝낼 순 없었습니다."
하고 유한일은 얘기를 계속했다.

K무역사가 접촉하고 있는 북괴 인사들을 이용해서 북괴로부터 MS를 빼내려는 목적을 관철해야만 했다. MS는 고성능 핵폭탄에 이것을 소량 섞기만 하면, 종래의 위력을 3배나 4배 더할 수 있는 물질인데 소련과 아프가니스탄을 제외하곤 북한에서만 생산되었다. 그

런 까닭에 그 물질은 소련과 북괴의 공동 관리 하에 있는 것이라서 그것을 빼내기란 불가능한 노릇이었다. 뿐만 아니라 작금에 와선 중공도 그 공동 관리에 참획할 양으로 북괴에 압력을 가하고 있는 형편이었다.

K무역사는 북괴가 요구하는 전략 물자를 헐값으로 공급하는 동시, 한국 최고의 여배우 윤숙경을 덤으로 인도하겠다는 제안을 하고 있었다. 구용택도 윤숙경을 죽이느니보다 그런 방법으로 처리하는 것이 바람직하다고 생각하고 이에 동조했었다.

그런 내력이 있었기 때문에 구용택이 기자와의 회견 석상에서 윤숙경의 납북설을 꺼내 놓은 것이었다.

K무역사의 제안이 있은 지 일주일 후에 북괴 인사라고 자칭하는 자들로부터 회답이 왔다. 3일 후 오전 두 시를 기해 마카오 앞 무인도에서 MS와 윤숙경을 교환하자는 것이었다.

이 대목에 이르자 유한일이 흥분했다.

"나는 절대로 윤숙경을 북괴에 넘겨주지 않겠다고 결심했습니다. 윤숙경을 그곳으로 데리고 가기 전에 과연, MS를 그들이 가지고 왔는가를 확인해야 될 게 아니냐고 했지요. 만일 그들이 MS를 가지고 온 것을 확인하면 교환하는 장소에 가서 비상수단을 쓸 작정을 한 겁니다. 그러기 위해서 나는 램스도프를 움직여 무장선을 준비했죠. 우리 조직원 18명 전원이 무장을 하고 북괴 공작원을 소탕할 작정이었죠."

문제의 초점은 북괴의 공작원이 MS를 가지고 왔는가, 가지고 오지 않았는가에 있었다. K무역사로부터 확인했다는 전갈이 왔다.

그러기에 앞서 유한일은 준비해 둔 무장선을 타고 영해 밖에 정박 중인 북괴선 주변을 한 바퀴 돌아보았다. 5천 톤급의 배인데 외양은 상선(商船)이지만 단번에 전함으로 바뀔 수 있는 것 같은 기분을 풍겨 내고 있었다.

'MS를 받아 내지 못해도 좋으니 윤숙경을 미끼로 하는 모험은 그만두어야 하겠다.'고 유한일은 생각했다. 그러나 일단 조직이 결정한 일을 변경할 순 없었다. 예정한 대로 3월 1일 자정 윤숙경을 태운 배가 마카오를 떠났다. 유한일이 탄 배는 이미 해상에 나가 있었는데 무전이 들어왔다.

'그들은 MS를 가지고 있지 않다. 그들이 북괴와 직접 연락한 일이 없다는 것을 확인했다. 놈들은 우리를 속여 공적을 올리려고 꾀한 공작원들에 불과하다. 윤숙경을 태운 배를 되돌려 오라.'고 하는 램스도프의 암호명으로 된 무전이었다.

유한일이 명령을 내려 무장선을 돌려 세워, 윤숙경이 타고 있는 배에 신호를 보냈다. 분명히 그 배임을 확인했는데 윤숙경을 태운 배는 이편의 정선 신호를 무시하고 달려 나갔다. 어스름 달빛 아래였지만 배가 달리고 있는 모습으로 보아 분명 이편의 명령을 거역한 탈출이었다.

유한일은 그 배에 배신자가 있는 것이라고 확신했다. 신속하게 그 배를 앞질러 위협사격을 가했다. 그런데도 그 배는 요리조리 피해 달아나려고 했다.

"격침해도 좋으니 쏘아라."

하고 유한일이 명령했다.

이편이 쏜 탄환이 기관실에 명중한 모양으로 그 배는 섰다. 로프로 그 배를 묶어 해안까지 돌아왔는데 수명의 사상자가 있었다. 다행히 윤숙경은 무사했다.

"도대체 어떻게 된 거냐?"

고 물었다.

정당천, 설상동, 권수자들을 감시하는 책임을 맡은 조방의 패거리 한 사람의 말에 의하면, 기관사가 북괴선과 내통한 사람이 아닌가 싶다는 것이었다.

"그 기관사 어디로 갔어?"

"물 속에 뛰어든 모양이오."

정당천 등은 윤숙경을 납치한 일을 비롯해서 그때까지의 모든 일이, 구용택의 지시에 따른 K무역사의 계획된 행동이라고만 알고 있었던 모양이다.

K무역사 역시 자기들의 행동을 구용택과 짜고 하는 것이라고만 생각하고 있는 것 같았다.

그날 새벽 윤숙경만은 달리 장소를 구해 단독으로 수용하고 나머지는 모두 C가의 지하 창고에 가두어 버렸다.

이때부터 이른바 유한일의 브리슬 방정식에 파탄이 나기 시작한 것이다.

납치되었다고만 믿고 있는 사회에 납득할 수 있는 이유 없이 윤숙경을 내놓을 순 없었다. 구용택의 죄상을 따지려니 뚜렷한 증거가 없었다. 관계자 한 사람이라도 석방했다간 유한일의 조직이 폭로될 판이었다.

"이 일의 수습을 어떻게 하느냐가 대문제로 남은 겁니다."

하고 유한일이 한숨을 쉬었다.

유한일은 구용택으로부터 세밀하게 죄상 시인을 받으려 했다고 말했다.

"녹음을 해둘 작정이었죠. R호텔의 살인 사건부터 윤숙경의 납치 사건에 이르기까지."

"그걸 자네가 직접 하려고 했나?"

하고 내가 물었다.

"그걸 어떻게 제가 합니까? 부하들에게 시켰죠."

"시인을 하던가?"

"그가 시인만 했다면 이런 결과가 되었겠습니까?"

구용택은 R호텔의 일인 살해 사건에 관해선

"나는 전연 모르는 일이오. 관심에도 없는 일이오. 그 사건을 알고 싶거든 대한민국 경찰에 알아보라."

고 버텼다.

"정당천이 심수동을 시켜 죽인 것이 아니냐?"

고 일부의 증거를 들이대면

"그렇다면 정당천에게 물을 일이지 왜 내게 묻느냐?"

고 신경질을 냈다.

"윤숙경을 살해할 의사가 있지 않았느냐?"

는 질문엔

"내 기분으론 솔직한 얘기로 갈기갈기 찢어 죽이고 싶기도 했다. 어느 사내가 서방질하는 여편네를 용납할 수 있겠는가? 그러나 찢어 죽이고 싶었다는 마음만으로 어떻게 죄가 될 수 있느냐?"

고 호통을 쳤다.

"홍콩으로 유인한 건 네가 아니냐."

는 질문엔 펄펄 뛰며 외쳤다.

"그년을 초청한 신문사를 살펴보면 곧 알 수 있을 것이 아니냐. 중간 역할을 한 놈이 최팔용이라고 들었다. 그놈을 잡아라. 그놈을 잡으면 전모가 다 드러날 것이다."

"윤숙경을 북괴에 넘겨 줄 공작을 했다는데?"

하는 질문엔

"윤숙경이 납치되었을 땐 나는 서울에 있었다. 홍콩에 와서 만난 사람이란 K무역사의 관계자들밖엔 없다. 그런데 북괴의 누구와 공작을 했다는 말인가. 나는 공작원 코빼기도 보지 못했다."

"윤숙경의 돈을 가로챈 것은 어떻게 된 까닭이냐?"

는 질문엔

"여편네가 받을 돈을 남편이 받았대서 그것이 죄가 되는 것인가? 돈 받을 기일에 본인이 없었으니까 내가 대신 받았다. 당신들은 여편네가 받을 돈을 여편네가 없어서 받지 못하게 되었을 때 그 돈을 받지 않고 흘려보내겠는가?"

하고 으르렁거렸다.

구용택의 비열하고 잔인한 성격과 행동을 보다 선명하게 부각시키기 위해 많은 돈과 많은 시간을 들여 모처럼 장치한 브리슬 방식이 이 같은 구용택의 반격에 부딪치자 비눗방울처럼 꺼져 버리고 만 것이다.

유한일의 얘기를 마저 듣고 내가 물었다.

"그처럼 버티던 구용택이 어떻게 돈은 호락호락 내놓았을까?"

"내놓은 게 아니고 빼앗았죠. 권총을 들이대고 사인을 시킨 겁니다. 어음은 호주머니에 있는 것을 탈취하구요."

"바로 강도 행위를 한 거로군."

"강도의 돈을 빼앗기 위해선 강도적 수단도 불가피한 거죠."

유한일이 예삿일처럼 말했다.

나는 구용택이 버티는 것은 당연하다고 생각했다. 그 죄상을 그냥 시인하면 어떤 법정에서도 살아남지 못할 것이기 때문이다.

"도리없이 윤숙경 문제부터 해결하기로 했습니다."

하고 유한일이 이야기를 계속했다.

"아까 말씀 드린 대로 윤숙경을 한국으로 돌려보낼 참이었죠. 내가 저지른 일은 내가 책임질 요량을 하구요. 그런데 윤숙경은 자기 때문에 생긴 스캔들을 감당 못 하겠다고 했어요. 구용택을 없애 놓고 돌아갈 수도 없다는 거였습니다. 그래서 스위스로 데리고 간 겁니다……."

스위스에서 돌아온 유한일은 최팔용이 체포된 사실을 알았다. 그것은 유한일에게 결정적인 충격이었다.

비록 최팔용이 브리슬 방식의 전모를 모르고, 유한일을 모른다 해도 그가 알고 있는 부분을 단서로 해서 챙겨 들어가면 사건의 성격이 드러날 것은 뻔한 일이었다.

게다가 한국에서 경찰 수사관이 홍콩으로 파견되었다는 정보가 들어왔다.

"뿐만 아니라, 우리가 그 일부를 매수하여 이용하고 있던 조직, 즉 조방(鳥幇) 내에 분열이 생긴 겁니다. 그들의 일원인 장춘구, 왕은앵, 문선학 등 세 사람을 너무 오래 감금한 탓이죠. 그런 까닭으로 조방의 두목이 언제 배신할지 모르는 상황이 되어 버린 겁니다."

이 얘기를 할 때의 유한일은 괴로운 표정이었다.

"그렇더라도 달리 무슨 방법이 있었을 것 아닌가?"

내가 중얼거렸다.

"있었겠죠. 있었겠죠만 전연 생각이 나지 않았습니다. 그러나 나는 최후의 수단만을 피하려고 했습니다. 그랬는데 모두들 제 말을 들질 않아요. 홍콩에 얽매여 있는 것이 지리해진 겁니다. 그런데다 가……"

하고 유한일이 다시 냉차를 마셨다.

유한일이 계속한 말에 의하면 설상가상으로 P팡이라고 하는 비밀 결사가 유한일 등의 조직을 뒤쫓기 시작했다. 풍옥상이 은닉해 놓은 재산을 유한일이 비밀리에 딴 곳으로 빼돌렸다는 사실을 뒤늦게야 알게 된 때문이었다.

P팡은 또한 공산권을 상대로 하는 전략 물자의 거래를 독점하다시피 하고 있었는데, 유한일의 조직이 일부를 가로채고 있다는 사실을 알곤 잔뜩 적개심을 불태우기 시작하기도 했다.

"홍콩에 있어서의 P팡의 세력은 거의 절대적이라고 할 수 있습니다. 우리는 그러한 P팡의 세력을 일소함으로써 홍콩 정청에 대해 체면을 세울 작정으로 있었는데, 윤숙경 사건의 처리가 어긋나는 바람에 역습을 당하게 된 겁니다. 다행히 우리의 비밀주의가 철저했기 때문에 쉽사리 꼬리를 잡히지 않았기에 망정이지 자칫 큰일이 날 뻔했던 겁니다. 그래서 저는 모든 처리를 램스도프에게 일임하고 한 발 앞서 홍콩을 뜬 겁니다. 이것이 선생님에겐 꼭 말씀 드려야겠다고 생각한 제 얘기의 전부입니다."

유한일은 포켓에서 손수건을 꺼내 땀을 닦았다.

나는 한동안 그를 쳐다보고 있다가 물었다.

"내게 그런 얘길 하게 된 이유가 뭐지?"

"복잡합니다."

하고 유한일이 일어섰다.

"선생님, 바깥에 나가 술이라도 한잔 합시다. 술이라도 하면서……."

아까 백지암에서 마신 술이 말쑥이 깨어 버렸기 때문에 나는 그의 제안에 동조했다.

계단을 내려가며 내가 말했다.

"램스도프도 데리고 가지."

"그럼 야스코 씨도 데리고 가죠."

그렇게 해서 나를 끼운 네 사람은 요쓰야(四谷)의 어느 술집엘 갔다.

'도끼'라는 간판 아래 '희랍 요리'란 글자가 보였다.

"희랍 요리도 먹어 볼 만합니다."

하고 안내한 유한일의 종업원과의 수작을 보니 그는 꽤 그 집관 익숙한 모양으로 보였다.

"유 선생은 동경에 오면 꼭 이 집에 들릅니다."

구석진 곳에 자리를 잡아 앉고 나서 이노우에 야스코가 말했다.

"그 까닭이 뭐죠?"

램스도프가 물었다.

유한일이 턱으로 한쪽을 가리켰다. 거기엔 도기 쟁반이 수북이 쌓여 있었다.

"저걸 집어던져 깨는 거예요."

이노우에 야스코가 말을 끼웠다.

"저걸 깨요?"

내가 물었다.

"손님들이 술에 취해 무드가 상승하면 저 쟁반을 손님 테이블에 수북이 갖다 놓죠. 그러면 손님들은 쟁반에 들어 저편 쪽 벽을 향해 집어던지는 거죠. 오싹오싹 깨어지는 모양과 소리가 통쾌감을 주는 모양이죠?"

이노우에의 설명이었다.

"희랍은 폐허로써 먹고 사는 나라가 아닙니까? 그러니까 뭣이건 부수고 깨고 해서 폐허로 만들어야 직성이 풀리는가 봅니다."

하고 유한일은 이제 막 갖다 놓은 술병의 마개를 뽑았다. 그리고는 그 암록색의 액체를 컵에 따르곤

"이 술 이름은 로고스라고 합니다."

며 웃고 덧붙였다.

"술 이름이 로고스란 게 재미있죠? 로고스를 마시고 보다 격정적으로 되라는 뜻인지, 아무리 많이 마셔도 로고스를 잊지 말라는 뜻인지."

"소크라테스가 즐겨 마신 술 아녜요?"

하고 램스도프가 웃었다.

술은 지독하게 독했다. 얼른 찬물을 들이마셔야 했다.

"어, 독해."

나는 상을 찌푸렸다.

"로고스란 원래 독한 것 아닙니까?"

하는 유한일의 말이 시니컬하게 들렸다.

그 술은 독하긴 해도 뒷맛이 당겼다. 나는 서너 잔을 거푸 마셨다.

유한일과 램스도프는 내가 알아듣지 못하는 말로 주고받고 있었다. 자연 이노우에가 나의 말동무가 되었다.

"남편이 안 계시니 쓸쓸하시죠?"

"지금은 익숙해졌어요."

"아이는 없습니까?"

"행인지 불행인지 아이는 없어요."

이때 웨이터가 접시를 한아름 테이블 위에 갖다 놓았다.

유한일이 접시를 하나 들고 섰다.

램스도프도 서서 접시를 들었다.

"선생님도."

하고 유한일이 나를 보았다.

나는 접시를 깰 흥미가 일지 않아 앉은 채 이노우에에게 말했다.

"당신, 하시지 왜?"

"접시를 깨야만 해소되는 스트레스가 제겐 없으니까요."

하고 웃었다.

유한일이 던진 접시가 맹렬한 음향과 더불어 깨졌다. 램스도프가 던진 쟁반도 보기 좋게 깨졌다.

두 사람은 교대로 다음다음으로 접시를 던졌다. 실히 20여 개나 되었지 싶은 쟁반이 순식간에 없어졌다.

"또 스무 개만."

유한일이 고함쳤다.

쟁반이 다시 테이블에 수북이 쌓였다.

접시 깨어지는 요란한 소음 속에서도 나와 이노우에의 대화는 계속되었다.

"다시 결혼하셔야죠?"

"아직은 그럴 생각 없어요."

"고인에 대해 절개를 지키실 작정이구료."

"그런 기특한 마음먹이는 아녜요."

이노우에의 얼굴이 약간 흐려지는 느낌이었다.

"미안한 생각이 드는군요."

하는 말이 내 입에서 나왔다.

"왜요?"

"당신 남편이 죽은 곳이 한국이니까."

"어디서 죽었건 자기 운명인 걸요."

"그러나 죽인 사람이 한국인이니……."

"그렇다면 미안해하실 것 없어요."

"그래두……."

"제 남편을 죽인 건 일본인이에요."

"뭐라구요?"

하마터면 큰 소리가 될 뻔했다.

"제 남편을 죽인 건 일본인입니다."

이노우에의 말은 담담했으나 단호했다. 나는 접시 던지기에 열중하고 있는 유한일과 램스도프를 턱으로 가리켰다.

"저 사람들 그 사실을 알고 있나요?"

"제 말을 믿질 않아요."

"믿질 않는다?"

"유한일 씬 그 살인자를 알고 있다는 겁니다. 그렇다면 왜 그자를 경찰에 신고하지 않았을까요?"

"심증만 있고 확증이 없었으니 혹시……."

"확증이 있을 까닭이 없죠. 범인은 유한일 씨가 알고 있는 사람이 아니고 일본인이니까요."

"그렇다면 왜 부인께선 경찰에……."

"이유는 제 남편에게 있어요. 그는 너무나 엄청난 일에 말려들어 있었으니까요. 범인이 밝혀지면 남편의 체면이 말이 아닌 사정이어서……."

"무슨 국제적인 조직과 관계가 있는 일입니까?"

"말할 수 없습니다. 그 비밀은 아마 무덤에까지 가지고 가야만 할 겁니다."

"그럼 그 얘길 유 군이나 램스도프에게도 하지 않으셨겠군요."

"물론입니다."

시원하게 냉방 장치가 되어 있는 방인데도 나는 엄청나게 땀을 흘리고 있었다. 아직도 접시 던지기에 열중하고 있는 유한일과 램스도프가 무슨 괴물처럼 보이기 시작했다.

한국에서 이노우에 다다시가 죽자 유한일이 동경으로 건너와 야스코를 위로한 덴 무슨 복선이 있었던 것 아닌가 싶은 의혹마저 생겼다. 그렇다면 이노우에 야스코는 유한일과 램스도프의 교묘한 감시 하에 있단 말인가? 그렇다면 구용택을 비롯한 그 군상들은 도대체 뭐란 말인가. 유한일은 일본인의 살해 사건을 구용택을 매장하기 위한 이유로 날조했단 말인가? 그리고 그 홍콩 신계에 있어서의 수십 명을 폭사케 한 엄청난 사건은 어떻게 된단 말인가?

그날 밤 호텔로 돌아와 거의 뜬눈으로 새우다시피 하며 나는 유한일과 램스도프의 정체가 무얼까 하는 생각에 잠겼다. 이스라엘을 위해 일하는 조직의 일원이란 걸 의심할 수 없었지만, 한국과 홍콩에서 그들이 한 것은 도무지 납득이 가질 않았다.

나는 앙드레 지드가 쓴 『법왕청(法王廳)의 땅굴』이란 소설 가운데 나오는 '라프카디오'를 연상했다. 그자는 아무런 뚜렷한 목적과 동기도 없이 장난삼아 범죄를 해치운 자이다. 그런데 유한일과 램스도프가 그런 축에 드는 인간들은 아닐 것이었다.

도대체 그들의 목적이 무엇이란 말인가?

날이 밝길 기다려 사방의 친지들에게 전화를 걸어 2만 달러의 상당의 일화(日貨)를 마련하기로 했다. 내일 서울로 떠나기에 앞서 홍콩에서 유한일로부터 신세진 돈을 어떻게든 청산해 버리고 싶어서였다. 돈이 마련된 것이 오후 세 시. 나는 이노우에 집으로 전화를 걸어 은좌에 있는 나비라는 다방에서 밤 아홉 시까지 유한일을 기다리겠다고 했다.

유한일이 그 장소에 나타난 건 정각 아홉 시. 피로한 듯한 옆얼굴을 하고 앉아 있었다.

"미스 앨런은 미국으로 떠났습니다. 인사 못 드리고 가는 게 아쉽다던데요."

그 말은 흘려듣고 내가 물었다.

"도대체 자네의 정체는 뭔가?"

유한일이 일순 핼쑥한 얼굴이 되었다.

"사실은 그걸 저도 모릅니다."

말에 힘이 빠져 있었다.

"이 돈 받게."

나는 돈꾸러미를 밀어놓았다. 그가 내 행동의 의미를 알아차린 듯, 무어라 하려는 것을

"앞으로 자네와의 상종을 끊어야 하겠다."

는 말로써 눌렀다.

"전 나쁜 놈은 아닙니다. 실수는 했어도, 절 믿어 주십시오."

"어젯밤의 고백을 믿으란 말인가?"

"……."

"나는 이노우에 다다시를 죽인 건 일본인이라고 들었다."

"야스코는 그렇게 고집하죠. 그러나 그게 아닙니다."

"그럼 어떻게 됐단 말인가?"

"그걸 설명 드릴 수가 없으니 딱합니다."

"그렇다면 내 인식을 바꿀 생각 말게."

"언젠가는 절 이해할 날이 있을 겁니다. 전 언제, 어디서, 어떻게 죽을지 모르겠습니다만, 언젠가는 선생님께 해명할 겁니다. 어젯밤의 고백은 일부의 고백에 지나지 않습니다. 이를테면 미완의 고백이죠."

나는 꼭 한 마디 해야 할 심정으로 되었다.

"테러리스트의 고백은 미완(未完)일 수밖에 없지. 자신이 죽어야 테러리스트도 끝장이 나는 거니까."

그러자 유한일이 번쩍 고개를 들었다.

"선생님, 잘 보셨습니다. 전 테러리스트입니다. 그러나 테러리스트 말고 제가 할 일이 무엇이겠습니까?"

"누구에게 대한 어쩌자는 테러리스튼가?"

"전 운명에 대한 테러리스트일 테죠."

"이렇게 자넬 앞에 하고 있으니 윤숙경이 살아 있다는 말도 믿어지지 않는군."

"윤숙경은 살아 있습니다."

"그렇다면 그 주소를 알려 줄 수 없나?"

유한일은 입을 다문 채 고개를 저었다.

나는 다시 할 말이 없었다. 일어서서 유한일의 머리 위로부터 한 동안 내려다보고 섰다가 바깥으로 나왔다. 동경 은좌(銀座)의 밤은 그날 밤도 화려했다.

사족(蛇足)

『미완의 극』은 결국 완전히 수수께끼를 풀지 못한 채 끝날 수밖에 없는 숙명을 지니고 있다.

우리가 경애하던 여배우 최은희 씨의 운명이 그러했듯이. 그러나 나는 최은희 씨가 어떠한 상황 속에서 살고 있다는 것을 믿어 의심하지 않는다. 그녀는 어떤 타의(他意)에 의해 영락없이 침묵해 있어야 할 환경에 빠져들어 있는 것이다. 그러나 한 가지 말해 둘 것은 그녀가 북한에 있지 않다는 사실이다. 물론 이것은 갖가지 정세로 보아 내가 추측한 것이지, 확인된 사실은 아니다.

그녀가 홍콩으로 떠나기 사흘 전의 밤, 나는 전에 대사(大使)를 지낸 M군의 집에 만찬 초청을 받았는데 공교롭게도 그날 밤 그녀를 만나게 되어 있어 M군에게 그녀를 같이 초청해 달라고 간청한 결과 합석하게 되었다.

M군집에서의 만찬을 끝내고 우리들은 C호텔의 바에 가서 많은 얘기를 했다. 홍콩에 가는 것을 그만두라고 권고한 장면은 이 소설에 있는 그대로다. 그때의 그녀의 대답은

"안양의 학교를 팔고 과천 쪽에 새 토지를 마련하여 마음에 들도

록 시설을 갖춘 교사를 짓는 일을 비롯해 굉장히 바빠질 것 같애요. 그렇게 되면 외국에 나갈 짬이란 당분간 없어질 것 같으니 이번 기회에 나갔다 와야겠어요."

하는 것이었고 안양학교를 판 잔금을 받을 날짜를 들먹이며 그때까진 무슨 일이 있어도 돌아오겠다고 했다.

C호텔을 나와 나는 내 자동차로 그녀를 현대 아파트까지 데려다주었다.

"잘 갔다 와요."

"선물 사 가지고 올게요."

아파트 앞에서 나눈 이런 대화가 지금도 쟁쟁하게 귀에 서려 있다. 그런데 세상 사람들이 다 알고 있다시피 최은희는 돌아오지 않았다. 한국이 낳은 위대한 배우. 그 정열에 있어서나, 심성에 있어서나, 덕망에 있어서나 훌륭하다고 말해 손색이 없는 그야말로 살아 있는 문화재를 우리들은 잃은 것이다.

소설 『미완의 극』은 그런 뜻에서 한 편의 추리소설이라기보다 우리의 경애하는 여배우 최은희를 기념하고자 하는 내 나름대로 부른 추억의 엘레지이다.

이와 같은 마음을 참작하고 이 소설을 읽어 주면 또 다른 감명이 있을 것이라고 믿고 외람되게 사족(蛇足)을 달았다.

1982. 6.

이병주(李炳注)

최은희 납치사건을 그린 반(anti)추리소설

『미완의 극』의 '미완'은 무엇인가?

이승하 시인. 중앙대 교수

이병주의 소설은 크게 네 부류로 나눌 수 있다. 등단작인 중편소설 「소설·알렉산드리아」를 비롯한 그의 중·단편소설은 문학성이 아주 뛰어나다. 「변명」, 「망명의 늪」, 「철학적 살인」, 「예낭 풍물지」, 「쥘부채」, 「그 테러리스트를 위한 만사」, 「정학준」 등에는 역사의 회오리바람 속에서 부침과 굴절을 거듭한 지식인들의 초상이 잘 그려져 있다. 소설집만 해도 생시에 9권을 냈다.[1] 그런데 이병주의 이름을 빛나게 한 것은 중·단편소설이 아니다. 『관부연락선』, 『지리산』, 『산하』, 『그해 5월』, 『바람과 구름과 비』 등 한국 근·현대사의 모순과 정면 대결을 꾀한, 역사의식과 사상적인 고뇌가 삼투되어 있는 작품 군이다. 또 한 부류는 대중소설이다. 낙양의 지가를 천정부지로 뛰어오르

---

1 1968년에 낸 「마술사」를 필두로 「예낭 풍물지」(1974), 「철학적 살인」(1976), 「망명의 늪」(1976), 「삐에로와 국화」(1977), 「낙엽」(1978), 「서울의 천국」(1980), 「허망의 정열」(1982), 「그 테러리스트를 위한 만사」(1983)가 생시에 나왔다.

게 한『비창』,『운명의 덫』,『행복어 사전』,『그를 버린 여인』,『여인의 백야』,『무지개 연구』 등은 독자들에게 '이병주' 하면 대중소설의 대가, 즉 연애담을 잘 구사하는 소설가라는 인상을 심어주었다. 대하소설을 제외하고 30편이 넘는 장편소설이 신문연재소설이었다. 한꺼번에 여러 군데 신문에 동시에 연재하는 절륜의 필력은 동시대 소설가들의 부러움을 사기도 했다. 그리고 또 한 부류는 역사적인 인물의 소설화 작업이었다.『소설 정도전』,『소설 허균』,『포은 정몽주』,『소설 장자』,『대통령들의 초상』 등을 보면 역사 인물에 대한 관심이 아주 컸음을 알 수 있다.

1982년에 소설문학사에서 2권짜리로 펴낸『미완의 극』은 이상의 네 가지 부류 중 어디에도 들어가지 않는다. 연애소설도 아니고 (근·현대사를 다룬) 역사소설도 아니다. 이 소설을 쓰게 한 직접적인 계기는 영화배우 최은희 납치사건인데 실제적인 최은희 납치사건을 르포르타주 식으로 그린 것은 아니다. 시대소설이라고 해야 할지 사회소설이라고 해야 할지 이름 붙이기도 애매한 이 소설은 이병주를 거론할 때 전혀 언급되지 않은, 평가의 대상에서 누락되고 만 소설이다. 일단 작가에게 이 이야기를 소설로 다뤄봐야겠다고 마음먹게 한 '최은희 납치사건'의 전말을 살펴본다.

1926년생인 최은희는 해방공간인 1947년에 영화〈새로운 맹서〉로 데뷔한 뒤〈밤의 태양〉(1948),〈마음의 고향〉(1949) 등을 찍으며 신진 스타로 떠올랐다. 1954년, 마릴린 먼로가 야구선수 조 디마지오

와 결혼한 뒤 일본으로 신혼여행을 가면서 한국에 들렀다. 장병들 위문차 한국에 들러달라는 주한미사령관의 요청에 응했던 것이다. 세계적인 배우를 마중하러 대구 동촌비행장에 나간 우리나라 대표 배우는 중견 백성희와 신예 최은희였다. 서른도 되기 전이었는데 최은희는 그때 이미 한국의 '대표급' 배우가 되어 있었던 것이다. 1953년에 다큐멘터리 영화 〈코리아〉에 출연하면서 신상옥 감독과 사랑에 빠져 1954년 결혼식을 올렸고, 이후 두 사람은 함께 영화를 만들며 한국영화의 중흥기를 이끌었다. 신상옥이 감독한 〈사랑 손님과 어머니〉는 한국영화사의 명작으로 거론되는 작품이다.

그런데 1978년 1월 14일, 최은희는 영화 합작 의뢰를 받고 홍콩에 갔다가 김정일의 지시를 받은 북한 공작원에 의해 납북된다. 홍콩에서 납치되어 마카오로, 마카오에서 중국으로 가서 북한까지 끌려간 것이다. 당시 최은희는 남편과 이혼한 상태였다. 신상옥 감독이 배우 오수미와의 사이에 아이까지 낳자 격분, 이혼을 하고는 배우 생활은 접고 안양예술학교(뒤에 안양예술고등학교로 개칭)의 교장을 하면서 후학을 양성하고 있던 터였다. 학교 발전을 꾀하고 있던 최은희는 거액의 출연료 제의에 귀가 솔깃해 홍콩으로 갔던 것이다. 김정일이 왜 최은희를 납북했는지는 의문을 품은 채 이혼한 전처를 찾아 홍콩 등지를 헤매던 신상옥도 그해 7월 19일에 납북된다.

영화 제작에 지대한 관심이 있던 김정일이 두 사람에게 영화를 만들게 해 국제영화제에서 상도 탔으니 납치의 이유는 알 만한 일이었다. 타의에 의한 어색한 만남[2]이었지만 북한에서 두 사람은 재결합하여 부부로 살아갔다. 신상옥은 탈출을 몇 번 시도하다 실패해 교화소로 끌려가는 등 곤욕을 치르기도 했지만 최은희는 특별한 보호를 받으며 살아간 듯하다. 아마도 북한 제작 영화의 자문 역할 정도를 했을 것이다. 신상옥은 반성문에다 충성 맹세를 한 이후 김정일의 신임을 회복한다. 영화를 열심히 만들자 두 사람은 김정일의 생일 파티에도 초대를 받을 정도로 인정받고, 그에 따라 비교적 안정된 삶을 꾸려간다. 두 사람은 1986년 3월, 오스트리아의 빈 방문 중 미국 대사관에 진입해 망명에 성공, 10년 넘게 미국에서 살다가[3] 1999년에 영구 귀국한다. 신상옥은 2006년에, 최은희는 2018년에 사망한다.

이병주는 두 사람이 북한에서 살아가고 있을 때 이 소설을 썼다. 그 당시에는 두 사람의 북한에서의 활동 사항이 남쪽에 거의 알려

2 이들의 상봉은 북한에 끌려온 지 5년이 지난 1983년에야 김정일의 주선으로 이루어졌다고 한다. 상봉 자리에서 두 사람은 어색하게 포옹을 한 모양이었다. 신상옥 감독은 만약 자기 배우들이 그랬으면 화를 내며 '컷' 하고 외쳤을 정도로 최은희의 동작이 어색했다고 회상했다. 최은희는 전남편이 그래도 자기를 찾으려 동분서주했다는 것을 알고는 미움이 눈 녹듯이 사라졌다고 한다. 두 사람은 북한에서 재결합한 상태로 영화인으로 살아갔다. _〈나무위키〉참조.

3 한국의 정보부에서는 신상옥이 납북이 아니라 자진월북으로 규정하고 있었기에 한국으로 올 수는 없었다. 게다가 북한에서 이들 부부는 김정일의 비호 아래 〈돌아오지 않는 밀사〉, 〈탈출기〉, 〈소금〉, 〈춘향전〉, 〈불가사리〉 등 여러 작품을 만들었다. 모스크바 국제영화제에서 최은희가 여우주연상을, 신상옥이 감독상을 탔으니 두 사람은 북한 영화를 빛낸 인물이었다.

지지 않았기 때문에 베일에 가려진 북한 생활을 추측해서 쓸 수는 없었고, 납치되기까지의 과정을 상상력을 발휘하여 써보기로 한다.

본문만 제1권 390쪽, 제2권 410쪽의 장편소설을 쓰게 한 원동력은 무엇일까. 이병주는 후기에서 최은희와의 만남을 회상하고 있다.

그녀가 홍콩으로 떠나기 사흘 전의 밤, 나는 전에 대사(大使)를 지낸 M군의 집에 만찬 초청을 받았는데 공교롭게도 그날 밤 그녀를 만나게 되어 있어 M군에게 그녀를 같이 초청해 달라고 간청한 결과 합석하게 되었다.

홍콩으로 떠나기 사흘 전에 나눈 대화의 내용도 후기에 자세히 나온다. 이병주는 최은희를 "한국이 낳은 위대한 배우", "살아 있는 문화재"라고 높이 평가한다. 막 나이 쉰이 된 최은희에게 이병주는 인간적인 호감 이상의 감정, 즉 연모의 정을 느끼고 있었는지도 모른다. 그런데 만찬장에서의 만남 뒤에 최은희는 홍콩으로 갔으며 행방불명이 된다. 언론에서는 납치되어 북한으로 끌려갔다고 하지만 후기를 보면 이병주는 최은희가 북한에 있지 않다고 생각하였다. 북한에 있다는 것은 김정일의 보호 아래 있다는 것인데, 그렇게 상상하고 싶지 않았던 것이다. 도대체 왜 사라진 것인가. 누구의 손에 의해 사라진 것인가. 살았는가 죽었는가. 살아 있다면 어디에 있는가. 무엇하며 살아가고 있는가. 왜 언론도 추적하지 못하고 있는가. 행방불명된 지 4년 5개월 뒤에 이병주는 전작 장편소설을 세상에 내놓으면서 이렇게 말한다.

소설 『미완의 극』은 한 편의 추리소설이라기보다 우리의 경애하는 여배우 최은희를 기념하고자 하는 내 나름대로 부른 추억의 엘레지이다.

추리소설이라고 하지 않고 추억의 엘레지라고 한 말이 인상적이다. 이 소설은 이병주의 여러 소설 중에서 아주 특이한 소설임에도 불구하고 지금까지 평가는커녕 거론조차 된 일이 없었다는 것이 안타깝다. 이번에 바이북스에서 재출간되는 것을 계기로 독자대중의 관심이 이 작품에 기울어지기를 바란다. 그 이유에 대해 지금부터 살펴나갈 것이다.

.

소설은 1인칭관찰자시점인데 '나'는 바로 소설가 이병주다. 소설의 시대적 배경은 최은희 납치일이 1978년 1월 14이므로 1975~77년쯤으로 보면 될 듯하다. 그 무렵 우리나라는 이른바 '유신시대'로서 박정희 대통령이 국민들 앞에서 경제개발을 수시로 부르짖었지만 민주화를 희구하는 세력을 철저히 탄압하는 '유신독재'를 행하던 시절이었다. 1977년은 『낙엽』으로 한국문학작가상을, 『망명의 늪』으로 한국창작문학상을 수상, 이병주가 국내에서 소설가로서의 입지를 확실히 구축한 해였다. 소설 안에서 '나'는 국내나 외국 어디를 가도 인정받는 중견작가로 나온다. 우리 나이로 50대 중반의 나이, 육체적으로나 정신적으로나 한창 때였다. 소설은 이렇게 시작된다.

인생에서 가장 중요한 것은 무엇일까.
만남이다.
사람과 사람과의 만남.
인생의 지류(支流)를 합쳐 대하(大河)를 이룬 역사도 결국 사람과 사람의 만남으로써 비롯된 드라마의 전개가 아닌가.

누구를 만났는가. 바로 미모의 여배우 윤숙경과 제자 유한일이다. 소설 속 비중이 막상막하인 유한일을 주인공으로 봐도 된다. '내'가 W대학에 출강했을 때의 제자 유한일을 뉴욕의 재즈 밴드가 나오는 술집에서 만나는 장면에서 소설은 출발하는데, 두 사람의 만남은 우연이 아니었다. 유한일은 민간 베이스로 국내에 들어오는 외국 차관을 거의 다 통괄하는 인물이 되어 있었다. 엄청난 돈과 권력을 가진 로비스트가 된 유한일은 '세계 정부'의 수립을 꿈꾸는 야심가로 윤숙경과 그녀의 남편인 사업가 겸 영화제작자 구용택에게 접근하기 위해 대학 은사를 이용하기로 한 것이다.

이 소설에서 최고의 악인이 구용택이다. 일본과 홍콩을 무대로 무역업을 하는 구용택은 조총련과 가까웠고, 당연히 북한과도 끈이

닿는 인물이다. 젊은 배우 지망생들을 농락하는 행각을 하면서 살아가던 구용택은 아내와의 사랑이 식어 차버릴 생각을 하고 있던 차, 북한이 전략 물자를 사들이겠다는 제안을 해오자 겉은 회사지만 밀수단과 다를 바 없는 K무역사를 통해 전략 물자를 공급하면서 덤으로 윤숙경을 북한으로 넘기는 계획을 꾸민다. 윤숙경이 행방불명이 되면 아내 소유의 학교와 큰 돈(학교 부지를 살 돈)이 자기 수중에 들어오는 것도 계획을 추진한 이유 중 하나였다. 남편인 자기가 상속자인 것을 알기에 살해는 하지 않고 북한에 넘겨 행방불명자로 처리되면 아내 소유의 모든 재산이 자기 것이 될 것을 알았기에 간교한 작전을 쓰기로 한 것이다.

이를 간파한 유한일이 해결사 역할을 하고 나선다. MS라는 고성능 핵폭탄을 K무역사가 북한으로부터 받고 윤숙경을 북한으로 넘기는 구용택의 계획이 틀어진 것은 국제적인 로비스트인 유한일의 예민한 촉각과 정보망 덕분이었다. 유한일은 윤숙경의 행방불명 이후 이스라엘 여자 로비스트이자 테러리스트인 램스도프의 도움을 받아 구용택과 그의 부하들을 폭탄으로 처형한다.

구용택과 그의 부하들은 죽지만 윤숙경의 행방은 끝내 알 수 없는 상태가 되고, 소설은 그 시점에서 문득 끝난다. 그래서 제목이 '미완의 극'인 것이다. '나'는 윤숙경이 일신상의 위험을 피해 스위스에 가 있을 거라고 추측한다. 북한 억류가 아닌 스위스 체류는 이병주의 소망이었을 것이다.

윤숙경 이상으로 비중이 높은 인물 유한일도 모델이 있었을까? 박동선을 거론하지 않을 수 없다. '코리아게이트'는 1976년에 일어난, 대한민국 중앙정보부가 박동선을 통해 미국 정치인들에게 뇌물을 주어 미국 정가를 뒤흔든 사건이다.

　월남민인 박동선은 미국 유학을 가 1955년 미국 조지타운대학교 행정학과에 입학, 1959년에 학사학위를 취득한다. 1960년에는 워싱턴에서 한선기업을 창업, 사장에 취임한다. 1965년에 미국 영주권을 획득하고 1975년에 뉴욕의 한남체인을 인수·합병하여 한남체인그룹 회장으로 취임한다. 1970년을 전후한 시기부터 미국 상원의원들과 하원의원들에게 금품을 제공하는데, 1976년 미국 워싱턴포스트지가 그의 의회 로비 활동을 폭로, 그는 '코리아게이트'의 장본인으로 법정에 서게 된다. 1978년 9월 당시 외무부장관인 김동조가 미국 하원 윤리위원회 측의 서면질문에 대한 답변서를 송부, 같은 해 10월 미국 하원 윤리위원회가 조사보고서를 발표하면서 사태는 간신히 일단락된다.

　한국 정부가 박동선을 통해 로비를 하게 된 동기는 이랬다. 카터 대통령의 공약대로 미국 행정부가 주한미군 철수를 시작하면 한국군 현대화 계획을 위한 군사 원조가 이루어져야 하고, 그것은 의회의 예산 승인이 있어야 가능하기에 한국 정부는 미 의회의 주요 인사들을 로비를 통해 설득하는 방식을 택했던 것이다. 이병주는 로비스트라는 존재에 대해 알게 되었기에 사업가로 위장한 정치 스파이로 유한일을 생각해낸 것이다. 최은희 납치는 조직에 의해 이루어져야 하는데 조직을 움직이는 것은 돈과 권력임을 작가는 잘 알고 있었다.

그런데 소설 『미완의 극』에는 몇 명의 유대인이 큰 비중을 차지한다. 리샬 랄루는 소르본느 대학에 다니는 유대인 프랑스 학생이다. 작가는 이 청년을 카페에서 만나 친교의 시간을 갖는데, 이런 인물을 등장시킨 이유는 이스라엘이란 나라에 대한 이병주 자신의 견해를 설명하기 위해서였다. 이 소설은 많은 분량을 유대인과 이스라엘에 대한 작가 자신의 의견 개진에 할애하고 있다.

리샬 랄루는 작가에게 이라크 바그다드대학 고고학과에 유학을 온 미국인 부호의 딸 아나벨라 피셔의 첩보 이야기를 들려준다. 작가는 '폭로'라는 이름의 주간지를 통해 이 사건의 내막을 알게 된다. 아나벨라는 18세에 유학생활을 시작하는데 다년간 학업 이외에도 노력을 기울여 이라크 상류사회의 저명인사가 된다. 아나벨라는 실은 미국 국적의 유대인이었고 민족애에 불타는 인물이었다. 그녀는 이라크 공군장교 무닐 레드파에게 접근하여 무닐이 미그 21기를 몰고 이스라엘로 귀순하라고 부추긴다. 무닐은 이라크 내의 소수민족인 쿠르드족이어서 아나벨라는 그의 민족의식을 자극하였고, 육체적으로도 유혹하였다. 무닐은 가족의 안전과 생활을 책임지겠다는 이스라엘 당국의 약속이 있자 미그 21기를 몰고 이스라엘로 귀순, 평생을 잘 살아간다.

그로부터 3년 뒤에 작가를 만난 윤숙경은 스페인의 마드리드에서 만난 유한일에 대한 이야기를 들려준다. 유한일이 학교 부지 10만 평을 사려고 하는 윤숙경에게 조건 없이 돈을 주겠다는 제안이 있었음을 알려준다. 유한일이 학교 부지 매입에 쓰라고 6억 원 보증수표를 정말 윤숙경에게 주자 구용택은 두 사람이 밀애를 했다고 여겨 대노, 아내와의 결별은 물론 유한일을 죽일 생각을 한다. 결별이 이혼이 아니라 북으로 보내는 것이라면 조총련을 통해 북한과 은밀히 무기 거래를 하고 있던 구용택으로서는 일거양득의 이득을 볼 수 있을 거라고 믿고 실행에 옮긴다.

그 뒤 윤숙경은 이스라엘 영화사의 초대를 받아 이스라엘에 3개월, 유럽에 한 달 가 있기도 한다. 윤숙경은 이스라엘에 있는 동안 램스도프라는 정치의식이 확실한 여성의 안내를 받으며 지내게 된다. 그 결과 이스라엘에 대해서는 아주 좋은 감정을 갖게 되고 반대로 이스라엘과 으르렁대고 있는 주변 아랍 국가와 팔레스타인에 대해서는 비판적인 시각을 갖게 된다. 제2차 세계대전이 끝난 뒤 시오니즘을 실현해 시나이 반도에 국가를 건설한 이스라엘과, 이스라엘과 늘 다투는 아랍 제국을 윤숙경은 다음과 같이 달리 묘사한다.

"이스라엘 사람들 성실하게 살고 있대요. 열심히 살고 있기도 하구요. 그러면서 활발하고 생기가 있구…… 의욕과 희망만으로 되어 있는 나라 같았어요."

"험난한 역사를 딛고 살아 보겠다고 서두르는 모습은 정말 존경할 만했어요."

"옛날엔 돌산이었어. 영양실조에 걸린 사람의 대머리처럼 되어 있던 산이라고 했는데 내가 갔을 무렵에도 꽤 나무가 많았거든. 20년간에 1억 주(一億株)의 나무를 심었다더군."

"산다는 것이 그처럼 싱그럽고 그처럼 엄숙한 것인지 이스라엘 가기까진 미처 몰랐어요. 주어진 풍요한 나라에 나태하게 사느니보다 가난한 나라를 풍요하게 만들기 위해 부지런히 사는 것이 얼마나 행복한 것인가를 전 안 것 같았어요."

윤숙경은 이스라엘에 대해서는 이와 같이 칭송을 아끼지 않지만 적대국가인 이집트에 대해서는 아주 나쁘게 평가한다.

"모든 비판을 봉쇄하고 민족적 정력을 철저하게 통제하고 있는 이집트는 언제나 패배하여 장교가 도망을 치는데, 이스라엘에선 정부를 마구잡이 욕할 수 있는 자유가 있고 민심을 통일하기 위한 별다른 방책을 쓰고 있지도 않은데도 장교를 비롯하여 병정들이 일치단결하여 전투마다 승리하고 있다는 것은 이상한 일이 아닌가 말야. 인구도, 무기도, 이집트 쪽이 월등하고 많고 우세한데."

오늘날, 외신을 통해 들려오는 중동 관련 뉴스는 이스라엘의 공격으로 팔레스타인이 죽거나 다쳤다는 것이 대부분인데 왜 이병주는 『미완의 극』에서 이와 같이 호오의 감정을 분명히 드러냈던 것일까. 무기에서 크게 차이 나는 팔레스타인과 인근 국가에서는 고작 자폭 폭탄테러로 이스라엘인 몇 명을 죽이는 복수를 할 따름이다.

1970년대까지만 하더라도 이스라엘이 폭력성을 드러내지 않았고, 아랍 제국이 이웃이 된 이스라엘을 괴롭혔던 것일까? 그렇지는 않을 것이다. 유럽과 미국 여행을 많이 한 이병주는 현지에서 신문을 종종 사서 보는데 서방의 언론은 대체로 이스라엘에 대해서는 우호적으로, 이슬람교를 신봉하는 아랍 제국에 대해서는 비판적인 시각으로 기사를 써서 그런 것이 아닐까 짐작해본다. 작가 스스로 균형을 잃으면 안 된다는 생각에서인지 윤숙경에게 "이스라엘에서 감동한 것은 좋지만 이스라엘에 너무나 빠져드는 것은 좋지 않을 듯한데." 하면서 충고를 주기도 한다.

한편으로는 이런 생각도 해보게 된다. 이스라엘이 건국한 것도 1948년이었고 우리나라가 건국한 것도 1948년이었다. 두 나라 모두 새롭게 출발하는 마당에 부강을 이룩하려고 무진 애를 쓰지만 주변 국가들의 협공을 받으며 고통을 겪는다. 이스라엘은 여섯 차례의 중동전쟁을 치렀고 한국은 6·25전쟁을 치렀다. 이스라엘과 국경을 맞대고 있는 이집트·요르단·시리아로서는 '굴러들어온 돌'인 이스라엘이 미울 수밖에 없었다. 게다가 시나이 반도는 팔레스타인 거주 지역이었기에 팔레스타인은 졸지에 살던 땅을 잃고 난민이 된다. 수십 년 동안 국경을 맞대고 살아가면서(예루살렘은 도시가 나누어져 있다) 서로 못 잡아먹어 으르렁대는데 이스라엘은 제2차 세계대전 중 유대인 수백만 명이 학살당한 상처가 있다. 일본은 한국을 36년 동안 식민지로 지배하면서 엄청난 고통을 주었는데 사과를 제대로 한 적이 없었다. 오히려 독도를 내놓으라, 일본군 위안부는 조작이다, 징용·징병 배상 책임이 없다고 발뺌을 하고 있다. 중국과 러시아는 6·25전쟁 당시 북한을 도운 적성 국가이다. 한국은 지정학적으로 일본·중국·러시아에 둘러싸여 있는데 1953년 휴전협정 이후 지금까지도 국가안보를 미국에 상당부분 의존하고 있다. 이병주로서는 이런 국제적인 정세를 보고 중동 제국보다는 이스라엘에 마음이 기울어졌던 것이 아닐까. 우리나라 사람들의 의식 속에 이스라엘은 폭력을 행사하는 국가, 아랍 제국은 이스라엘에게 당하는 국가라는 것이 심어져 있다고 생각해 작가가 이를 바로잡으려 한 것일 수도 있다. 유한일은 구용택과 부하들을 일거에 처단하는데, 램스도프의 도움을 받는다.

아무튼 유한일은 윤숙경을 위해 그녀의 남편 구용택의 부도를 막아주는 일도 한다. 하지만 구용택은 아내와 유한일과의 관계를 의심해(유한일에게 윤숙경은 이른바 '첫사랑'이어서 그런지 도를 넘지는 않는다) 유한일을 살해할 결심을 한다. 유한일은 한국의 R호텔 703호에 투숙해 있다가 호텔을 옮기는데 그 방에 투숙해 있던 일본인이 살해당하는 사건이 벌어진다. 내 목숨을 노리고 있는 사람이 있다고 느낀 유한일은 R. C. 챈들러로 변성명하여 암약하게 된다.

소설은 제2권 제1장 「화려한 함정」에서 이병주가 '사족'에서 밝헌, 대사 출신 M군의 집에서 연 만찬 장면을 그대로 묘사한다. 윤숙경, 아니 최은희가 홍콩으로 가기 사흘 전의 만찬이다. 홍콩 영화사의 출연 제의를 받아 가기로 하자 전직 대사 민군이 석별의 파티를 열어준 것인데, 소설은 제2부에 접어들어 더욱더 범죄추리소설의 분위기를 띤다. 일단 홍콩에 간 윤숙경은 행방불명이 된다. 국내 언론은 난리법석을 치고, 온갖 소문이 다 활자화된다. 기자들이 냄새를 맡고 작가의 집에 찾아와 인터뷰를 한다. 2월 22일에 홍콩으로 간 구용택이 아내의 실종 사실을 안 것은 25일이었다는 것이 신문에도 난다. 사람들은 이렇게 입방아를 찧는다.

"참말로 평양으로 갔을까?"

"평양으로 갔으면 강제로라도 대남 방송에 이용할 텐데."

"윤숙경은 깡치가 있는 여자야. 호락호락 이용당하진 않을걸?"

"놈들이 납치한 이유가 뭘까?"

"대스타가 월북했다는 것만으로도 그들에겐 굉장한 선전 자료가 될 테지."

"김일성이 호색가라니까, 과잉 충성하는 놈이 예물로써 바친 것 아닐까?"

"그런 꼴이 되었으면 윤숙경이 혀를 물고라도 죽었을 거야."

사실 이런 말이 그 당시에 사람들 입에 오르내렸을 것이다. 그런데 제2권의 중심인물은 이스라엘 여성 테러리스트이자 로비스트인 램스도프이다. 유한일은 램스도프와의 인연을 밑거름 삼아 결국 그녀의 도움으로 구용택 일당을 처단한다.

그런데 제2권 76쪽에서부터 10여쪽에 걸쳐 작가는 재미있는 장면을 그린다. 유한일이 홍콩에 있다는 정보를 입수한 작가는 김포공항에서 일본행 비행기를 타는데(일본에 사흘 머물다 홍콩으로 간다) 메리 스펜서라는 금발 미녀의 옆자리에 앉아 가게 된다. 여성이 읽고 있는 책이 크리스티의 추리소설인 것을 보고 대화를 나누게 되고, 작가는 추리소설론을 편다. 크리스티의 추리소설은 "틀에 박힌" 것이라고 폄하한 것이다. 메리 여성이 "틀에 박혀선 안 되나요?" 하고 묻자 "틀에 박혔다는 것은 이것은 추리소설이다, 하는 인상만 줄 뿐 인생은 없다, 하는 느낌을 말하는 겁니다."라고 대답한다. 그리고선 추리소설론을 한참 동안 편다.

"내 생각으론 추리소설에는 인생이 그려져 있어야 한다는 겁니다. 주인공들이 일상생활을 하고 있어야죠. 이 생각 저 생각 하며, 또는 이런 일 저런 일을 하고 있는데 그 생활의 과정에서 문제가 사건이 생기는 겁니다. 그런데 그 사건이 어느 사람에겐 생활 전부를 차지하는 것으로 되고 어느 사람에겐 생활의 극히 일부분일 뿐입니다. 그런 사람이 등장해서 하나의 소설을 이루는 것, 뭐라고 할까요? 홍콩에 사건이 났는데 그 사건을 조사하러 서울에서 홍콩으로 간다고 칩시다. 크리스티의 소설은 등장인물이 바로 홍콩으로 가 버립니다.

중간의 얘기가 없지요. 그런데 내가 추리소설을 쓴다면 그런 식으로는 안 하겠다, 이겁니다. 소설의 줄거리와 전연 관계가 없더라도 우연히 한자리에 앉게 된 미녀의 인상, 그 미녀와 주고받는 말, 이런 것을 주워 담는 겁니다."

소설 속에서 전개한 소설론이다. 틀에 박힌 추리소설을 쓰지 않고 작가 자신은 주인공들이 일상생활을 하면서 사건도 겪고 해결도 하고 하는 식으로 쓰겠다고 한다. 메리가 그렇게 하면 소설이 무한정 길어지고 긴박감을 상실하지 않겠냐고 묻자 "그렇게 하면서도 적당한 길이를 유지하는 것이, 그리고 긴박감을 잃지 않게 조작하는 것이 소설 쓰는 기술 아니겠습니까. 말하자면 추리소설이면서 문학이려면 그렇게밖에 할 수 없느냐 이겁니다."라고 말한다. 추리소설이면서 문학인 소설, 그것이 이병주의 목표였다. 어찌 보면 반(anti)추리소설론이다. 작가는 메리에게 바크샤이어의 조르지란 마을의 센트 메어리 묘지에 있다면서 크리스티의 무덤에 가보라고 안내까지 한다. 영국의 신문기자와 그 근처를 지나다가 우연히 말이 나와 물어보아 가게 되었다면서 묘역이 아주 기가 막히다고 소개, 가볼 것을 권유한다.

하지만 『미완의 극』은 추리소설적인 요소가 많다. 유한일과 구용택의 정체와 행보가 시종 확실하지 않은 것도 그렇고, 몇몇 사건을 오리무중에 휩싸이게 해 독자의 추리력 발휘를 유도하는 것도 그렇

다. 일본인 관광객이 유한일 대신에 억울하게 죽은 사건도 미제사건
이 된다. 윤숙경 납치사건도 작가가 탐정처럼 뛰어다니며 알아보면
서 윤곽이 조금씩 뚜렷해진다. 윤숙경의 비서인 권수자가 알고 보니
구용택의 심복이었다는 설정도 추리소설적이다. 구용택이 홍콩 지
점장으로 파견한 정당천이란 사람은 실제 모델이 있었다.[4] 정당천
은 아내를 죽여 장기간 복역하고 나온 곡마단 출신 심수동을 죽이
고 피신차 홍콩으로 간다. 이런 일련의 사건은 『미완의 극』이 다분
히 추리소설적인 구성을 지니게 한다. 하 형사라는 이가 택시에서 발
견한 성냥통을 통해 범인인 정당천을 추리해 나가는 과정도 그렇다.
유한일의 연락책인 정금호가 보증수표를 끊고, 그것이 문제가 되어
하 형사가 활약하는 제1권의 종반부도 추리소설을 읽는 느낌을 준
다. 수사관 출신인 강달혁과 임수형이 구용택을 도와 홍콩에서 북한
공작원과 접촉하고, 그 바람에 유한일의 손에 죽는데, 이 과정도 추
리소설을 방불케 한다. 인동식, 반금옥, 설상수가 나오는 제1권의 끝
부분도 범죄추리소설 같다. 아무튼 범인 밝히기에 초점을 맞추는 크
리스티 식의 정통 추리소설과 달리 인생과 추리소설이라고 할까, 인
물들의 일상과 고뇌에 초점을 맞춘 반추리소설이 바로 『미완의 극』

---

4 〈나무위키〉를 보면 "현지에서 신필림 홍콩지사를 운영하던 교포 이영생이 사실은
북한의 공작원이었다. 거기에 신상옥의 지인이자 신필림 홍콩지사장을 맡고 있던
김규화가 그들이 쥐어주는 돈에 넘어가서 거짓 일정을 만들어준 것이 결정타가 되
었다. 그는 귀국 이후 국가보안법 위반으로 15년을 복역했다."고 나온다.

이다. 구용택을 처단한 유한일과 작가가 나누는 말이 이 소설의 주제라고 할 수 있다.

"적어도 무슨 일을 하려고 하는 사람은 평화의 불가능을 철저하게 인식하고, 이 세상에 폭력이 있는 한 그 폭력을 능가하는 폭력을 확보하고 행사해야 합니다. 그러나 개인으로 볼 때 모두가 그럴 수는 없죠. 넥타이를 맨 샐러리맨들은 폭력을 가꾸려고 해도 방법이 없습니다. 그런 의식을 가지려고 해도 무방한 노릇이죠. 그래서 세계의 어느 지역에선 억지로 평화에 유사한 상황을 만들어 내고 있기도 합니다만……"

유한일의 이 주장은 프란츠 파농의 주장과 흡사하다. 폭력에 맞서는 방법은 비폭력이 아니라 폭력밖에 없다는 주장이다. 이 논리대로라면 중동의 분쟁은 지구가 멸하지 않는 한 계속될 것이다. 그 와중에 아이들과 노인 등 민간인이 죽는다. 여기에 대해 작가는 이렇게 반론을 편다.

"천지가 개벽을 하고 세상이 아무리 변하더라도 인간성에 위배되는 행동은 옳지 못한 것이고, 아무리 불가피했어도 사람을 죽이는 일은 옳지 못한 것이다. 하물며 조금만 조심하면 피할 수 있었던 것을, 즐겨 극한 상황으로 자기를 몰아넣어 사람을 죽인다는 것이 옳을 까닭이 없지 않은가? 물론 동기도 있을 것이고, 그럴 만한 이유도 있었을 테지만 아무래도 나는 자네의 행동을 납득할 수가 없구나. 그러니 여러 가지를 알고 싶진 않다. 윤숙경 씨의 사건만을 알았으면 싶다. 도대체 어떻게 된 건가?"

작가 이병주의 주장은 바로 이것이다. 세계의 평화, 호혜주의, 사해동포사상이다. 사람을 죽임으로써 얻을 수 있는 이득은 거의 없다는 것이다. 유한일은 윤숙경의 행방에 대해서는 말을 못하고 자신의 성장기 때의 일들을 죽 들려준다. 복수심을 키웠고, 결국 램스도프의 도움을 받으면서 테러리스트의 길을 걸어가게 되었다는 고백을 한다. 자기변명을 한참 늘어놓자 작가는 "자넨 세계 정부 수립을 목적으로 한다면서 세계 정부의 불가능을 논증하고 있구나. 세계 정부는 선악, 애증의 피안에서 일체의 복수심을 타협과 화합으로 조절한 터전에서만 가능"하다고 충고한다.

이 말에는 이스라엘에 대한 비판의 뜻도 어느 정도 포함되어 있다. 유대인 학살이라는 과거의 상처를 잊지 않는 것은 그렇다 치더라도 폭력으로 되갚으려고 하는 것은 문제가 아니냐는 뜻을 읽어낼 수 있다. 유대인들의 복수의 대상이 독일인이 아니라 팔레스타인, 이집트인, 시리아인, 레바논인이 되었다. 윤숙경의 안부를 재우쳐 묻자 유한일은 살아 있다고만 말할 뿐 주소나 근황에 대해서는 입을 다문다. 이 소설을 쓸 무렵인 1980년대 초, 최은희가 북한에 건재해 있다는 것을 이병주는 알고 있었을까? 몰랐을까? 추리소설적인 질문을 하면서 해설 쓰기를 마친다.

미완의 극 2

초판 1쇄 인쇄 _ 2021년 9월 25일
초판 1쇄 발행 _ 2021년 9월 30일

지은이 _ 이병주
펴낸곳 _ 바이북스
펴낸이 _ 윤옥초
책임 편집 _ 김태윤
책임 디자인 _ 이민영

ISBN _ 979-11-5877-261-1 03810

등록 _ 2005. 7. 12 | 제 313-2005-000148호

서울시 영등포구 선유로49길 23 아이에스비즈타워2차 1005호
편집 02)333-0812 | **마케팅** 02)333-9918 | **팩스** 02)333-9960
이메일 postmaster@bybooks.co.kr
홈페이지 www.bybooks.co.kr

책값은 뒤표지에 있습니다.
책으로 아름다운 세상을 만듭니다. — 바이북스

미래를 함께 꿈꿀 작가님의 참신한 아이디어나 원고를 기다립니다.
이메일로 접수한 원고는 검토 후 연락드리겠습니다.